¿ESTÁS DORMIDA?

¿ESTÁS DORMIDA?

Kathleen Barber

Editado por HarperCollins Ibérica, S.A.
Núñez de Balboa, 56
28001 Madrid

¿Estás dormida?
Título original: Are You Sleeping
© 2017 by Kathleen Barber
© 2018, para esta edición HarperCollins Ibérica, S.A.
© De la traducción del inglés, Eva Cruz y Beatriz Marín

Diseño de cubierta: CalderónStudio
Imágenes de cubierta: Shutterstock

ISBN: 978-84-9139-239-2

Para mamá

Extracto de la transcripción de *Reexaminado: El asesinato de Chuck Buhrman*. Episodio 1. *Introducción al asesinato de Chuck Buhrman*. 7 de septiembre de 2015

Charles «Chuck» Buhrman no tenía enemigos. Un respetable profesor de Historia de Estados Unidos de una pequeña universidad de artes liberales del Medio Oeste. Todos los años, los estudiantes del Departamento de Historia de la universidad de Elm Park, llevaban a cabo una votación informal para elegir a su profesor favorito y todos los años coronaban a Chuck Buhrman como ganador. Según todo el mundo, su reputación en la comunidad de Elm Park, Illinois, donde estableció su hogar, era igualmente positiva. La gente recordaba su participación en trabajos voluntarios, tan ingratos como organizar el desfile local de Halloween, organizar rifas para mantener el centro municipal de las artes y ocuparse de la caja registradora del mercadillo de la biblioteca. Hasta su vida familiar parecía idílica: una mujer joven y guapa, un par de hijas adorables y bien educadas.

Chuck Buhrman encarnaba el sueño americano. Pero de pronto, el 19 de octubre de 2002, este señor agradable y querido encontró un final prematuro al recibir un disparo a bocajarro en la nuca, en la cocina de su propia casa.

Warren Cave, el vecino de la casa de al lado, de diecisiete años, fue detenido y acusado de asesinato. Fue condenado y en la actualidad cumple cadena perpetua.

El asesinato de Chuck Buhrman fue un crimen estremecedor y absurdo. Pero al menos se hizo justicia, ¿verdad?

¿Verdad?

Pero ¿y si Warren Cave no lo hizo? ¿Y si estuviera pasando su vida en prisión por un crimen que no cometió?

Me llamo Poppy Parnell, y esto es *Reexaminado: El asesinato de Chuck Buhrman*. Pasaré las próximas semanas investigando esta y otras cuestiones que puedan surgir. ¿Mi objetivo? Revisar de forma firme y resuelta las escasas evidencias que pueden haber condenado a un hombre inocente, y quizás descubrir la verdad, o disipar para siempre cualquier duda que pueda quedar sobre lo que realmente sucedió aquella noche de octubre de 2002. Espero que me acompañen en este viaje.

CAPÍTULO 1

Nada bueno ocurre después de medianoche. Eso era al menos lo que la tía A nos decía cuando le suplicábamos que nos diera permiso para llegar más tarde a casa. Hacíamos algún comentario jocoso, poníamos los ojos en blanco, y con gran dramatismo declarábamos que estaba arruinando nuestra vida social, pero con el tiempo he apreciado la sabiduría de sus palabras. Lo único que surge entre la medianoche y la salida del sol son problemas.

Así que cuando mi teléfono sonó a las tres de la mañana, mi primer pensamiento fue: «Algo malo ha sucedido».

Instintivamente alargué el brazo hacia Caleb, pero mi mano agarró solo sábanas frías. Por un momento se me hizo un nudo en la garganta, y enseguida recordé que Caleb llevaba tres semanas de viaje supervisando a los cooperantes en la República Democrática del Congo. Todavía medio dormida, calculé vagamente que allí serían las ocho de la mañana. Caleb debía de haberse olvidado de la diferencia horaria o habría calculado mal. La verdad es que ninguno de los dos fallos eran propios de él, pero yo sabía lo agotadores que le resultaban estos viajes.

El teléfono sonó de nuevo, lo cogí y saludé atropelladamente, esperando entusiasmada el familiar acento neozelandés de Caleb, el suave murmullo de su voz diciendo «Jo, amor».

Pero no hubo respuesta. Suspiré frustrada. Las llamadas de Caleb desde el extranjero se caracterizaban por retrasos irritantes, ecos y extraños clics, pero en este viaje estaban siendo especialmente difíciles.

—¿Hola? —intenté de nuevo—. ¿Caleb?... Creo que hay mala conexión.

Pero a medida que iba hablando, noté que no había interferencias. La conexión era nítida, tan nítida en realidad que podía escuchar el sonido de alguien respirando. Y... algo más. ¿Qué era? Agucé el oído y me pareció oír a alguien tararear una melodía conocida, pero que no conseguía identificar. Un escalofrío de alarma me recorrió la espalda.

—Caleb —dije de nuevo, aunque ya no estaba segura de que mi novio estuviera al otro lado de la línea—. Voy a colgar. Si puedes oírme, vuelve a llamar. Te echo de menos.

Aparté el teléfono, y un segundo antes de apagar escuché una voz femenina, conmovedoramente familiar diciendo en voz baja:

—Yo también te echo de menos.

Dejé caer el teléfono con mano temblorosa y el corazón a punto de salírseme del pecho. La línea estaba mal, eso es todo, me dije a mí misma. No ha sido más que el eco de mis propias palabras. Nadie ha dicho «también». Al fin y al cabo, eran las tres de la mañana. No había sido ella. No podía haber sido. Habían pasado casi diez años; no me iba a llamar ahora, no así.

«Ha ocurrido algo malo».

Agarré el teléfono y repasé mi registro de llamadas. Pero no encontré ninguna pista, solo un ambiguo *número oculto*.

«Ha ocurrido algo malo»; volví a pensar, antes de exigirme con severidad: «Para». Solo era Caleb, solo una mala conexión transcontinental, nada que no hubiera pasado antes.

Pero aun así, necesité dos dosis de NyQuil para conseguir dormirme.

Eran casi las once cuando me desperté y, a la luz del día, la misteriosa llamada de madrugada no parecía más que un mal sueño. Le envié un *e-mail* rápido y confiado a Caleb (*Lo siento, la conexión de ayer era muy mala. Vuelve a llamar pronto, besos*) y me até las zapatillas deportivas. Me detuve en el umbral de arenisca de Cobble

Hill para charlar del tiempo con la anciana del primero y salí disparada hacia Brooklyn Heights Promenade.

Cuando Caleb y yo nos mudamos de Auckland a Nueva York hace dos años, imaginaba que hasta los aspectos más cotidianos de nuestra vida estarían salpicados de glamur. Esperaba ir absorbiendo arte vanguardista de camino al tren, ojear tomates criollos al pasar por el mercado de productores de Brooklyn junto a Maggie Gyllenhaal, y admirar las abiertas vistas de la Estatua de la Libertad mientras hacía *footing* por el puente de Brooklyn. En realidad, lo más parecido al arte callejero que veía era una rayuela trazada a tiza y, de vez en cuando, alguna pintada con espray en un cubo de basura. Nunca compré tomates ecológicos en el mercado de productores porque su precio era tan elevado que daba risa, y la única famosa con la que me codeé fue una auténtica Mujer Desesperada (que, por cierto, se quejó de viva voz del precio de los tomates). Y lo de hacer *footing* sobre el puente de Brooklyn en teoría parecía buena idea, pero en la práctica era malísima. A menudo, el puente estaba atascado por turistas con sus cámaras inoportunas, bicicletas y cochecitos de bebé. Me di cuenta de que prefería la calma del Promenade, con sus aceras anchas, su notable ausencia de turistas y unas vistas igual de impresionantes.

Volví a casa sudorosa y llena de energía, con el tiempo justo para ducharme y prepararme un sándwich antes de salir a hacer mi turno de tarde en la librería. Cuando era niña, me imaginaba a mí misma yendo a trabajar todos los días con traje y tacones (el modelo exacto cambiaba según mi estado de ánimo, pero a menudo se parecía al personaje de Christina Applegate en *No le digas a mamá que la canguro ha muerto*). Me hubiese decepcionado profundamente verme a mí misma con casi treinta años yendo a trabajar en vaqueros y Converse: mi yo adolescente, sin duda, lo habría considerado un fracaso. Pero, aunque mi trayectoria no fuera la que había imaginado, estaba bastante satisfecha de trabajar en la librería. Al principio de nuestra estancia en Nueva York, me apunté en una agencia de trabajo temporal para encontrar algún empleo de tipo administrativo, pero acabé tirándome de los pelos. Entonces me enteré de que la librería de abajo buscaba un empleado. Empecé trabajando unas horas a la semana, y completaba mi sueldo con un curro a tiempo parcial como camarera, pero en los últimos años, fui haciendo más horas, hasta que se convirtió en un trabajo a tiempo completo. Disfrutaba cada segundo que pasaba en la librería, me encantaba estar rodeada de historias y ayudar a los clientes a elegir títulos. Cuando había poco movimiento, leía las biografías de los presidentes y me decía que algún día le sacaría provecho, por fin, a la licenciatura en historia que me había sacado por internet.

Aquella tarde estaba trabajando con Clara, cuyos preciosos rasgos etíopes y su increíble colección de camisetas con temas literarios me resultaban envidiables. La alegre y cariñosa Clara era lo más parecido que tenía a una amiga en Nueva York. A veces íbamos juntas a clase de yoga o a correr, alguna vez me invitaba a ver una obra de teatro o una lectura de poesía de algún que otro amigo en el *off-off-off* Broadway. A principios de verano, Caleb y yo nos apuntamos con Clara y su ahora exnovia a noches de Trivial en un bar de Court Street, y para mí aquellas noches eran el punto álgido de la semana.

Su exnovia había empezado a llamarla otra vez, y mientras colocábamos una nueva remesa de libros, Clara me pedía ayuda para descodificar su última conversación. Mientras debatíamos si «nos vemos» significaba «hagamos algo juntas» o «quizás nos veamos por ahí», la llegada de un cliente hizo sonar la campanilla y las dos alzamos la mirada.

No creo en las señales. No le doy importancia al destino, me da igual cruzarme con un gato negro, y solo voy a leerme el tarot para echarme unas risas. Pero si alguna vez fue momento de creer en los presagios, fue aquella tarde, cuando, con el eco aún de aquella voz extraña al teléfono sacudiendo mi memoria, una mujer entró en la librería con sus dos hijas gemelas. Se me nubló la vista y me flaquearon las rodillas; tuve que agarrarme a una mesa cercana para no desplomarme.

—Hola —dijo la señora—. Estoy buscando los libros de Nancy Drew. ¿Los venden ustedes?

Asentí muda, incapaz de apartar los ojos de las gemelas. No es que se parecieran a nosotras, en absoluto. Eran rubias con las mejillas pecosas y grandes ojos negros; casi el polo opuesto a nosotras, de pelo negro como la tinta y ojos azules. Además, estaba claro que las niñas no se llevaban bien: se las veía enfurruñadas y de vez en cuando se daban algún que otro mamporro a espaldas de su madre. Lanie y yo nunca nos peleamos así. Hasta que nos hicimos mayores, quiero decir. Pero había algo en ellas, cierta carga emocional, que me dejó bloqueada.

—Claro —dijo Clara, haciéndose un hueco a mi lado para ayudarla—. Permítame que se los muestre.

Me disculpé y me metí en el baño para evitar tener que mirar a las niñas. Saqué el teléfono del bolsillo y volví a revisar el registro de llamadas. *Número oculto.* ¿Y si no hubiera sido Caleb? ¿Podría ser Lanie? Hacía casi una década que no hablaba con mi hermana, algo tenía que ir mal para que me llamara.

Cuando salí del baño, las niñas y su madre ya se habían ido.

—Lo sé —dijo Clara en plan solidario—. A mí también me ponen de los nervios los gemelos. Será un trauma colateral, por ver *El resplandor* a la tierna edad de ocho años.

—¿*El resplandor*? —respondí todavía alterada. Me había leído el libro, pero no recordaban ningún gemelo.

—Estás de broma. ¿Nunca has visto *El resplandor*? Mis hermanos mayores la veían todo el tiempo. Se dedicaban a perseguirme por la casa gritando: «¡Redrum, Redrum!». Clara sonrió y sacudió la cabeza con afecto—. Menudos capullos.

—Soy hija única —le dije—. No tuve hermanos que me obligaran a ver películas de miedo.

—Vaya, pues tú te lo pierdes. ¿Qué haces esta noche? A no ser que tengas un plan increíble, sí o sí hacemos noche de cine en mi casa.

Acepté enseguida. Por alguna razón me sentía inexplicablemente incapaz de quedarme sola aquella noche, a pesar de que jamás fuera a reconocerlo, y la película suponía una distracción eficaz. Hasta que comprobé mi *e-mail: Perdona, amor, ayer no te llamé. La señal de internet estos últimos días ha sido demasiado débil para llamar. Las cosas por aquí van bien en lo que respecta al trabajo. Vamos bien de tiempo, llegaré a casa en una semana, más o menos. Te pondré al día. Mataría por una ensalada. Te echo de menos mogollón. Te quiero.*

El correo de Caleb me produjo más escalofríos que todos los terroríficos acontecimientos del Hotel Overlook. Si no me había llamado él, estaba claro que era Lanie. Me inundó un torrente de recuerdos: Lanie dando vueltas como una peonza bajo el cielo nocturno con una bengala en cada mano; Lanie estampándome la puerta en las narices, con los ojos inyectados en sangre y la boca con un gesto funesto; Lanie apartando las mantas de mi cama gemela y trepando a mi lado, susurrándome con su aliento caliente sobre mis mejillas: «Josie, ¿estás dormida?», y siempre sin esperar respuesta, poniéndose a contar secretos bajito en la oscuridad.

«Josie-Posie, tengo que contarte algo», había dicho en cierta ocasión; su tono de voz desbordante de entusiasmo y complicidad. «Pero tienes que prometerme que esto queda entre nosotras. Todo lo que se dice en esta habitación queda entre nosotras, siempre».

«Siempre»; asentí, enganchando mi dedo anular al suyo en nuestra señal secreta. «Te lo prometo».

El secreto de Lanie era que aquella tarde había besado al entrenador de tenis de dieciocho años de nuestro campamento de día detrás del edificio municipal: una revelación sorprendente, teniendo en cuenta que nosotras ese verano teníamos trece, y que de alguna manera había conseguido engatusar a aquel chico atractivo y apartarlo de sus obligaciones. Yo me había escandalizado y había susurrado algo así como que a nuestros padres eso no les gustaría.

«No tienen por qué saberlo», dijo con severidad. «Recuerda, queda entre nosotras. Siempre».

«Siempre». Su voz sonaba claramente en mi cabeza. Había sido Lanie, seguro. ¿Volvería a llamar?

Y si lo hacía, ¿estaría yo preparada para contestar?

* * *

Al día siguiente tenía la tarde libre y cogí el tren hacia el mercado de productores de Union Square. Una vez allí, sin embargo, me decepcionó verlo tan concurrido y tampoco me gustó la selección de berzas manoseadas y peras, así que acabé haciendo la compra en el Whole Foods (que estaba solo un poco menos lleno). Sentada en el metro de la línea R, tratando de mantener sobre mi regazo un par de bolsas llenas de hamburguesas vegetarianas congeladas y carísimos pero preciosos productos agrícolas, escuché a alguien decir:

—Tía, ¿has oído lo del asesinato de Chuck Buhrman?

Se me agolpó la sangre en los oídos y se me nubló la vista. Hacía más de una década que no oía el nombre de mi padre, y escuchar soltarlo así como si nada a una adolescente flaca, con un *piercing* en el labio, hizo que se me revolviera el estómago.

—¿Es el *podcast* ese del que habla todo el mundo? —le preguntó su amiga—. Paso de *podcasts*.

—Esto es distinto —insistió la primera chica—. Créeme, es un puto flipe. A este tío lo condenaron por asesinato, ¿vale? Pero todas las pruebas eran de esas que se llaman «circunstanciales». Lo más grave que tenían era que la hija del tío aseguraba haberlo visto. Pero la cosa es que al principio dijo que no había visto nada. Así que sabemos que es una mentirosa. Pero ¿cuándo estaba mintiendo? Tienes que oírlo, tía, es adictivo de cojones.

Mientras el tren se deslizaba hacia la parada de Court Street, la chica seguía promocionando el *podcast* con entusiasmo. Me había pillado tan de sorpresa que no estaba segura de poder levantarme, no digamos ya subir las escaleras del metro y, cargada de comestibles, caminar el último tramo hasta nuestro apartamento. Al ponerme en pie me fallaron las rodillas, pero conseguí abrirme paso por los pasillos del metro repletos de gente y subir a la superficie. En mi desconcierto, tomé la boca equivocada y salí al otro lado de Borough Hall. Caminé dos manzanas en la dirección opuesta hasta que recuperé la cordura. Tras reorientarme, conseguí poner un pie delante del otro las veces suficientes como para llegar a casa.

Deslicé la llave en la cerradura y vacilé. Había pasado varias semanas odiando el silencio que la marcha de Caleb había dejado en nuestro apartamento. Echaba de menos su apacible desorden. De repente, me molestaba que cada cosa estuviera exactamente en el sitio donde la había dejado. Hacía semanas que no me tropezaba con sus zapatillas de deporte tiradas en el suelo del salón, con los cordones estirados como pequeños bracitos. Ya no me encontraba tazas de café a medio beber en el baño, libros con las páginas marcadas atrapados entre los cojines del sofá, o la radio-despertador con clásicos del *rock* sonando bajito en una habitación vacía. Notaba su ausencia en la falta de estas pequeñas incomodidades domésticas, y me pellizcaban el corazón cada vez que entraba en nuestra casa.

Pero mientras sujetaba la llave dentro de la cerradura con mano temblorosa y con el nombre de mi padre retumbando en mi cerebro, agradecí la soledad de mi apartamento. Necesitaba estar sola.

Solté las compras en la entrada, dejando que las hamburguesas vegetarianas se descongelaran lentamente en el suelo y fui corriendo hasta mi ordenador portátil. Tecleé con dedos temblorosos el nombre de mi padre en el buscador. Al ver el número de entradas se me subió la bilis a la garganta. Había páginas y más páginas, un desfile alarmante de nuevos artículos, piezas de opinión, y entradas de blog, todos con fechas comprendidas en las últimas dos semanas. Hice clic en el primer *link*, y ahí estaba: el *podcast*.

Reexaminado: El asesinato de Chuck Buhrman; las letras rojas en negrita salpicaban una foto borrosa en blanco y negro de mi padre. Era el retrato que usaba para el trabajo, en el que parecía más una caricatura de profesor de universidad que un verdadero profesor, con su chaqueta de *tweed*, sus gafas torcidas y una barba negra y espesa. El leve destello de sus ojos hizo que casi me viniera abajo.

«Papá».

Cerré el portátil de golpe y lo enterré bajo una pila de revistas. Cuando ya lo único que podía ver era a Kim Karadashian, observándome desde la portada de una revista del corazón que había comprado avergonzada un día que estaba esperando el tren, (un ejemplo más de cómo se venía todo abajo cuando Caleb no estaba) conseguí volver a respirar con normalidad.

Mi prima Ellen no contestó mi llamada y le dejé un mensaje de voz pidiéndole que me dijera qué sabía del *podcast*. Después de veinte minutos sentada en el sillón esperando que sonara mi teléfono, me rendí y me puse a buscar tareas para distraerme: coloqué las compras, fregué el charco que las hamburguesas vegetarianas habían dejado en la entrada, y me preparé un baño, aunque lo vacié antes de meterme. Comencé a pintarme las uñas de los pies, pero abandoné mi propósito después de haberme pintado solo tres de un triste violeta oscuro.

Lo único que me ayudó fue el vino tinto. Hasta que no me tomé un vaso de zumo lleno de esta sustancia, no tuve la calma para revisitar el *podcast* de la web. Me rellené el vaso y aparté las revistas. Sin más preámbulo, abrí el portátil.

La página web seguía allí, seguía anunciando el *podcast* que prometía «reexaminar» el asesinato de mi padre. Fruncí el ceño, confusa. No había nada que reexaminar. Warren Cave asesinó a mi padre. Lo declararon culpable y recibió su castigo. ¿Cómo podía esta Poppy Parnell, esta mujer cuyo nombre parecía más propio de un muñequito de lana que de una periodista de investigación, alargar toda una serie con eso? En un acto de autoprovocación, fui dando vueltas con el cursor sobre el botón de «descargar ahora» del primero de los dos episodios disponibles. ¿Me atrevería a hacer clic sobre el enlace? Me mordí el labio, titubeando, le di otro trago al vino para armarme de valor e hice clic.

Ellen llamó justo cuando el episodio 1 había terminado de descargarse. Mi curiosidad morbosa era tan grande que a punto estuve de rechazar la llamada para oír el *podcast*, pero conseguí librarme de ella y contesté al teléfono.

—¿Ellen?

—No escuches ese *podcast*.

Solté el aire que no sabía que estaba aguantando.

—¿Es malo?

—Es una basura. Basura sensacionalista. Esa pseudoperiodista está comercializando con la desgracia de tu familia, y es asqueroso.

Le he pedido a Peter que investigue si podemos demandarla por difamación o calumnia, o como se diga. Él es el abogado, ya encontrará el modo de hacerlo.

—¿De verdad crees que puede? ¿Conseguir que paren?

—Peter puede hacer cualquier cosa que se proponga.

—¿Como casarse con una mujer a la que le dobla la edad?

—La verdad es que no es buen momento para bromas, Josie —dijo Ellen, pero podía oír cierto tono jocoso en su voz.

—Lo sé. Son los nervios. Por favor, dale las gracias a tu estimado marido por su ayuda.

—Te iré contando a medida que me vaya enterando de más. ¿Tú cómo lo llevas?

—Bueno, para empezar, preferiría no haberme enterado oyéndoselo a una adolescente en el metro. ¿Por qué no me lo contaste?

—Porque esperaba no tener que hacerlo. Pensaba que todo se disiparía. Pero por lo que se ve, Estados Unidos está hambrienta de productos oportunistas y sensacionalistas que consisten en reinventar la realidad.

—No me puedo creer que esté pasando esto. ¿Qué se supone que debo hacer?

—Nada —dijo Ellen con firmeza—. Peter se está encargando de esto. Y yo todavía creo que caerá por su propio peso. ¿Cuánto «reexamen» se puede hacer de un caso tan evidente?

Pese a que Ellen me había advertido insistentemente de que no escuchara el *podcast*, seguía tentada, igual que te tienta arrancarte una costra o tirar de un padrastro hasta que te haces sangre. Sabía que no sacaría nada bueno de escucharlo, pero quería (no, necesitaba) saber lo que la tal Poppy Parnell estaba diciendo. ¿Cómo podía siquiera justificar «reexaminar» el asesinato de mi padre? ¿Y cómo podía eso ser la premisa para una serie entera de programas? Yo podría resumir eficazmente el caso en una frase: Warren cave mató a Chuck Buhrman. Fin de la historia.

Rematé el vino y deseé que Caleb estuviera en casa. Añoraba la tranquilizadora sensación de sus manos grandes y cálidas sobre mis hombros y su reconfortante voz asegurándome que todo iba a ir bien. Necesitaba que hiciera el té y que pusiera el *reality show* ese raro en el que unos hombres desdentados fabrican *whisky* ilegal. Si Caleb hubiera estado en casa, me sentiría protegida y reconfortada; no estaría trasegando vino sola en la oscuridad, completamente aterrorizada.

Y, sin embargo, una parte de mí se sentía aliviada por la ausencia de Caleb. La sola idea de tener que decirle lo del *podcast* y, en consecuencia, tener que admitir todas las mentiras que le había contado me inundaba de terror. Esperaba desesperadamente que Ellen tuviera razón, y que los ecos del *podcast* se apagaran por sí solos antes de que Caleb regresara de África.

No escuché el *podcast*, pero no pude evitar *googlear* obsesivamente el nombre de Poppy Parnell toda la noche. Tenía treinta y pocos años, solo dos o tres más que yo. Era del Medio Oeste, como yo, y tenía una licenciatura en periodismo por la universidad Northwestern. También vi que en una época había dirigido un sitio web sobre crímenes muy popular, y era autora de una larga lista de artículos en publicaciones como el *Atlantic* y el *New Yorker*. Cuando hube agotado todas las entradas, pasé a la búsqueda de imágenes. Poppy Parnell tenía el pelo rubio rojizo, era delgada, de rasgos afilados y ojos grandes, casi asombrados, con un atractivo no lo suficientemente convencional como para la tele, pero demasiado guapa para la radio. En la mayoría de las fotos llevaba trajes de chaqueta demasiado largos y se inclinaba hacia delante, con la boca abierta, y una mano a medio levantar, en pleno gesto. Poppy parecía la clase de chica de la que yo podría haber sido amiga hace toda una vida.

Me serví el resto del vino en el vaso mientras escudriñaba la cara sonriente de Poppy Parnell. Alargué el brazo para cerrar de una vez el ordenador, pero algo me detuvo. El *podcast* seguía abierto en otra pestaña.

«Papá».

Maldiciendo a Poppy Parnell y a mí misma pulsé el *play*.

Extracto de la transcripción de *Reexaminado: El asesinato de Chuck Buhrman*. Episodio 1: *Una introducción al asesinato de Chuck Buhrman*. 7 de septiembre de 2015

No sabía qué esperar de mi primer encuentro con Warren Cave. Cuando nos presentaron de forma oficial, ya había pasado varias largas tardes con su madre, Melanie, una mujer de belleza clásica, estilo envidiable y un perfecto aplomo. Uno de los temas favoritos de Melanie es su hijo, habla maravillas de él, ensalzando su calidez y generosidad, su habilidad con los ordenadores y, sobre todo, su fe.

Yo había hecho mis deberes sobre Warren Cave, para completar (y contrastar) la laudatoria descripción que Melanie había hecho sobre su hijo. Rastreé las notas de la policía, las transcripciones del juicio y las reseñas sobre él en la prensa.

Como la mayoría de la gente que conozca el caso, aunque sea de forma superficial, la imagen que tenía de Warren Cave era la de un chico flaco, con hombros encorvados, acné, y grasientos mechones de pelo teñidos de negro. Las fotos lo mostraban perpetuamente ataviado de negro y sin hacer nunca contacto visual con la cámara. Warren Cave era el tipo de adolescente que haría que la mayoría de nosotros cruzáramos la calle para evitarlo.

Me resultaba difícil reconciliar esta imagen con el joven que su madre me había descrito tan favorablemente. ¿El amor maternal le habría impedido ver la auténtica naturaleza de su hijo? ¿O era aquella imagen de duro de su juventud puro postureo? ¿Estaría la verdad, como suele suceder, en algún punto intermedio?

Cuando conocí a Warren Cave en la institución penal de Stateville, la prisión de máxima seguridad cerca de Joliet, Illinois, donde ha pasado los últimos trece años, no lo reconocí. Se había aficionado a hacer pesas y había cambiado su constitución delgada por unos músculos descomunales. Tal y como me explicó, su rutina de pesas es más una necesidad que un placer. En prisión, uno no puede permitirse ser débil. Esa era una lección que Warren había aprendido por las malas: tiene la cara marcada por una cicatriz que se extiende por toda su mejilla izquierda, un duro recordatorio del ataque de un interno durante el primer año de su condena.

Warren, que ahora lleva el pelo cortado al uno y ha recuperado su rubio ceniza natural, todavía evita el contacto visual. A menudo parece estar a la defensiva, pero sonríe con calidez cuando menciono a su madre. Melanie conduce dos horas todos los domingos para ir a ver a su hijo, y dice que es su mejor y única amiga. Aparte de su madre y el reverendo Terry Glover, el pastor de la Primera Iglesia Presbiteriana de Elm Park, Warren no tiene más visitas. Andrew Cave, el padre de Warren, abandonó a su familia poco después de que detuvieran a su hijo y murió de cáncer de próstata hace ocho años. Ninguno de los amigos que Warren tuvo en su juventud ha mantenido el contacto.

No pierdo el tiempo y voy directa a las preguntas importantes.

POPPY: Si usted no mató a Chuck Buhrman, ¿por qué iba a decir su hija que vio cómo usted lo mataba?

WARREN: Llevo haciéndome esa misma pregunta cada día de los últimos trece años. ¿Y sabe a qué conclusión he llegado? No tengo ni pajolera idea. Los caminos del señor son inescrutables.

POPPY: ¿Está diciendo que se lo inventó?

WARREN: Bueno, yo no maté a Chuck Buhrman; así que sí, algo así. Pero supongo que, en cierto modo, puedo entender cómo pudo confundirse. En aquella época, me había apartado completamente del camino. Tomaba muchas drogas y escuchaba música de temas satánicos. La bestia me había clavado sus garras, y me pregunto si ella, de algún modo, lo notó. Yo debía desconcertarla, ella era solo una cría.

POPPY: Usted también era un crío.

WARREN: Era lo suficientemente mayor para haber sido más sensato.

POPPY: ¿Había pasado algún tiempo con ella o con su familia antes de que mataran a Chuck?

WARREN: No, nosotros nos mudamos a Elm Park en el año 2000, así que solo llevábamos viviendo allí dos años cuando el señor

Buhrman murió. Yo no era precisamente el tipo al que invitan a todas las fiestas del barrio, ya me entiende. Era más bien retraído. No creo que haya hablado nunca con la señora Buhrman. Alguna vez la veía en el jardín, pero aparte de eso nunca salía de casa. Era un poco rara, ¿sabe? Se metió en una secta, ¿no? Con quien sí hablé una vez fue con el señor Buhrman. Una tarde, mi madre tenía dificultades con la cortadora de césped. Mi padre estaba fuera por trabajo, y yo era demasiado gilipollas para ayudarla; así que el señor Buhrman vino para echarle una mano. Él y yo acabamos charlando un rato sobre los Doors. Me pareció bastante guay.

POPPY: ¿Sabía que su madre tenía una aventura con Chuck Buhrman?

Quizás fuera la brusquedad de la pregunta o tal vez la profundidad de sus sentimientos religiosos que condenan el adulterio, pero Warren se puso visiblemente tenso cuando se lo pregunté.

WARREN: Mi madre no es una adúltera.
POPPY: ¿Así que nunca presenció nada que le hiciera pensar que su madre se acostaba con el señor Buhrman?
WARREN: No venga aquí a insultar a mi madre.
POPPY: No pretendía ofenderle. Solo quiero descubrir la verdad. Por lo que tengo entendido, en aquel tiempo, su padre viajaba a menudo por negocios y sus padres tenían problemas conyugales.
WARREN: ¿Podemos cambiar de tema?

Warren se mantuvo inflexible y poco comunicativo durante el resto de nuestra reunión. Su dura reacción me dejó una sensación desagradable. ¿Sabía Warren que había algo entre su madre y Chuck Buhrman? No hay ninguna duda de que Chuck tenía una aventura con Melanie —ella misma lo había reconocido en el estrado, motivo por el cual su marido la abandonó—, pero no está claro si para entonces la aventura ya era *vox populi.*

Esto es un detalle crucial. La aventura fue, después de todo, el motivo que la fiscalía atribuyó a Warren. La fiscalía alegó que Warren, que ya era un adolescente problemático, estaba tan disgustado porque su madre se hubiera liado con el vecino y hubiera destrozado lo que quedaba del matrimonio de sus padres que asesinó al objeto de su amor. Pero una lectura imparcial de las declaraciones del juicio muestra que la fiscalía fue incapaz de demostrar que Warren estuviera al corriente de la aventura.

Al final, la incapacidad de la fiscalía para demostrar el motivo dio lo mismo, pues había un presunto testigo. Pero una pregunta continúa atosigándome, y no por el motivo que ustedes podrían creer. ¿Estaba Warren enterado de la aventura? Y si la familia de Melanie conocía la aventura, ¿qué pasaba con la de Chuck? ¿Qué sabían exactamente su mujer y sus hijas?

Fragmento de la transcripción de *Reexaminado: El asesinato de Chuck Buhrman*. Episodio 2: *Las pruebas, o la falta de pruebas, de la fiscalía*. 14 de septiembre de 2015

Lo más problemático de la sentencia de Warren Cave era la escasez de pruebas que alegaron para condenarlo. Pasará el resto de su vida entre rejas por unas cuantas huellas dactilares y una dosis considerable de difamaciones.

La argumentación de la fiscalía giró en torno al testimonio de Lanie Buhrman como testigo ocular. Sin él, el resto de las «evidencias» —y pongo esta palabra entre comillas— podrían haberse descartado por circunstanciales, o no haber sido suficientes para convencer al fiscal más allá de la duda razonable.

Lo entiendo, por supuesto: Lanie era una chica convencionalmente guapa, se expresaba bien, y estaba claramente destrozada por la muerte de su padre. Los relatos de la época la describían derrumbándose en el estrado y casi siempre con aspecto desconsolado. Tocó la fibra sensible de todo el jurado, y querían creerla.

Por otro lado, el testimonio de un testigo ocular, aunque provoca una respuesta emocional del jurado, es notoriamente poco fiable. Muchos factores pueden afectar a la exactitud de esas declaraciones. Tengamos en cuenta, por ejemplo, que la historia que Lanie contó en el estrado —que había bajado a por un vaso de agua y se había topado con el asesinato de su padre— no fue lo que contó al principio. Inicialmente, las gemelas Buhrman aseguraron que estaban dormidas y que las despertó el sonido de un disparo.

El exdetective Derek McGunnigal fue una de las primeras personas en llegar a la escena del crimen y me describió así su conversación con Lanie Buhrman.

McGUNNIGAL: La primera de nuestras obligaciones era hablar con las chicas. Déjeme que le diga que no fue fácil. Estaban realmente conmocionadas. Solo conseguir que nos abrieran la puerta de su habitación ya nos costó muchísimo. Nos llevó un cuarto de hora largo convencerlas para que nos dejaran entrar; se cogieron de la mano y se negaron a separarse. El procedimiento oficial obliga a entrevistar a los testigos de forma individual, pero le digo que no había forma de que hablaran por separado. En realidad casi no hablaron, y me dijeron que no habían visto ni oído nada hasta que sonó el disparo.

Poco después de que hubiera acabado de entrevistar a las chicas, los agentes volvieron con Erin Buhrman, que había pasado la noche con una amiga que se estaba reponiendo de una operación bucal.

No quería obligar a la pobre señora a ver cómo nos encargábamos de la escena del crimen, así que la subí al dormitorio principal. Sus hijas la escucharon y montaron tal jaleo que, contra toda sensatez, las dejé pasar con su madre. No estaba siguiendo el procedimiento oficial, pero no tuve corazón para obligarlas a salir.

No debería haber dejado que se quedaran en la habitación, pero no conseguíamos sacarle a Erin nada que no fueran lágrimas; así que no parecía que aquello pudiera hacer daño a nadie. Intentaba hacerle recordar todo lo que pudiera: ¿había visto a alguien sospechoso por el vecindario en los últimos días?, ¿faltaba algo? Esas cosas... Y ella se iba poniendo cada vez más histérica. Justo cuando pensé que la señora se iba a derrumbar ante mí, Lanie dijo: «Yo lo vi».

Todos los que estábamos en la habitación nos quedamos helados. Como era la primera vez que lo decía desconfié inmediatamente. No se imagina cuánta gente se involucra en una investigación judicial solo por el drama. El doble si se trata de chicas adolescentes. No estoy siendo sexista ni nada parecido, como hay Dios que es lo que he comprobado. No quería asustarla, pero quería estar seguro de que no me estaba vacilando; así que le pedí que describiera exactamente lo que había visto. Y ahí fue cuando señaló a Warren Cave como el asesino de su padre.

POPPY: He leído que la primera declaración de un testigo siempre es la más fiable. ¿Qué le hizo creerse la segunda versión de Lanie?

McGUNNIGAL: Que quede claro que yo no fui quien tomó esa decisión. Lo que puedo decirle es que mi jefe pensó que hasta que llegó su madre las chicas habían estado demasiado asustadas para sincerarse. Las habían educado en casa, ¿sabe? Eso no te da mucha experiencia con los representantes de la autoridad. Pensó que tener ahí a su madre les hizo sentir la seguridad que necesitaban para hablar.

POPPY: Pero ¿usted no está de acuerdo?

McGUNNIGAL: Yo no he dicho eso. Lo que digo es que Lanie Buhrman no parecía más tranquila con su madre en la habitación. Le diría que incluso parecía más alterada. Pero bueno, eso explica por qué mi jefe todavía dirige el cuerpo de policía y yo ahora trabajo en seguros.

POPPY: ¿Lo despidieron por no estar de acuerdo con su jefe sobre Lanie Buhrman?

McGUNNIGAL: No estoy aquí para hablar de mí. Lo único que digo es que, en mi opinión, no parecía estar mucho más cómoda con su madre en la habitación. Pero a saber qué significaba eso. Su madre era un poco rarita, ¿sabe? Incluso antes de meterse en esa secta. En cualquier caso, el hecho es que Lanie Buhrman describió la escena del crimen a la perfección. Justo en el sitio desde el que tendría que haber disparado el asesino. Es imposible que hubiese acertado todo eso si hubiese estado todo el tiempo en la planta de arriba. Su primera declaración tuvo que ser mentira.

Así que, de todas formas, envié a un par de agentes a la casa de Cave. Melanie Cave estaba en el porche delantero de la casa —había estada observando toda la investigación desde allí— y no quería dejar entrar a los policías, alegando que Warren estaba dormido y no podía decirles nada. Cuando le dijeron que estaban allí para arrestar a su hijo, se angustió visiblemente.

POPPY: ¿Cree que Melanie Cave mintió a propósito sobre el paradero de Warren?

McGUNNIGAL: No, creo que ella pensaba de verdad que su hijo estaba arriba. Pero, por otro lado, eludía deliberadamente aclarar dónde estaba su marido. Decía todo el rato que estaba fuera, y se negaba a dar más detalles. En aquel momento pensamos que algo no encajaba, pero luego supimos que era solo una discusión de pareja.

Además, si Melanie hubiera sabido que Warren no estaba arriba, dudo que hubiera dejado subir a los agentes sin una orden de registro. Pero finalmente los dejó y los condujo a su habitación. Como sabe, no estaba allí. Los agentes declararon máxima alerta, suponiendo que Warren estaba armado y era peligroso, y rápidamente registraron el resto de la casa. Estábamos empezando el registro del vecindario cuando Warren entró con la bici por el sendero de la casa, completamente empapado. Adoptó enseguida una actitud agresiva con los agentes, negándose a contar dónde había estado, llamándolos cerdos y cosas peores. Fue detenido como sospechoso de la muerte de Chuck Buhrman y acusado de resistencia a la autoridad.

Warren admite inmediatamente que aquella noche se comportó de forma incorrecta, y sabe que se hizo un flaco favor peleando con la policía. Me pregunto qué se le pasó por la cabeza.

POPPY: Para mucha gente, aquella noche se comportó usted de forma sospechosa. ¿Puede decirme en qué estaba pensando?

WARREN: Entiendo que la gente pensara que me comporté de forma sospechosa. Por supuesto que no estoy orgulloso de mi comportamiento de aquella noche. Pero debe recordar que yo era un anarquista de diecisiete años que odiaba a la policía. Además, había pasado casi toda la noche en el cementerio poniéndome hasta arriba de DXM.

POPPY: ¿Hasta arriba de DXM?

WARREN: Sí, ya sabe, cuando bebes un montón de jarabe para la tos para colocarte.

POPPY: ¿Eso se hace?

WARREN: Sí, pero es una tontería. No lo haga.

POPPY: No lo haré. Así que, la noche que mataron a Chuck Buhrman usted no tenía coartada porque estaba bebiendo jarabe para la tos en un cementerio.

WARREN: Sí.

POPPY: ¿Qué cementerio?

WARREN: Pues no sé. Ahora parece algo muy irrespetuoso, pero en aquella época me gustaba hacerlo. Mire, una sobredosis de jarabe para la tos te hace alucinar. Y no hay nada más psicodélico que alucinar en un cementerio. Por lo menos eso pensaba yo en aquella época.

                No sabe cuántas veces he deseado haber estado haciendo algo distinto aquella noche. Me tendría que haber quedado en casa, pero, incluso si hubiera salido a hacer alguna tontería, debería haberla hecho en algún sitio donde alguien pudiera verme. Pero nunca se te ocurre pensar en algo así —que vas a necesitar una coartada, quiero decir— hasta que te detienen.

POPPY: Pero sí que vio a alguien más aquella noche, ¿no?

WARREN: Bueno, sí. No en el cementerio. Allí estaba solo. Pero de camino atajé por el parque Lincoln y, cuando pasaba con la bici por las mesas de pícnic, alguien me lanzó una lata de cerveza. Yo no estaba seguro de si estaba o no estaba alucinando, así que me detuve. Y entonces me di cuenta de que había unos chicos sentados en las mesas, y que definitivamente me estaban arrojando latas de cerveza. Cuando uno me lanzó una botella de cristal perdí la cabeza y me enfrenté a ellos. No recuerdo bien lo que pasó, pero algunos de estos chicos me arrastraron hasta el lago —esta solo a unos metros de las mesas de pícnic, ¿sabe?— y me metieron la cabeza en el agua. Me impedían subir y de verdad pensé que me iba a morir. Debí desmayarme durante un par de minutos, porque lo siguiente que supe es que estaba tumbado de lado junto a la orilla y ellos se habían ido.

POPPY: ¿Y no tiene ni idea de quiénes eran?

WARREN: No. Y he hecho todo lo posible por encontrarlos. Me parecieron más o menos de mi edad, así que mi abogado me trajo los anuarios de Elm Park y de los pueblos de alrededor. Pero estaba oscuro y yo esa noche iba drogado, y sencillamente no podía estar seguro. Pensé que podía haber reconocido a un par de chicos, pero no conseguimos nada.

Era la primera vez que oía hablar de un testigo potencial que respaldara la coartada de Warren; y hablé con su abogada, Claire Armstrong, sobre el tema.

ARMSTRONG: Hubiese sido de gran ayuda si Warren hubiera podido identificar a los individuos que lo tiraron al lago. Si hubiéramos logrado que testificaran, habríamos podido situar a Warren a casi un kilómetro de la escena del crimen. Desgraciadamente nunca tuvo claro a quién vio. Señaló que algunos rostros le resultaban conocidos, pero aquellos individuos negaron su implicación.

Para más inri eran «buenos chicos», ya sabe: miembros del consejo de estudiantes, deportistas, de sobresalientes. Un jurado nunca habría creído que Warren decía la verdad y ellos mentían, y sin su cooperación resultaba inútil. Además, ni siquiera el propio Warren estaba seguro de que hubieran sido ellos. Publiqué un par de anuncios en el periódico local, implorando que, si alguien sabía algo, por favor, compareciera ante la policía, pero no conseguí ninguna pista.

Yo pensaba que el hecho de que Warren apareciera empapado por el agua del lago, daría credibilidad a su historia e indicaría que era inocente; pero fue al revés. La policía concluyó que Warren se tiró al lago a propósito para eliminar pruebas, como restos de pólvora o cualquier otro mínimo rastro de evidencia que pudiera relacionarlo con la casa de los Buhrman. Aun admitiendo que eso sea verdad, ¿no sería más problema la sangre? ¿De verdad puede el agua de un lago limpiar la sangre con tanta eficiencia? Le insistí al exdetective McGunnigal en busca de respuestas.

POPPY: ¿Y la sangre? ¿Cómo pudo Warren Cave disparar a Chuck Buhrman en la nuca prácticamente a bocajarro y que ni siquiera le salpicara la sangre? El agua del lago no hubiera eliminado la sangre de la camisa, ¿cómo se explica, entonces, que no se encontrara ni una mancha de sangre en la ropa?

MCGUNNIGAL: La teoría siempre ha sido que Warren llevaba algo sobre la ropa. Alguna prenda de abrigo o incluso plástico. Pensamos que esa capa exterior fue a parar al fondo del lago junto con la pistola.

Exacto, no es que no se encontrara una pistola humeante en el caso Buhrman, es que no se encontró pistola alguna. Nunca se encontró el arma homicida en la escena del crimen, y la policía tampoco ha sido capaz de encontrarla en los trece años transcurridos desde entonces. La noche del crimen se registró el dormitorio de Warren Cave, y el resto de la casa de los Cave al día siguiente. El parque y el cementerio también se rastrearon, y se fondeó el lago sin ningún resultado.

POPPY: Si fondearon el lago y no encontraron la pistola, ¿por qué piensa que está ahí abajo?

MCGUNNIGAL: Fondear un lago es un procedimiento imperfecto, especialmente si se trata de un objeto pequeño. No me sorprendió que no la encontráramos.

POPPY: No les preocupó el hecho de que nunca encontraran el arma del crimen.

McGUNNIGAL: No era necesaria para la argumentación. Sus huellas estaban en la escena del crimen, y la chica Buhrman dijo que le había visto hacerlo.

Ah, sí las huellas dactilares. Si el testimonio de Lanie consiguió que metieran a Warren en una celda, el descubrimiento de sus huellas en el hogar de los Buhrman, así como el hecho de que mintiera sobre el asunto, fue lo que le puso el candado. Warren aseguró al principio que nunca había entrado en casa de los Buhrman. Después, cuando contrataron a un abogado y presentaron pruebas indiscutibles de que sus huellas lo situaban dentro de la casa, Warren cambió su versión de los hechos.

WARREN: Entré a escondidas. Fue el miércoles por la tarde, solo unos días antes de que muriera el señor Buhrman. Me había saltado las clases y estaba dando vueltas en mi habitación cuando vi a la señora Buhrman saliendo de casa con las gemelas. Prácticamente no salía porque, ya sabe, estaba un poco mal de la cabeza. Había escuchado a mi madre hablando por teléfono contar lo loca que estaba y pensé que eso significaría que probablemente tuviera algunas drogas bastante buenas por ahí. Así que cuando la vi salir, me colé. Saqué la llave de su escondrijo, usaban una de esas piedras falsas, como todo el mundo, y entré. Tenía Xanax, así que cogí eso y algo de dinero.

Reconocer que has atracado la casa de la víctima no es una defensa admirable, pero me pareció una defensa honesta. La fiscalía nunca consiguió aclarar del todo el asunto de las huellas ni explicar por qué las huellas de Warren no estaban solo en la cocina: estaban en las dos plantas de la casa, incluso en el baño de arriba y el dormitorio principal. Si las huellas las había dejado al cometer el crimen, ¿qué hacía Warren en la planta de arriba? ¿Cómo consiguió siquiera llegar hasta ahí? Yo he estado en la antigua casa de los Buhrman y, créanme, no es una casa con muchos pasillos y rincones oscuros. Y lo que es aún más importante, solo hay una escalera. Aunque en teoría era posible para Warren colarse en la planta de arriba sin que lo viera nadie y volver a bajar sin que Chuck Buhrman advirtiera su presencia, es bastante poco probable. Al final, resulta que el problema de Warren es que era un ladrón demasiado bueno: nadie se dio cuenta de que habían asaltado la casa, y nadie lo creyó después.

Con toda esta discusión sobre dónde estaban las huellas de Warren, creo que al menos conviene mencionar dónde no estaban: en la bala que se incrustó en la pared.

La fiscalía no le dio importancia. Dijeron que Warren podría haber usado guantes —un escenario poco probable en mi opinión, ya que encontraron sus huellas en otros muchos sitios—, o que otra persona podría haber cargado el arma. «¿Otra persona? Para un segundo, Poppy, ¿has dicho "otra persona"? ¿Warren tenía un cómplice?» Aunque desde luego que Warren tuviera un cómplice puede valer como teoría, la conclusión de la fiscalía fue aún mucho más sorprendente: pensaron que había sido el propio Chuck el que había cargado el arma.

El tema es este: Chuck era propietario de un revólver de bolsillo y a día de hoy aún no se ha encontrado esa arma. Erin le contó a la policía que Chuck había comprado la pistola para los padres de ella, después de que entraran a robar en su granja, y por un error burocrático la pistola estaba registrada solo a nombre de Chuck. Declaró no estar segura de lo que había pasado con la pistola tras la muerte de sus padres en el año 2000, pero aseguró que nunca la había visto en casa.

En todo caso, no estoy segura, más bien al contrario, de que toda esta digresión sobre si el arma pertenecía o no a Chuck aporte algo al conjunto de los hechos. Para aquellos que están convencidos de que Warren Cave es culpable, es una explicación útil de cómo consiguió un menor hacerse con una pistola: se la robó a la persona a la que tenía previsto matar, claro. Supusieron que Chuck había recuperado la pistola tras la muerte de los padres de Erin, o que de entrada la pistola nunca perteneció a nadie más; y que Warren se aprovechó de ello. Pero ¿qué probabilidad hay de que así fuera? Suficiente, al parecer, para un jurado.

Al final, las pruebas materiales eran flojas y circunstanciales, y el caso del Estado contra Warren Cave se fundamentó en el testimonio de una hija de la víctima, de quince años, que cambió su versión dos veces en los primeros treinta minutos que habló con la policía. ¿Fue solo resultado del trauma, como mantuvo el fiscal durante el juicio? ¿O se trataba de una mentira deliberada?

A Melanie y Warren Cave les da igual.

MELANIE: Lo único que queremos es la verdad, Lanie. Si nos estás escuchando, quiero que sepas que te perdonamos. Te doy mi palabra de que ni mi hijo ni yo presentaremos cargos ni exigiremos ningún tipo de sanción penal contra ti. Solo queremos que digas la verdad. Queremos que Warren salga en libertad.

CAPÍTULO 2

Eran casi las cinco de la mañana cuando terminé de escuchar el segundo episodio, y no me creía capaz de dormir, ni aunque lo hubiera deseado. Tenía la cabeza llena de interferencias y, en una frecuencia por debajo de ellas, un martilleo constante de insatisfacción. «Si las huellas las había dejado al cometer el crimen, ¿qué hacía Warren en la planta de arriba?».

¿Había estado Warren en el piso de arriba aquella noche? ¿Es posible que estuviera allí de pie en el pasillo, pistola en mano, a solo unos metros de donde dormíamos nosotras? Me estremecí. Si eso era cierto, tuvo que ser extremadamente silencioso para evitar que lo descubriera no solo mi padre; sino también mi hermana, que estaba despierta.

Pero si no dejó las huellas esa noche tuvo que dejarlas otro día. Warren tenía razón cuando decía que mi madre apenas salía de casa en aquella época. Me acordaba perfectamente de la tarde de la que hablaba. Había ido al centro comercial a escoger un regalo para tía A. Recordaba vagamente a mamá rebuscando en los armarios esa noche, murmurando para sí. Le pregunté qué hacía, y ella mascullló algo sobre que estaba perdiendo la cabeza y que cambiaba las cosas de sitio, ¿o fue al revés? Mi madre se despistaba a menudo con sus cosas, en ese momento no le di ninguna importancia. Pero ¿y si estaba buscando su medicación o el dinero que Warren había robado? ¿Y si dejó las huellas en el piso de arriba días antes del asesinato, significaba eso que las dejó en la planta de abajo también?

«Para», me ordené a mí misma. Daba igual cuándo hubiera dejado las huellas. Igual la noche que mató a mi padre dejó más, o quizás aquella noche optó por ponerse guantes. Era solo una distracción, un desvío de la evidencia real: Lanie le vio apretar el gatillo.

Una vez que me enteré de la existencia de *Reexaminado*, lo veía en todas partes. Cualquier persona con auriculares era un oyente potencial —o probable, según mi nivel de ansiedad en aquel momento—; cualquiera que pronunciara algo que sonara vagamente parecido a Buhrman despertaba mi suspicacia. Haciendo cola en el Trader Joe escuché a alguien decir «reexaminado», y me puse tensa. Pero una mirada atemorizada por encima del hombro me descubrió a la acompañante de la persona que hablaba diciendo con vehemencia: «Ya he reexaminado tus argumentos y la respuesta sigue siendo no. Tu compañero de cuarto es un bárbaro y no le voy a organizar una cita con Denise».

En el fondo sabía que mi grado de paranoia era injustificado, pero no era capaz de librarme de la persistente sensación de que la gente me miraba. Dejé de salir de casa, excepto para ir a trabajar. Pedía la comida a domicilio y cuando se me acabó el papel higiénico pedí también que me lo trajeran a casa, porque en los tiempos actuales puedes pedir cualquier cosa a domicilio. Dejé de dormir. Me pasaba las noches sentada leyendo cualquier cosa que pudiera encontrar sobre Poppy Parnell y su *podcast*.

A veces me preguntaba qué pasaría cuando Caleb volviera de África y se enterara de lo de *Reexaminado*. A veces me aterraba imaginar que ya se hubiera enterado, que hubiera ordenado las piezas del rompecabezas y comprendido que le había mentido sobre mi pasado, y que nunca volvería a mi lado. Solo habíamos hablado una vez desde que me enteré de lo del *podcast*, y esa llamada había sido una conversación frustrante de cinco minutos en la que nuestras palabras reverberaban con el eco y el retardo era tan exagerado que parecía casi una broma. Desde luego no era el momento de mencionar que acababa de salir un *podcast* superjugoso que reexaminaba el asesinato de mi padre.

Pero pensar en Caleb me hacía más daño aún que pensar en la muerte de mi padre, así que aparté esas preocupaciones de mi mente. Cuando llegara a ese río, cruzaría ese puente. Por el momento, solo pensaba en el *podcast*.

Para cuando llegó el viernes por la tarde solo había conseguido dormir de forma intermitente unas cuantas horas en dos días, y la frontera entre el sueño y la vigilia se confundían, de manera que el único estado de conciencia que podía mostrar era una especie de letargo cercano al trance. Estaba intentando organizar en las estanterías un nuevo cargamento de libros, pero mi cerebro iba tan lento que me quedé mirando un ejemplar de *Cien años de soledad* durante cinco minutos largos, sin saber muy bien dónde tenía que ir Gabriel García Márquez en el orden alfabético.

Clara observó mis patéticos avances durante un minuto, antes de quitarme el libro de las manos y decirme:

—¿Estás bien, Jo? No te lo tomes a mal, pero no tienes muy buen aspecto.

—La verdad es que últimamente no he dormido bien —admití, pestañeando.

—¿Quieres, no sé, ir corriendo a Starbucks, o algo? Yo te cubro, no te preocupes. Un poco de café te podría venir bien.

—Gracias —acerté a decir, con un nudo en la garganta—, pero enseguida se me pasa.

Eso de que se me iba a pasar estaba por ver. El *podcast* era tan omnipresente que daba miedo, se colaba incluso por los pasillos de la librería, un espacio que normalmente estaba reservado a discusiones sobre si el éxito comercial era sinónimo de logro literario o debates sobre si Hemingway era un misógino o un misántropo. Si estos esnobs literarios estaban discutiendo sobre algo que habían oído en internet en lugar de picándose con esotéricas referencias literarias, estaba perdida.

De camino a casa me temblaba el cuerpo por la falta de sueño y la comezón del pánico. Iba con la cabeza baja, segura de que aquellos con quienes me cruzaba habían escuchado las chorradas de Poppy y ahora lo sabían todo sobre mi doloroso pasado. Unos años antes me había cambiado legalmente el nombre, dejando atrás de forma oficial a Josephine Buhrman, pero eso era una mera formalidad que no proporcionaría mucha calma cuando los fans del *podcast* empezaran a buscar fotos por internet. Ahora que se había despertado el interés por la imagen de mi padre en la web de *Reexaminado*, ¿cuánto tardarían en buscar imágenes de todos nosotros? ¿Y si ya habían empezado a hacerlo? ¿Había sido ingenuo convencerme de que un *podcast* no era más que radio moderna, meras palabras flotando en el aire? Existía en internet, junto con las imágenes de Google, aguardando a los grupos de fanáticos detectives de la red.

Me detuve en la tienda de vinos, pero dejé la botella que tenía intención de comprar cuando una chica se puso a la cola detrás de mí y comenzó a teclear en su móvil. La sospecha de que supiera quién era yo me agobiaba y, aunque sabía que me estaba comportando como una loca, salí corriendo de la tienda. Ya en la calle, atisbé el escaparate de una peluquería en la que antes no había reparado y me colé dentro.

—Necesito cortarme el pelo —dije, y mi voz me sonó demasiado alta. La joven recepcionista me miró incómoda. Me daba cuenta de que debía bajar la voz, intentar suavizar mis nervios destrozados, pero aquello parecía escapar a mi control y en vez de eso me agaché inclinándome hacia delante y añadí—: Inmediatamente.

—De acuerdo —dijo despacio, con una voz tan cautelosa como si yo estuviera agitando un revólver frente a su cara—. Déjeme ver si hay alguien libre.

Se levantó con cuidado de su mesa y fue hasta el fondo del

salón de belleza, volviendo la cabeza para mirarme un par de veces, con evidente desconfianza. Sostuvo una charla entre susurros con las tres estilistas vestidas de negro reunidas al fondo del establecimiento, hasta que una de ellas —rubia platino y flaca como un galgo— se encogió de hombros y avanzó hacia mí, con un tintineo de finas pulseras en el brazo.

—Me llamo Axl, yo la atiendo.

—Córtemelo —le ordené, sentándome en su puesto—. Córtemelo todo.

Tuve un repentino y perturbador *flashback* que me transportó diez años atrás: un día húmedo de llovizna de finales de mayo en el que me encontraba sentada en una peluquería de Londres. «Córtemelo», dije con una voz que pretendía ser valiente. «Que me lo corte todo». Aquella peluquera había echado un vistazo a mis ojos rojos e hinchados y el maquillaje de varios días que llevaba como una costra sobre la cara, y negó con la cabeza. «No creo que tu estado emocional sea el adecuado en estos momentos para tomar ninguna decisión drástica sobre este pelo tan bonito, niña», me dijo. «¿Y si en vez de eso te hago un buen corte y te damos un nuevo aire?». No me sentí con fuerzas para llevarle la contraria, así que asentí sumisa y salí de allí como una versión arreglada de la misma persona que entró. Semanas después viví una situación similar en París, con una mujer que olía a tabaco y que agarraba el pelo entre sus manos como si fuera un animal sensible y lamentando la idea de que yo fuera a destruirlo sin piedad. Me lo lavaron, me lo aclararon y me hicieron más de lo mismo en Ámsterdam y Barcelona. Finalmente conseguí convencer a alguien en Roma para que me cortara el pelo por encima de los hombros. Pero para cuando conocí a Caleb en África, cuatro años, quince países y más trabajos temporales y pagados en negro después de los que pudiera contar, ya no pensaba en mi hermana cada vez que veía mi propio rostro, y me había vuelto a dejar el pelo largo. Había pasado mucho tiempo desde entonces. Había perdido práctica para negociar un corte de pelo y me armé de valor para afrontar la negativa.

Pero Axl se limitó a encogerse de hombros en un gesto de indiferencia.

—Lo que usted diga.

—Y me lo tiñe —le ordené, envalentonada—. Como el suyo.

Sus labios color magenta esbozaron una sonrisa burlona.

—A sus órdenes.

Casi inmediatamente lamenté mi decisión. El cráneo en contacto con el agua oxigenada empezó a picarme y se fue calentando hasta que sentí como si un ejército de hormigas rojas me hubiera invadido la cabeza. Se me llenaron los ojos de lágrimas, quería suplicarle a Axl que se apiadara de mí, pero apreté los dientes y aguanté el dolor. A mis anteriores intentos de eliminar a Josephine Buhrman les faltaba convicción. Necesitaba eliminar químicamente cualquier vestigio, hasta que no quedara nada.

Una vez eliminada el agua oxigenada y transformados mis rizos en un corte *pixie* muy poco sutil, Axl giró la silla para que me viera en el espejo.

—¿Qué le parece?

El cambio era asombroso, casi me había convertido en otra persona. El pelo, o lo que quedaba de él, no había quedado tan platino como yo esperaba, y, en vez de eso, había cogido un amarillo claro, como mantequilla. Sin la distracción del pelo, mis ojos parecían enormes y de repente los círculos morados que había debajo resultaban mucho más notorios. Las cejas todavía de un negro azabache eran dos lunas crecientes y agresivas sobre los ojos. Parecía una pirada. Me sentía como una pirada.

—Las cejas —conseguí balbucir.

Axl asintió, y de repente el agua oxigenada me quemaba las cejas y tuve miedo de que los productos químicos me dejaran ciega. Pero mereció la pena el momentáneo terror: cuando me enfrentó de nuevo al espejo, tenía un aspecto decididamente más razonable. Analicé mi imagen y observé satisfecha que no me parecía nada a Josephine Buhrman.

Aunque Axl no se daba mucha maña con el tinte, le di una

propina del ochenta por ciento y salí a la calle libre del temor de que la gente me mirara. O por lo menos sabiendo que si me miraban era por mi llamativo peinado y no porque pareciera miembro de la familia Buhrman de Elm Park. Me daba igual si mi repentino cambio de imagen era resultado directo de la paranoia o si tenía razones para adoptar un disfraz. Lo único que me importaba era que ahora finalmente podía dejar de pensar en el *podcast* al menos unos minutos. Finalmente volvía a sentirme como la persona en la que tanto me había costado convertirme.

De Twitter, colgado el 18 de septiembre de 2015

PoppyParnel 
@poppy_parnell

 es en estos momentos el podcast con más descargas en @iTunes! Gracias por vuestro apoyo! #ChuckBuhrman.

5 m

CAPÍTULO 3

Cuando Caleb volvió de la República Democrática del Congo, el lunes por la noche, estaba flaco y desgreñado, igual que cuando lo conocí.

—Amor, estoy en casa —gritó abriendo la puerta, y enseguida la alegría dejó paso a una tos cansada. Se me encogió el corazón. En su voz ronca se adivinaban semanas de medicamentos contra la malaria, indigestiones leves y jornadas laborales de dieciocho horas. Quería escoltarlo hasta la cama y meterlo entre las sábanas, que acababa de lavar para su regreso. Sentía un instinto de protección hacia él tan fuerte que se me olvidó que llevaba despierta toda la noche, obsesionada con el *podcast*, sintiéndome mal, pues sabía que era solo cuestión de tiempo que Caleb se enterara.

—Cuéntaselo de una vez —decía Ellen, con una voz que sonaba enfadada por mis continuas llamadas de madrugada de los últimos días—. Tal y como están las cosas no parece que vayas a poder mantener el secreto.

—Pensé que Peter la iba a demandar. Limpiar toda esa basura de internet. ¿Qué pasó con eso?

—Por lo visto es más complicado de lo que pensaba. Y de todas formas, aunque no lo fuera, demasiada gente ya conoce la historia. ¿Sabes que hicieron una parodia la semana pasada en *Saturday Night Live*? Es imposible que Caleb no se entere. Se lo vas a tener que contar.

—Pero ¿cómo lo hago?

—Josie, eres una persona adulta. Seguro que se te ocurre algo. Igual esta es la oportunidad para aclararlo todo.

Sabía que Ellen tenía cierta razón, pero la idea de reconocer todas mis mentiras me aterrorizaba. Cuando conocí a Caleb le dije que mis padres habían fallecido. Era un burdo argumento para salir del paso, que había estado usando en mi viaje como mochilera y autoestopista por Europa, el sudeste asiático, de nuevo Europa y finalmente África. Aquellas relaciones parecían pasajeras; no era cuestión de crear mal rollo contando historias sobre un padre asesinado, una madre loca y una hermana a la que odiaba. Pero lo de Caleb había resultado ser lo contrario de una historia pasajera, y la mentira se fue retroalimentando y creciendo, y nunca supe cómo decirle la verdad.

La noche en que regresó yo estaba atrapada en un intenso debate interno sobre si debía confesarle la verdad —y si así era, cómo debía hacerlo—, pero, en cuanto le oí entrar, los argumentos que me había preparado, así como la angustia que me habían causado, desaparecieron. Necesitaba refugiarme entre sus brazos. Las sombras del pasado podían esperar.

Caleb estaba tirando su morral lleno de manchas en el suelo de la entrada, cuando yo aparecí por la esquina. El corazón me latía con mucha fuerza.

—Hola, amor.

Levantó la vista hacia mí, con los ojos grises, cansados y ojerosos, y se le heló la sonrisa.

—¡Hostia, Jo! ¿Qué te has hecho en el pelo?

Me sobresalté al darme cuenta de que había pasado tanto tiempo pensando en cómo soltarle la noticia a Caleb («tengo que confesarte algo» era demasiado funesto, sonaba demasiado a «he tenido una aventura», pero «oye, te has enterado de lo del *podcast* ese» no acarreaba la suficiente gravedad) que se me había olvidado completamente el drástico cambio de imagen al que me había sometido hacía tres días.

—Ah —dije, con una risa forzada—. Se lo vi a alguien y pensé que podía probarlo. Ya me conoces, impulsiva.

Parpadeó.

—Es... chocante.

—Eso era precisamente lo que buscaba —dije, bajando la voz con un tono forzado.

Caleb estaba demasiado cansado para no acatar mis palabras al pie de la letra. Me dijo que seguía estando guapa, me besó en la frente y se dispuso a dormir durante las siguientes trece horas.

Yo no había odiado siempre a mi hermana. Durante nuestros primeros quince años de vida fue una parte inseparable de mí: yo existía solo como la mitad de un set de dos piezas. Hubo un tiempo en el que creía, sinceramente, que si me separaba de ella dejaría de existir.

Pero eso había ocurrido tiempo atrás, cuando yo todavía le importaba, antes de que vendiera mi cariño y mi respeto a cambio de alcohol, drogas y un anarquismo de poca monta. En aquel entonces, más que rebelde era atrevida, una niña con coleta, costras en las rodillas y gusto por la aventura. Me guio en multitud de escapadas, subimos a la buhardilla del granero de mis abuelos, bajamos al estanque... Me enseñó el hueco, detrás del fregadero en la pared de la casita de muñecas del patio trasero, donde guardaba los tesoros prohibidos: los caramelos que había mangado del armario, bisutería que le había robado a Ellen y novelas baratas que había cogido sin permiso de la mesita de noche de mi madre. Fue este último artículo lo que llevó a mi madre a saquear nuestra habitación y la casa de muñecas hasta que descubrió el escondrijo secreto de Lanie. Tuvimos que devolver los libros y la bisutería, y nos confiscaron los caramelos.

Pero por cada jugarreta, por cada noche en que Lanie me arruinó el sueño contando historias de hombres con manos en forma de garfio y fantasmas que hacían autostop, mi hermana era también siempre la primera en venir a ayudarme, en consolarme cuando estaba triste. Hubo una época en que estábamos tan encantadas con nuestra condición de gemelas que nuestra madre —que tenía una hermana, mi tía A, pero no una gemela— y mi prima Ellen —que no tenía ningún hermano— nos daban pena. Nos sentíamos especiales, pensábamos que nuestra unión era indestructible.

Pero entonces asesinaron a papá, mamá nos abandonó y Lanie se descarrió por completo. Yo traté de retenerla, pero Lanie no quería que la salvaran. Eso lo dejó bien claro.

Habían pasado diez años desde la última vez que vi a mi hermana gemela. Durante un tiempo, al principio de nuestra separación, no podía pensar en otra cosa que no fuera ella, la veía en todas partes: poniendo copas en un *pub* ruidoso petado de gente en el centro de Londres, contemplando la *Victoria de Samotracia* en el Louvre, encendiendo un cigarro en una oscura calle de Roma. Y cada vez que cerraba los ojos, allí estaba ella, con las mejillas hundidas, casi salvaje. Acechaba mi subconsciente y en cuanto dejaba vagar el pensamiento, aunque fuera por una fracción de segundo, se materializaba.

Pero, con el tiempo y la distancia, mis recuerdos se fueron disipando. Alguna vez me despertaba en mitad de la noche, sudando y convencida de que le había ocurrido una desgracia, y me pasaba el resto de la noche sentada junto al teléfono esperando oír que había sucedido algo, pero luego se hacía de día y la vida volvía a la normalidad.

Desde aquella extraña llamada a las tres de la madrugada, y tras descubrir el *podcast*, la sombra de mi hermana había empezado de nuevo a acecharme, agazapada al borde de mis pensamientos. Me había resistido con fuerza; pero con ese increíble y cruel don de la oportunidad que tenía mi hermana, la noche en que Caleb llegó no conseguía quitármela de la cabeza. Traté de dormir, ahora que por fin tenía aquel cuerpo desgarbado y familiar holgando de nuevo junto a mí, pero las imágenes de mi hermana, en sus peores momentos, (con la máscara de pestañas corrida, la mirada perdida, la nariz sangrando) pasaban volando frente a mis ojos cerrados.

Lo de dormir ni me lo planteaba, aunque estuviera desesperada por conseguirlo. Me levanté silenciosamente, me calenté una taza de té en el microondas, pillé una manta afgana y me acurruqué en el sofá, dispuesta a ver unos episodios de *Expediente X* en Netflix. Las series de extraterrestres y gusanos del tamaño de un humano, merodeando por la red de alcantarillas, eran el último grito en evasión y no solían fallarme cuando intentaba rebajar mi ansiedad. Pese a ello, me sobresaltaba al menos cada veinte minutos, convencida de que había oído el teléfono. La relación con mi hermana se había ido apagando con los años —primero por las drogas, luego por la distancia—, pero mi cuerpo insistía en que Lanie me estaba llamando. No había decidido si le contestaría.

Cuando el sol asomó por los tejados de los rascacielos del centro de Brooklyn, nadie había llamado para decir que Lanie estuviera muerta, lisiada o de ninguna otra manera, y decidí que me había equivocado. Por lo visto, después de todo, Lanie y yo no estábamos conectadas, quizás nunca lo habíamos estado.

—Buenos días, amor —masculló Caleb, saliendo lentamente de la cama y restregándose con una mano la cara soñolienta y los rizos despeinados—. ¿Cuánto tiempo llevas levantada?

—Un rato —reconocí, ofreciéndole la tostada con mantequilla que me había preparado y metiendo otra a la tostadora. Se la zampó rápidamente y esbozó una gran sonrisa.

—Echaba de menos tu mano para la cocina, amor.

—Ya te vale —dije, dándole un puñetazo juguetón en el estómago—. Te pensarás que me creo que has estado cenando en plan *gourmet* en la República Democrática del Congo. Yo sé lo que hacéis los cooperantes. No tomáis más que gachas, cerveza y bollería.

Caleb me cogió de la mano y me estrechó contra él. Me mojé los labios y me acerqué aún más, metiendo los dedos por la cintura del pantalón de su pijama, que le quedaba más suelto que cuando se fue. Cuando con las yemas de los dedos toqué su piel, ligeramente febril, algo dentro de mí se suavizó. Todo iba a salir bien. Ya no importaba el *podcast*, el pasado y las mentiras que había construido para taparlo ya no importaban tampoco. Todo lo que importaba estaba dentro del radio de nuestros corazones y nuestra piel.

Caleb bajó su rostro hacia mí, nuestros labios se juntaron. Apenas noté que hacía más de veinticuatro horas que no se lavaba los dientes. Caleb había vuelto a casa y todo volvía a ser cálido y seguro.

Mi móvil sonó estridente desde el dormitorio, explotando la burbuja que se había formado a nuestro alrededor. El estómago me dio un vuelco. «Lanie».

—No lo cojas —murmuró Caleb, sujetándome mientras yo me apartaba.

Pero el terror creciente era demasiado fuerte para ignorarlo, y casi me da una taquicardia al ir corriendo a coger el teléfono.

—Josie, cariño, lo siento. —El tono de Ellen, extrañamente suave, me produjo escalofríos en la espalda.

—¿Qué? —Era más un suspiro desesperado que una palabra.

—No hay forma de atenuar lo que te voy a decir. Ha muerto. Lo siento.

Me palpé el esternón, apretando la piel con los dedos. Aún sentía a mi hermana palpitando bajo mi piel, no la sentía muerta.

—¿Estás segura?

—Sí, cielo, estoy segura. No la he... visto. Si eso es lo que quieres decir. Pero a mamá la llamaron esta mañana del Colectivo Fuerza Vital.

Hice una pausa mientras las palabras de Ellen iban permeando lentamente mi cerebro. Habían llamado del Colectivo Fuerza Vital, Lanie no había muerto.

Mi madre sí.

—Ah, vale.

Me sorprendió el tono neutro de mis propias palabras. Había imaginado este momento incontables veces, y siempre pensé que lloraría, que gritaría, que no encontraría consuelo, lamentando abatida las oportunidades perdidas. Esperaba sentirme vacía, desesperada, pero resultó que no sentía nada.

Ellen respiró hondo.

—Bueno, sí.

Asentí. Era un gesto que Ellen no podía ver. Cerrando la puerta, pregunté:

—¿Qué pasó?

—Se..., ay, cielo, se ahorcó.

Un escalofrío me recorrió los huesos mientras imaginaba el cuerpo delgado de mi madre balanceándose de un lado a otro, con el cuello extrañamente doblado. Un sollozo amenazó con escapárseme de la garganta, y sentí una satisfacción extraña al tener que dominarlo. Quizás, después de todo, no era tan fría.

—¿A qué dirección tengo que mandar las flores? ¿Al tanatorio o a casa de tu madre?

—Ahórrate las flores y tráete a ti misma a casa de mamá.

—Ellen, no voy a ir a casa.

—Josie, tienes que venir. Eres su hija.

—¡La hija a la que abandonó hace más de una década! No tengo que hacer nada.

—Aun así; era tu madre.

Está muerta. Da igual que yo vaya o que no vaya. Va a seguir muerta esté yo allí o aquí.

—Voy a fingir que no he oído lo que acabas de decir. Sabes perfectamente que los funerales no son para los muertos. Son para los vivos que los muertos han dejado atrás. Necesitamos que vengas. Mi madre te necesita. Si piensas que las cosas ya iban mal con lo del *podcast*, aunque bueno..., ni que te hubieras molestado en llamar a mamá al menos una vez para ver qué tal lo llevaba. Pero ahora se van a poner mucho peor. Esa zorra de Parnell va a intentar echar abajo la puerta de casa de mi madre, y tú vas a estar aquí para bloquearle el paso.

—Ellen, ya sabes que le dije a Caleb que mi padre y mi madre habían muerto —dije bajando la voz y mirando de reojo la puerta de mi habitación.

—¿Y de verdad piensas que puedes mantener ese secreto?

¿Incluso ahora? ¿Sobre todo ahora? —Se detuvo esperando mi respuesta. Pero yo no tenía respuesta. Dio un resoplido. —De acuerdo, pues dile que mi madre ha muerto. Problema resuelto. Pero vente a casa.

—No puedo. Lo siento.

—Maldita sea, Josie.

—Lo siento —dije de nuevo, y colgué el teléfono.

Mi prima tenía que decir siempre la última palabra, así que con el dedo decliné grácilmente la llamada que sonó justo después. El teléfono volvió a sonar, y de nuevo presioné el botón rojo para ignorarlo. Tras la tercera llamada, lo apagué completamente. Ellen podía llamar todas las veces que quisiera, pero yo no iba a volver a Elm Park.

Caleb, con lo que quedaba de mi tostada en la mano, abrió la puerta del dormitorio y miró con curiosidad.

—Jo, ¿va todo bien?

Abrí la boca para decir que sí, pero en vez de eso dejé escapar un sollozo ahogado. Caleb me abrazó, dándome cariñosos masajes circulares por la espalda, y me preguntó qué había pasado.

—La tía A ha muerto. Tengo que ir a casa.

Las palabras escaparon de mi boca sin previo aviso, pero al oírlas en voz alta supe que Ellen tenía razón: tenía que volver a casa. Se lo debía a la memoria de mi madre, y lo que era aún más importante, se lo debía a la tía A, que me había cuidado cuando mi madre no lo hizo. La tía A había puesto mucho de su parte para convertirse en un apoyo para mi hermana y para mí, y no podía dejarla pasar por esto sin mi ayuda.

—Oh, no —murmuró Caleb, rodeándome con el abrazo y atrayéndome hacia él. Me refugié en su pecho delgado, cerrando los ojos con fuerza y reprimiendo el llanto mientras las imágenes de mi madre me inundaban la cabeza. Solo recordaba cosas buenas de hacía mucho tiempo: mi madre joven y guapa con las manos en mi cabello, entrelazando mis mechones oscuros, idénticos a los suyos, en una trenza; mi madre con olor a manzanilla, inclinándose sobre mí para darme un beso de buenas noches, haciéndome cosquillas en la cara con su largo pelo negro; mi madre con aquel delantal con volantes en los hombros, poniéndonos bajo la nariz una pizca de vainilla a Lanie y a mí mientras horneábamos galletas.

—Lo siento, mi vida —dijo con dulzura—. Sé que tu tía era como una madre para ti.

Me puse rígida al recordar mis mentiras. Caleb no lo notó y continuó susurrándome al oído palabras reconfortantes. No me merecía el consuelo de este hombre maravilloso al que había mentido sobre mi desgracia, tanto la que me acababa de ocurrir como las otras muchas que conformaban mi vida, así que lo aparté de mí.

De un tirón saqué mi maleta de debajo de la cama y abrí de golpe el armario. Rechazando los intentos de Caleb de ayudarme, agarré todas las prendas negras a mi alcance y las arrojé a la maleta de cualquier manera. Me daba igual qué ponerme. No volvía a casa para impresionar a nadie. Esperaba no ver a nadie, especialmente...

Sentí un escalofrío al preguntarme si ella seguiría en Elm Park, si seguiría él. Ellen, que era una cotilla nata, lo sabía seguro, pero era demasiado lista para apenas susurrar cualquiera de los dos nombres delante de mí. Había dejado diametralmente claro que quería borrar a ambos de mi vida.

—Sí, gracias. —Oí a Caleb decir con claridad desde el pasillo—. Necesito reservar un vuelo desde el JFK al aeropuerto O'Hare en Chicago... Para hoy, si fuera posible... Sí, ya sé que lo puedo hacer *online*, pero necesito la tarifa especial por fallecimiento de un familiar.

El instinto protector de Caleb fue lo primero que me atrajo de él. Nos conocimos en Zanzíbar, cuando él trabajaba con estudiantes desfavorecidos. Yo había estado holgazaneando por ahí en aquella isla idílica, ignorando, no solo la sensibilidad musulmana con mucho alcohol y poca ropa, sino también a los propios niños a los que Caleb intentaba ayudar. Nuestros caminos se juntaron en el mercado nocturno, cuando una de sus estudiantes se acercó a mí para practicar inglés. La paciencia y amabilidad de Caleb me conquistaron de inmediato; nunca entendí lo que él vio en mí.

Desde la esquina, me asomé a nuestro pequeño pasillo para mirarlo. Estaba allí de pie, solo con la parte de abajo del pijama, agarrando el teléfono con la barbilla sin afeitar, con un lápiz en una mano y con la otra dándole la vuelta a nuestra lista de la compra, para tener un espacio donde apuntar los detalles del vuelo. Asentía con la cabeza e iba tomando notas, aunque tenía los ojos resecos y medio cerrados de sueño. En ese momento hubiera dado lo que fuera por quedarme un ratito más con él, en esa vida cómoda y feliz que nos habíamos construido. Solo un par de tardes más bebiendo café a su lado en el sillón, luchando contra él por resolver el crucigrama, echándole una carrera hasta Prospect Park, esquivando a los perros y los carritos de bebé por todo el camino, cocinando *curry* juntos en nuestra pequeña cocina, cortando cebollas codo con codo y calculando las especias. Todas las pequeñas cosas que hacen que la vida merezca la pena...

—Sí, queremos dos billetes. El primer pasajero es Jo Borden. B-O-R-D-E-N. El segundo es Caleb Perman. P-E-R-M-A-N.

—¡No! —le contradije abruptamente—. Solo uno. Solo yo. Solo uno.

Amablemente Caleb le explicó al empleado de la aerolínea que volvería a llamar. Y luego se volvió hacia mí confundido.

—¿De qué estás hablando? ¿No quieres que vaya contigo al funeral?

Claro que quería que Caleb viniera conmigo. Más aún, necesitaba que viniera conmigo. Había poca gente en la que consideraba que podía confiar, y Caleb era con mucha diferencia la más firme de este pequeño grupo. Lograba que tuviera los pies en la tierra, que me mantuviera estable y, en gran medida, cuerda. Si alguien podía evitar que la locura de mi familia me arrastrara, era él.

Pero, claro, mi familia era el problema. Todavía podía recordar la noche sin luna, cálida y pegajosa, que Caleb y yo pasamos sentados sobre un muro de contención, contemplando el océano

Índico, fumando y hablando hasta el amanecer. Todo parecía tan de película que cuando me preguntó sobre mi familia, no solo saqué a relucir la consabida mentira de que mis padres habían muerto, sino que además la embellecí matándolos en un accidente de tráfico, tomando prestados detalles como el camino y el conductor borracho de la muerte de los padres de mi madre. Él se disculpó muy correcto, por habérmelo preguntado, y yo asentí valiente y le ofrecí una media verdad, contándole que me había criado una tía. Pensé que sería una mentira con la que conviviría al menos una semana, pero cinco años después continuaba enredada en ella.

—Caleb, cariño. Quiero que vengas, claro que quiero. —Mi voz tembló de emoción en el segundo «quiero», necesitaba que entendiera hasta qué punto lo necesitaba—. Pero no puedo arrastrarte hasta Illinois. Acabas de llegar a casa. Necesitas descansar, y estoy seguro de que tendrás un montón de trabajo esperándote en la oficina.

—Nada de eso importa. Importas tú. Quiero cuidarte.

—Puedo cuidarme sola.

Caleb suspiró, suavizando la expresión del rostro.

—Lo sé, nena. Es una de las cosas que más me gustan de ti.

Sentí cómo se conmovía mi corazón herido. A veces me preocupaba que Caleb tuviera complejo de salvador y que confundiera su deseo de ayudarme con amor. El hecho de que citara una de mis más estupendas virtudes como fundamento de su amor hizo que me sintiera a salvo, y no pude evitar insistir.

—¿En serio?

Caleb sonrió y me retiró con suavidad el pelo —ese pelo que había destrozado— de la cara.

—En serio. Eres una mujer muy autónoma, Jo. Te recorriste el mundo tú sola durante años. No conozco a nadie capaz de hacer eso, y conozco muchos viajeros. La mayoría de la gente acaba muy quemada o no sabe cómo hacer para conseguir dinero, pero tú te mantuviste durante cinco años. Yo admiro esa clase de independencia.

—Gracias —dije, enjugándome una nueva ronda de lágrimas—. Pero, Caleb, en serio. Esto es algo de lo que puedo ocuparme yo sola.

Caleb se rascó la barbilla con la goma del lápiz.

—A ver qué te parece esto: tú te vas sola a Illinois hoy, y ves cómo te sientes. Iré en cuanto me necesites. Una palabra tuya y me planto allí. ¿De acuerdo?

Asentí, fingiendo estar de acuerdo. Tenía toda la intención de volver a la costa oeste antes de que Caleb pudiera siquiera acercarse a un avión. Luego lo besé, temblando al pensar que esta pudiera ser una de las últimas veces que nuestros labios se juntaran. Agarrando su cara entre mis manos, miré sus ojos gris claro, preguntándome si alguna vez podría entenderme. Si le contaba la verdad, si me adelantaba a los acontecimientos, habría una oportunidad de salvar nuestra relación. Tenía la verdad en la punta de la lengua, pero antes de que pudiera abrir la boca y soltarla, me la volví a tragar.

Del *Elm Park Courier*, publicado el 22 de septiembre de 2015

Erin Ann Blake Buhrman, de 49 años, falleció el 20 de septiembre de 2015. Hija de Patrick y Abigail Blake, Erin nació en Elm Park, Illinois, el 8 de febrero de 1966. El 2 de agosto de 1986, Erin contrajo matrimonio con Charles «Chuck» Buhrman. Previamente habían muerto su marido, sus padres y su hermano Dennis. La sobreviven sus hijas Josephine y Madeline y su hermana, Amelia. El miércoles 23 de septiembre tendrá lugar el velatorio a partir de las 2 p.m. en el tanatorio Wilhelm de Elm Park. El viernes 25 de septiembre a las 11 a.m. tendrá lugar un breve funeral y el entierro en el cementerio de Elm Park. La familia prefiere que en lugar de flores se envíen donativos al Centro Nacional para la Prevención de Suicidios.

CAPÍTULO 4

Dos horas después, desde la puerta 25 del JFK —con un montón de revistas de cotilleo en el regazo y un Red Eye de Starbucks en la mano—, llamé a Ellen.

En lugar de «hola» me dijo:

—Dime que vienes a casa.

—Embarco en veinte minutos.

—Gracias a Dios. Tengo a mi madre en la otra línea y lleva llorando media hora. Necesito refuerzos. ¿Cuándo llegas?

—Poco después de las dos. ¿Me vienes a buscar o alquilo un coche?

—Te voy a buscar. Que tengas buen viaje.

—Espera Ellen. —Respiré hondo, preparándome mentalmente para la siguiente pregunta—. ¿Y Lanie?

—Josie, tengo que dejarte.

—No esquives la pregunta. ¿Va a estar Lanie?

—Josie, mi madre está llorando desconsolada por el otro teléfono. Te tengo que dejar. Hasta pronto.

Sin más palabras, Ellen cortó la llamada.

Mi avión se retrasó más de dos horas, durante las cuales me sobresalté al menos siete veces creyendo haber oído el nombre de mi padre. Solo una vez resultó ser cierto. Nerviosa por el retraso e incapaz de controlar mi creciente paranoia, traté de distraerme en Facebook.

El truco duró solo un momento. Comentarios sobre el *podcast* merodeaban entre el habitual torrente de buenas nuevas (compromisos, recién nacidos, éxitos culinarios), como serpientes agazapadas en la hierba. Me llamó la atención un *link* en particular: *¿Exactamente por qué está Poppy Parnell investigando el crimen de Chuck Buhrman?: una entrevista con la presentadora de* Reexaminado.

Sí, pensé, ¿cuál es exactamente la razón de que Poppy Parnell esté investigando este crimen? Aunque sabía que me iba a arrepentir, hice clic en el enlace.

¿Exactamente por qué está Poppy Parnell investigando el crimen de Chuck Buhrman? Por Eric Ashworth

Todo el mundo está escuchando *Reexaminado: el crimen de Chuck Buhrman, ¿*verdad? ¿Tú no? Entonces, detén lo que sea que estés haciendo y descárgatelo. Ahora. Te espero.

¿Ya estamos todos? Bien.

La serie de *podcasts* presentada por la bloguera-periodista Poppy Parnell y financiada por el gigante de la comunicación Werner Entertainment Company pretende revisar el asesinato del profesor de universidad Chuck Buhrman, que tuvo lugar en 2002, en episodios semanales de una hora. La diferencia con otros programas de este estilo es que estos *podcasts* no han sido grabados previamente, y ni siquiera tienen un guion. Parnell está investigando el caso en estos momentos y produciendo los *podcasts* en tiempo real. Una auténtica fantasía erótica para los adictos a los crímenes reales. Este formato permite a los oyentes involucrarse íntimamente en la investigación. Parnell incluso acepta gustosa la intervención de detectives aficionados que están invitados a tuitearle con pistas y teorías.

Más intrigante aún que el innovador formato es el tema. El

caso no se ajusta al molde de este tipo de periodismo de investigación. El crimen de Chuck Buhrman no es un caso abierto, ni siquiera un caso sin resolver.

Exacto. La policía local sostiene que ya tienen a su hombre. Horas después del asesinato, detuvieron a un sospechoso: Warren Cave, el vecino, de diecisiete años. El testimonio de un testigo ocular ayudó a sentenciarlo y fue condenado a cadena perpetua.

Parece un caso sencillo con poco que reexaminar. En los primeros minutos del *podcast,* Parnell nos invita a cuestionarnos si en realidad fue Cave quien apretó el gatillo. Pero ¿por qué deberíamos hacerlo?

Una búsqueda básica en Google revela un pequeño nicho de teorías conspiratorias que han estado apoyando la inocencia de Cave desde principios de la década del 2000. Pero en internet puedes encontrar gente que apoya prácticamente todo, y la mayoría son personas de esas que crean sitios web con caracteres en verde neón sobre fondo negro y mencionan como de pasada que el 11-S fue cosa del gobierno. ¿Cómo y por qué eligió Parnell este caso? ¿Y cómo logró el respaldo de Werner Entertainment?

Pese a que está metida de cabeza en la investigación, Poppy Parnell, la mente y el cuerpo detrás de *Reexaminado,* ha tenido la amabilidad de concederme una entrevista para que pudiera hacerle esas preguntas.

P: Lo primero, Poppy, tengo que confesarte algo: estoy completamente obsesionado con *Reexaminado.* He escuchado cada episodio por lo menos tres veces y he ido tomando apuntes. Creo que hablo por la mayoría de nosotros si digo que no había escuchado nunca hablar del caso Buhrman hasta que empezaron tus *podcasts.* ¿De dónde surgió tu interés?

R: Pues en realidad fue mi madre. Conoció a Melanie Cave en una conferencia sobre jardinería en Iowa el año pasado. Como comparten el amor por las rosas heritage y el odio por los pulgones, simpatizaron. Cuando Melanie oyó hablar de mi antiguo blog y supo que yo soy periodista de investigación, le pidió a mi madre mis datos de contacto y aquí estamos.

P: Ah sí, tus orígenes como humilde bloguera. Cuéntanos, era un blog sobre crímenes reales, ¿verdad?

R: Sí, eso es. De 2008 a 2013 tuve un blog llamado *De los archivos sin resolver,* donde hacía una lista de asesinatos y secuestros no resueltos. No es ningún secreto que los sitios web que dirigen los fans de los crímenes reales pueden enredarse y venirse abajo por las teorías de la conspiración, así que me esforcé mucho por mantener mi blog alejado de leyendas urbanas. Me mantenía fiel a los hechos, y al mismo tiempo me negaba a aceptar ciegamente cualquier interpretación convencional de los mismos. Estoy muy orgullosa del trabajo que hice entonces y, por supuesto, el blog sentó las bases para mi transición a reportera e investigadora.

P: Volvamos al caso Buhrman. Pretendes que creamos que Warren es inocente. ¡Pero hubo un testigo ocular!

R: Permíteme que deje una cosa clara. Yo no me posiciono sobre la culpabilidad o inocencia de Warren. Supongo que en algún momento lo haré, pero tengo mucho que investigar antes de llegar a ese punto. Por ahora solo quiero que mis oyentes cuestionen la historia oficial. El tema del supuesto testigo es muy buen ejemplo. Lanie Buhrman cambió considerablemente su historia al menos una vez la noche del asesinato, ¿por qué deberíamos creerla?

P: ¿Cree que miente?

R: Quizás sí. Quizás no. Quizás solo estaba, como dice Melanie, «confusa».

P: ¿No creen todas las madres de los presuntos asesinos que sus hijos son inocentes? Quiero decir, seguramente la madre de Jeffrey Dahmer también pensaba que era inocente.

R: Conozco el caso Dahmer muy superficialmente. Así que, realmente, no puedo contestar a eso. Sin embargo, en general, estoy de acuerdo: la mayoría de las madres probablemente piensa que sus hijos son incapaces de abatir a tiros a los vecinos. La primera vez que Melanie se puso en contacto conmigo, di por sentado que se trataba de un delirio materno. Pero, al poco, tuve la sensación de que había encontrado algo. En este caso, hay mucho más de lo que se percibe a simple vista.

P: ¿En qué sentido? Danos algunos ejemplos.

R: Escucha el *podcast*. No me guardo nada.

P: Vale. Tienes razón. ¿Cómo se convirtió este proyecto en un *podcast*?

R: Hace tiempo trabajé para Werner Entertainment Company como consultora en algunos de sus programas sobre crímenes. Estaba comiendo con alguien con quien trabajé cuando me dedicaba a eso y mencioné mi investigación de pasada. Siempre había imaginado que el producto final sería un artículo, pero mi amigo se entusiasmó con el tema, y antes de que me diera cuenta había nacido el *podcast*.

Y cómo nos alegramos de tenerlo. El próximo episodio de *Reexaminado* se podrá descargar a partir de mañana. Hasta entonces estaré vigilando constantemente la cuenta de Twitter de Parnell en busca de más pistas. Dejad vuestras teorías conspirativas en el espacio dedicado a los comentarios, que es donde deben estar.

El artículo tenía fecha del día anterior, lo que significaba que ya se podía descargar el nuevo episodio. Mis dedos navegaron hasta el sitio web de *Reexaminado* como si tuvieran vida propia, e hicieron clic en el botón de descarga antes de que yo recuperara la razón. Me arrepentía de haber escuchado los dos primeros. Odiaba la sensación de duda que habían plantado en mi cabeza. «Warren Cave es culpable», me recordaba empecinadamente. «No escuches ese *podcast*».

En vez de eso, volví a hacer clic en el artículo y leí por encima algunos comentarios hasta que me di cuenta de que esta idea era todavía peor. Los participantes, amparados en el anonimato, decían cosas asquerosas y odiosas de mi madre, de mi hermana...; cosas que excedían con mucho todo lo que yo hubiera pensado nunca de ellas, y eso que mi rabia hacia ambas era intensa y legítima.

Mientras ponía el teléfono en modo avión, me dije que había hecho bien en no involucrar a Caleb en este lío. Nunca podría entender a mi complicada familia. ¿Cómo iba a hacerlo? La diferencia absoluta entre la familia de Caleb y la mía se hizo evidente desde el momento en que los conocí, cuando Caleb y yo fuimos a la isla Sur en Navidad. Todos ellos eran gente admirable: su madre era pediatra, su padre carpintero; los dos honrados y entregados a su trabajo. Su hermana mayor, Molly, una abogada brillante e ingeniosa, tenía un marido encantador y dos hijos adorables de mejillas sonrosadas.

Yo estaba nerviosa por conocer a la familia de Caleb, especialmente durante una fiesta religiosa. Hacía tiempo que había abandonado cualquier tipo de religión organizada. El hecho de que mi padre hubiera sido asesinado y mi madre se hubiera metido en una secta me hicieron concluir que no había un designio superior y mucho menos un Dios benevolente. En cambio, los Perlman se tomaban el nacimiento de Jesús bastante en serio. Me sorprendió ver a Caleb —un hombre que hasta donde yo sabía nunca iba a misa, y a quien había visto clamar a menudo contra los clérigos cristianos en África— someterse a los movimientos de la misa católica (levantarse-arrodillarse-sentarse) mientras las oraciones y las letanías brotaban sin vacilar de su boca. Me preocupaba que mi falta de fe lo avergonzara, pero ni él ni su familia parecían molestos con mis formas apáticas de atea.

No fue hasta que llegó la noche, cuando ya habían abierto la tercera botella de vino y Molly nos había ganado al *rummy* cuatro veces a todos, que empecé a soltarme un poco. Y tras la calma, casi pisándole los talones, llegó un sentimiento de profunda tristeza. Yo nunca tendría una relación adulta con mis padres. A mi padre me lo habían arrebatado cuando aún era una adolescente; mi madre nos había abandonado y había dejado absolutamente claro que no quería que la encontráramos. Durante el resto de las vacaciones, cualquier cosa que hiciera la señora Perlman y que me recordara vagamente a mi propia madre —hornear galletas, recitar un poema, reírse de una determinada manera— hacía que me derrumbara por completo.

En el viaje de vuelta a Auckland estuve a punto de confesar. Estaba a un suspiro de contarle todo a Caleb desde la muerte repentina y violenta de mi padre a la dolorosa desaparición de mi madre, e incluso la angustia que Lanie me había provocado. Pero entonces recordé los cálidos abrazos que Caleb había intercambiado con su familia, el amor verdadero que se profesaban, y cerré la boca. Nunca lo entendería.

Cuando por fin nos permitieron embarcar, me vi sentada entre un hombre que ya había reclamado su derecho sobre el reposabrazos y una mujer sonriente con un niño baboso en el regazo. Me metí a presión en mi asiento e inmediatamente comencé una batalla por mi porción de reposabrazos, que el hombre me cedió con un gruñido. Mientras me abrochaba el cinturón, la mujer me pasó una tarjeta con un mini saquito de organza grapado lleno de gominolas.

¡Hola!, me saludaba la tarjeta con letras rosas redondeadas. *Me llamo Rosie y esta es la primera vez que voy en avión. Me hace mucha ilusión volar, pero a lo mejor me asusto y me pongo nerviosa y puede que llore. No quiero fastidiarle el viaje. ¡Espero que le gusten las gominolas!*

—Gracias —masculé, obligando a mi cara, cansada y superestresada, a esbozar algo parecido a una sonrisa—. Gominolas. Ñam.

—¡Si estos sabores no le gustan, tengo otras opciones! —dijo la mujer, abriendo la cartera y mostrando una colección de notas parecidas.

—Estas están buenísimas, gracias.

—Es su primer viaje en avión —continuó—. Nuestro destino final es California. He cogido la escala en Chicago a propósito. ¿Le parece una tontería?

—No lo sé —dije con la esperanza de que no se pasara hablando todo el viaje. Estaba física y psicológicamente agotada y solo quería cerrar los ojos durante las dos horas siguientes.

—No lograba decidirme sobre qué sería mejor para Rosie: hacer un viaje directo muy largo o dos viajes de duración media con una escala. Y aquí estoy, espero haber tomado la decisión correcta. —Sonrió radiante—. Estamos de camino a San Francisco para visitar a mi hermana. ¿Ha estado allí alguna vez?

«San Francisco». De repente estaba totalmente despierta, un hormigueo me recorrió la espalda cuando dije «sí».

—¿Qué le pareció? Mi hermana siempre insiste en que nos mudemos, pero yo no paro de decirle que está bien, pero que no es Nueva York.

—No es Nueva York —coincidí, mientras me asaltaban imágenes fugaces de mi breve estancia en San Francisco.

—¿Dónde...? —empezó a preguntar.

—Se ha muerto mi madre... —dije bruscamente.

—Oh —dijo apretando a la pequeña Rosie contra su pecho, como si lo mío fuera contagioso—. Lo siento.

—No —dije sonrojándome, muerta de vergüenza—. Lo siento. Yo... En estos momentos estoy cansada y un poco confusa.

Asintió muy seria y se dio la vuelta para hablar con la persona que estaba al otro lado del pasillo. Con la ansiedad en máximos históricos intenté pedir al auxiliar de vuelo tres miniaturas de botellas de vodka. Me informó, con notable brusquedad, que solo podía pedir dos a la vez; así que me las ventilé lo más rápido posible y pedí la tercera, para escándalo de la madre de Rosie.

Después cerré los ojos y esperé que el alcohol empezara a hacer efecto. «San Francisco», el corazón me latía con fuerza. Caleb y yo habíamos pasado tres semanas maravillosas en Zanzíbar hasta que terminó su contrato y luego él volvió a su casa en Nueva Zelanda. Su partida encendió en mí algo parecido a una crisis existencial. Estar con él me había hecho sentir mejor persona, y de repente me sentí desilusionada con la deriva sin sentido en que se había convertido mi vida. Cuando el grupo heterogéneo de *hippies* europeos con el que había viajado a África comenzó a reunir dinero para aventurarse por el lago Malawi, les dejé que fueran sin mí.

No quería viajar y no quería volver a casa. Atrapada en la indecisión, no hacía nada y pasaba los días vagando sola por callejones sombríos. Pero cuando vi en Facebook que Lilly —una chica simpática, compatriota americana, a la que había conocido en un hostal en Chiang Mai dos años antes y con la que luego había estado un mes viajando por Tailandia— estaba ahora viviendo en San Francisco, supe lo que tenía que hacer. Le mandé un mensaje y me gasté el resto del dinero en un billete para California sin esperar su respuesta.

Cuando llegué a San Francisco me moría de la ansiedad. El Colectivo Fuerza Vital estaba en algún sitio al norte de California. Estaba más cerca de mi madre de lo que había estado en años. Aun así, no tenía ni idea de cómo encontrarla. Cada vez que me cruzaba por la acera con una mujer de pelo oscuro volvía a mirarla, aunque no tenía razones para creer que mi madre estuviera en la ciudad. Pasé noches y noches sin dormir en el sofá de Lilly, rastreando internet en busca de pruebas sobre mi madre o la secta que se la había engullido.

Y en esto, una tarde, mientras limpiaba mesas en la cafetería donde había conseguido un trabajo para financiar mi estancia, vi a un chico de mi edad, leyendo un librito de bolsillo titulado *El lado oscuro del sol: la verdadera historia del Colectivo Fuerza Vital.*

—¿Qué es eso? —inquirí con voz ronca.

Se encogió de hombros.

—Un libro sobre una secta de la que nunca he oído hablar. Estaba en el estante de libros a veinticinco centavos en la librería de segunda mano al final de la calle; así que pensé, ¿por qué no?

—Te lo compro por cinco dólares —le dije con el pulso totalmente acelerado.

Durante el resto de mi turno, sentía que el librito me quemaba en el bolsillo trasero del pantalón. Me moría de ganas de llegar a casa de Lilly y zambullirme en su lectura. Mis búsquedas en internet habían resultado solo en páginas de venganza, propaganda y locura; un libro físico auguraba algo más sólido. Me lo leí de cabo a rabo de una sola sentada. No contenía nada que no hubiera oído antes sobre el Colectivo Fuerza Vital —había sido fundado por una exestrella infantil, Rhetta Quinn; la comuna estaba situada en un lugar al norte de California; sus miembros practicaban el amor libre, y vivían de lo que la tierra les proporcionaba—, pero estaba expuesto con tal autoridad que hizo que, por primera vez, concibiera ciertas esperanzas.

A eso de las cuatro de la mañana terminé el libro y le mandé un mensaje al autor a través de su página web. *Mi madre está en CFV. ¿Podría ayudarme a encontrarla?*

Dos horas más tarde me respondió: *No puedo prometerle nada, pero puedo ponerla a usted en contacto con ellos.*

A la semana siguiente le pedí a Lilly que me prestara su coche y conocí a la hermana Amamus en Dairy Queen, al norte de la ciudad. Esperaba a alguien esbelto y etéreo, alguien como mi madre, pero la hermana Amamus pertenecía a otra estirpe, más sólida, de hombros anchos y manazas de jugador de béisbol. Me esperaba fuera, descalza sobre la zona de aparcamiento, con fulares de colores aleteando en torno al cuerpo y largos pendientes tintineando como carrillones.

—Uy, creo que debería ponerse los zapatos —le dije.

Me hizo un gesto con la mano y caminó lentamente hacia la tienda. Pidió un Snickers Blizzard y me miró con curiosidad. Le alargué mi tarjeta de crédito al dependiente.

Esperé mientras se tomaba el helado a cucharadas, pero la impaciencia me pudo y me incliné hacia delante mientras las palabras me salían a borbotones de la boca.

—¿Conoce a mi madre? —pregunté.

Dio otro bocado y me miró con franqueza.

—La hermana Anahata le desea lo mejor. Pero no desea verla.

Me recliné hacia atrás, atónita. Mi única esperanza era que estuviera confundiendo a mi madre con otra persona.

—¿Es ese el nombre que usa mi madre? ¿Erin Buhrman?

Deseé haber traído una foto de mi madre, pero no tenía ninguna, ni de ella ni de mi familia. En lugar de eso, intenté describirla.

—Se parece un poco a mí. Un poco más pequeña, creo. Pero con el pelo negro, mucho pelo. Ojos azules. Le... uh... le gusta la repostería. Y el té con limón y los narcisos. A veces... a veces es un poco ermitaña.

Amamus sonrió con indulgencia y la boca llena de helado confitado.

—Conozco a la hermana Anahata.

—Así que según usted la hermana Anahata es Erin Buhrman.

—No conozco a nadie con ese nombre.

Comencé a sentir una creciente frustración y apreté los puños. No había llegado hasta allí para jugar al quién es quién.

—Déjese de gilipolleces. Si sabe algo de mi madre, necesito que me lo diga.

Amamus dio un suspiro y pareció apiadarse de mí.

—Su madre acudió a nosotros para empezar una nueva vida. Por favor, respételo.

—Entonces, ¿para qué se ha molestado en reunirse conmigo? —pregunté desesperada.

—Para asegurarle que su madre está sana y feliz. No tiene que preocuparse por ella.

—Pero ¿por qué habría de creerla? ¿Puede demostrarme siquiera que la conoce?

—No vuelva a ponerse en contacto con nosotros —dijo Amamus poniéndose de pie—. Que le vaya bien.

Cogió su Blizzard y fue hacia la puerta sin mirar atrás.

De *Slate*, publicado el 22 de septiembre de 2015

La viuda de Chuck Buhrman se quita la vida.
¿Es culpa del podcast?
De Jasmine O'Neill

Casi todo el mundo en Estados Unidos sabe quién es Erin Buhrman.

Erin Buhrman hizo lo imposible por evitar tal notoriedad. Pero en 2002, la señora Buhrman, —que era, según dicen, una mujer amable y una madre devota— fue víctima de una desagradable atención mediática debido al asesinato de su marido (puede refrescar su memoria sobre el caso haciendo clic aquí).

En el velatorio por la muerte de su marido, tuvo que enfrentarse al escrutinio público sobre la vida privada de este. Su aventura con Melanie Cave, la vecina casada de la casa de al lado y madre de Warren, se convirtió en noticia de portada. Mientras unos periódicos locales afirmaban que los detalles de la aventura entre Buhrman y Melanie Cave habían servido para establecer el motivo del crimen y por lo tanto eran relevantes, otros argumentaban que los detalles escabrosos se publicaban buscando un efecto sensacionalista.

La repentina muerte de su marido, la destrucción pública de su matrimonio y el juicio, durante el cual pasó casi tres horas en el estrado, socavaron profundamente el ya delicado estado emocional de la señora Buhrman, hasta que abandonó su Illinois natal para unirse a una secta en el norte de California dirigida por el Colectivo Fuerza Vital, también llamado CFV. (¿Desea saber más sobre CFV? Lea aquí nuestra guía sobre sectas dirigidas por famosos).

Los miembros de CFV normalmente renuncian a todo contacto con personas ajenas a la secta, y la señora Buhrman —la hermana Anahata, como se hizo llamar a partir de entonces— no fue una excepción. Abandonó a sus hijas gemelas de dieciséis años dejándolas a cargo de su hermana, Amelia Kelly, profesora de secundaria en Elm Park.

Una fuente de CFV, que ha pedido que respetemos su anonimato, me dijo que la señora Buhrman estaba contenta con su vida en la comuna. «La hermana Anahata rebosaba tan solo amor y alegría. Era un ejemplo para todos nosotros».

Pero todo eso se hizo añicos a principios de este mes cuando un *podcast*, llamado *Reexaminado*, apareció de forma súbita en las redes. El *podcast* pretende revisar el caso desde un punto de vista imparcial, desde una perspectiva externa, pero para algunos se trata de las mismas noticias falsas que provocaron en la señora Buhrman aquella terrible angustia tras la muerte de su marido.

Poppy Parnell, la presentadora del *podcast*, se autoproclama «periodista de investigación» y exadministradora de un blog sobre crímenes reales. El blog, ahora cerrado, recibió muchas críticas por promover la caza de brujas y manchar la reputación de individuos inocentes. Las crónicas muestran que la señora Parnell y su blog fueron demandados por difamación en dos ocasiones, y que en ambos casos se llegó a un acuerdo para no llegar a juicio.

Es lógico preguntarse cómo una bloguera como la señora Parnell consiguió montar una plataforma tan influyente, pero esa duda se resuelve cuando descubrimos quién financia y produce *Reexaminado*: Werber Entertainment Company, líderes del negocio de entretenimiento. Son los mismos tipos que mostraron *Los diarios auténticos de un adicto a la metanfetamina* y *Pedofilia: la historia desde dentro*. Werber Entertainment Company ha sido ampliamente criticado por elegir temas serios y reducirlos a mero espectáculo.

Pero dejando a un lado su origen y sus motivos, todo el mundo coincide en que *Reexaminado* ha sido un gran éxito. A fecha de hoy, el programa tiene más de diez millones de descargas.

Miles de hilos, *posts,* artículos y páginas web han surgido para comentar el caso. Todo para gran satisfacción de la señora Parnell y Werber Entertainment.

A la señora Buhrman le produjo bastante menos satisfacción. Según mi fuente en CFV, al poco de estrenarse *Reexaminado,* empezaron a aparecer por las propiedades de CFV reporteros y curiosos. Esto en sí ya fue una sorpresa. CFV mantiene un gran secretismo sobre el lugar en que está ubicada la comuna. Las personas que aspiran a ser miembro de CFV deben citarse con un representante en San Francisco y pasar por un proceso de prueba antes de que se les permita viajar hasta la comuna en el norte de California. El hecho de que esos individuos encontraran la ubicación demuestra que estaban absolutamente entregados al proyecto, prácticamente obsesionados. La afluencia de forasteros alteró el ritmo de la comuna y, según mi fuente, destrozó el carácter sagrado de algunos acontecimientos importantes.

Mi informante recuerda un acontecimiento en concreto —la ceremonia de madurez, que celebra el momento en que una adolescente se convierte en adulta—, que fue interrumpido por un grupo de ocho o diez adolescentes. Estos, que se describían a sí mismos como fans de *Reexaminado,* se colaron en la ceremonia con sotanas que habían robado de la lavandería e intentaron grabar la ceremonia con sus *smartphones.* Cuando los descubrieron reaccionaron con violencia, golpeando a algunos miembros del CFV y lanzando amenazas dirigidas en particular contra la señora Buhrman.

Según mi informante, el incidente de la ceremonia de madurez deprimió profundamente a la señora Buhrman. «Desde que se reavivó el interés por la muerte de su marido, la hermana Anahata actuaba como si estuviera deprimida. Comenzó a aislarse, pasaba todo el tiempo sola en uno de los refugios solitarios —los lugares a los que van las hermanas y hermanos cuando necesitan meditar para hallar claridad o si tienen alguna enfermedad contagiosa— y se negaba a participar en las comidas. Se estaba consumiendo».

Finalmente, ayer por la mañana, encontraron a la señora Buhrman colgada de un árbol. Mi fuente no tiene conocimiento de que dejara una nota de suicidio ni comentara con nadie sus planes.

Su muerte ha golpeado con dureza la comunidad de CFV. «La hermana Anahata pensaba que la tristeza y la tragedia la habían perseguido por el mundo convencional», dice mi fuente. «Por eso recurrió a nosotros, el Colectivo Fuerza Vital, para romper el círculo de desesperación y comenzar a vivir en la luz, tal era su propósito. Se había esforzado mucho en dejar atrás su pasado y llevaba una vida de alegría. Cuando un influjo oscuro venido del exterior comenzó a hundirla, debimos darnos cuenta. Pero estábamos demasiados absortos por mantener nuestro modo de vida frente a ese nuevo escrutinio. No estuvimos atentos y le fallamos. Tenemos las manos manchadas de sangre».

La CFV se responsabiliza de la muerte de Erin Buhrman. Pero ¿qué parte de esa responsabilidad deberían asumir Poppy Parnell y sus jefes de Werner Entertainment? ¿O aquellos que han devorado cada nuevo *podcast* con avidez? ¿O han accedido emocionados a Reddit para compartir sus teorías? ¿O han empleado tiempo buscando en Google a los personajes de este drama de la vida real? Quizás este enfebrecido consumo de una tragedia que ocurrió hace trece años fuera demasiado para ella. Quizás todos tengamos las manos un poco manchadas de sangre.

CAPÍTULO 5

Llegué al aeropuerto de O'Hare cansada del viaje y con dolor de cabeza. Habían pasado diez años desde la última vez que pisé sus salas abarrotadas, desesperada y con el corazón roto. En aquella ocasión, me había marchado a primera hora de la mañana —antes de que se despertaran tía A y Ellen—, llorando de forma intermitente durante todo el viaje. Para cuando llegué al aeropuerto ya no me quedaban lágrimas. De tanto llorar tenía un dolor de cabeza que iba y venía, la garganta inflamada, y los ojos hinchados me escocían. Agarrando la tarjeta de embarque del vuelo de ida a Londres, que había comprado con una tarjeta que tía A me había dado para casos de emergencia, y el pasaporte que me había sacado para un viaje a México en el puente de primavera que nunca llegué a realizar, marqué el número de mi tía.

Atendió somnolienta y sentí una punzada de culpa.

—Tía A —dije con voz entrecortada.

—¿Josie? —preguntó, y noté que su voz se había aclarado de repente—. ¿Estás bien?

—No —dije, con voz ahogada, mientras un nuevo sollozo me subía por el pecho.

—¿Estás herida? ¿Dónde estás? Dime qué ha pasado.

—Pregúntale a mi hermana qué ha pasado —le espeté con más odio del que hubiera deseado—. No voy a hablar de eso. Solo quiero que sepas que no voy a volver.

—Cálmate. ¿Qué te ha hecho Lanie?

El sonido de su nombre estuvo a punto de provocarme un nuevo ataque de histeria, pero lo evité lo mejor que pude.

—No, no puedo. Lo siento. Pero quiero que sepas cuánto te quiero y que te voy a echar mucho de menos. Te escribiré cuando pueda...

—Josephine Michelle —me interrumpió con la voz temblando de emoción—, no vas a abandonarme como el resto de la familia.

—Tengo que dejarte, tía A —susurré—. El coche está en el aparcamiento de larga estancia del O'Hare, ¿vale? Lo siento.

Lo peor era que no lo sentía, no mucho, la verdad. No lo suficiente, por lo menos. Tía A era la mujer más buena que había conocido, con una paciencia y una capacidad de perdón que me impresionaba, y debería haberme sentido culpable al menos por hacerle daño. Pero estaba tan consumida por el dolor que no podía tener en cuenta los sentimientos de nadie más.

Así que apagué el móvil, cortando las protestas de tía A, y luego saqué todo el dinero que me permitía la tarjeta, me compré un *thriller* carísimo en la librería del aeropuerto y me dispuse a comenzar mi nueva vida.

No le había dicho nada a Ellen del retraso de mi vuelo y una parte de mí esperaba que no estuviera en el aeropuerto. Podía darme la vuelta y estar de nuevo en Brooklyn antes de que terminara el día. O podía refugiarme en la habitación de un hotel evitando a mi necesitada familia, al bienintencionado Caleb y a toda persona que pensara que la muerte de mi padre era un pasatiempo. O podía tirarme al suelo en el aeropuerto y dormir.

Pero Ellen me esperaba en la sala de recogida de equipajes, con un vestido de tubo, las manos auto bronceadas en la cintura y la melena rubia peinada hacia atrás y sujeta por unas enormes gafas de sol negras. Por su aspecto se diría que otra vez había dejado de comer, sus brazos flacos y estrechas caderas provocaban un efecto casi cómico en contraposición con el pecho que Peter le había regalado por su último cumpleaños. Pese a todo, no pude evitar sonreír cuando vi a Ellen. Continuaba en su línea: los labios llenos de colágeno apretados en un gesto familiar de desprecio mientras observaba a las masas desarrapadas. Me acerqué a ella sigilosamente y la abracé por la espalda.

Con un gritito de satisfacción, Ellen se zafó de mi abrazo y se dio la vuelta. Su comprensible enfado mutó en preocupación cuando me vio.

—Por Dios, Josie, ¿qué te has hecho?

—Solo es el pelo —dije tocándolo con reparo.

—Y demos gracias al cielo por ello. Te cogeré hora con el estilista de mamá, no te preocupes.

En realidad, no estaba preocupada. Me había acabado gustando que mi desastroso corte *pixie* reflejara mi desastroso estado mental, pero de todas maneras asentí. Los años de experiencia me habían demostrado que no tenía sentido discutir con Ellen sobre nada, pero especialmente sobre pelo.

Recogí mi maleta de la cinta transportadora y seguí a Ellen hasta su coche. Hizo un comentario entre mordaz y desenfadado sobre el estado de mi maleta mientras yo la arrojaba dentro del maletero y después lo cerró de un portazo y me abrazó con fuerza.

—Me alegro tanto de que estés aquí —dijo estrechándome contra su estructura huesuda y a punto de asfixiarme con su Chanel Nº 5. Casi al mismo tiempo que me abrazaba me apartó de ella—. Te he echado de menos, perra. Dios, no me puedo creer el tiempo que ha pasado.

—Yo también te he echado de menos, Ellen —dije sonriendo—. Me alegro mucho de verte, aunque sea en estas circunstancias.

Su mirada se suavizó.

—Siento lo de tu madre, cielo.

—Sí —asentí—. Gracias.

—¿Quieres hablar del tema?

—No —dije subiéndome a su coche—. Solo quiero pensar en otra cosa por un rato. Háblame de ti. Cuéntame del trabajo.

Ellen accedió, feliz como siempre de tener público. Me entretuvo con noticias sobre su negocio de interiorismo, sus hijastras y un viaje a Venecia que ella y Peter estaban planeando. Agradecí el casi constante torrente de cháchara hasta que un cartel de Elm Park me obligó a volver a la realidad.

—Ellen —dije súbitamente, interrumpiendo su monólogo sobre las dificultades de aprender italiano—. ¿Va a estar Lanie?

Ellen se bajó las gafas.

—¿Te he contado que Isabella se quiere mudar con su novio? Ya sé que tiene veinte años y puede hacer lo que quiera. Pero a mí me parece un error. No paro de repetírselo: «Sé que solo soy tu madrastra. Pero no va a comprar la vaca si puede conseguir la leche gratis».

—Yo vivo con mi novio.

—Ay, es verdad —dijo Ellen llevándose la mano a la boca, en un gesto exagerado de fingida vergüenza—. Sin ánimo de ofender, por supuesto, querida.

Sabía que le estaba haciendo el juego, pero no pude evitar responder:

—Además, ¿tú tienes qué? ¿Ocho años más que ella? ¿Te hace algún caso?

—¿Por qué no iba a hacerlo? Soy joven, guapa y estoy casada con un hombre rico. Algo debo estar haciendo bien. —Ellen me miró de reojo—. Venga, que estoy de broma, Josie. Te puedes reír.

La idea de que Ellen pudiera burlarse de sí misma era más gracioso que la supuesta broma, y finalmente me reí.

—No estás de broma y las dos lo sabemos. Y ahora dime: ¿Lanie va a estar?

Ellen suspiró.

—Claro. Tu hermana puede ser una tocapelotas, pero no se va a perder el funeral de su propia madre. ¿Qué esperabas?

Me encogí de hombros y me dejé caer sobre el asiento.

—Supongo que una parte de mí pensaba que podía estar muerta.

—No seas tan dramática —me ordenó Ellen, alargando el brazo y dándome un pellizco en el hombro—. Procura no pensar en ella, ¿vale? Esta semana ya va a ser suficientemente dura como para encima preocuparte por tu hermana.

Dije que sí con la cabeza, pero por dentro me dio una sacudida al corazón, pues cuando se trataba de Lanie, siempre había algo por lo que preocuparse.

Once kilómetros al norte de Elm Park, tras salir de la autopista interestatal, atravesamos un conocido camino de grava que serpenteaba entre secos campos de maíz. Parte de mí quería suplicarle a Ellen que diera la vuelta en aquella calle, y siguiera el camino lleno de baches hasta la granja que estaba —o por lo menos había estado— al final. El deseo era ridículo, por supuesto. Allí ya no había nada para nosotros. La abuela y el abuelo llevaban muertos quince años, y los nuevos dueños de la granja probablemente hubieran derribado la casa y montado en su lugar una granja industrial.

«La granja familiar es una especie en extinción», me dijo una vez el abuelo mientras encendía una pipa. Estábamos juntos, sentados en el porche de la casa. Tenía diez años y no sabía qué quería decir, pero quería que me tomara en serio, más en serio que a mi hermana y a mi prima, que se estaban peleando por unas acuarelas en la parte de atrás; así que asentí en plan sabia. No lo entendí hasta que pasaron los años, cuando ya mi abuelo estaba muerto. Cuando mamá y tía A vendieron la casa, la compró una corporación, no una familia de granjeros. No vino un señor vestido con un mono, arrastrando las palabras como hacían los del Medio Oeste, tampoco una señora amable que hornease pasteles de manzana y se ocupara de las gallinas. Solo fue un negocio, frío e impersonal.

Fue duro aceptar que la granja no era más que una línea en la hoja de balances de alguna corporación. Habíamos pasado casi todos los fines de semana allí, guardaba hermosos recuerdos en sepia: persiguiendo a las gallinas, jugando al escondite en el granero. El recuerdo de la reunión del 4 de julio de 2000 lo tenía especialmente grabado en el corazón. Fue la última vez que estuvimos todos. No había pasado ni un mes cuando un conductor borracho mató a los abuelos y tres meses después el tío Jason abandonó a tía A. La familia Cave ya se había mudado a la casa de al lado. Era el principio del fin.

Pero no sabíamos lo que se nos venía encima, así que celebramos. El tío Jason había venido conduciendo desde Indiana y había hecho acopio de fuegos artificiales, lo que provocó que mamá y tía A chasquearan la lengua en señal de desagrado y al abuelo y a papá les brillaran los ojos de malicia. Mientras esperábamos a que anocheciera, los adultos prepararon el banquete. El abuelo supervisaba mientras papá y el tío Jason asaban hamburguesas y pechugas de pollo, bebiendo cervezas y contando chistes verdes en voz baja. Mamá preparó un impresionante surtido de ensaladas: de verduras, de pasta, de patatas... Tía A bebió demasiado vino y echó a perder casi todos los huevos rellenos que estaba intentando preparar, lo que provocó que nos costara cantar *América la Bella*. Para el postre, la abuela cocinó tres pasteles, incluido el favorito de mi padre, de pacanas, aunque bromeó con él diciéndole que era un pastel de invierno.

Mordisqueando los chapuceros huevos rellenos, Lanie, Ellen y yo nos escapamos sigilosamente hacia el estanque. El hermano pequeño de mi madre se había ahogado en el estanque siendo niño y teníamos prohibido jugar ahí sin la supervisión de un adulto. Pero aquel verano, con doce años, ya casi éramos mayores y no nos sentíamos obligadas a obedecer esas reglas. Fabricamos improvisadas cañas de pescar con palos, hilo dental e imperdibles y usamos Cheetos rancios y unos trozos de hamburguesa crudos, que habíamos robado, como cebos; nada de lo cual pareció tentar a los peces que, estábamos seguras, había en el agua.

Una rana llamó la atención de Lanie, y mi hermana se inclinó hacia ella ahuecando las manos e intentando convencerla para que se dejara atrapar. Pero la orilla de lodo era más inestable de lo que ella había calculado y se cayó de cabeza. La profundidad del agua no llegaba a medio metro, pero salpicó muchísimo y emergió empapada y llena de algas. Ellen arrugó la nariz asqueada. Era todo el aliciente que Lanie necesitaba. Salió disparada persiguiendo a Ellen hacia la granja, con los brazos llenos de lodo estirados hacia delante como un zombi. Fui corriendo tras los pasos de Lanie, gritando entusiasmada. Lanie atrapó a Ellen justo cuando llegaba a la zona donde estaban los adultos y le restregó la cara y el cabello dorado con las algas. Hubo un segundo de silencio, la calma que precede a la tormenta, y entonces Ellen comenzó a gritar. Nuestra madre se mostró horrorizada por el comportamiento de Lanie, pero papá y tía A se rieron hasta que se les saltaron las lágrimas. Hasta la abuela parecía tratar de contener la risa, cuando condujo a Ellen y Lanie a la parte trasera de la casa para lavarlas con la manguera.

Más tarde, aquella misma noche, cuando el sol se ponía tras el horizonte, asamos nubes de azúcar sobre una hoguera, mientras el tío Jason preparaba los fuegos artificiales. Lanie preparó un minisándwich doble de galleta, chocolate y malvavisco tostado para Ellen —esto ocurrió años antes de que empezara a obsesionarse con las calorías—, que se lo comió con deleite. El incidente de las algas estaba olvidado. Éramos una familia y nada podía interponerse. O eso pensábamos.

De la raíz del pelo me brotaron frías gotas de sudor cuando divisamos la señal de *Bienvenido a Elm Park*, que marcaba el lugar exacto en el que los campos de maíz daban paso a la poca original cuadrícula de calles pavimentadas y jardines cuadrados. Elm Park fue en su momento una ciudad bulliciosa que derrochaba potencial, pero como había pasado antes en tantas otras ciudades pequeñas del Medio Oeste, las expectativas se habían desvanecido. Cuando yo me fui, ya había desaparecido la primera fábrica, que había sido reubicada en un país donde la mano de obra era más barata. En los años siguientes, el resto de las fábricas habían seguido el mismo camino, así como también las grandes superficies y los dos cines. Todo esto me lo iba contando Ellen, a medida que nos aproximábamos a las afueras de la ciudad, con un tono tan catastrofista que ya me imaginaba un pueblo fantasma: todo edificios sellados y casas deterioradas.

Pero Elm Park estaba igual a como yo lo recordaba. La señal de bienvenida seguía siendo un óvalo desgastado de letras verdes y descoloridas; su pintura se desprendía de las hojas de olmo tallado que decoraban los bordes. Justo detrás de la señal distinguí el oscuro e inmenso hospital; al otro lado de la calle, el Seven Eleven; y enfrente un puñado de adolescentes holgazaneando y bebiendo refrescos. Tuve la impresión de que, si me acercaba lo suficiente, los reconocería.

Sabía que aquello no era racionalmente posible. Cualquiera que fuera suficientemente joven para estar merodeando por las tiendas de ultramarinos sería demasiado pequeño para que yo lo hubiera conocido cuando vivía en Elm Park. Pero a medida que Ellen y yo nos adentrábamos en la ciudad, la incómoda sensación de que todo aquel sitio había permanecido ajeno al paso del tiempo no hacía sino intensificarse. Los cambios más notables que descubrí fueron: un parque de barras más nuevo y brillante en el colegio y un par de restaurantes, que no me sonaban, esparcidos por las afueras del campus. Cuando el coche de Ellen pasó el Ray's Bistró, un recuerdo me asaltó con tanta fuerza que tuve que clavar las uñas sobre el tapizado del coche para no echarme a llorar.

A escasas semanas de que Ellen y yo nos fuéramos a la universidad, tía A estaba cada día más sentimental a cuenta de nuestra partida. Durante semanas nos seguía a todas partes con los ojos llenos de lágrimas, ofreciéndose a llevarnos con el coche al centro comercial o a la piscina, aunque las dos teníamos carné de conducir (y habíamos dejado de salir por el centro comercial hacía años). Casi me sentía culpable por irme, aunque sabía que tía A no quería que nos quedáramos para siempre en Elm Park.

Que era precisamente lo que Lanie parecía decidida a hacer. En otra época nos encantaba dar vueltas por las facultades del campus de Elm Park con nuestro padre e imaginarnos matriculándonos allí —qué habitación compartiríamos, qué carrera estudiaríamos, los pícnics que haríamos en el patio—, pero las cosas habían cambiado. Yo quería asistir a la universidad de Illinois, que tenía una inscripción de treinta y dos mil estudiantes universitarios, (diez mil más que la población total de Elm Park), mientras que Lanie rechazaba completamente la idea de ir a la universidad. Se había graduado en el instituto por los pelos y se había negado a solicitar acceso en ninguna universidad pese a las súplicas de tía A. No teníamos ni idea de cuáles eran sus planes. Llevaba meses viviendo fuera de casa y yo hacía semanas que no la veía. El último encuentro había sido breve, cuando la pillé en la cocina «tomando prestado» algo de dinero del monedero de tía A.

Aun así, tía A le había arrancado la promesa de asistir a una cena de despedida en Ray's. Tía A se había puesto elegante para la ocasión, llevaba una túnica de seda que disimulaba su figura ligeramente redonda y se había rizado la larga melena castaña y brillante. Ellen y yo habíamos seguido su ejemplo: las dos llevábamos vestidos de verano a media pierna y entallados, y nos habíamos pintado los labios. La hora para la que habíamos reservado la mesa llegó, pasó, y Lanie no aparecía. Las tres picoteábamos distraídamente de la cesta del pan mientras tía A le pedía al camarero una y otra vez que volviera más tarde y le aseguraba que la cuarta invitada llegaría «en un par de minutos».

Al poco tiempo, ni el camarero ni Ellen podían disimular su enfado. Tía A admitió su derrota. Y como si hubiera estado esperando la señal, justo cuando nuestro camarero desapareció hacia la cocina después de anotar nuestras bebidas y entrantes, mi hermana entró tan campante por la puerta. En una habitación llena de gente vestida con sus mejores galas de domingo, Lanie apareció con una camiseta blanca con el cuello rasgado, vaqueros cortados y unas botas Doctor Martens cubiertas de barro. Tenía el maquillaje corrido y el *eyeliner* se le había acumulado bajo los ojos formando sombras grotescas. El *piercing* de la nariz parecía oxidado, como si estuviera manchado de sangre. Tenía pinta de no haberse duchado en varios días y estaba claramente colocada.

—Ya estoy aquí —anunció en voz alta, llamando la atención de todos los que estaban en la sala.

—Lanie —susurró tía A, señalando la silla vacía a su lado—. Siéntate.

Lanie sonrió burlona y se dejó caer en la silla.

—Qué amable de tu parte venir —dijo Ellen con sarcasmo.

Tía A le lanzó una mirada de advertencia y se volvió hacia Lanie.

—Acabamos de pedir bebidas y entrantes. ¿Ya sabes lo que quieres? Llamaré otra vez al camarero.

Lanie señaló el lugar donde yo me encontraba sin mirarme.

—Tomaré lo mismo que ella.

Tía A hizo una seña al camarero, que acababa de salir de la cocina y nos miraba con desagrado, y pidió una Coca Cola *light* y una ensalada verde para Lanie.

—Bueno, ¿de qué habéis estado hablando? —preguntó Lanie recostándose en su silla. Sus ojos rojos saltaban alternativamente de tía A a Ellen sin posarse en mí.

—De ti —dijo Ellen.

Le di una patada a mi prima por debajo de la mesa. Ella me fulminó con la mirada.

—La verdad es que hemos estado hablando de lo emocionante que es que Ellen y Josie se vayan mañana a la universidad —dijo tía A alegremente.

—Sí, es la puta pera.

—Oye —le dije con dureza—, ¿se puede saber qué te pasa?

Ellen dio un bufido y tía A me lanzó una mirada entre desilusionada y empática. Lanie se puso en guardia, inclinó el cuello como una serpiente a punto de atacar, y abrió la boca justo en el momento en que llegaba el camarero con nuestras bebidas y ensaladas.

—No lo quiero —dijo cuando él intentó servirle el plato.

Él vaciló y miró a tía A como pidiendo instrucciones.

—No lo quiero —repitió Lanie alzando la voz—. Apártelo de mi vista, joder.

—Por supuesto, señora —respondió el camarero entre dientes, retirando la ensalada.

—Está delicioso —dije, probando un bocado de mi ensalada idéntica.

—Claro... Para ti siempre —dijo Lanie. Nos miró una por una, se puso de pie y tiró la servilleta sobre su silla—. Voy a mear.

Masticamos en silencio durante quince minutos hasta que tía A fue a buscarla. Incluso antes de que volviera a la mesa, yo ya sabía que Lanie se había ido.

Hilo de debate de www.reddit.com/r/podcastreexaminado publicado el 20 de septiembre de 2015

↑↓ **¿Por qué debemos creerla? (yo.podcastreexaminado)**

↑↓ Subido hace 12 horas por estenoesminombreautentico
Llevo pensando en el episodio 2 desde que se publicó. Me flipa que Warren fuera condenado con tan pocas pruebas materiales. De verdad me dejó pensando ¿por qué deberíamos creer a Lanie? Todo el mundo confió en su palabra, pero ¿por qué? Sobre todo, cuando ya había mentido una vez.

↑↓ tripulantedelspuffy 150 puntos hace 12 horas
Yo me estaba preguntando lo mismo. Nadie cuestionó su relato en ese momento.

↑↓ detectiveaficionado38 89 puntos hace 12 horas
Era la testigo estrella de la acusación y fue interrogada por la defensa.

↑↓ tripulantedelspuffy 74 puntos hace 11 horas
Pero la defensa solo la acusó de estar «confusa» no de mentir, ¿no?

↑↓ eresfeo 10 puntos hace 11 horas
¿Qué esperabas que hicieran? Ella era una chica blanca y guapa y él un fan del *heavy metal* mazo rarito y siniestro.

↑↓ detectiveaficionado38 89 puntos hace 11 horas
Ella solo tenía quince años (dieciséis cuando tuvo lugar el juicio) y estaba traumatizada. La defensa no querría presionarla mucho por miedo a enemistarse con el jurado.

↑ miranda_309 90 puntos hace 11 horas
↓ Exacto.

Fuente: soy abogada de oficio.

↑ usuariadeelmpark1 165 puntos hace 12 horas
↓ En mi humilde opinión, Lanie Buhrman no es una fuente fiable. Crecí en Elm Park. Yo era estudiante de primer curso cuando las gemelas iban a tercero —recuerdo que antes de eso las habían educado en casa— y Lanie tenía muy mala reputación. Iba por ahí con un grupo bastante violento y siempre estaba metida en problemas. Un día me la encontré en el baño de las chicas fumando porros en plan a las nueve de la mañana. No me fío un pelo de ella.

CAPÍTULO 6

Tía A vivía en una de las zonas más antiguas de la ciudad. Su barrio estaba poblado por casas victorianas de aspecto heterogéneo más o menos abandonadas. Algunas, como la de tía A, habían sido restauradas y conservadas, mientras que otras habían caído en la negligencia y estaban deterioradas, con la pintura descascarillada, las molduras viejas y los techos inclinados. Aunque tía A a menudo se refería a su casa como una fuente permanente de gastos, se sentía orgullosa de su mantenimiento. La había comprado en la época más optimista de su vida, cuando pensaba que llenaría los cuatro dormitorios con una gran familia y se imaginaba junto a su exmarido pasando largos fines de semana restaurando la casa.

Cuando era niña, me maravillaba su llamativa fachada con su porche alrededor, la torreta, y el mirador, tan distinto al de nuestra modesta casa de estilo colonial holandés. Al poco de mudarme allí me desilusionó. Las casas viejas pueden resultar glamurosas desde fuera, pero dentro acechan las corrientes de aire y misteriosos crujidos de origen indeterminado.

Según me iba estirando en el asiento del copiloto, me invadió una inmensa sensación de *déjà vu*. De repente, volvía a tener quince años. Estaba de pie en aquella misma carretera: con una mano agarraba con fuerza la mano de mi hermana y con la otra el asa de una maleta. El terror creciente que había sentido aquella tarde regresó, y se extendió con horror por todo mi cuerpo. Aquel fue el momento en que entendí que ya nada volvería a ser lo mismo: mi padre estaba muerto y mi madre se había retraído en lo más profundo de su ser, mucho más que nunca. Lo más terrible es que en esta ocasión parecía que sería para siempre.

Tía A estaba de pie en el porche con su gato Burbujas en brazos, igual que aquella tarde tan lejana. Tenía incluso la misma sonrisa agridulce en la cara. Me dolió ver cuánto había envejecido. Su pelo castaño estaba salpicado de canas y recogido en un moño suelto que le echaba diez años encima. Tenía el rostro surcado de arrugas profundas, y todo su cuerpo parecía más expuesto a la gravedad.

Se me hizo un nudo en la garganta.

—Lo siento —dije sin querer.

Tía A sonrió, con lágrimas reluciendo en los ojos, bajó las escaleras del porche y me envolvió en un cálido abrazo de leona.

—Lo sé, cariño, lo sé.

El nudo se deshizo en lágrimas calientes y saladas que me llenaron el lagrimal, pero me negué a dejarlas caer. No tenía derecho a llorar. En esta historia yo era el verdugo: había abandonado a tía A, igual que su marido y su hermana.

Pero las lágrimas seguían luchando por salir, y me aparté de mi tía antes de que pudiera verlas.

—Perdonad —murmuré—. Tengo que ir al lavabo.

Mientras la puerta delantera se cerraba tras de mí, escuché cómo tía A le decía a Ellen: «Pobrecilla».

La bondad de tía A hizo que se me encogiera el corazón y que me sintiera aún peor. Nunca debí abandonarla.

Tras secarme las lágrimas en el baño del piso inferior, no pude evitar echar un vistazo por ahí en busca de algún rastro de mi hermana. Les había prohibido a Ellen y a tía A mencionar a Lanie, y, en todos aquellos años desde que dejé Illinois, no había vuelto a saber nada de ella. Una vez Ellen me mandó un mail cuyo asunto era *Noticias sobre Lanie* y lo borré sin abrirlo, temblando de rabia.

Después le mandé una respuesta a Ellen recordándole mis razones exactas para no volver a hablar con Lanie ni de ella, a lo que Ellen sencillamente contestó: *Entendido*. Tía A intentaba despertar mi interés por la vida de Lanie, pero después de una docena de veces en las que me cerré en banda y me negué a seguir escuchándola solo por pronunciar el nombre de mi hermana, dejó de intentarlo. Sabía que las dos pensaban que el veto absoluto a cualquier tema que tuviera que ver con Lanie era exagerado, pero apartarla completamente de mi vida era la única manera que se ocurría de sobrevivir.

Sin embargo, ahora, de vuelta en la casa donde las dos habíamos vivido, no pude evitar preguntarme qué habría estado haciendo todos estos años. Lo único que encontré fue una foto medio escondida tras la partitura que había sobre el piano de pared. Lanie llevaba un vestido de novia, un diseño de tul que no le quedaba bien y estaba de pie entre tía A y Ellen, las dos de negro. Ninguna parecía contenta. Mi hermana tenía la cara hinchada y evitaba mirar a la cámara. La tía A adoptaba un gesto de obstinación muy suyo, y por su expresión resentida cualquiera diría que a Ellen la habían secuestrado. La foto podría haber sido graciosa si no se tratara de mi familia. Nadie me había contado que Lanie se había casado. Me pregunté quién sería su marido, si seguían juntos. Me pregunté si serían felices.

Volví a deslizar la foto tras la partitura, le di la vuelta para que su imagen no quedara cara a la habitación.

—Josie.

Me volví para encontrarme con Peter, el marido de Ellen, de pie bajo el umbral de la puerta. Era un hombre guapo de cincuenta y tantos —el doble que Ellen—, alto y ancho de espaldas, con bastante barriga y una voz atronadora a juego con el resto de su cuerpo.

—Hola, Peter.

—¡Cuánto tiempo! —me dijo Peter con una especie de extraño abrazo, estrechándome la mano y palmeándome la espalda al mismo tiempo.

Me zafé del abrazo y asentí. Habían pasado tres años desde que

Ellen y Peter habían estado de luna de miel en Fiyi, que estaba a un tiro de piedra de Nueva Zelanda, donde vivíamos Caleb y yo en esa época. Los recién casados —Ellen exageradamente morena— se habían dado una vuelta por Auckland y nos habían agasajado con una cena regada de champán en un restaurante que escapaba con mucho a nuestras posibilidades. Después de que nos despidiéramos con un beso de buenas noches, Caleb me miró entornando los ojos, algo borracho y un poco aturdido y me dijo:

—¿Así que esta es tu familia?

Peter estaba algo más rollizo que entonces y tenía algún mechón plateado, pero seguía teniendo la misma sonrisa afable.

—¿Cómo lo llevas?

—He estado mejor.

—Bueno, tienes buen aspecto.

—Cierra el pico, Peter, no tiene buen aspecto —dijo Ellen, entrando en la habitación—. Sé que solo intentas ser amable, pero, francamente..., no la animes con ese peinado.

—No la escuches —dijo Peter guiñándome el ojo—. Lo que pasa es que Ellen necesita ser la única rubia de la sala.

Ellen se echó a reír y le dio un golpecito a su marido. Me sorprendió su actitud juguetona. Yo siempre había tenido una opinión bastante cínica de su matrimonio. Ellen decía que había conocido a Peter por amigos comunes, sin dar más detalles, pero una vez me confesó borracha que lo había conocido por internet. Si luego se acordó de que el exceso de vino le había soltado la lengua hasta el punto de revelar el origen de su relación, hizo como si no. La única vez que se lo mencioné casi podía escuchar a través del teléfono cómo fruncía el ceño. «No tengo ni idea de qué estás hablando», dijo fríamente, y enseguida cambió de tema.

—Bueno —dijo agarrándome por los hombros y estudiando mi imagen—, en serio, tenemos que hacer algo con eso. Llamé a la peluquera de mamá, pero tiene todo completo hasta el viernes. El funeral por tu madre es mañana, y no podemos permitir que parezca que te has escapado de una clínica psiquiátrica.

—Pero... —empecé a decir.

—No hay pero que valga —ordenó Ellen, levantando la mano y haciendo como que cerraba la boca con los dedos—. Aquí mando yo.

Ellen era una líder nata: terca, segura de sí misma y dueña de una envidiable cabellera dorada. A los quince años estaba tan agradecida por los consejos de Ellen que prácticamente me arrodillaba ante su presencia. En aquella época, los nervios por pasar de la educación en casa a la escuela pública me provocaban urticaria y tenía pesadillas en las que miles de adolescentes llenaban campos enteros de fútbol haciendo cola para burlarse de mí por turnos. Sin el dictamen de Ellen sobre mi vestuario o sus consejos sobre cómo navegar por el campo minado de la vida social del colegio me habría venido abajo. Las clases de Ellen sobre cómo empuñar las tenazas del pelo o el rímel me distrajeron de la devastadora pérdida de mi padre y del doloroso derrumbe de mi madre, y le estaba agradecida.

El primer día de clase me puse el modelo que Ellen me había escogido, me ricé el pelo, como ella me había enseñado, y me maquillé como ella había determinado. Cuando me aparté para ver mi imagen en el espejo, me gustó. Tenía un aspecto alegre y agradable, no parecía para nada alguien con un oscuro pasado.

Ellen sonrió con aprobación al verme entrar en la cocina.

—¿A que estás preciosa? —dijo tía A, observándome por encima de su taza de café.

En el momento en que yo sonreía dando una pirueta, entró mi madre como flotando a por el vaso de zumo de naranja que se tomaba todas las mañanas. Se detuvo y me miró con el ceño fruncido.

—¿Qué te parece, mamá? —pregunté con indecisión, ahuecándome la melena para que la viera mejor.

—A los chicos les vas a encantar —dijo secamente—. Ten cuidado.

Después cerró la puerta de la nevera de un portazo y volvió sobre sus pasos, con la jarra de zumo en una mano y un vaso sucio en otra.

—Es que está cansada —dijo tía A en voz baja, poniéndome la mano en el hombro—. No quería decir...

La aparté.

—Estoy bien.

—¿Dónde está tu hermana? —preguntó Ellen mientras se servía un tazón de cereales.

Tía A consultó el reloj y lanzó un grito por la escalera trasera.

—Date prisa, Lanie. No vayas a llegar tarde el primer día.

Pasaron diez minutos más antes de que Lanie bajara hasta la cocina con aire provocador. Ellen detuvo en el aire una cucharada de Special K que estaba a punto de llevarse a la boca.

—¿Qué demonios...?

—Ese vocabulario, Ellen —la reprendió tía A.

Me giré en la silla y seguí la mirada de Ellen. Lanie tenía un aspecto insolente y claramente no se había duchado, su pelo espeso y oscuro le caía enmarañado sobre la cara. Llevaba una camiseta interior térmica, que yo sabía que era de mi madre, los mismos Levi's destrozados que llevaba poniéndose más de un año —los que comenzaban a agujerearse por la rodilla y que estaban manchados de tinta en un bolsillo— y unas zapatillas de deporte raídas.

Lanie se dirigió a la encimera donde estaban las barritas de cereales sin decir una palabra.

—Eh —dijo Ellen, poniéndose de pie—. ¿Qué pasó con el conjunto que te preparé?

Lanie se encogió de hombros al tiempo que desenvolvía una barrita de cereales.

—Cambié de opinión.

—No puedes ir así vestida —dijo Ellen cruzando los brazos sobre el pecho.

—Porque tú lo digas —contestó Lanie sacando el mentón. Sus ojos tenían un brillo desconocido, como si disfrutara con el desafío, como si tuviera ganas de pelea.

—No habíamos quedado en eso —insistió Ellen.

—Déjala en paz —le ordenó tía A—. Tu prima puede vestirse como le parezca bien a ella. No necesita tu aprobación.

—Solo intento ayudarla, mamá. Va a causar una mala impresión en su primer día.

—Ya has dado tu opinión. Estoy segura de que Lanie la tendrá en cuenta, pero la decisión es suya. —Tía A hizo una pausa y se volvió hacia Lanie—. De todas formas, querida. Igual deberías cepillarte el pelo.

Lanie esbozó una sonrisa burlona con la boca llena de la barrita de cereales.

Ese día no se cepilló el pelo y tampoco lo hizo la semana siguiente. Solo cuando lo tuvo tan grasiento y enredado que el consejero estudiantil llamó a casa para quejarse, consintió lavárselo. Nunca se vistió mejor. Pese a los repetidos intentos de Ellen de camelarla y a veces forzarla para que se pusiera pantalones y jerséis limpios, Lanie continuó vistiendo como si fuera una vagabunda y desarrolló la costumbre de pintarse una raya gruesa negra alrededor del ojo.

Pero no era solo su apariencia. Ellen, en su intento de facilitar nuestra transición a la escuela pública, había hecho una lista de personajes indeseables, a los que convenía evitar. La lista ocupaba dos páginas a dos caras de un cuaderno de papel rayado, y nos ponía en guardia, entre otros, de empollones terminales, miembros de bandas, el equipo de voleibol femenino en pleno y chicos que escuchaban a My Chemical Romance. En el número uno de la lista estaba cualquier miembro de la familia Strong. Y fue a Ryder Strong a quien Lanie inmediatamente empezó a rondar. Una chica flaca, con una boca pequeña y maliciosa, los brazos llenos de costras y el pelo rubio muy rizado y requemado. Ryder tenía la dudosa reputación de haber llegado a clase un día, cuando estaba en séptimo curso, con un termo lleno de Jack Daniel's y de haber apuñalado a uno de sus muchos primos con un cuchillo X-Acto durante una asamblea escolar el otoño anterior. A Lanie le faltó tiempo para subirse a sus zapatillas de tacón, fumar Marlboro en el baño de chicas y jalear a chicos con tatuajes caseros mientras estos casi se mataban con los monopatines por las estructuras de medio tubo.

Poco tiempo después, tía A empezó a recibir llamadas de teléfono en las que le decían que Lanie se saltaba las clases; después Lanie empezó a venir a casa oliendo a tabaco dulzón y luego ya, sencillamente, dejó de volver a casa.

Después de que Ellen devolviera mi pelo y mis cejas a un tono parecido al original, anunció que estaba agotada y se retiró a su antigua habitación con Peter. Me reí para mí, imaginándome el cuerpo grande y distinguido de Peter durmiendo bajo el edredón de cuadros escoceses rosa de Ellen y sus antiguos pósteres de Britney Spears y *NSYNC.

Pero ¿yo? Me aterraba la idea de subir a mi antigua habitación tanto como la de quedarme a solas con mis pensamientos; así que agradecí que tía A abriera una botella de vino tinto. Nos la servimos en tazas grandes de café, llenándonoslas hasta los bordes sin ningún reparo y nos sentamos juntas en el sofá, Burbujas repartió su cuerpo suave y anciano sobre nuestros regazos.

—Ha hecho un buen trabajo —dijo tía A mirándome el pelo y asintiendo con la cabeza.

—Pero bueno... ¿A ti tampoco te gustaba el rubio? —dije intentando que sonara a broma, pero se me quebró la voz.

La tía A alargó el brazo y me apretó la mano.

—¿Estás bien, cariño? No pasa nada si no lo estás. Esta familia está pasando por un momento muy duro.

Me mordí el labio y sacudí la cabeza.

—No sé cómo ninguno de nosotros puede estar bien. Mamá ha muerto y ni siquiera podemos llorarla como deberíamos por culpa de ese estúpido *podcast*.

—Ese *podcast* —espetó tía A, con una voz que le temblaba de odio—. De verdad, qué basura. ¿Cómo se atreve esa mujer a hacerse llamar periodista? Los periodistas cubren noticias reales. No malgastan su tiempo metiéndose en casos que llevan cerrados una década. Es una asquerosidad.

—Lo es. Me pongo mala cada vez que oigo a algún extraño hablando de quién mató realmente a Chuck Buhrman. —Me tragué la pregunta que había empezado a hacerme. «Pero ¿y si no hubiera sido Warren Cave?». Odiaba a Poppy Parnell por hacerme dudar de la única certeza que habíamos tenido.

—Sabes a quién tenemos que agradecerle todo esto, ¿no? A Melanie Cave. Como si esa mujer no hubiera hecho suficiente. Liarse con tu padre, criar al monstruo que lo mató y ahora no dejarlo descansar en paz. Se describe a sí misma como la víctima, cuando es la artífice de todo.

Recordé cómo me había impresionado Melanie Cave cuando ella, su marido y su hijo se mudaron a la casa de al lado. Con el pelo rubio ceniza perfectamente peinado y los labios de un seductor color albaricoque, parecía el polo opuesto a mi madre con su melena negra azabache y los pies descalzos. Cuando me enteré de que no era la única Buhrman deslumbrada por el contraste entre Melanie Cave y Erin Buhrman, mi fascinación me resultó una traición.

—¿Lo has oído?

Tía A asintió con un gesto.

—Los dos primeros episodios. ¿Tú?

—Igual. Me descargué el tercero en el aeropuerto, pero aún no lo he oído.

—No lo hagas —me dijo tía A estremeciéndose—. Yo no voy a escuchar más. Ojalá no hubiera empezado. Lo hice solo porque todo el mundo estaba hablando de eso. Desde la gente de la tele al resto de los profesores en el colegio. Hasta los alumnos, y no tienen más de trece años. Pensé que se lo debía a tu madre, saber lo que se decía de ella. Bueno, por eso y porque quería entender qué hacía toda esa gente acampada frente al jardín.

Me di la vuelta para mirar por el ventanal. No había ni rastro de los campistas, solo una hilera de contenedores normales y corrientes alineados en fila sobre la curva de la calle, esperando por la recogida de basura.

—Ya se fueron. Por lo visto tenían cierta dignidad y desparecieron cuando murió tu madre. Pero antes de eso había diez o doce ahí fuera a cualquier hora. La mayoría eran jóvenes con iPhones y cámaras de video. No podía ni salir a recoger el correo sin que me pidiesen a gritos que hiciera alguna declaración para sus canales de YouTube o blogs, o lo que quiera que fuera, o preguntando por vuestro paradero.

Me estremecí de rabia ante la idea de que tía A hubiera tenido que hacer frente a esos fans agresivos ella sola.

—Siento que hayas tenido que lidiar con eso. No tenía ni idea de que fuera tan horrible. A mí nunca me encontraron en Nueva York.

—Supongo que es una de las ventajas de vivir en esa jungla de cemento. Hay suficiente gente como para poder pasar desapercibido cuando te apetece.

Asentí en silencio. El simple hecho de vivir rodeado de una multitud hacía que fuera más fácil camuflarse, pero pensé que si Poppy Parnell y sus seguidores no me habían encontrado, suponiendo que me hubieran buscado, era porque había cambiado mi nombre legalmente de Buhrman a Borden. Tía A sabía lo del cambio de nombre, pero no se sentía cómoda con ese tema, y me mandaba todas las tarjetas de felicitación y postales de Navidad a nombre de «Josephine» a secas.

—Ya he llamado a la policía varias veces —continuó—. Normalmente consiguen disolver a los campistas por la noche, pero no sirve de nada, vuelven y se traen a los amigos. Y los policías alegan que no pueden hacer nada con los supuestos periodistas hasta que no consiga una orden de alejamiento, pero eso es como hacer una montaña de..., bueno, de una montaña más pequeña. —Tía A sacudió la cabeza con cansancio—. Quizás debería hacerlo. Sé lo que piensa tu hermana. Dice que la Parnell esa ha estado rebuscando en su basura. La basura. Como pille a esa mujer cerca de mis cubos de basura, me va a faltar tiempo para llevarla a los tribunales.

—¿Lanie vive en la ciudad? —dije asimilando las palabras de mi tía.

Tía A sonrió suavemente y me cogió de la mano.

—Sí. Deberías llamarla, Josie. Dile que estás aquí. Las dos tenéis que poneros al día de muchas cosas.

Le aparté la mano.

—No hay nada que desee menos que sentarme con mi hermana y que nos pongamos al día.

Nuestro antiguo dormitorio estaba tal como lo habíamos dejado. El papel de la pared, a rayas azules y blancas, las dos camitas gemelas cubiertas por edredones del mismo color y un oso de peluche, al que hacía siglos que nadie hacía caso, apoyado sobre las almohadas de la cama. El enorme ordenador seguía encima del escritorio blanco y, desperdigadas por la pizarra del corcho, había fotos descoloridas e invitaciones a fiestas de graduación de hacía diez años. Botes rosas llenos de polvo de Bath & Body Works, espráis corporales y el perfume de Victoria's Secret yacían alineados sobre el tocador, y dentro del CD todavía estaba el álbum de Ashlee Simpson.

Cogí del escritorio la maqueta del monumento a Washington y froté el borde puntiagudo con mi dedo gordo. Se había roto cuando Lanie, furiosa porque yo le había dicho a tía A que se había saltado las clases, me lo arrojó. Durante un tiempo fue un recuerdo tangible de momentos más felices, un *souvenir* de unas vacaciones en Washington DC, el último verano antes de que todo se viniera abajo. Me recordaba a mi padre, en una de sus mejores facetas, deseoso de compartir sus amplios conocimientos sobre historia de Estados Unidos, completamente embelesado durante la visita al ala este de la Casa Blanca. Hasta mi madre, pese a que no le gustaban las multitudes y que en aquella época estaba baja de ánimos, parecía estar divirtiéndose. La familia al completo disfrutamos de las flores de los cerezos y de los monumentos, y luego mi padre y yo nos dirigimos al Museo Nacional de Historia Estadounidense, y mi hermana y mi madre se fueron a la Galería Nacional de Arte, charlando emocionadas de las obras impresionistas que verían.

Volví a colocar el *souvenir* en su sitio y me acerqué a las fotos familiares que tía A había seleccionado para nosotras, estampas enmarcadas agrupadas sobre la pared. Limpié con los dedos el polvo de los marcos que rodeaban imágenes que parecían pertenecer a otra vida: Lanie y yo, dos bebés quejicas en brazos de mi madre, con la mirada cansada pero con una sonrisa amplia y auténtica; Lanie y yo a los cinco años sonriendo como dos chifladas mientras nuestro padre tallaba una calabaza de Halloween con un extraño cuchillo de cocina; Lanie y yo a ambos lados de Ellen posando junto a un fardo de heno; el abuelo poniéndole cuernos a Lanie; la abuela medio cortada en la foto riéndose. Me quedé mirando el rostro infantil e inocente de mi hermana y sentí deseos de arrancar todos los marcos de la pared.

En lugar de eso, me tiré en la cama, tratando de relajarme, abrazando el osito de peluche. A los cinco años, Lanie y yo habíamos recibido por Navidad dos ositos gemelos. Al mío lo llamé Fray Santiago, como el protagonista de la nana que se quedaba dormido. Nos la había enseñado nuestro padre, nos la cantaba cada noche. Como mi padre nunca cantaba —él decía que tenía una oreja delante de la otra—, esta canción alcanzó un carácter casi místico. Apartando los pelos enmarañados de los ojos de mi osito empecé a cantar en voz baja.

—Fray Santiago, fray Santiago, ¿duermes tú, duermes tú? Suenan las campanas, suenas las campanas. Din, dan, dun.

Me estremecí sin saber por qué. ¿Por qué esta canción familiar me resultaba tan inquietante?

Apreté el osito contra mi pecho deseando que se tratara de Caleb y no de un saquito de piel falsa relleno de judías. Pobre Caleb, solo en nuestro apartamento y aún agotado por el *jet lag*. Probablemente estaría demasiado cansado para hacerse la cena y habría pedido *pad thai*. Me esforcé en recordar si había provisiones en la nevera. Quería estar en casa, cuidándolo.

Le escribí un mensaje de texto diciéndole que había llegado a Elm Park y que lo quería. Pero enseguida me imaginé una avalancha de preguntas sobre mi estado de ánimo y el de Ellen, y cuándo quería que viniera. Cualquier respuesta hubiera supuesto una mentira, y no conseguiría expresarla tecleando. En vez de eso, cerré la aplicación de mensajería y me prometí a mí misma que le mandaría un mensaje por la mañana, un ardid que me permitiría ignorar las preguntas y limitarme a pedir disculpas por no haber respondido. Podría alegar que había desconectado el teléfono para lograr dormir un poco, o mejor, que mi teléfono había muerto y que me había dejado el cargador en casa.

Y tal vez, más adelante, algún día, dejaría de mentirle al hombre que amaba.

Mientras tanto desobedecí la advertencia de tía A de no escuchar ningún *podcast* más, me puse los auriculares y le di a *play*.

Una de las preguntas que me hacen más a menudo es: «Poppy, si Warren Cave no mató a Chuck Buhrman, ¿quién lo hizo?».

La verdad, no tengo respuesta para eso. Para ser absolutamente franca, ni siquiera estoy segura de que Warren Cave no matara a Chuck Buhrman. A mí me parece sincero, pero una cosa son las corazonadas y otra muy distinta las pruebas. Puede que disparase a Chuck Buhrman, y puede que no. Lo único que hago es considerar las distintas posibilidades.

Vamos a examinar algunos sospechosos alternativos.

Uno de los más evidentes es Andrew Cave, el padre de Warren y marido cornudo de Melanie. No sé cuánta gente me ha contado que Andrew descubrió la aventura de su mujer el mismo día que mataron a Chuck, lo que le proporciona un motivo. También tenía una pistola registrada a su nombre, lo que le proporciona el arma; aunque los expertos en balística determinaron luego que la suya no era el arma del crimen. Más aún, el día en cuestión, presuntamente después de dejar a su mujer, Andrew condujo hacia su pueblo natal en el norte, a las afueras de Chicago. Una docena de personas lo vio en un bar deportivo de la zona en el que estuvo involucrado en una pelea a puñetazos que lo llevó a urgencias.

Y ya que estamos con los cónyuges, ustedes podrían preguntarse: ¿y qué pasa con Erin Buhrman? Al igual que Andrew Cave, Erin tiene coartada para la noche en que mataron a su marido. Se había quedado en casa de una amiga que estaba recuperándose de una operación bucal, y los vecinos de su amiga confirmaron que el coche de Erin estuvo aparcado toda la noche frente a la casa. Al contrario que Andrew Cave, Erin no supo que Chuck y Melanie tenían una aventura hasta después de la muerte de su marido. En el juicio, declaró que se había enterado por los periódicos. Además, la muerte de su marido la dejó visiblemente destrozada, tan consternada que se unió a una secta. Como dije antes, sé que las corazonadas no son evidencias, pero me parece improbable que tuviera la sangre fría de cometer un asesinato.

Aunque Chuck era bastante popular entre sus colegas y estudiantes, hubo un par de episodios que generaron cierta animadversión contra él. En la primavera de 2002 pilló a una alumna copiando en el examen final y la denunció frente a la dirección. Fue expulsada y dejó varios mensajes rabiosos en el contestador de Chuck. ¿Es posible que la estudiante estuviera tan enfadada por esto que volviera meses después y lo matara? Parece una teoría estrafalaria, pero mis primeras investigaciones sobre esta alumna han descubierto antecedentes penales que no pueden hacerse públicos; sigo investigando y les pondré al corriente en cuanto sepa algo.

Otra bronca académica, el año anterior al asesinato: un colega de Chuck, profesor de historia, pidió una promoción en la universidad. Chuck se opuso, alegando que había escrito un ensayo sobre un tema polémico, que daría mala imagen a la facultad. Otros miembros del Departamento de Historia de Elm Park, ninguno de los cuales me ha permitido que cite su nombre, me dijeron que la cosa se puso calentita. El otro profesor no fue promocionado e inmediatamente después dejó la facultad. Tengo entendido que ahora da clase en un centro de estudios superiores en Iowa. ¿Puede un resentimiento de este tipo ser tan fuerte como para llegar a matar? No lo sé.

He aquí otra cosa de la que no estoy segura: los antiguos colegas de Chuck también mencionaron rumores que lo relacionaban sentimentalmente con algunas alumnas y posiblemente también con profesoras, pero nadie tiene ninguna prueba que demuestre estas alegaciones. Nadie ha podido siquiera dar un nombre. Si efectivamente tenía varias aventuras, era discreto. ¿Podría alguna de sus amantes estar detrás del crimen? Después de todo dicen que «el infierno no conoce furia como la de una mujer despechada».

CAPÍTULO 7

Apagué el *podcast*, pero no a tiempo de evitar que los recuerdos de mi padre se agolparan en bucle sobre mi cabeza. El día había empezado muy bien: era un hermoso sábado de finales de otoño, el sol brillaba y el aire era fresco. Mi madre salió para ayudar a una amiga, y, como había atravesado un periodo oscuro, incluso para lo que ella acostumbraba, yo estaba contenta e interpreté aquella salida como un presagio de que se avecinaban tiempos felices. Nuestro padre estaba de buen humor, y Lanie y yo pasamos el día fuera con él amontonando hojas y jugando al tenis en el parque. Nos dejó pedir *pizza* como favor especial y luego las dos nos fuimos a la cama pronto, agotadas por las actividades del día.

—Qué bien me lo he pasado hoy —le dije a Lanie mientras me acurrucaba bajo los edredones.

—Sí —dijo ella con aire distraído—. ¿Oyes eso? ¿Papá está hablando por teléfono?

—Creo que es la tele. ¿Por?

Lanie se quedó callada tanto tiempo que casi me quedo dormida, pero luego dijo:

—Josie, ¿te puedo contar una cosa?

—Claro.

—He leído el diario de mamá —me confesó, bajando la voz.

—¿Qué? —dije bruscamente sentándome sobre la cama y lanzándole a mi hermana una mirada que no podía ver a través de la oscuridad—. Lanie, eso es privado. Se va a enfadar un montón.

—¿Sabes por qué es privado? —dijo Lanie. Su voz se volvió algo más aguada.—. Nos está ocultando cosas. Ha escrito que...

—No quiero oírlo —insistí. Nuestra madre siempre había dejado claro que sus diarios estaban absolutamente prohibidos, solo para sus ojos, para nadie más.

—Vale —susurró encendiendo una linterna.

—Jolines, Lanie —protesté—. Si quieres leer vete abajo o algo. Yo estoy muy cansada.

—No, quiero leer en la cama. Tú cierra los ojos.

Suspiré profundamente para mostrar mi desacuerdo y me volví hacia mi lado mientras Lanie rebuscaba bajo el colchón y sacaba una edición de bolsillo destrozada de *Entrevista con el vampiro*. Había comprado el polémico libro, que pasó desapercibido entre otros permitidos como *La odisea* o *Mujercitas*, por veinticinco centavos en la venta de libros de la biblioteca. Sabía que guardaba escondidos *Lestat, el vampiro* e *It*, de Stephen King, en su escondite, tras el fregadero de la casa de muñecas y por un momento consideré la posibilidad de usarlo como chantaje para que apagara la luz, pero estaba demasiado cansada para discutir.

Un rato después me desperté con un sobresalto e imágenes de fuegos artificiales estallándome en la cabeza. Desorientada, sin saber cuánto tiempo había estado durmiendo ni qué me había despertado, me senté y miré hacia la cama de Lanie. Estaba vacía. Oí cómo una puerta se cerraba de golpe en el piso de abajo. Del miedo, se me heló la sangre y, sin apenas atreverme a respirar, agucé el oído intentando escuchar otros ruidos. En la casa reinaba un siniestro silencio.

De repente, escuché el golpeteo de unas pisadas subiendo las escaleras. Me tapé el pecho con las sábanas, casi desmayada de pánico. ¿Había alguien en la casa?

La puerta del dormitorio se abrió de golpe y un grito me subió por la garganta..., hasta que me di cuenta de que solo era mi hermana.

Lanie con el rostro pálido y los ojos enloquecidos, me hizo un gesto histérico para que guardara silencio mientras corría hacia la ventana. Apretando la frente contra el cristal oteó nuestro oscuro jardín. Dejó escapar un pequeño gruñido y murmuró algo que sonaba como «primero la chica».

—¿Qué dices? —chillé.

Se dio la vuelta para mirarme, sus trenzas negras se balanceaban como electrificadas. La expresión de su rostro —con los oscuros ojos azul verdoso, las mejillas pálidas hundidas por las sombras, la mandíbula salida, y los dientes apretados— me paralizó el corazón.

—Lanie, me estás asustando —dije al ver que no contestaba inmediatamente—. ¿Qué está pasando? ¿Deberíamos llamar a papá?

—Papá está muerto —dijo con voz ronca.

La miré boquiabierta. ¿Muerto? Y aunque me dio un vuelco el estómago, estuve a punto de echarme a reír. Nuestro padre —nuestro padre, fuerte y lleno de vida, el hombre que unas horas antes nos había dejado exhaustas en la pista de tenis— no podía estar muerto. La sola idea resultaba absurda.

—¿Qué?

—Está muerto —repitió con voz temblorosa.

—No —dije saliendo de la cama—. Eso no es verdad. Vamos a bajar y...

—No —gritó abalanzándose sobre mí y agarrándome del brazo. Me clavó las uñas, gotas de sangre me salpicaron la piel, pero casi no lo sentí. Estaba demasiado preocupada por el terror brutal de mi hermana. Era la persona menos miedosa que conocía, y estaba muerta de miedo.

—No puedes bajar —me dijo retorciéndome el brazo con más fuerza.

Asentí sin emoción.

—Y ahora ayúdame —ordenó mientras comenzaba a arrastrar hacia la puerta las cajas de leche de plástico que usábamos para guardar cosas. Libros y prendas deportivas se caían de dentro de las cajas mientras las apilaba frente a la puerta—. Venga. Ayúdame. Por favor. Antes de que...

Me estremecí ante aquel «antes de que» de mal agüero y comencé a agarrar objetos a ciegas para añadir a la barricada. Antes ¿de qué? ¿Había alguien más en la casa?

Lanie se estremeció y murmuró algo que no pude entender.

—Dime —insistí desesperada, agarrándola por el brazo—. ¿Qué ha pasado? ¿De verdad papá está...? ¿Y por qué estás sudando?

—Suéltame —susurró, apartándome de un empujón. Me tropecé con un libro que estaba tirado el suelo y me golpeé la cabeza con el quicio de la cama, una lluvia de chiribitas me empapó la visión. Grité de dolor y me agarré la cabeza con una mano.

—Cállate —susurró con violencia—. Cállate.

Me llevé las manos a la boca para evitar cualquier chillido involuntario.

—¿Hay alguien más en la casa?

Lanie me agarró de la mano y me obligó a meterme con ella en el armario, cerrando la puerta tras de sí. Nos acurrucamos sobre el suelo, en la oscuridad más absoluta, esforzándonos por oír cualquier cosa que se escapara de lo corriente, pero cualquier sonido se ahogaba bajo el ruido de nuestros corazones enloquecidos y nuestra respiración acelerada.

—Hay alguien en casa —susurré, ya no se trataba de una pregunta—. Lanie, tenemos que llamar a la policía.

—No —susurró con fiereza—. No podemos.

—Pero...

—No —insistió, apretándome la mano con tanta fuerza que pensé que iba a romperme los huesos.

—¿Por qué no? ¿Qué ha pasado?

—Papá —dijo con voz entrecortada—. Debería..., no debería. Tengo que contártelo.

—Contarme ¿qué? ¿Qué ha pasado?

—Abajo. Papá. No debería... —Su voz se fue apagando—. Es culpa mía.

—¿Lanie? —susurré. Sentí que se me desplomaba el estómago.

—Dios, Josie —lloriqueó—. Estamos todos jodidos.

Por fin a las cinco de la mañana conseguí dormir de forma intermitente. Total, para despertarme una hora después, aterrorizada pensando en la gente que vería en el velatorio. Sabía perfectamente todo el cotilleo que había generado mi familia en el pasado, y ya me imaginaba que el *podcast* y la muerte de mi madre habrían resucitado viejos rumores y se habrían disparado hasta límites insospechados. Me cubrí la cabeza con las sábanas como para protegerme de la inminente llegada del día, y debí de quedarme dormida porque lo siguiente que supe es que eran las doce y Ellen me apartaba las sábanas violentamente.

—Levántate —ordenó, dando palmas con brusquedad—. La visita familiar empieza en media hora.

Asombrada me senté sobre la cama.

—Te juro que puse la alarma.

—Bueno, o no la pusiste, o la apagaste. No hay tiempo para interrogatorios. Levántate y dúchate.

Deslicé mis piernas a un lado de la cama y me detuve al tiempo que me subía una nausea.

—Aaaagh —dije agarrándome la cabeza—. Creo que voy a vomitar.

—¿Ves este tinte negro debajo de las uñas? —dijo Ellen alzando la mano—. Parezco uno de esos desgraciados góticos. No he echado a perder una estupenda manicura en gel para nada. Levántate.

—Me voy a levantar —insistí—. Es solo que... Ahhg.

—Escucha —dijo Ellen sentándose en la cama y suavizando la voz—. Lo entiendo. Esta situación es una mierda. En todos los sentidos. Pero tenemos que ir a ese velatorio.

Se me encogió el pecho, los ojos se me llenaron de lágrimas y me di cuenta con cierto sobresalto: esto no era un malestar físico, esto era la tristeza.

—No creo que mi madre quisiera que nos reuniéramos en casa a celebrar un aburrido funeral en su memoria. —Me sorbí la nariz—. Estoy segura de que preferiría que estuviéramos al aire libre, orando al dios sol, o algo así.

—Lo sé, cielo —dijo Ellen pasándome un brazo sobre el hombro y estrechándome contra ella—. Pero los ritos funerarios no son para los muertos, son para los vivos. Son para mi madre.

Con una punzada de emoción recordé la doliente tristeza en los ojos de tía A. Ya había hecho todo el viaje hasta Elm Park; no tenía sentido saltarme el velatorio.

—Tienes razón.

—Claro que la tengo —me dijo apartándome con un manotazo juguetón—. Y ahora métete en la ducha. Apestas.

Cuando salí recién duchada y oliendo decididamente mejor, me encontré con que tía A y Ellen ya se habían ido al tanatorio. Habían dejado atrás a Peter y a sus hijas, que habían llegado de Chicago aquella mañana. Sophie, una chica de casi veinte años con un pelo color zanahoria tan brillante que no podía ser natural, me estaba planchando un vestido negro que yo no conocía.

—Eso no es mío —dije con voz apagada.

Ella me ofreció una sonrisa radiante.

—Ellen pensó que preferirías llevar este.

Asentí, dispuesta a delegar toda responsabilidad sobre mi vestuario en mi prima. No me sorprendió demasiado que Isabella, la hija mayor, la que quería irse a vivir con su novio, estuviera ya dispuesta a aplicarme el maquillaje.

—Espera —le dije cuando cogió el tubo de rímel—. Vamos a saltarnos el rímel. Voy a terminar llorando y se va a estropear.

—Lo siento —me dijo Isabelle con una sonrisa de disculpa—, pero Ellen me insistió en que te pusieras rímel. Dijo, y cito textualmente: «la gente espera pruebas materiales de tu tristeza».

—Ha pensado en todo, ¿eh?

—Siempre lo hace —me dijo Peter, pasándome un vaso de *whisky*.

Fue esta aportación suya la que más agradecí. Me acabé el *whisky* en dos tragos. Se me quedó en la lengua un regusto amargo a roble, el sabor de la aprensión.

De camino al velatorio, Peter jugueteaba con la radio intentando sintonizarla y por unos segundos se escuchó en el coche una canción de Dire Straits. Me asaltó un repentino recuerdo de mi madre bailando al son de esta canción, y me di cuenta de que había cometido un error. Había pasado toda la noche obsesionada con la muerte de mi padre cuando tendría que haber estado pensando en la de mi madre. Después de todo, si las estadísticas que publicaba la página web de *Reexaminado* eran ciertas, ya había más de cinco millones de personas pendientes de la muerte de mi padre. Alguien tenía que recordar a mi madre.

Más aún, alguien tenía que recordarla como se merecía. Los fans de Poppy Parnell conocían a mi madre solo como una víctima pasiva, una mujer abandonada, una viuda con el corazón roto, una mujer destrozada por sus demonios interiores. No sabían que mi madre era inteligente, o que, incluso después de abandonar la universidad para tenernos a Lanie y a mí, nunca dejó de estudiar. Fue idea de mi madre educarnos en casa, una idea a la que mi padre, en principio, se opuso, argumentando que podría llegar a sentirse superada. Pero se había tomado la responsabilidad en serio, encargando libros de texto y cuadernos de ejercicios y organizando y programando las clases. Incluso hacia el final, cuando sus periodos de desánimo eran cada vez más frecuentes y duraderos, persistió en darnos clase. Estaba volcada en compartir sus conocimientos con sus hijas.

De igual forma, los fans no sabían que mi madre tenía una voz muy bonita y que cantaba muy bien, o que le gustaba pintar, o que una vez cuidó de un pajarito que tenía un ala rota hasta que se curó.

No sabían que mi madre inventaba finales diferentes para los cuentos para protegernos a Lanie y a mí cuando éramos pequeñas. En su versión el lobo grande y malo metía a empujones a la abuela en un armario en vez de devorarla, y los troles que vivían bajo el puente solo eran unos incomprendidos.

Yo sabía que mi madre tenía algunas luchas internas y que siempre las había tenido. Algunas veces nos trataba de manera extraña, se negaba a hablar con mi padre y se comportaba como si Lanie y yo fuéramos mucho más pequeñas de lo que éramos en realidad. Y había veces en que pasaba días sin salir de su habitación, y a veces se negaba a llevar otra cosa más que un camisón fino de flores. Pero esas cosas no eran lo que definía a mi madre. Era buena y dulce y la amábamos.

Pero igual que estaba segura de que la quería, también la odiaba. Nos había dejado por su propia voluntad dos veces: una para irse a California y la otra para abandonar esta dimensión de la existencia. Tendría que despedirme de un cuerpo en el que ya no habitaba mi madre.

Tendría que darle el adiós que ella dejó sin pronunciar.

Cuando salimos del coche veinte minutos más tarde, Peter me ofreció su brazo y yo lo tomé, aunque realmente no pensaba que necesitara apoyo. El tanatorio no intimidaba mucho. No era más que un edificio de ladrillo de una sola altura, con un pequeño porche de cemento y un pórtico decorativo. Si no fuera por su ubicación, apretujado entre Uñas #1 y la pizzería Merle's, y la pulcra señal que anunciaba Tantatorio Wilhem en letras sencillas, podría haber sido la casa de alguien. La entrada, que olía fuertemente a ambientador de flores, era más ostentosa que la fachada; las paredes estaban tapizadas con un papel a rayas dorado y crema y había gruesas alfombras azul marino con motivos florales en rojo y crema. Al otro lado de la sala había un inmenso arreglo floral frente a un enorme espejo con marco de pan de oro. Al pasar me vi de reojo y me sorprendió el aspecto tan tranquilo que tenía. Lo que me sorprendió menos fue comprobar que Ellen tenía razón en lo del pelo. Claro.

A la izquierda había una puerta abierta. Ante el umbral, una placa de metal anunciaba el nombre de mi madre, *ERIN A. (BLAKE) BUHRMAN*, impreso en letras pequeñas y dignas: algo que era tan improbable que hubiera elegido mi madre, tan etérea, que casi me río en voz alta. Contuve aquella risa inoportuna y mi cuerpo tembló por el esfuerzo. Peter pensó que estaba controlando el llanto y me pasó la mano por encima del hombro en un gesto de consuelo.

Todavía estaba al borde de la risa cuando traspasé el umbral, pero en ese momento algo brillante me llamó la atención y me di cuenta de que era el borde del ataúd —el ataúd de mi madre, que contenía su cuerpo—, que resplandecía desde el fondo de la habitación. La risa desapareció y se me formó un doloroso nudo en la garganta. No podía avanzar. Empezaban a llegar otros deudos (o, más probablemente en este caso, otros curiosos; la tragedia atrae a la gente horrible como la miel a las moscas), y me daba perfecta cuenta de que tenía que completar la parte más espantosa, la parte en que me enfrentaba al bulto inerte de mi madre. Pero no podía moverme.

—Ánimo —me susurró Ellen, apareciendo súbitamente a mi lado—. Puedes hacerlo.

—No puedo —dije mientras el pánico me subía por la garganta como un relámpago cálido.

—Sí puedes —me aseguró, con la voz más suave y confiada que nunca le había escuchado—. Venga, yo estoy aquí.

Di unos pasitos vacilantes hacia delante agarrada de la mano de Ellen, como si esta fuera el único trozo de madera en un océano oscuro y vengativo. Movía los ojos desesperadamente en todas direcciones con tal de no mirar al féretro: en dirección a tía A, absorta en una conversación con el reverendo Glover, que había adelgazado y se había quedado fino como el papel desde la última vez que lo había visto; a Isabelle y Sophie, con los ojos pegados a sus respectivos iPhones; a un pequeño grupo de mujeres rechonchas en el otro extremo de la habitación. Y de repente estaba de pie, frente al reluciente ataúd de mi madre con el corazón en la boca. Me obligué a mí misma a bajar la vista, primero incliné la cabeza y mis ojos la siguieron.

Tenía la misma cara que durante mi infancia, y al mismo tiempo era algo completamente diferente. Los rasgos eran físicamente similares, pero parecían esculpidos en plástico. Su magnífico pelo ahora estaba prácticamente rapado y salpicado de canas. Se me nubló la vista.

Me separé de Ellen y salí tambaleándome en busca de la salida. Ellen dio un paso hacia mí, pero le hice una seña para que se apartara.

—Estoy bien —mentí. Tenía la lengua pastosa. El cuerpo que veía frente a mí no era el de mi madre.

No podía ser el de mi madre.

Avancé haciendo eses entre la multitud de cuerpos que se apelotonaban en la entrada, con la mirada fija en el suelo para evitar cualquier contacto visual, hasta llegar al servicio de señoras. Entré con un tropiezo y me incliné sobre uno de los lavabos, agarrándome a la porcelana fría. El roce con la porcelana me ayudó a centrarme. Tomé varias bocanadas de aire, profundas e irregulares. Cada vez que pensaba que había logrado serenarme, que ya era seguro salir del baño, el pensamiento irracional «Esa no es mi madre», volvía a subirme a borbotones desde lo más profundo de mi interior, y comenzaba de nuevo a hiperventilar. No me había preparado para la desconcertante sensación de ver el cadáver de mi madre, o el dolor y los remordimientos que me habían generado. El dolor y la desolación me invadían, y hacían que me resultara difícil respirar.

A mi espalda, en uno de los baños, escuché el sonido de una cisterna. Me enderecé y comprobé mi imagen en el espejo, restregándome el rímel con los dedos.

Cuando ella salió del urinario, yo aún miraba hacia el espejo. Nuestras miradas se cruzaron y los ojos se nos abrieron de par en par.

—Josie —dijo mi hermana con voz temblorosa—. Estás estupenda.

—Tú también —pronuncié de forma automática.

Pero realmente lo estaba. Lanie tenía mejor aspecto de lo que esperaba, se la veía mejor que a mí. Había subido de peso, pero solo lo justo para dejar de parecer esquelética. Tenía un corte de pelo *pixie* bastante mejor que el que yo parecía haberme hecho a machetazos, y llevaba un maquillaje suave, discreto y de un buen gusto sorprendente. Mientras analizaba su imagen, examinando sus ropas de buen corte y su pintalabios rosa pálido, me di cuenta de que se balanceaba descargando su peso primero sobre uno de sus tacones de tachuela y luego sobre el otro, y pellizcándose la piel alrededor de la manicura. Tenía un tic en la comisura del labio y sus ojos se movían nerviosos de un lado a otro, mirando alternativamente hacia mí y hacia la puerta. Si no hubiera estado tan guapa, hubiera dado por sentado que estaba colocada.

Lanie volvió de nuevo la vista hacia la puerta.

—¿Acabas de llegar?

—Sí, hace unos minutos.

—¿Cuándo llegaste al pueblo?

—Ayer por la tarde.

—¿No pensabas llamarme?

—No sabía que vivías aquí —contesté, pasando por alto su pregunta.

Lanie entrecerró levemente los ojos.

—¿No?

Alcé la mano para evitar su siguiente pregunta.

—¿Lanie, te importa dejarlo para otro momento?

El rostro de Lanie se dulcificó y alargó la mano como si fuera a agarrarme del hombro, pero la retiró de nuevo como sorprendida de sí misma.

—Vale. ¿Has visto... el cuerpo?

Traté de hablar, pero me atraganté.

—Unos segundos.

Sentí el sabor de la sal, y me di cuenta de que las lágrimas me corrían a oleadas por la cara. Me sentía furiosa con mi propio cuerpo por traicionarme, por dejar que me viniera abajo frente a mi hermana. Ella era la hermana que no podía controlarse, la que perdía la compostura. Yo era la hermana serena, la que sabía dominar sus emociones. O supuestamente al menos, así era como debía ser.

—Yo aún no la he visto —dijo Lanie en voz baja, limpiándome las lágrimas con sus suaves pulgares—. Me da miedo.

—Es horrible —le advertí—. Pero si quieres voy contigo.

—Por favor —dijo, cogiéndome de la mano. Aunque llevábamos años sin vernos y una eternidad sin ser amigas, la sensación de la palma de su mano contra la mía me resultó agradable. Salimos del baño de la mano, olvidando momentáneamente todo resentimiento entre nosotras.

El instante duró solo hasta que la puerta se cerró tras nosotras y divisamos a la única persona que podía separarnos de nuevo.

Adam no parecía haber cambiado prácticamente nada. Estaba un poco mayor y considerablemente más cansado, pero seguía teniendo el mismo cabello dorado, aquellos mismos ojos marrones como la Coca-Cola, la misma complexión larguirucha. Todavía parecía Adam, y ese hecho por sí solo hacía que me sintiera como si me hubieran clavado una estaca helada en el corazón. Solté la mano de mi hermana de forma inconsciente.

Adam abrió los ojos de par en par y dejó escapar mi nombre:

—Josie.

Se me aceleró el ritmo cardiaco de forma tan inmediata como si alguien hubiera apretado un interruptor, y antes de que pudiera siquiera resolver qué significaba aquella reacción o flagelarme por ello, la vi.

No tendría más de siete u ocho años, estaba de pie junto a Adam, con los ojos bajos mirando su minitableta. No necesité verle la cara para saber quién era, aquella mata de pelo negro era inconfundible.

Como si hubiera sentido mi mirada sobre ella, me observó parpadeando con los ojos azules muy abiertos. Subiendo y bajando las cejas, negras y delicadas, se volvió confundida hacia Adam.

—Papá —murmuró con voz profunda—, ¿por qué se parece esa señora a mamá?

Se me nubló la vista y se me aflojaron las piernas. Me alejé de ellos, incapaz de apartar mis ojos de la niña que a su vez clavaba los suyos en mí. Lanie intentó cogerme la mano, pero la aparté con brusquedad. Mientras me daba la vuelta y me sumergía nuevamente en la multitud, podía oír a Lanie y Adam gritando mi nombre, un coro de traidores.

No tenía sentido. Nada tenía sentido. Me pellizqué con fuerza el interior del codo, y volví a hacerlo, apretando los dientes al tiempo que retorcía con todas mis fuerzas la piel suave. Tenía que ser un sueño. No había otra explicación. Mi madre no podía estar muerta. No hasta que yo pudiera decirle que lo sentía. Sentía no haber sido mejor hija, sentía no haber protegido a papá, sentía no haberla sabido ayudar cuando nos necesitaba. Ella no podía estar muerta, la terrible muerte de mi padre no podía ser objeto del fenómeno de la cultura pop que estaba arrasando el país, y mi hermana no podía haber concebido una hija con el primer hombre al que yo había amado.

Sasha w
@alxfan13

eh @poppy_parnell estoy aquí en el velatorio de erin buhrman y está aquí josie con mala pinta #reexaminado

20 m

Samantha R.
@therealmissus1

@alxfab13 @poppy_parnell Josie??? Dónde ha estado todo este tiempo??? #reexaminado

19 m

Ben Singh
@bigben849

@therealmissus1 @alxfan13 @poppy_parnell esto va a sonar a puta locura, pero os juro que me enrollé con Josie en Praga en 2007 #reexaminado

16 m

Patrick O'Tenner
@patman10er

@bigben849 fotos o eso nunca pasó

13 m

Jamie Wallace
@JamieLWallace1

@alxfan13 A lo mejor habría que dejar que esta familia velase a sus muertos en paz

16 m

sasha w
@alxfan13

@JamieLWallace1 eh, eso es lo que estoy haciendo, no les estoy hablando, me arrastró hasta aquí mi vieja kthxbai

15 m

Jamie Wallace
@JamieLWallace1

@alxfan13 Pues entonces qué tal si no lo cuentas en internet?

14 m

mm 
@midwesternmamma

@JamieLWallace1 A LO MEJOR POR QUÉ NO TE CALLAS
#JUSTICIAPARAWARRENCAVE

   3 m

---

sasha w 
@alxfan13

acabo de ver conversa superchunga entre josie
y lanie en el velatorio, qué crees que significa
@poppy_parnell #reexaminado

   10 m

---

T.T. 
@tiny_dancer45

@alxfan13 @poppy_parnell sabéis que hay historia
entre josie y el marido de lanie, no? #reexaminado

   8 m

Poppy Parnell
@poppy_parnell
Gracias por la pista @tiny_dancer45
Qué quieres decir con «historia»? #Reexaminado
#ChuckBuhrman
5 m

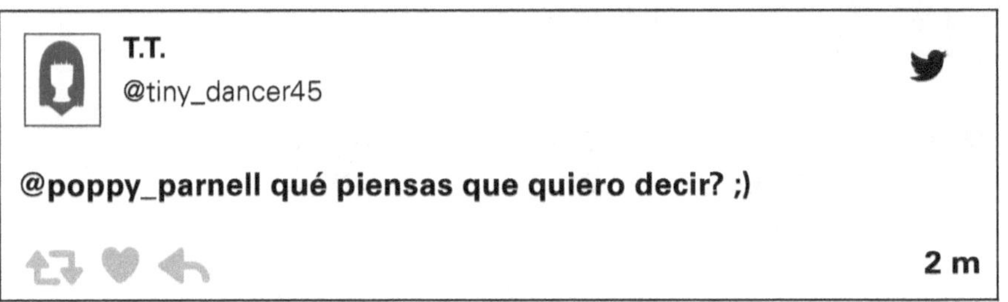
T.T.
@tiny_dancer45
@poppy_parnell qué piensas que quiero decir? ;)
2 m

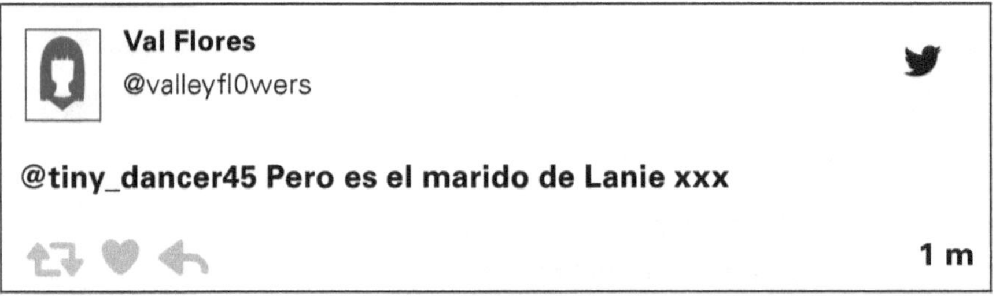
Val Flores
@valleyfl0wers
@tiny_dancer45 Pero es el marido de Lanie xxx
1 m

mm
@midwesternmamma
@alxfan13 @tiny_dancer45 @poppy_parnell
DEJAD DE CONVERTIR ESTO EN UN COTILLEO
#JUSTICIAPARAWARRENCAVE
3 m

Me costaba encontrar a Ellen en aquel mar crecido todavía de gente cuyas caras, en su mayoría, me sonaban solo vagamente o no me sonaban en absoluto. La gente me tendía la mano al pasar, llamándome «cielo», señal inequívoca de que no sabían a qué gemela se dirigían. Finalmente vislumbré a Ellen, casi oculta tras el gigantesco centro floral, hablando con una mujer bronceada de melena oscura. No fue hasta que no la tuve al alcance de la mano que me di cuenta de que la mujer era nuestra antigua compañera de clase, Trina Thompson. Trina transformó su cara en una máscara de compasión tan exagerada que resultó casi cómica y extendió los brazos diciendo «Oh, cariño, cuánto siento tu pérdida».

Esquivé el abrazo y le ofrecí un apresurado «gracias» a modo de premio de consolación antes de llevarme a Ellen a rastras hacia la relativa privacidad del rincón, donde siseé:

—¿Por qué no me hablaste de esos?

—¿Esos? —repitió Ellen, haciéndose la tonta, al tiempo que su mirada caía al suelo con el peso de la culpa.

—Sí, esos. Sabes perfectamente de quiénes estoy hablando. Tragué saliva, con la boca demasiado seca como para pronunciar siquiera sus odiosos nombres.

—Lanie y Adam. Y su pequeña familia feliz.

—Ah, vale —le dijo Ellen al suelo—. Esos.

—Ah, vale —repetí como un eco. El corazón se me contrajo de

dolor. Todo el mundo me había traicionado: primero mi hermana y Adam, y ahora incluso Ellen y tía A.

—¿Cómo pudiste no contármelo? ¿Cómo pudiste dejar que me metiera aquí sin estar preparada? ¿Hoy, precisamente?

—Porque tú no querías saberlo, ¿o es que no te acuerdas? Intenté contártelo. Y más de una vez. Y además te di todo tipo de pistas. Pero tú no te querías enterar.

Ellen tenía razón. Mi ira y mi sensación de superioridad moral se disolvieron, y solo quedó la perplejidad.

—¿Cómo pudo pasar esto? Adam apenas soportaba a Lanie. Y después de todo lo que ha hecho... ¿Cómo puede Adam amarla?

—No tiene nada que ver con el amor —dijo Ellen, como si eso arreglara las cosas—. Solo se casaron por el bebé.

—No estamos en los 50 —protesté—. Eso no tiene lógica.

—Oye, a mí no me mires. Yo tampoco les entiendo. Pero con Adam te libraste de una buena. He oído que se pasó la mayor parte del primer año de su matrimonio liándose con nuestra amiga Trina.

Ya nada me sorprendía. Si Adam iba a casarse con mi hermana, ¿por qué no iba a tener también un lío con Trina Thompson?

—Le ha llevado a la ruina —murmuré, más para mí que para Ellen.

Ellen frunció el ceño.

—¿Trina? Me parece un poco excesivo.

—No, me refiero a Lanie. Lanie le destruyó completamente. El Adam Ives que yo conocía nunca hubiera engañado a su mujer.

La expresión de Ellen era vacilante. La corté antes incluso de que abriera la boca.

—Ya sé lo que estás pensando, y lo único que tengo que decirte es esto: en todo eso hay un denominador común, y es mi hermana.

El dolor que yo pudiera experimentar ante el descubrimiento de la relación entre Lanie y Adam palideció en relación con lo que vino después: de pie en fila con lo que quedaba de mi familia, dando incómoda conversación a personas a las que apenas conocía, intentando, en todo momento hacer como que no era consciente del hecho de que el cadáver de mi madre yacía justo por fuera de mi campo visual.

Ellen, actuando de parapeto humano, se colocó entre Lanie y yo en la fila de recepción. A mi izquierda, tía A aceptaba amablemente los pésames, mientras que a mi derecha la voz educada y dulce de Ellen saludaba por su nombre a casi cada uno de los deudos. Ninguna de esas voces, ni siquiera la mía propia, dándole mecánicamente a la gente las gracias por venir, bastaban para ahogar el sonido de la voz de mi hermana, presentándose repetidamente: «Soy Lanie Ives, hija de la fallecida». La extrema proximidad entre mi hermana y yo después de tanto tiempo separadas resultaba inquietante, y oírla repetir su apellido de casada me desconcertaba más aún. Por el rabillo del ojo la veía sonreír con modestia. Era la hermana que había dejado atrás y al tiempo no lo era, y no estaba segura de cuál era peor.

Mientras estrechaba la mano llena de manchas de vejez de un anciano que se presentó como amigo de mis difuntos abuelos, vi que Ryder Strong, la vieja amiga de Lanie, entraba en la sala. El tiempo no había sido amable con Ryder: tenía la cara seca y arrugada, el pelo quebradizo, y había adelgazado tanto que casi ni existía; no era más que una colección de miembros huesudos que sobresalían de sus amplias ropas.

Pasando de la fila de familiares, se dirigió directamente a Lanie, aturdiendo a la señora bajita y encantadora del grupo de hacer punto de tía A que había estado hablando con ella. Mi hermana se encogió mínimamente ante Ryder, con los ojos grandes y ansiosos. Adam, a su lado, se puso tenso y posó una mano sobre el hombro de Lanie.

—Siento lo de tu madre —dijo Ryder abruptamente.

—Gracias —respondió Lanie en voz baja.

Con los pequeños ojos amusgados, Ryder la miró durante un momento y luego se giró para marcharse.

—Espera —dijo Lanie agarrando a Ryder por el brazo. Ryder se dio media vuelta, sorprendida, y vi que los dedos de Lanie le apretaban el brazo—. Gracias por venir. Significa mucho para mí.

Ryder abrió la boca para decir algo, pero luego se limitó a asentir y se marchó.

Me pregunté lo que habría pasado entre ellas. En su día había sido imposible separar a Lanie de Ryder. De hecho, durante nuestro último año, después de una pelea con tía A por sus malísimas notas y sus pobres datos de asistencia, Lanie se trasladó al apartamento que Ryder compartía con su hermana mayor Dani, el novio extensamente tatuado de esta y un gato tuerto llamado Sid Vicious. A mí casi me da una úlcera de la preocupación por la marcha de Lanie, segura de que, sin supervisión paterna, Lanie abandonaría el colegio del todo y muy posiblemente se produjera a sí misma daños irreparables.

Un día cogí el coche y fui para allá, con el plan de insistir en que mi hermana volviera a casa. Aparqué delante del edificio, un complejo de construcción barata en un barrio en decadencia, y ensayé sin salir del coche el discurso que le daría a mi hermana. «Solo hasta que termines el instituto. Mamá hubiera querido que siguiéramos juntas».

Mientras intentaba reunir las fuerzas para entrar, salieron dos figuras. Las dos llevaban jerséis oscuros con capucha, pero se podía ver claramente el pelo de Ryder escapándose de una de ellas, y los andares desganados de mi hermana los hubiera reconocido en cualquier sitio. Tenía la mano en la manilla de la puerta cuando vi que Lanie saludaba a alguien con la mano, y un tío corpulento de barba rala se acercó a las chicas. Le dijo algo a Lanie y le ofreció la mano; ella se la estrechó y así, con las manos asidas, los ojos de Lanie saltaron de aquí a allá llenos de culpa. Luego él le dio un golpe suave con el puño en el hombro a Ryder, dijo algo sonriendo y se fue andando deprisa, cabizbajo.

Yo estaba alucinada. Eso era un trapicheo de drogas. Mientras Lanie y Ryder se deslizaban de nuevo hacia el apartamento, con las manos hundidas en los bolsillos, yo salí del coche de un brinco.

—¡Lanie!

Las dos se giraron, sorprendidas. Los ojos de Lanie se achinaron como los de un gato.

—Lárgate de aquí, Josie, joder.

Ryder lanzó una carcajada desagradable y juntas se metieron en el portal iluminado con un tubo fluorescente. Las perseguí a la carrera, pero la puerta del vestíbulo se había cerrado tras ellas. No había nada que pudiera hacer más que largarme, justo como mi hermana quería.

Eché un vistazo al reloj de pulsera de un deudo; solo quedaba una hora de velatorio. Podía sobrevivir una hora más. Tenía que hacerlo. Imposté una sonrisa de lúgubre determinación y volví al juego de intentar acordarme de todos los detalles de cada una de las personas que me estrechaban la mano. Tom Grant, que había vivido en frente de nosotros en Cyan Court y había ayudado a papá y al abuelo a construir la casa de muñecas en el jardín de atrás; Jared Waters, que había salido con Ellen en el último año del instituto; Richard Deville, el jefe del Departamento de Historia de Elm Park College, el antiguo jefe de mi padre. Me preguntaba si el señor Deville habría estado entre las fuentes anónimas consultadas por Poppy Parnell; me pregunté si se sentiría culpable por haber participado. Cuando se detuvo delante de mí, sin embargo, me limité a estrechar su mano fría y a darle las gracias por venir.

—¿Cómo lo llevas, cielo? —me preguntó tía A, frotándome la espalda en círculos para consolarme.

—Voy tirando. ¿Y tú cómo vas?

Tía A me ofreció una sonrisa cansada.

—Estoy bien. Me abruma la cantidad de gente que ha venido a presentar sus respetos a tu madre.

—Es por morbo —dijo Ellen, inclinándose sobre mí—. Saben que la tía Erin es la mujer de la secta que sale en ese *podcast* y solo quieren acercarse al misterio.

La tía A rio dulcemente.

—No todos. Mis compañeros del trabajo no, y tampoco las mujeres del club de lectura o del grupo de hacer punto. Ni la gente del gimnasio. ¿Y qué pasa con tus viejos amigos del instituto y sus padres?

Ellen levantó la mirada al techo.

—Esos últimos vienen por morbo, fijo.

Mientras tía A mandaba callar a Ellen, los padres de Adam se pusieron en la fila. Tenían casi exactamente el mismo aspecto que yo recordaba: el señor Ives, con sus corbatas llamativas y la sonrisa del millón de dólares; la señora Ives, con sus elegantes andares y una belleza sin edad. Su mirada vaciló un instante sobre mí y aterrizó sobre mi hermana, los rostros de ambos luciendo compasivas expresiones a juego. Yo no tenía nada que decirles a los padres de Adam, y me salí de la fila hundiendo la cabeza una vez más para buscar el solaz del baño de señoras. La expresión de tía A al verme marchar apresuradamente era triste pero no sorprendida.

Al pasar al recibidor, mis ojos se posaron sobre una figura delgada de traje oscuro, una nuca cubierta de fino pelo castaño, y el corazón me dio un brinco. Caleb. Di un paso hacia él, con la mano extendida. En el segundo anterior a tocarle, se giró, y me di cuenta de que aquel hombre me era desconocido.

—Lanie —me dijo—. Mi más sentido pésame.

Desconcertada por el error que había cometido, di un paso atrás, metiendo una mano en el bolso en busca de mi teléfono. Necesitaba a Caleb; necesitaba oír su voz familiar diciéndome que todo iba a salir bien. Justo cuando mis dedos se cerraban en torno al móvil, me choqué con alguien. Me di la vuelta, pidiendo mil perdones, pero las palabras murieron en mi boca cuando reconocí a Poppy Parnell.

Las comisuras de sus labios se estiraron en forma de astuta sonrisa mientras me miraba de arriba abajo.

—¿Josie Buhrman?

—No —repliqué, intentando dejarla atrás.

Ella movió el cuerpo sutilmente para bloquearme el paso y sacudió la cabeza. Los ojos le centelleaban como si estuviéramos jugando a algo.

—No, estoy segura de que eres tú. —Compuso la expresión de su rostro para lucir una sonrisa profesional y me ofreció la mano—. Me llamo Poppy Parnell. Soy periodista de investigación y...

—Sé quién eres.

Una expresión de satisfacción le iluminó la cara por un momento; rápidamente la apagó, convirtiéndola en una cara de empatía.

—Me lo imaginaba. Primero, déjame decirte que te doy mi más sentido pésame.

Reí con amargura.

—No lo sientes en absoluto. Esto te ha venido genial para subir el número de oyentes.

—Puede que esto te sorprenda, Josie, pero yo no defiendo la teoría de que toda la publicidad es buena. No me produce placer alguno el fallecimiento de tu madre.

—No pienso tener esta conversación contigo —le dije, haciendo un gesto en dirección a la sala donde yacía mi madre—. No mientras...

Ella asintió, de acuerdo conmigo, cosa que me sacó de mis casillas.

—No es ni el sitio ni el momento de hablar de negocios. Debí ponerme en contacto contigo de otra manera, pero no eres una mujer fácil de localizar. ¿Podemos quedar mañana en algún momento para hablar?

—No tengo nada que decirte —le contesté, dándole la espalda.

Su brazo fino saltó como un resorte y agarró mi bíceps.

—Por favor.

—Suéltame —le espeté, con la voz más severa que pude.

—Josie —me dijo, como si fuéramos amigas y yo estuviese hiriendo sus sentimientos.

—Haz el favor de quitar tus oportunistas manos de mi prima —dijo Ellen, entrando en el recibidor.

Poppy me soltó el brazo, girándose ante la voz de Ellen.

—Tú debes de ser Ellen Kelly.

—Ellen Carter —la corrigió Ellen, cruzando los brazos sobre el pecho.

—De acuerdo —dijo Poppy, sacando un cuaderno del bolso que llevaba en bandolera y apuntando una cosa—. Yo soy Poppy Parnell. Tengo un *podcast* que se titula *Reexaminado*. ¿Tal vez hayas oído hablar de él? —Poppy miró a Ellen, expectante, pero Ellen se limitó a mirarla con una expresión de profundo desinterés en la cara.

Aprovechando la distracción momentánea, y segura de que mi prima sería capaz de arreglárselas sola frente a Poppy, me perdí entre el gentío.

Después de estrechar la última mano y aceptar el último abrazo, solo quedaba la familia en la sala de difuntos. Peter salió para confirmar los detalles de la cremación y el funeral por encargo de tía A, y sus hijas volvieron arrastrando los pies, con los dedos bailando sobre las pantallas de sus móviles. Tía A se despidió en voz baja de mi hermana y de su familia, y Ellen y yo nos dejamos caer completamente agotadas sobre sendas sillas de respaldo recto. Yo tenía la mirada perdida, vacía, maravillada ante el hecho de que el velatorio me hubiera dejado tan emocionalmente exhausta que ya ni siquiera me inquietaba la visión del ataúd.

—¿Cómo vas? —me preguntó Ellen, frotándome una rodilla. Hizo una pausa y frunció el ceño—. Creo que te has saltado una zona al depilarte.

Le di una palmadita en la mano para que la retirara.

—Gracias, Ellen. Estoy bien, me parece.

Por el rabillo del ojo vi a Lanie salir de la sala con su familia. Mi corazón se encogió un poco al darme cuenta de que ni siquiera había mirado en dirección a mí antes de irse. Pero ¿cómo de molesta podía estar, realmente? Ni siquiera le hubiera devuelto la sonrisa si me la hubiera ofrecido.

—Eso por lo menos ya ha terminado —dijo tía A dejándose caer en una silla junto a Ellen—. Me resulta obsceno estar por fin en la misma sala que tu madre y que sea de esta manera.

Los ojos me escocieron con lágrimas nuevas, prueba de que no estaba tan agotada como había creído. Me las enjugué, girando la cabeza mientras lo hacía, y vislumbré una silueta rondando el umbral de la puerta.

—Tendrá desfachatez —siseó tía A.

Melanie Cave llevaba un vestido burdeos, lo bastante oscuro como para parecer casi negro, pero rojísimo desde el punto de vista del decoro. Había envejecido considerablemente en los últimos diez años. En su día tuvo buen tipo y la piel juvenil y sin arrugas, pero ahora se la veía barriguda y con la piel de la cara descolgada. Seguía teniendo buen porte, era elegante, pero ya no era la sirena que una vez fue.

Las tres nos quedamos paralizadas, como las proverbiales gacelas sorprendidas por los faros de un coche, mientras Melanie atravesaba la sala vacía recorriendo los veinte pasos que había desde la puerta hasta nuestras sillas durante lo que pareció una eternidad. Se detuvo directamente en frente de tía A y se agachó para cogerle las manos, mientras se le abría el escote revelando cierta extensión de pechera pecosa.

—Amelia —dijo, con una voz más áspera que la que se escuchaba en el *podcast*—. Soy...

—Fuera de aquí —rugió tía A, con un brillo metálico en los ojos.

Los labios pintados de Melanie se separaron, dispuesta a decir algo más, pero luego su mirada se posó sobre mí. Irguiéndose, dijo con frialdad:

—Cuánto tiempo.

Yo tenía sentimientos encontrados. Desde cierto punto de vista, tía A tenía razón: Melanie Cave era la responsable de nuestra desgracia. Era la que había tenido una aventura con nuestro padre; la que había criado a su hijo de una forma tan desastrosa que él había terminado recurriendo al asesinato; la que se había puesto en contacto con Poppy Parnell y había convertido nuestra tragedia en un bien de consumo de la cultura pop. Quería escupirle en la cara, insistir en que no ha pasado suficiente tiempo. Pero parte de mí sabía que Melanie Cave también era una víctima en todo esto; bien una mujer desgraciada cuyo hijo hizo lo inimaginable; bien, en caso de que Poppy tuviera razón, una mujer cuyo hijo fue encarcelado de por vida de manera injusta. No era necesariamente culpa suya que quisiera liberarle. Al fin y al cabo, era su madre.

Pero mi madre yacía en un ataúd en la parte delantera de la sala, y a alguien había que responsabilizar de eso.

—No debería estar usted aquí, señora Cave —dijo Ellen.

Melanie me mantenía la mirada inquebrantablemente, ignorando a Ellen.

—Es hora de decir la verdad.

Yo parpadeé, sorprendida.

—Señora Cave —repitió Ellen, con firmeza—. No me obligue a mandar que la echen.

—Cállate la boca —escupió Melanie con repentino salvajismo, girándose hacia Ellen—. Mi hijo se está consumiendo en la cárcel mientras esta puta —subrayó sus palabras señalándome violentamente con el dedo— corretea de acá para allá sin ninguna preocupación en la vida.

Me dispuse a protestar, quería explicarle a Melanie que estaba completamente equivocada, pero ella no había terminado.

—Lo único que estoy pidiendo —prosiguió, elevando la voz— es que ¡diga la verdad! Tiene que dejar de contar mentiras y admitir que esa noche no vio a mi hijo. No vio nada. —Melanie dirigió su atención de nuevo hacia mí, con su dedo, una vez más, flotando delante de mi cara—. No viste nada.

—De acuerdo —dijo Ellen, poniéndose en pie—. Ya basta. Esos deditos de bruja con esa manicura cutre se los guarda ya.

—Lleva doce años en prisión —continuó—. ¡Los mejores años de su vida! Y ustedes todavía se ponen a la defensiva y se niegan a hablar. —Melanie se inclinó hacia mí, con su cara tan cerca de la mía que veía cómo le palpitaba la vena en la sien, y podía oler el empalagoso aroma floral de su crema de día—. Al menos tu padre era un hombre honorable, que es más de lo que puedo decir del resto de vosotras.

Me quedé demasiado conmocionada por la mención de mi padre como para responder.

—Yo hacía mejor pareja con él que la loca de tu madre, y él lo sabía. ¿Fue por eso por lo que mentiste acerca de haber visto a Warren? ¿Para quitarme a mi hijo y castigarme? Puta fría y vengativa.

Finalmente encontré mi voz y siseé:

—Yo no soy Lanie, bruja disecada.

Melanie entrecerró los ojos y me miró a través de sus pegotes de rímel con desconfianza.

—Entonces dile a tu hermana que quiero hablar con ella.

—Basta —interrumpió tía A en voz alta—. No voy a dejar que acose a mis sobrinas. Bastante daño les ha hecho ya.

—¿Que yo he les he hecho daño? —se burló Melanie. Salió de la sala caminando de espaldas, señalándome con el dedo—. Te estoy vigilando, Lanie. Ya sabes lo que tienes que hacer. Decir la verdad.

—¿Te estoy vigilando? —repitió Ellen en tono de burla cuando la puerta se hubo cerrado tras de Melanie—. ¿Se supone que eso era una amenaza? ¿Se cree que le tenemos miedo?

Me reí con Ellen, pero un escalofrío me recorrió la espalda.

* * *

Los amigos de tía A nos estaban esperando en el porche delantero, con bandejas de queso y galletas saldas y botellas de vino. Tía A, que había mantenido admirablemente la compostura durante todo el día, se convirtió en un mar de lágrimas en cuanto los vio, y sus amigos la rodearon como un enjambre, haciendo ruiditos empáticos y dándole abrazos. Esperé a que tía A sacara la cabeza para respirar y entonces le dije que me subía a la habitación a descansar. Cerré la puerta de mi viejo dormitorio y corrí las cortinas, impidiendo la entrada a la luz del atardecer. En la oscuridad, me estiré en la cama y miré mi teléfono. A lo largo del día se habían acumulado cuatro llamadas perdidas de Caleb y seis mensajes de texto sin leer.

La voz de Caleb sonaba cálida y pegajosa cuando respondió al teléfono, y deseé amorosamente estar en casa con él, en sus brazos, escuchando su húmeda respiración.

—Ay, amor, lo siento. ¿Estabas dormido?

—No debería. Es solo por el jodido *jet lag*. Cualquiera de estos días me hago con él. Pero estaré bien. ¿Tú qué tal, amor? ¿Cómo lo llevas?

—He tenido momentos mejores —admití, y se me hizo un nudo en la garganta—. Hoy fue el velatorio. Fue... difícil.

Me moría de ganas por decir algo más, de obedecer el mandato de Melanie Cave de decir la verdad, por mal enfocado que estuviera. Quería explicarle cómo había sentido que se me retorcían las tripas al ver el cuerpo de mi madre, el dolor de corazón casi inconcebible que había experimentado al darme cuenta de que cualquier fantasía que hubiera tenido sobre reconectar con ella había desaparecido, ese dolor agudo y tan particular al descubrir que mi hermana gemela se había casado y había tenido un hijo con el primer hombre al que yo había amado, y la culpa demoledora que sentía por haber abandonado a tía A. Pero cuando abrí la boca, no dije nada. Había entre nosotros un campo minado de mentiras, y lo único que no era arriesgado decir era nada en absoluto.

—Dios, Jo, ni me imagino cómo te debes de estar sintiendo. Lo siento muchísimo. ¿Cómo lo está llevando Ellen?

—Ya sabes. Como cabría esperar. Esto es duro para todos.

—Ojalá estuviera yo ahí. Debería estar ahí.

—Cielo, no —dije bruscamente, intuyendo que le estaba dando vueltas en su cabeza al viaje. Sin verle, sabía que Caleb estaba sentado en la cama, estirando el brazo para coger su portátil, empezando a buscar vuelos baratos a Illinois—. No eres capaz ni de mantenerte despierto ahora mismo. ¿De qué vas a servir aquí?

—Puedo tomarme una pastilla de cafeína. Debería estar ahí. Me necesitas.

«Es hora de decir la verdad», chillaba mi mente.

Pero mi boca, incapaz de encontrar las palabras de la verdad, siguió mintiendo.

—Necesito estar aquí por Ellen. Esto es más duro para ella que para mí, y realmente necesito concentrarme en ella. No podría dedicarle toda mi atención contigo aquí.

—Eso es tremendamente noble, pero ¿no te parece que yo podría servirte de ayuda?

—Por favor, fíate de mí en esto. Es algo de lo que debo ocuparme yo sola.

—Si tú lo dices —respondió, con un tono poco convencido—. Pero estoy pensando en ti.

—Gracias. Te lo agradezco. De acuerdo, mira, creo que me tengo que ir. Hay un puñado de amigos de tía A en el salón y creo que voy a tener que ir rellenando sus copas de vino.

Me quedé paralizada, aterrorizada porque me pudieran pillar en una falsedad, pero Caleb debió de dar por sentado que venían a lamentar su muerte, no a emborracharse, y él se limitó a asentir de forma empática.

—Claro, claro. Haz lo que tengas que hacer. Te quiero.

—Yo también te quiero.

Extracto de la transcripción de *Reexaminado: El asesinato de Chuck Buhrman*. Episodio 3: *Sospechosos (poco) habituales*. 21 de septiembre de 2015

Y luego está Melanie Cave. Desde el principio fue una de las sospechosas preferidas por los detectives de salón. A grandes rasgos, su teoría es la siguiente: el 19 de octubre de 2002, el marido de Melanie, Andrew, se enteró de que ella estaba teniendo una aventura y le dijo que quería poner fin al matrimonio. Ella intentó ponerse en contacto con su amante repetidas veces, pero él rechazó todas sus intentonas. Ella se fue enfadando cada vez más hasta que esa noche, muy tarde, caminó hasta la casa de al lado y le disparó.

Para corroborar esta teoría señalan el testimonio de Andrew Cave, en el sentido de que había abandonado la ciudad ese día porque se había enterado de la aventura. Según esas afirmaciones, habían tenido una discusión intensa. Busqué la confirmación de esta información, pero, tal y como suele hacer cada vez que menciono los problemas maritales de sus padres, Warren se cerró en banda.

También señalan los mensajes de voz. En el día de autos, Melanie llamó a Chuck nada menos que doce veces. En la mitad de esas ocasiones dejó mensajes de voz. Los primeros cinco mensajes son simplemente de Melanie pidiéndole a Chuck que le devuelva la llamada, y son notables solo porque los últimos tres se produjeron en un lapso de solo quince minutos.

Pero el sexto..., bueno, escúchenlo ustedes mismos.

MELANIE, POR MENSAJE DE VOZ:	Arrogante hijo de puta. Devuélveme la llamada. Llámame inmediatamente. Esto es todo culpa tuya, y vas a responder por ello.

«Vas a responder por ello» suena a amenaza, especialmente sabiendo que Chuck Buhrman murió no mucho después de que se pronunciaran esas palabras. Además, muchos señalan el tono de voz de Melanie, que describen como «escalofriante». Tengo que admitir que la primera vez que escuché ese mensaje me sobresaltó. En absoluto sonaba como la agradable mujer a la que había ido conociendo a lo largo de estos últimos meses.

POPPY: Melanie, explícame lo que está pasando en ese último mensaje de voz. Tendrás que admitir que no suenas especialmente amigable.

MELANIE: ¡No te extrañe! No me sentía amigable; estaba muy dolida. Andrew se había enfrentado conmigo a cuenta de mi relación con Chuck, y yo le había contado la verdad. Pensaba que mi matrimonio había terminado. Necesitaba hablar con alguien, y Chuck era el único que me comprendería. Solo quería hablar. Si hubiera sabido que iba a ser la última vez que escuchara mi voz..., bueno, pues hubiera dicho algo diferente.

No a todo el mundo le convence la explicación de Melanie. De hecho, alguien que fue compañera suya de clase, Patsy Bloomfield, está tan convencida de que Melanie es culpable que autopublicó un libro sobre el caso llamado *La diablesa de la casa de al lado*. Compré un ejemplar en formato electrónico a través de la página web de Patsy, en la que comparte también fotografías de sus nietos y vende cojines con frases a punto de cruz del tipo «A quien madruga dios le ayuda» y, en cuanto lo leí, supe que tenía que hablar con Patsy. Accedió a sentarse conmigo para hacer una entrevista.

POPPY: En su libro, usted dice que Melanie es la responsable del asesinato de Chuck Buhrman. ¿Cómo llegó a esa conclusión?

PATSY: Me considero un poco adivina. Cuando me enteré de que el vecino de al lado de Melanie había sido asesinado, instantáneamente supe que Melanie estaba teniendo algo con él. ¡Y así era! Y también tuve una sensación muy fuerte de que de alguna manera era responsable de su muerte.

POPPY: Entiendo que usted también nació en Elm Park. ¿Conocía a
            Melanie Cave?

PATSY: Conozco a Melanie desde que las dos llevábamos pañales.
            Crecimos en la misma calle, y estuvimos en la misma clase
            desde la guardería. La primera fiesta de pijamas a la que fui
            en mi vida fue en casa de Melanie. Entonces se llamaba Me-
            lanie Richards, sabe, y esto fue mucho antes de que le crecie-
            ran los pechos y aprendiera a menear el trasero para conseguir
            lo que quería. Recuerdo que su madre nos hacía copas de he-
            lado con nata montada y guindas al marrasquino encima. Al
            comerlas, yo pensaba que me había muerto y había llegado
            al cielo. Su madre siempre fue una mujer encantadora.

POPPY: ¿Podemos volver a una cosa que usted acaba de decir?
            «Menear el trasero para conseguir lo que quería». ¿Qué ha
            querido decir con eso?

PATSY: Lo que parece. Melanie siempre ha sido más guapa de lo
            que le conviene. Aprendió desde muy jovencita que podía
            utilizar su aspecto para conseguir lo que quisiera.

POPPY: ¿Es ese uno de los «defectos de personalidad» a los que
            se refiere en su libro?

PATSY: Las mujeres como ella —las que usan su atractivo para con-
            seguir lo que quieren— no aprenden nunca a tomar en
            consideración los sentimientos de los demás. Para Mela-
            nie, lo único que importa es la atención masculina. Déjeme
            contarle lo de nuestro baile de graduación. Melanie tuvo
            cuatro pretendientes antes incluso de que el baile tuviera
            lugar, y luego no pudo contenerse de bailar con práctica-
            mente todos y cada uno de los pretendientes de todas las
            chicas del salón de baile. Era la reina del baile, sabe, así que
            se creyó que era su derecho divino.

POPPY: ¿Bailó con su pretendiente?

PATSY: Más que eso. Pero lo que quiero decir es esto: Melanie
            siempre ha tomado lo que ha querido, especialmente en lo
            que respecta a los hombres.

POPPY: Yo diría que entre robar un novio y cometer asesinato hay un trecho, ¿no le parece?

PATSY: Todo asesino tiene que empezar por algún sitio. Lo que digo es que a Melanie nunca le ha importado nadie más allá de sí misma. Nunca creyó que las consecuencias de sus actos pudieran afectarle a ella, y no me cuesta creer que atacó cuando no consiguió exactamente lo que quería por primera vez en su vida.

POPPY: Su libro no se ocupa del testimonio de Lanie Buhrman. Si Melanie disparó a Chuck, ¿por qué iba a decir Lanie que vio que lo hacía Warren?

PATSY: Puede que fuera así. Tal vez Melanie convenció a su hijo de que le hiciera el trabajo sucio, y fue él quien apretó el gatillo. También es cierto que he estado escuchando su *podcast*. No puede decirse que Lanie Buhrman tenga mucha credibilidad.

CAPÍTULO 9

Era pasada la medianoche cuando desconecté los auriculares del teléfono. Melanie Cave. Se me revolvía el estómago al recordar lo cerca que había estado de ella esa tarde, lo bastante cerca como para ver los polvos de maquillaje que se le acumulaban en las arrugas de alrededor de los ojos y oler la clorofila de su aliento. Me había mirado directamente a los ojos y me había exigido la verdad, pero ¿había sido ella honesta? Me parecía una acción muy audaz meter en esto a una periodista de investigación si fuera culpable, pero, también era cierto que podía tratarse de un brillante farol. Tenía más sentido que cualquier otro de los sospechosos alternativos que Poppy había sugerido, o que yo había oído sugerir en su día, tenía más sentido incluso que Warren Cave. Melanie tenía un motivo. Ella había querido hacerse con nuestro padre y él (al parecer) la había utilizado. ¿Podía ese «Tú no viste nada» ser más una amenaza que un ruego?

Completamente despierta, empecé a buscar en internet reacciones al episodio, desesperada por saber qué pensaban otras personas acerca de Melanie Cave. Un hilo de Reddit, concretamente, llamó mi atención.

**↑ Yo creo que vi a Melanie Cave la noche del asesinato de Chuck
↓ Buhrman (yo.podcastreexaminado)**

↑ Enviado hace 1 día por teoricadelaconspiracion
↓ Yo me crie en Cyan Court. En 2002 solo tenía siete años, pero recuer
do claramente ver a una mujer corriendo entre los árboles la noche
que mataron a Chuck Buhrman. Cuando se lo conté a mis padres me dijeron que debía de estar soñando, pero yo estoy segura de lo que vi.
No vi una cara ni nada, pero cuanto más lo pienso, más segura estoy
de que tuvo que ser Melanie Cave, corriendo para esconder el arma
del crimen. Ojalá siguiera viviendo en Elm Park. Iría a buscarla.

↑ detectivedesofa38 197 puntos hace 1 día
↓ ¿Cuánto de este recuerdo volvió a ti después de escuchar el episodio 3? Conocemos la hora a la que Melanie Cave llamó al 911. No
podía estar corriendo por el vecindario.

↑ teoricadelaconspiracion 54 puntos hace 1 día
↓ Pero estamos asumiendo sin más que llamó al 911 inmediatamente. A lo mejor no tardó mucho en esconder el arma, y luego
volvió corriendo a casa y llamó al 911. ¿Cuánto sabemos en realidad de la línea temporal?

↑ noesminombrereal 158 puntos hace 1 día
↓ Deberías llamar a Poppy Parnell.

↑ realitycheck99 200 puntos hace 1 día
↓ Deberías llamar a la policía.

↑ detectivedesofa38 87 puntos hace 1 día
↓ Si lo que dices es cierto.

↑ muertepordifamacion 91 puntos hace 1 día

↓ Y entonces ¿cuál es tu teoría? ¿Que Melanie Cave mató a Chuck Buhrman, o que escondió el arma por Warren? No olvides que Lanie Buhrman VIO a Warren Cave.

↑ spinner65 200 puntos hace 1 día

↓ jajajajajajajajajajajajajaja ¿estás de coña, no? Lanie Buhrman es una mentirosa trolera que miente.

↑ teoricadelaconspiracion 32 puntos hace 1 día

↓ A lo mejor estaba confundida.

Contuve el aliento. Entendía que Lanie podría haber confundido a Melanie con su hijo. Ella se podría haber camuflado con camisetas suyas de *heavy metal* y ropas negras, o tal vez Lanie solo viera a alguien corriendo hacia la casa de los Cave y pensara que era Warren. Se me revolvió el estómago al considerar seriamente por primera vez que la teoría de Poppy Parnell podía tener alguna validez.

De repente me acordé de una tarde, la primavera anterior a la muerte de mi padre. Era uno de los días buenos de mi madre: acabábamos de terminar una clase de biología que había consistido en plantar semillas germinadas en tazas. Nuestra madre se había manchado toda de tierra, y había subido a limpiarse mientras Lanie y yo pasábamos una bayeta por la encimera. Llamaron a la puerta y yo, deseosa como siempre de evitar cualquier tarea doméstica, me apresuré a contestar. Encontré a Melanie Cave en el porche, con la melena que siempre llevaba tan cuidadosamente peinada, revuelta, y los ojos rojos de llorar.

—¿Está aquí tu madre? —preguntó.

—Ahora está ocupada —le dije—. ¿Puedo ayudarla en algo?

Melanie abrió su boca de coral y luego la volvió a cerrar. De los ojos verdes le caían lágrimas.

—¿Señora Cave? —le pregunté—. ¿Está usted bien?

—¿Qué hace aquí? —La voz de Lanie me llegó desde atrás, repentina y fría.

Melanie vaciló y luego dijo:

—Peaches se ha escapado. —Tardé un momento en comprender que estaba hablando de su gato. Hizo un gesto con las manos, simulando algo que tenía el tamaño aproximado y la forma de un balón de fútbol—. Es como así de grande, blanca con machas marrones. ¿La habéis visto?

—No, lo siento. ¿Quiere que la ayudemos a buscar?

—No podemos —dijo Lanie con determinación.

—Pero su gato...

—Venga, Josie —insistió Lanie—. Le prometimos a mamá que habríamos limpiado la cocina para cuando saliera de la ducha.

—Sois buenas chicas —dijo Melanie con una sonrisa triste.

Un temblor me recorría el cuerpo ahora, recordando aquel diálogo. Con lo que sabemos ahora resulta tan obvio. Melanie había venido a enfrentarse a mi madre por lo de la aventura. ¿Había sido Lanie capaz de intuir que Melanie iba a hacerle daño a nuestra madre?

Sacudí la cabeza para liberarme de ese pensamiento y, tomando de nuevo el control de la situación, fui a por una taza de té. Desde el pasillo podía ver que la luz de la cocina seguía encendida. Me imaginé que no la habrían apagado los amigos de tía A, cuando intentaron en su estado de medio embriaguez limpiarle la cocina, pero me encontré a la propia tía A sentada a la mesa de la cocina. Tenía los hombros caídos; con una mano rodeaba una taza a medio beber de Té de Relax y con la otra asía una caja de pañuelos de papel. Los clínex usados se apilaban frente a ella, y tenía los ojos rojos y húmedos.

—¿Tía A?

—Josie, tesoro —me dijo, levantando la mirada y limpiándose los ojos con el dorso de la mano—. Pasa, por favor. Solo estaba... pensando en tu madre.

Vacilé. La cabeza todavía me daba vueltas con pensamientos sobre Melanie Cave, y no estaba segura de que estuviera emocionalmente preparada para regresar al sentimiento de luto por mi madre. Pero tía A parecía tan frágil y tan desgraciada que no supe cómo negarme; así que me senté a su lado, dándole suaves e indecisas palmaditas en la espalda blanda y cálida, representando mi mejor imitación del consuelo femenino. Después de tantos años de viajar sola y de convivir con un hombre cuyos estados de ánimo podían controlarse fácilmente con comida y sexo, mis habilidades a la hora de consolar a otras mujeres eran, como mucho, tibias. Con todo, tía A se dejó hacer y empezó a moquear un poco menos.

—La echo tanto de menos —dijo en voz baja—. Y he estado aquí sentada intentando dilucidar si la echaba de menos más cuando se marchó, o si la echo más de menos ahora que está muerta. ¿No te parece raro? No tengo ni idea de por qué le doy tanta importancia.

—Yo me he estado preguntando algo similar —confesé—. Pensaba que había renunciado a ella hace años, así que ¿por qué estoy tan triste?

—El dolor es muy raro —me dijo, con una triste sonrisa de medio lado.

—¿Y has llegado a alguna conclusión sobre eso? ¿La echas más de menos ahora o entonces?

—Estoy empezando a pensar que no son momentos comparables. La echo de menos de forma diferente ahora que cuando se fue. Ahora tengo tristeza y remordimientos, cuando esos años atrás sentía sobre todo ira.

Mis ojos parpadearon y miraron hacia abajo. Nunca había visto ira en tía A.

—¿Estabas enfadada con ella porque te dejó a cargo de nosotras?

—Oh, cielo, no —dijo tía A, quitando mi mano de su espalda y apretándomela—. Claro que no. Os quiero a tu hermana y a ti como si fuerais mías, y nunca me he sentido enfadada por criaros. Jamás. Tuvimos algunos desafíos, pero nunca me pareció menos que un privilegio cuidaros a vosotras dos.

Se me encogió el corazón; las lágrimas me empañaron la vista.

—No puedes pensar eso.

—Pues sí lo pienso —dijo con ferocidad, apretándome tanto la mano que me dolió—. Mi ira no tenía nada que ver con vosotras. Estaba furiosa con tu madre porque nos había abandonado a todos. Se largó como un ladrón en la noche, sin dejar ni una nota. Y justo después de esa escena con tu hermana... No sabía qué pensar. Estaba tan preocupada que casi me pongo enferma. Pensé..., bueno, pensé que había decidido que no podía vivir sin tu padre y que se había matado. Y después, una vez que supe dónde estaba, me enfadé tanto pero tanto, porque pensaba que esos desconocidos podían hacerla más feliz que yo. Que todos nosotros. —Tía A ahogó un sollozo que le sacudió el cuerpo entero—. He perdido tanto tiempo sintiendo ira. Pensé... pensé que todavía había tiempo. Pensé que algún día volvería a casa.

—Creo que todos pensábamos eso, por lo menos un poco —susurré. Yo desde luego que lo había pensado, justo hasta la tarde que pasé en Dairy Queen con la hermana Amamus. Nunca le había contado a tía A ese encuentro —nunca se lo había contado a nadie, ni siquiera a Lilly, cuyo coche había tomado prestado—, y sabía que hoy tampoco era el momento adecuado para contárselo. Pintaba de mi madre un retrato más desalmado de lo que me gustaba recordar. Pero no podía evitar preguntarme si, en caso de que tía A hubiera intentado contactar alguna vez con su hermana, habría tenido más éxito que yo—. ¿Alguna vez la buscaste?

—No. Tal vez debería haberlo hecho. Solo... lo pensé..., no lo hice. Y ahora tengo tantos remordimientos. No solo por mí, sino también por vosotras. Tu madre era una mujer tan especial, tan compasiva... Ojalá pudieras haberla conocido mejor. —Tía A me miró con una sinceridad que me partía el corazón—. Cuéntame, ¿tú cómo recuerdas a tu madre?

Con solo una mirada a los ojos angustiados de tía A supe todo lo que necesitaba saber sobre lo que ella quería escuchar, y empecé a relatarle recuerdos cálidos de mi madre: vacaciones en familia, sorpresas que preparaba para Lanie y para mí, hacer pasteles juntas.

Dejé fuera otros recuerdos menos felices, esos en los que mi madre se cerraba en banda, se negaba a salir de su habitación, no nos hablaba durante días. Incluso así, no pude evitar preguntarme en voz alta:

—Ya sé que ella sufría, pero nosotras la necesitábamos. ¿Cómo pudo abandonarnos?

Un lagrimón se deslizó por la mejilla de tía A.

—No lo sé, cielo. Se negó a hablarme sobre la noche que murió tu padre y se negó a ver a ningún terapeuta. Creo que se sentía culpable por no haber estado en casa, y creo que esa sensación de culpa era como un cáncer para ella. Siempre se culpó por la muerte de nuestro hermano Dennis, y se culpaba de alguna manera por la muerte de nuestros padres. Creo que la muerte de tu padre, encima de todo eso, fue demasiado para ella.

—Pero eso no tiene ningún sentido. Puedo comprender que se sintiera culpable de la muerte del tío Dennis, y puedo medio entender que se sintiera culpable por no estar en casa la noche que murió papá, pero la abuela y el abuelo murieron por culpa de un conductor borracho. De ningún modo pudo eso ser culpa suya.

—Tienes razón, claro que sí. Pero tu madre tenía previsto cenar con nuestros padres esa noche, y canceló la cita. Decidieron ir al cine, en cambio, y los mataron en el trayecto de vuelta. Siempre pensó que si no hubiera cancelado la cena, ellos nunca habrían cruzado esa intersección.

—No debió culparse por eso.

—Tu madre era una criatura excepcionalmente sensible. Era uno de sus rasgos más hermosos, pero creo que hacía que la vida fuera más dolorosa para ella. —Otro lagrimón cayó por la mejilla de tía A—. Esa pobre, dulce mujer. La quería tanto...

—Yo también la quería —murmuré.

Tragué saliva con fuerza.

—Tía A, ¿qué pasa con Melanie Cave? Sé que mamá decía no saber nada de lo suyo, pero ¿crees que sospechaba?

Tía A se puso rígida.

—Esa mujer. Tu pobre madre. No tenía ni idea. —Tía A rio con amargura—. Cuando Jason me dejó, yo veía infidelidad por todas partes. Le dije a tu madre que se preocupara por Melanie Cave, pero ella no me quiso escuchar.

Respiré profundamente.

—En el último episodio de *Reexaminado*, Poppy sugiere que fue Melanie Cave la que mató a papá.

La boca de tía A formó una línea recta.

—Fue su hijo quien mató a tu padre.

—Pero...

—Melanie es una mujer repugnante, pero tu hermana vio a Warren apretar el gatillo.

Tragué la bilis que me subió a la garganta.

—Josie, tesoro, escúchame —dijo tía A, apretándome la mano con renovado vigor—. Voy a ofrecerte un consejo que no me has pedido y probablemente no me agradezcas. Perdona a tu hermana. Ha cometido muchos errores en su vida y sé que te ha hecho daño de maneras que jamás serás capaz de olvidar. Pero perdónala. Es la única hermana que tienes, y una hermana es realmente un don especial.

Arranqué la mano de donde estaba y me levanté echando la silla hacia atrás.

—Lanie no es un don. Es una maldición.

De Facebook, publicado el 21 de septiembre de 2015

Patsy Bloomfield. Escritora
Hoy a las 9:15 a.m.
Atención al último episodio del *podcast Reexaminado,* donde hablo sobre el asesinato de Chuck Buhrman con la periodista Poppy Parnell. ¡Y luego ve y métete en www.patsybloomfield.blogworld.com para hacerte con un ejemplar de *LA DIABLESA DE LA CASA DE AL LADO!*

> **Rosie Howe** ¡Estupendo!
> Hoy a las 9:20 a.m.

> **Lenny Miazga** ¡Acabo de encargar un ejemplar! ¡Qué ganas de leerlo!
> Hoy a las 1:13 p.m.

> **Celia Dileo** ¡Fantástico trabajo, Patsy! Dios te bendiga.
> Hoy a las 3:34 p.m.

> **Dalias McClung** ¿Te preocupan las demandas por injuria?
> Hoy a las 6:17 p.m.

> **Patsy Bloomfield. Escritora.** Injuria se define como AFIRMACIÓN FALSA. Nada de lo que haya escrito en el libro o dicho en el *podcast* es falso.
> Hoy a las 6:20 p.m.

Sean Fields Debería darte vergüenza
Hoy a las 9:12 p.m.

Desiree Herren ¡GUAU! ¡No me puedo creer que no hayan encerrado todavía a Melanie Cave!
Hoy a las 9:47 p.m.

CAPÍTULO 10

Estaba de pie en la cocina, picando de una lasaña fría que alguien se había dejado en el porche, incapaz de decidir si tenía hambre o solo estaba cansada, cuando oí que se abría la puerta de la calle.

—¿Hola? —Oí la voz de mi hermana llamando desde el recibidor.

Me quedé paralizada, con un tenedor cargado de lasaña a medio camino de mi boca. Devolví silenciosamente el tenedor a la bandeja y eché una mirada a la escalera de atrás, debatiéndome entre quedarme totalmente quieta con la esperanza de que no me oyera o echar a correr escaleras arriba en un esfuerzo por ser más rápida que ella. No tenía interés alguno en dirigirle la palabra.

Antes de que pudiera tomar una decisión, Lanie entró en la cocina. Seguía pareciéndome chocante ver a Lanie tan reformada y serena. Durante diez años la había recordado como la había visto por última vez: tropezándose por las escaleras del porche de casa de Benny Weston, vestida con unos vaqueros rotos y un jersey rosa que en su día fue mío, con el pelo revuelto y la raya de los ojos corrida, con una sonrisa burlona y despreocupada en la cara.

Pero ahora, con las mejillas sonrosadas y un jersey azul clarito de cachemir que iluminaba el color de sus ojos, me sonrió con cautela y me dijo:

—Hola.

Abrí la boca para devolverle el saludo, pero mis ojos se distrajeron con los diamantes de corte princesa que centelleaban obscenamente en los lóbulos de sus orejas.

—¿Esos son los pendientes de mamá?

Las manos de Lanie volaron hacia sus orejas, con las puntas de los dedos rozando los bordes afilados de las joyas.

—Tampoco es que ella los esté usando.

—No se trata de eso. No son tuyos.

Lanie asintió, un poco demasiado dispuesta, y empezó a quitárselos.

—¿Los quieres?

—Para. No. Es solo que es raro vértelos a ti.

Los pendientes de diamantes habían sido un regalo de mi padre a mi madre en su treinta y cinco cumpleaños. Nuestra madre casi nunca se ponía joyas ni se arreglaba, pero los pendientes se convirtieron rápidamente en parte de su rutina. Para ella eran algo más que piedras centelleantes; eran pruebas tangibles de amor en los días oscuros que siguieron a la muerte de sus padres. Yo tenía su visión asociada a pasteles horneados y excursiones; nunca la vi ponérselos después de que mataran a mi padre. Solía preguntarme qué habría sido de ellos.

—Tía A me dijo que podía cogerlos prestados para la boda. No vi que hubiera nada malo en quedármelos. Al fin y al cabo era mi madre.

—Era nuestra madre.

—Lo sé —dijo Lanie, ladeando ligeramente la cabeza. Frunció un poco el ceño—. ¿Tuvo alguna vez pendientes de perlas?

—¿Estás pensando en birlar esos también?

Sacudió la cabeza.

—Josie, ¿podemos hablar?

Los ruegos de tía A para que perdonara a Lanie resonaban en mi cabeza, pero la visión de mi hermana luciendo los pendientes de nuestra madre, unos pendientes que había birlado para celebrar su matrimonio con el hombre que me había robado a mí, me atenazó la garganta y me hizo comportarme de manera fría e intransigente. Sacudí la cabeza.

—No.

—Por favor —insistió—. Sé que tiene que haber sido una sorpresa verme ayer con Adam.

—No —dije con más fuerza—. No quiero hablar de Adam.

—Pero...

—¿Quieres hablar? —le corté—. De acuerdo. Hablemos de papá. Hablemos de quién le mató.

Lanie se quedó boquiabierta.

—¿Estás de coña? ¿Has estado escuchando ese *podcast*? Son todo mentiras, Josie. Eso lo sabes. —Hizo una pausa para mirarme con intensidad—. Lo sabes, ¿verdad?

¿Lo sabía de veras? Lo que yo sabía, y mejor que nadie, era que Lanie podía ser capaz de increíbles falsedades. Pero aun así, me costaba creer que hubiera mentido deliberadamente para mandar a un hombre inocente a prisión.

—No me lo puedo creer —siseó, amusgando los ojos—. Piensas que yo mentí.

—No que mintieras —dije rápidamente—, pero ¿no es posible que te confundieras?

—No —dijo Lanie, añadiendo énfasis a su respuesta mientras cogía la silla que tenía delante y golpeaba fuerte con ella el suelo. Mi cuerpo se tensó instintivamente, dispuesto a esquivar cualquier objeto que pudiera darle por lanzar—. No me puedo creer que me preguntes eso. Eres mi hermana.

—¿Has escuchado el *podcast*? Construye una acusación bastante sólida contra Melanie Cave. Su marido la había abandonado ese mismo día, Lanie. Y ese mensaje de voz...

—¡No me importa! No me importaría aunque Melanie Cave redactara una confesión y la firmara con sangre. Yo vi a Warren hacerlo. —Volvió a golpear la silla contra el suelo—. Le vi.

—Pero ¿estás segura? —insistí—. Estaba oscuro. Tal vez... ¿Es posible que vieras a Melanie corriendo de vuelta a la casa de los Cave y te creíste que habías visto a Warren?

—Pongamos que esa es la verdad —dijo Lanie, con los ojos ardiendo de furia apenas reprimida—. Pongamos que Melanie mató a nuestro padre y yo la confundí con Warren. ¿Cómo iba a admitir yo eso ahora?

El corazón se me subió a la garganta y casi me atraganto.

—¿Qué estás diciendo?

—Que estás perdiendo el tiempo.

—Pero la verdad, Lanie —empecé.

—¡La verdad ya la conocemos! —chilló de repente, agarrando la bandeja de horno que estaba en la mesa y lanzándomela. La esquivé de un brinco y la lasaña salpicó todo el suelo. Con las venas palpitando en su cuello, Lanie gritó:

—¡Fue Warren Cave! ¡Le vi!

Nos quedamos paralizadas, con la mirada clavada la una en la otra, jadeando, con los ojos como platos.

—¿Qué está pasando? —preguntó Ellen, entrando como una exhalación en la cocina por la escalera de atrás. Me miró a mí, miró a mi hermana y luego a la lasaña que había en el suelo—. Ah.

Lanie giró sobre sus talones, dispuesta a hacer mutis.

—Espera un momento ahí —ordenó Ellen. Señaló la lasaña que había en el suelo—. Eso lo limpias.

—Vete a la mierda, Ellen —replicó Lanie, saliendo por la puerta a grandes zancadas.

—¿Qué ha pasado? —me preguntó Ellen.

Sacudí la cabeza.

Ellen asintió y me sonrió con una mueca despreocupada.

—Pues vale. Si no me hablas, lo menos que puedes hacer es comer conmigo. Vamos a almorzar.

Mientras Ellen sacaba el coche marcha atrás de la entrada de casa de tía A, un Lexus plateado aparcado en la acera de enfrente comenzó a moverse. Por la ventanilla del lado del conductor me pareció vislumbrar un esbozo de melena rubio ceniza y una cara delgada escondida tras de unas enormes gafas de sol.

—Espera —dije tan repentinamente que Ellen pegó un frenazo—. ¿Esa era Melanie Cave?

—¿Dónde? —preguntó Ellen, girando la cabeza.

Señalé en dirección al Lexus, que ya estaba doblando la esquina. Tenía los nervios agarrados al estómago y sentía escalofríos en la mano con la que señalaba. ¿Qué hacía Melanie Cave vigilando nuestra casa?

—Nuevo plan —dije, con un temblor en la voz—. Nos saltamos el almuerzo y en vez de eso nos vamos de copas.

—Ahora sí que estamos hablando el mismo idioma. —Ellen sonrió y salimos a la carretera.

Ellen me llevó a Last Call, el garito con mejor reputación de Elm Park. Como residente de la ciudad de Nueva York, donde el espacio escasea y los clientes de los bares están dispuestos a pagar más de veinte dólares por los llamados «cócteles artesanos», me asombró tanto lo espacioso del local (había una gran barra, cubículos a lo largo de la pared y al menos quince mesas, por no hablar de la *jukebox*, la máquina de Big Buck Hunter y un juego de Pac-Man *vintage*) como el bajo precio de sus bebidas: mi Jack Daniel's con coca *light* solo me costó dos dólares con cincuenta centavos y el vino blanco de Ellen tampoco es que nos dejara en bancarrota por tres dólares.

—Entonces —dijo Ellen, tomando un sorbo de su vino—. ¿Me vas a contar lo que ha pasado?

Me estremecí. Me parecía que tenía algo de desleal el confesar que había dudado de la honestidad de Lanie; y aunque sabía que Lanie no había hecho nada para ganarse mi lealtad, no era capaz de decidirme a contárselo a Ellen.

—¿No podemos hablar de otra cosa?

—Claro —asintió Ellen—. No te vas a creer lo que Trina...

—Llevaba puestos los pendientes de mamá —intervine de repente, incapaz de mantener mis sentimientos bajo llave, por más que lo deseara—. Como si fueran suyos. Como si tuviera derecho a ellos.

La expresión de Ellen se suavizó.

—Mamá tiene más joyas de tu madre. Estoy segura de que podrá encontrar algo especial para ti.

—No se trata de eso. Lanie no debería tener sus pendientes, especialmente sus pendientes. ¿No te acuerdas de cuando Lanie se hizo los agujeros en las orejas?

Ellen negó con la cabeza sin comprender.

—Teníamos diez años. Tú te acabas de hacer los tuyos por tu cumpleaños, y sentíamos mucha envidia. Rogamos y suplicamos, pero mamá no cedía. Nos dijo que no nos dejaría agujerearnos las orejas hasta que no cumpliéramos los trece años. Yo me encerré en el baño a modo de protesta, y, mientras mamá y papá desatornillaban el pomo de la puerta para sacarme de allí, Lanie le sacó dinero de la cartera a Mamá, se fue en bici al centro comercial y convenció a un desconocido para que se hiciera pasar por su tutor. Volvió con una expresión muy satisfecha, con unas circonitas. Mamá se puso furiosa. Se le fue la pinza de verdad, y amagó con quitárselas de las orejas. Papá finalmente la fue tranquilizando. Me dijeron que yo también podía hacerme ya los míos, pero no lo hice. —Me llevé la mano al lóbulo, que no me agujereé hasta que no fui a la facultad—. Yo quería ser la buena.

—Y eres la buena. Siempre lo has sido.

—Pero daba igual, ¿a que sí? Nos abandonó a las dos. —Le di un trago grande a mi copa, intentando ahogar el recuerdo repentino de mi madre con una corona trenzada de diente de león, mezclando una lección de biología con una de jardinería doméstica—. Siempre pensé que volvería. Ya sé que parece una locura, pero era así. Siempre pensé que algún día encontraría lo que estaba buscando y entonces..., sencillamente, volvería a casa. Pero ahora está muerta... Y lo peor de todo es que escogió morirse. Escogió abandonarnos una vez más. Me parece tan innecesariamente egoísta.

—Oh, cariño.

—Estoy tan enfadada, Ellen —dije, con las lágrimas picándome en los ojos—. Estoy tan enfadada con ella.

—Si estás enfadada con alguien deberías estarlo con Poppy Parnell. No puede ser una coincidencia que tu madre se suicidara después de que el *podcast* se hiciera popular.

—Bueno, con ella también estoy enfadada. Por lo que le hizo a mi madre, y por lo que está haciendo con el *podcast*, por crearme esta confusión sobre lo que le pasó a papá.

Ellen levantó la mirada deprisa.

—¿Qué quieres decir con que te está creando confusión?

Sacudí la cabeza, negándome a extenderme.

—Está manipulando la historia, contando medias verdades.

—Hablando de ello —dijo Ellen, dando un delicado sorbo a su vino—. ¿Qué le contaste a tu novio?

—Elegante transición —comenté con sorna—. Hice exactamente lo que tú me sugeriste. Le dije que había muerto tu madre.

Ellen hizo una mueca.

—Era solo hablar por hablar, cari. No lo había pensado mucho. Algún día Caleb y tú querréis casaros...

—A lo mejor. No todo el mundo necesita un trozo de papel para legitimar su relación.

Ellen elevó la mirada al cielo.

—Permíteme que me exprese de otra manera: si, en el futuro, tu amorcito kiwi y tú decidís que el ya mencionado «trozo de papel» es útil a la hora de conseguir la ciudadanía legal, tal vez queráis casaros. ¿Y entonces qué? ¿Vas a ocultarle a mi madre para siempre? Eso a ella le rompería el corazón.

Dejé caer la cabeza sobre la barra; mi frente rebotó contra la madera resbaladiza de licor.

—Ellen, no sé. Hago lo que puedo, ¿vale?

—Siéntate bien. Solo estoy intentando ayudarte.

Me incorporé con un suspiro.

—Necesito contarle la verdad a Caleb. Eso lo sé. Pero lo he convertido todo en un desastre. Nunca me lo va a perdonar.

—Te perdonará —dijo Ellen, colocando una mano sobre mi hombro a modo de consuelo—. Él te quiere.

—Él quiere a la mentira que le conté sobre mí.

—Te quiere a ti —insistió—. ¿Te acuerdas de cuando Peter y yo os fuimos a visitar en Nueva Zelanda? Te miraba de una manera, Josie..., ese hombre bebe los vientos por ti.

Hice una mueca.

—Ya veremos por cuánto tiempo.

—Tú y tu negatividad. De camino a recogerte el otro día escuché este *podcast*..., no digo *ese podcast*, obviamente, sino uno de autoayuda, y... — Ellen se interrumpió para echar una mirada a su móvil, que vibraba avanzando solo por la barra llena de arañazos. La cara de Peter llenaba la pantalla y ella frunció el ceño, esperando que la llamada finalizara—. Le dije que iba a estar contigo y que no me molestase. Debe de haberse olvidado. ¿Por dónde iba? Sí...

Su teléfono nos interrumpió con un zumbido agudo, que anunciaba la llegada de un mensaje de texto. Lo leímos juntas y vimos que Peter reclamaba el regreso de Ellen al hotel, por no sé qué emergencia parental, con más exclamaciones de las que me hubieran parecido adecuadas para un hombre con su posición en la vida.

—¿Para qué tipo de emergencia parental podría necesitarte Peter? Tienes prácticamente la misma edad que sus hijas. ¿De verdad te obedecen?

—Que me obedezcan o no es irrelevante. Respetan mi opinión. Soy mucho más guay que Peter. Además, estoy segura de que será algo relacionado con Isabelle y ese novio que tiene. Ese perdedor se ha convertido en una fuente constante de angustia. —Ellen se bajó de su taburete alto y me miró con expectación—. Cuánto lo siento. Venga, podemos probar otra vez esta noche. Pago yo.

Sacudí la cabeza y rodeé mi copa con las manos.

—Yo no estoy dispuesta a irme a casa todavía. Creo que me voy a quedar un ratito.

Ellen hizo una mueca.

—No seas esa mujer que bebe sola en los bares, Josie. Da pena.

—No me quedaré mucho —le prometí—. Me terminaré esta copa nada más y luego me iré caminando a casa. Me sentará bien.

Ellen vaciló, pero su teléfono volvió a vibrar y ella frunció el ceño y me dio un beso de despedida. Me dejó sentada sola en la barra, algo que llevaba años sin hacer. Solía ser una parte normal de cualquier salida nocturna cuando tenía veintipocos y seguía viajando. Armándome de coraje sorbo a sorbo, podía flirtear con el camarero, esperando a medias que alguien se me acercara, y a medias aterrorizada de que alguien se me pudiera acercar.

Siempre se acercaba alguien. En ocasiones atraía a otras viajeras solitarias, a la búsqueda desesperada de una aliada, pero en su mayoría lo que me tocaba eran hombres jóvenes, normalmente compatriotas americanos que habían confundido mi cabello oscuro con algo más exótico que una chica de Illinois. Solían pegar la hebra, normalmente a partir de un «de dónde eres», la versión del viajero de «¿cuál es tu signo del zodiaco?», y si me gustaba, o si su deje del Medio Oeste me hacía sentir nostalgia, me iba con él a su hostal a conocer a sus amigos o a escuchar un CD de su mediocre banda de *rock* de garaje. Con el tiempo, esos tíos empezaron a entremezclarse en mi cabeza, y mis interacciones con ellos a compartir una reconfortante familiaridad.

Pero no había nada reconfortante en estar sentada a solas en aquel bar de Elm Park. Al menos la mitad de los demás clientes me estaban mirando —algunos abiertamente, otros lanzando miradas que ellos creían subrepticias— por encima de sus jarras de cerveza. Casi podía oírles susurrándose los unos a los otros. «Esa es Josie Buhrman. ¿No te acuerdas? A su padre le asesinaron y su madre estaba loca. ¿Y la hermana? ¿Aquella delincuente? Y luego está el *podcast* ese, ya sabes cuál te digo. Y es que, mírala. ¿Qué hizo?, ¿se cortó el pelo con un hacha? Qué desastre. Me imagino que será cosa de familia».

Tenía las mejillas ardiendo de vergüenza. Agaché la cabeza y miré fijamente el interior de mi copa. Odiaba que mi pelo corto les estuviera brindando a esas aves carroñeras una visión nítida de mi nuca ruborizada. Había bajado la cabeza casi hasta la barra cuando sentí la inquietante sensación de que todos los ojos se movían de mi persona a la vez. Me atreví a levantar la mirada para ver qué era lo que había cautivado el interés colectivo.

Adam.

La tenue luz del Last Call suavizaba y tamizaba las arrugas de su cara, y por un segundo pareció que volvía a tener dieciocho años. Mi corazón dio un brinco de forma instintiva y traicionera, pero entonces la luz de neón de un cartel que anunciaba una cerveza se reflejó en su alianza de casado y me trajo de nuevo a la realidad. Él echó un vistazo al bar y nuestras miradas se encontraron. El punto de mi cadera izquierda donde, borracha, me había hecho tatuar malamente su nombre por un «artista» de habla flamenca en un cuartucho secreto de un bar de Bruselas (para después hacerlo tapar con un elaborado diseño de flores por un artista de verdad en Atenas) me quemaba. Como un acto reflejo, me llevé la mano a la cadera, como si Adam pudiera ver a través de la ropa, y del caro trabajo de tapado, y leer su nombre sobre mi cuerpo. No se merecía saber lo loca de amor que estuve por él en su día. Yo ya no era esa chica, y él ya no era el chico al que yo amé.

Conocí a Adam Ives el primer día que fui al instituto de Elm Park. Me producía por igual una enorme excitación y un terror ciego el hecho de pasar a la escuela pública. Casi todo lo que sabía sobre aquel lugar lo había aprendido de la televisión; y Ellen había complementado los vacíos con sus propios dogmas. Tía A había regañado a Ellen por meternos en la cabeza «ideas conformistas sobre la belleza y nociones clasistas sobre la popularidad», pero el daño (si se podía llamar así) ya estaba hecho. Sabía que los demás estudiantes eran gente a la que temer, y a la que impresionar, aunque no comprendiera por qué o cómo irían ellos a humillarme.

—Mucha mierda. —Ellen me sonrió, depositándome en el umbral de la puerta de mi primera clase.

—Espera —siseé, agarrándome a ella cuando se giraba para irse—. ¿Ahora qué hago? ¿Entro sin más y encuentro un sitio? ¿Tengo que decirle a la profesora que estoy aquí?

—Tú siéntate en una de las sillas vacías. Intenta evitar a los de la primera fila y a los de la última del todo. Y... —añadió, inspeccionando la clase con sus penetrantes ojos pardos— no te sientes al lado de ese tío de la camisa azul.

—¿Por qué no?

Ellen se encogió de hombros.

—Porque es un capullo. Tú evítale y ya está, ¿vale?

—¿Qué es un capullo?

Ellen ahogó una risita.

—Y mantén la boca cerrada.

Mientras yo asentía, Adam pasó rozándonos camino al mismo aula.

—¿Qué pasa Ives? —dijo Ellen, agarrándole del brazo—. Esta en mi prima Josie. Es nueva. Cuídala, ¿vale?

Los ojos color caramelo de Adam centellearon cuando me sonrió. Y un líquido templado me recorrió todo el cuerpo. Más adelante atribuiría esa sensación al amor a primera vista; más adelante aún, la despreciaría como resultado de un cambio hormonal. Adam representaba para mí la misma seguridad que Ellen, una calma que yo anhelaba. Según me conducía a un asiento que estaba a su lado, repasó mi horario y descubrió que teníamos tres clases juntos; luego me acompañó a cada una de esas clases, así como a todas las demás.

—No hace falta que hagas esto —le dije—. Este instituto tampoco es tan grande. Soy capaz de manejarme sin perderme.

—Venga ya —respondió con un gruñido de broma—. ¿No eres capaz de dejar que un tío muestre caballerosidad altruista?

—Esas son palabras de dieciocho puntos —dije, impresionada.

Las mejillas de Adam se ruborizaron de forma encantadora.

—Juego mucho al Scrabble. Mi padre dice que me ayudará en los exámenes de selectividad.

—A mí me educaron en casa —le expliqué—. A veces, una partida de Scrabble era nuestra clase de lengua.

Esa tarde, después de que sonara el último timbre, estaba metiendo mis libros en mi taquilla e intentando recordar dónde me había dicho Ellen que íbamos a quedar, cuando apareció Adam. Se apoyó contra la taquilla de al lado y sonrió, todo despreocupación y con una sonrisa de anuncio.

—Parece que has sobrevivido a tu primer día.

—Pues sí. —Sonreí—. ¿Y sabes qué? Creo que le estoy cogiendo el tranquillo a esto del instituto.

—Guay. Pues oye, Josie, algunos de nosotros vamos a ir al cine el viernes. ¿Crees que querrás venir? Va a molar.

Como no me fiaba de que fuera capaz de hablar sin que se me escapara un chillido de emoción, asentí.

—O si no —añadió con una risa burlona—, nos quedamos en casa y jugamos al Scrabble.

Me eché a reír.

—Tentador. Pero vayamos al cine.

Después, en el coche de vuelta a casa, dije:

—Creo que Adam me ha invitado a salir.

Ellen se encogió de hombros.

—Te podía ir peor.

—Eso suena divertido, Josie —dijo tía A, lanzándome una sonrisa por el espejo retrovisor.

Miré a Lanie para ver su reacción, pero estaba mirando fijamente por la ventanilla, con la boca cerrada en un gesto severo.

—Hey —dijo Adam, sentándose en el taburete que Ellen acababa de dejar vacío.

La informalidad de su saludo me enfureció, y le espeté:

—¿Estás de broma? ¿Te basta con «hey»? ¿Como si nada hubiera cambiado?

Adam cerró los ojos y sacudió la cabeza.

—Josie. Todo ha cambiado.

—No me digas.

Adam suspiró y llamó con la mano a un camarero.

—¿Me pones una Coca Cola *light*? No, espera, que me lo he pensado mejor, ¿me pones una caña de IPA?

—¿Bebiendo en mitad del día? Parece que mi hermana es una mala influencia sobre ti.

Adam abrió la boca para decir algo y luego pareció que se lo pensaba mejor. Se encogió de hombros y dijo:

—Al menos nos estoy bebiendo solo en mitad del día.

—*Touché*. Pero yo no empecé sola. A Ellen la llamó su marido y se tuvo que ir. ¿Tu excusa cuál es?

—Por raro que parezca, también Ellen —dijo Adam con una risita—. Estaba comiendo aquí al lado con un cliente, y vi a Ellen cuando volvía a mi coche. No estaba de humor para uno de los famosos sermones de tu prima, así que me metí aquí dentro para esconderme.

—El destino —dije secamente.

—No creo en el destino —respondió él, sorbiendo su cerveza.

—Yo tampoco.

Pero en su día, los dos habíamos creído en eso. Nos habíamos tomado las similitudes de nuestros horarios como si fueran presagios, nos habíamos maravillado ante la manera en la que nuestras manos parecían encajar perfectamente la una en la otra, y nos habíamos proclamado almas gemelas el uno al otro. En el tiempo que siguió a la muerte de mi padre y a la crisis absoluta de mi madre, había deseado tan desesperadamente creer en algo, en algún plan divino, que me había aferrado a Adam como prueba de que el universo no era del todo cruel y azaroso. Y eso, por supuesto, había sido un error.

—¿Cómo lo llevas, Josie? Con sinceridad.

—Bueno, pues estoy bebiendo en mitad del día.

—Eso ya lo tenemos claro. —Inclinó su cerveza en mi dirección—. Pero al menos ya no lo estás haciendo sola.

—Tu mujer me lanzó a la cabeza una bandeja de horno —añadí, y la lengua se me trabó en la palabra «mujer».

Adam pareció sobresaltarse.

—¿Qué? ¿Cuándo?

—Hace como treinta minutos.

—¿Qué pasó?

Observé la expresión expectante de Adam, sus rasgos familiares, cómo levantaba siempre la ceja derecha más que la otra cuando estaba preocupado, y recordé que él ya no era mi confidente. No podía contarle las preguntas que el *podcast* me había hecho plantearme.

—Cosas de hermanas. —Me encogí de hombros.

Él suspiró, mirando a su cerveza.

—Lo siento.

Me volví a encoger de hombros.

—Un detalle que se desconoce: tú no eres responsable de que tu esposa ataque a un tercero.

—No, quiero decir que lo siento de verdad —dijo, y se le quebró la voz.

Miré mi copa para evitar sus ojos. Ya había escuchado todo eso muchas veces. Mi vieja cuenta de correo contenía un tesoro de larguísimos *e-mails* de Adam, muy sobrecargados, centenares de páginas en total de peticiones de perdón y de excusas. Solía pasar horas leyéndolos y releyéndolos, casi disfrutando de la enfermiza sensación que despertaban, como apretar un moratón. Pero llevaba años sin abrirlos, y no tenía interés en precipitarme de nuevo por ese agujero y permitir que Adam reabriese viejas heridas.

—No sé lo que ocurrió, pero solo puedo adivinar que tuvo algo que ver conmigo, y lo siento —continuó Adam, posando su mano sobre la mía—. Mi intención nunca fue inmiscuirme entre vosotras.

El calor de su piel sobre la mía me generó una confusa combinación de repugnancia y excitación, y aparté mi mano de golpe, metiéndola, por seguridad, entre mis muslos y el taburete.

—No era sobre ti, Adam.

Frunció el ceño, claramente escéptico.

—¿De verdad que no?

—No —dije, forzando una despreocupación que no sentía—. Por lo menos, hoy no. Hoy fue por el *podcast*.

—Eso —gruñó Adam, frotándose la cara—. Me lo debí imaginar. Desde que empezó, Lanie ha estado actuando de una forma que no es propia de ella.

Sentí en el corazón una punzadita de dolor al ver lo fácilmente que pasaba Adam de pedirme perdón a mí a preocuparse por mi hermana. Sacudí la cabeza para liberarme de los pensamientos desleales, y lo compensé actuando con deliberada simpleza.

—A mí me pareció la misma hermana de siempre, la que lanza cosas por ahí, y tal.

—Ha pasado mucho tiempo desde que la última vez que la viste, Josie. De verdad que ha madurado mucho. Sigue siendo..., bueno, sigue siendo Lanie, si entiendes lo que quiero decir, pero estarías orgullosa de ella. —Sacudió la cabeza—. Pero entonces empezó ese *podcast* y de repente ha sido como si retrocediese diez años. Ha dejado de dormir, ha dejado de comer, ha empezado a comportarse de forma realmente extraña. Hace unos días se olvidó de ir a recoger a nuestra hija al colegio. No cogía el teléfono, y no la podía encontrar por ninguna parte. Cuando finalmente apareció, tenía heno en el pelo y ninguna explicación que darme.

Me estremecí. Ese comportamiento era parecido al de nuestra madre, y por enfadada que estuviera con Lanie, no quería imaginármela siguiendo por ese camino. Me terminé la copa y esperé que el *whisky* me endureciera. El camarero me puso una nueva copa delante; se lo agradecí con un gesto de la cabeza y me la llevé a los labios.

—Y una vez —prosiguió Adam— ni se levantó de la cama y luego se pasó el día entero haciendo magdalenas. El día entero, Josie. Nos salían las magdalenas por las orejas. Pensé que a lo mejor había una fiesta o algo en la guardería, pero no. Era solo que tenía ganas de hacer magdalenas. Dijo algo, como que estaba usando la receta de tu madre.

La imagen de Lanie rodeada de magdalenas me produjo una especie de náusea extraña. Un recuerdo de nuestra madre me cosquilleaba al fondo del pensamiento, pero me negué a reconocerlo. Habían sido demasiados recuerdos por hoy.

Me terminé la copa y me puse de pie.

—Debería irme.

La frente de Adam se arrugó por la decepción, y su boca formó la primera sílaba de mi nombre antes de quedar en silencio. Asintió.

—Probablemente yo también debería irme. —Se llevó la mano a la cartera—. Déjame pagarte las copas.

Le di las gracias con un murmullo y salí apresuradamente antes de que Adam pudiera ofrecerse a llevarme en coche. Entornando los ojos ante el sol de la tarde, empecé a caminar hacia casa. Inhalé el aire fresco con ansia, esperando que aclarase mis pensamientos. Quería olvidarme de la muerte, de mi hermana, y del *podcast*, solo por un momento.

De repente oí un taconeo preciso que se me acercaba.

—¡Josie!

Me quedé paralizada.

Era Poppy Parnell.

↑ ***Las hijas de Chuck y sus enredadas vidas amorosas***
↓ ***(yo.podcastreexaminado)***

↑ Enviado hace 8 horas por usuariadeelmpark1
↓ Yo fui al instituto con las gemelas Buhrman. Iba dos cursos por detrás (me gradué en 2007), así que no las conocía personalmente, pero desde luego que sabía de ellas. Josie (también conocida como «la gemela buena») estuvo saliendo con este chaval —no sé si puedo colgar su nombre, ¿alguien sabe si eso está permitido?— durante todo el instituto, pero adivinad ¿quién está casada con él ahora? LANIE (también conocida como «la gemela mala»). No sé si esto significará algo en el contexto del caso, pero supone que o bien en esa familia andaban mal de la chaveta o bien que Lanie no es de fiar.

↑ byenow 7 puntos hace 8 horas
↓ Pues claro que están todos fatal, la madre se metió en una secta, xfavor!

↑ jennyladelbarrio 18 puntos hace 7 horas
↓ O a lo mejor la madre se metió en una secta y las niñas están de la azotea por el mal rollo brutal que tuvieron que aguantar (me refiero a cuando Warren Cave se cargó a su padre, ¿os acordáis?).

↑ dancedancedance 5 puntos hace 7 horas
↓ No sé, ¿tú no estarías mal de la cabeza si asesinaran a tu padre?

↑ straightouttaptown 1 punto hace 5 horas
↓ Que

▲ gingerftw 11 puntos hace 5 horas
▼ Lanie Buhrman no es de fiar y su matrimonio con Adam no es más que otra prueba de eso.
Fuente: nacida y criada en Elm Park.

> ▲ miranda_309 1 punto hace 1 hora
> ▼ ¿podemos usar su nombre real? ¿Podría venir un moderador a decírnoslo?

▲ detectivedesofa38 9 puntos hace 5 horas
▼ Este subreddit es para que la gente hable sobre el caso, no para que se extiendan rumores. Esto no es un tablón de anuncios local. Lleváoslo a otro sitio.

CAPÍTULO 11

—Josie, espera un momento.

El descaro con que Poppy diera por hecho que podíamos tratarnos por nuestros nombres de pila me indignó. Tal vez se pasara el día investigando a mi familia, pero de mí no sabía nada. Con los ojos fijos en la acera que tenía delante seguí andando con determinación, moviéndome lo más deprisa que podía sin correr, negándome a esperarla ni un solo segundo.

Pero Poppy Parnell era más rápida de lo que habría supuesto, dado lo pequeña que era de estatura y lo grande que era el bolso que llevaba al hombro, y me alcanzó rápidamente.

—Josie, espérame —lo intentó de nuevo, agarrándome el brazo por encima del codo.

Arranqué mi brazo de su mano con tanta fuerza que casi me lo disloco. Con un estremecimiento de dolor, me giré para enfrentarme a ella.

—Ni me toques.

Levantó sus pequeñas manos en un gesto de rendición.

—Entendido. Y te pido perdón. Solo quería hacerte unas preguntas.

—No tengo nada que decirte.

Se inclinó hacia delante con ansia, como un perro terrier de caza.

—Pero si me dieras...

Debería haberme largado. La única manera de evitar que la situación se complicase era evitarla completamente, pero la pelea con mi hermana me había desequilibrado y luego, a mediodía, me había empapado en alcohol, así que la corté.

—Cállate. ¿Es que no escuchas? No tengo nada que decirte. Eres un parásito. Esto para ti es una especie de juego, pero esta es mi vida. Mi padre fue asesinado. Asesinado. Y eso destruyó a mi familia. Completamente, del todo, irreparablemente. Y ahora, trece años después, ¿apareces tú a sacar toda la mierda otra vez? ¿Qué podría yo querer decirte a ti aparte de que te vayas a tomar por culo?

Igual de decidida, Poppy dio un paso hacia mí, con esos ojos enormes aún más grandes.

—¿La verdad no te interesa?

Me recorrió un escalofrío por el cuerpo, recordando cómo le había dicho casi exactamente lo mismo a Lanie esa misma tarde. Sin querer que Poppy viera la mella que había hecho en mi armadura, me crucé de brazos y metí en mi voz todo el acero que pude.

—Warren Cave ya tuvo un juicio. Le encontraron culpable.

—Sobre todo porque tu hermana dijo haberle visto hacerlo. Pero ¿y si no estaba diciendo la verdad? Tengo entendido que ella tal vez no sea un modelo de virtud.

El instinto de proteger a mi hermana —algo que hacía muchos años creía haber dejado atrás— se encendió y, antes de que fuera consciente de lo que estaba haciendo, lancé un dedo contra la cara de rata de Poppy Parnell y le dije con un rugido:

—Cállate la boca, puta cotilla.

Poppy Parnell no se achantó; al contrario, parecía extrañamente emocionada.

—Qué reacción tan fuerte estás teniendo.

Retiré el dedo y ahogué un par de respuestas aliñadas con maldiciones. Con tanta serenidad y convicción como pude reunir, dije:

—Mi hermana lo estropea todo. Con que fueras la mitad de buena como reportera de investigación de lo que dices ser, deberías saber que Lanie me ha traicionado una y otra vez. Pero sigue siendo mi hermana y no permitiré que arrastres su nombre por el fango.

—¿Puedo citar tus palabras? —preguntó Poppy, sacando su equipo del bolso.

—Vete a tomar por culo —dije, y me giré.

El techo de mi antiguo dormitorio albergaba una constelación de estrellas que brillaban en la oscuridad y que Adam y yo habíamos pegado una tarde hacía mucho tiempo. Adam abogaba por colocarlos de manera realista, y construyó Orión y la Osa Mayor, mientras que yo daba botes por la cama pegándolas por aquí y por allá. Después de pegar la última estrella, Adam cerró la puerta y corrió las cortinas, simulando la oscuridad como mejor pudo para poder admirar nuestra labor.

—Pensaré en ti todas las noches cuando las mire —le prometí. Ahora, mientras clavaba los ojos en ellas solo podía pensar en si no estaría equivocada acerca de todo aquello en lo que había creído durante los últimos trece años. ¿Y si el asesino de mi padre andaba suelto? ¿Y si mi hermana era más mentirosa de lo que jamás hubiera imaginado?

Abajo sonó el timbre de la puerta principal. Me levanté sin ganas de la cama, agotada ya por el esfuerzo necesario para conversar educadamente con otro vecino bienintencionado que traía un guiso o un jamón o una cesta de quesos de Harry & David.

Justo cuando abría la puerta del dormitorio, oí un «buen día» inconfundiblemente neozelandés.

—Hola —dijo tía A amablemente, sin sospechar.

En el piso de arriba, mi cuerpo se había vuelto de piedra. Aguanté la respiración, esperando que el visitante hablara de nuevo. Debía de estar confundida.

Pero entonces oí a Caleb —era, sin lugar a dudas, Caleb— diciendo:

—Estoy buscando a Jo, por favor.

—¿Y quién le digo que pregunta por ella?

—Puede usted decirle que soy Caleb, señora.

—Pasa, por favor —dijo tía A, con una voz que irradiaba entusiasmo—. Con lo mucho que he oído hablar de ti. Qué placer conocerte por fin. Yo soy su tía Amelia.

Se hizo un silencio antes de que Caleb se aclarase la garganta y dijera:

—Oh, ah, entiendo.

Sin darse cuenta de nada, tía A prosiguió.

—Qué bueno eres por venir. Por favor, estás en tu casa. Subo arriba corriendo y aviso a Josie. La muy traviesilla no me dijo que venías.

—Era, eh, una sorpresa.

Me quedé de pie inmóvil en el umbral de la puerta de mi cuarto, desgarrada entre el deseo de esconderme y el deseo de echar a correr. Ninguna de las dos opciones era viable. En unos instantes me vería obligada a admitir que había mentido a Caleb, que le había mentido una y otra vez, sobre todas las cosas.

Cuando los pasos de tía A sonaron en el giro de la escalera, me metí por la puerta abierta de su cuarto de costura. Antes de que tía A lo llenara de lana y de los materiales necesarios para hacer álbunes de recortes y fotos, había sido un cuarto de invitados que, durante unos meses entre 2002 y 2003, alojó a mi madre. Cerré la puerta tras de mí con suavidad, sintiendo cómo se instalaba la náusea en mi interior al recordar los sonidos ahogados de mi madre hablando sola al otro lado de esta misma puerta.

—¿Josie? —Oí que decía tía A.

Desesperada, miré hacia la ventana abierta. Estaba justo encima del techo del porche delantero; podía deslizarme afuera y... Mis febriles pensamientos se vieron interrumpidos por el sonido de unos tacones repiqueteando por las escaleras del porche, y entonces oí una voz que hizo que todo fuera exponencialmente peor.

—Bueno, bueno, bueno. ¿Qué tenemos por aquí?

—Ah..., hola —dijo Caleb con suspicacia.

—¡Oh! Caleb. No tenía ni idea de que venías —dijo Lanie, fingiendo una voz sin aliento que supuse que debía de ser su imitación de la mía.

Tía A volvió a llamarme por mi nombre, y su voz sonaba cada vez más cerca.

Volví a mirar hacia la ventana. La única manera segura de evitar el desastre que me esperaba abajo era volver a desaparecer, pero no tenía estómago para poner en marcha la idea de echar a correr. Tenía casi treinta años; era hora de que me enfrentara a mi realidad, por intragable que fuera. Respirando profundamente para fortalecer mi decisión, salí de la protección del cuarto de costura y empecé a bajar las escaleras. En el giro de la escalera hice una pausa para armarme de valor y aproveché para mirar sin que me vieran a mi hermana y a mi novio. Lanie trazaba círculos coquetos delante de Caleb mientras centelleaban sus pendientes de diamantes. Los celos y una roma sensación de *déjà vu* se combinaron para formar en mi estómago una masa dura y fría en la que también había algo de inquietud. Este comportamiento era extraño incluso viniendo de la impredecible de mi hermana. ¿Qué estaba intentando conseguir? La preocupación de Adam sobre la estabilidad de Lanie me daba vueltas en la cabeza.

—¿Qué te parece mi jersey nuevo? —canturreaba Lanie.

Caleb ladeó la cabeza y se pasó una mano por el pelo suelto, que aún necesitaba desesperadamente un corte, pero su expresión era de absoluta perplejidad.

—Eh..., ¿nos conocemos?

—¡Soy yo! —dijo Lanie, apenas capaz de contener su sonrisa maligna.

—Yo no soy... ¿Jo? —preguntó de forma insegura, frunciendo profundamente el ceño.

Lanie lanzó una carcajada triunfal. Me tocaba a mí poner fin a esta estrambótica pantomima.

—¡Josie! —exclamó tía A al verme aparecer por las escaleras.

—¡Ahí estás! Está aquí Caleb. ¡Deberías haberme dicho que

venía! Hubiera dicho a los limpiadores que vinieran. O al menos habría recogido un poco.

—Perdón —murmuré, comenzando mi inevitable descenso al piso inferior. En la base de las escaleras, me aclaré la garganta y dije:

—Lanie, ya basta.

Ella inclinó la cabeza hacia mí, mientras sus ojos azules bailaban y sonrió de forma inocente.

—A este no le pierdas.

—Si no te importa —dije, en tono pétreo.

—Encantada de conocerte —le dijo Lanie a Caleb, con voz almibarada. Luego pasó al salón, gritando—: ¡Tía A!, ¿me dejé aquí la cartera antes?

Caleb se giró hacia mí con cautela, como si tampoco yo fuera a ser yo misma.

—Jo, ¿qué diablos está pasando?

Quería mirarle a los ojos, pero terminé clavando la mirada en su lóbulo derecho.

—Esa era mi hermana.

Caleb hizo un ruido que era mitad risa mitad exhalación incrédula.

—¿Qué quieres decir con «esa era mi hermana»? ¿Qué hermana? ¿Y tal vez te gustaría explicarme cómo demonios me abrió la puerta la misma tía cuya muerte supuestamente estabas velando?

Abrí la boca, aunque todavía estaba por formular una explicación. A Lanie se le escapaba la risa en la habitación de al lado, y la presencia vacilante de tía A se oía desde la escalera. Fuera lo que fuera que le dijera a Caleb, tenía que hacerlo sin público.

—Vayamos arriba.

Caleb miró hacia la escalera y apretó la mandíbula. Que vacilara me sentó como un puñetazo en el estómago.

—Por favor —dije, con voz temblorosa.

Después de otro momento de agonía, Caleb asintió en silencio y me siguió escaleras arriba.

* * *

Cerré la puerta y le hice a Caleb un gesto para que se sentara en la cama. La expresión de su cara indicaba que pensaba que también la cama podía ser falsa, pero accedió a sentarse rígidamente sobre la colcha blanca y azul.

—Pensé que habíamos acordado que no ibas a venir a Illinois. ¿Cómo supiste llegar hasta aquí?

Me arrepentí instantáneamente de empezar a la defensiva. Caleb se me quedó mirando como si no se pudiera creer que yo fuera a hacer que todo aquello fuera culpa suya, y luego su expresión se endureció.

—La dirección de tu tía estaba en un sobre encima de la mesa. Después de recuperarme del *jet lag* y de aclarar mis ideas, me di cuenta de que no tenía que haberte dejado venir sola al funeral o —dijo convirtiendo sus manos en comillas— el «funeral». Tu tía te crio y para ti es como tu madre. En caso de que eso sea verdad.

—La verdad es complicada.

—Ahí es donde te equivocas, Jo. La verdad nunca es complicada. Es solo la verdad. Puede que las circunstancias sean complicadas, pero la verdad siempre es blanca o negra. —Caleb me miró con severidad—. Así que ahora necesito unas cuantas respuestas. ¿Qué demonios está pasando?

Se me hizo un nudo tan grande en la garganta que dudaba de que las palabras pudieran encontrar un hueco por donde salir. Tragué con fuerza y mi saliva me supo amarga y metálica. No parecía un principio muy halagüeño, pero seguí adelante. Lo único que podía salvar esta relación era la verdad.

—No he sido del todo honesta contigo acerca de mi familia.

Caleb resopló para demostrar que no exageraba.

Asentí con tristeza, sin saber cómo seguir. ¿Mi padre está muerto?, ¿mi hermana está loca?, ¿mi madre está muerta y loca al mismo tiempo? Nada sonaba bien. Caleb me miraba con expectación, y yo sentía cómo el aire entre nosotros se iba enfriando por momentos. Vacilé. Desde la desesperación, recordé una figura literaria, algo que a menudo oía elogiar en la librería: muéstralo, no lo cuentes. Metí la mano en el cajón superior de mi mesilla de noche y rebusqué entre notas de diez años de antigüedad, bisutería para disfraces toda enredada, lápices de brillo de labios pegajosos y una novela romántica muy sobada, hasta que di con ella. Me temblaban los dedos al cerrarse sobre el marco y sacarla del cajón.

Casi me dolía demasiado el corazón para mirarla. La fotografía llevaba metida en el cajón desde que tía A recibió la carta de nuestra madre, la carta en la que le informaba de que había escogido unirse al Colectivo Fuerza Vital en vez de seguir con nosotros, aquella que no contenía ni una sola línea ni para Lanie ni para mí. Al leer esa carta me había hervido la sangre con una ira desconocida hasta entonces. Había querido destruir todo lo que me recordara a ella, rasgarlo hasta convertirlo en trocitos diminutos, irreconocibles, incendiarlos y maldecir las cenizas, pero, al final, mi propio sentimentalismo había prevalecido. En vez de eso, había escondido la fotografía debajo de los restos del naufragio de la adolescencia y había hecho todo lo posible por olvidarla.

La fotografía había sido tomada en la navidad de 2001; las últimas fiestas en las que la familia Buhrman estuvo compuesta de cuatro personas. Utilizar la función de temporizador de la cámara había dado como resultado una imagen descentrada y ligeramente desenfocada, pero seguía siendo, a pesar de ello, nuestro último retrato familiar. En él, Lanie y yo estamos sentadas delante del árbol de Navidad con pijamas a cuadros a juego, con nuestro padre detrás, apretando entre los dientes una pipa, rodeándonos con sus grandes brazos y metiendo en ese círculo a mi madre, una figura reticente con un jersey color grosella, que ofrecía una tímida sonrisa, con sus pendientes de diamantes centelleando en las orejas. Mi padre no había sido un hombre religioso —no recordaba ni una sola ocasión en que fuera a la iglesia—, pero siempre le habían encantado las navidades, con su énfasis en la familia y en el afecto más demostrativo.

Coloqué el cuadro barato de marco dorado en las manos de Caleb y fui señalando las caras a medida que las identificaba.

—Esta soy yo —le dije, posando el dedo sobre la cabeza de una niña de pelo oscuro, con las mejillas sonrosadas y una sonrisa risueña. Apenas podía recordar haber sido esa persona—. Y esta es mi hermana gemela, Lanie. Aquí teníamos catorce años. Y este es mi padre. Diez meses después de que sacáramos esta foto, le mataron. Y esta —dije, colocando el dedo sobre la dulce expresión de mi madre, sin esperar a que Caleb asimilara la información sobre mi padre— es mi madre. La muerte de mi padre fue dura para todos, pero quien peor lo llevó fue ella. Mi madre siempre había sido frágil, pero se rompió completamente después de la muerte de papá. —Los recuerdos de mi madre sentada en la sala de juicios, con el rostro pálido y sin fuerza alguna, o recorriendo sin parar del dormitorio al otro lado del descansillo, haciendo círculos interminables sobre el gastado suelo, me inundaron la mente y tuve que sacudir la cabeza para limpiarla de ellos—. Básicamente, perdimos a nuestros dos padres la misma noche. Nuestra madre se cerró en banda. Nos dejó de hablar, casi ni nos miraba. La tía A se ocupó de nosotros desde ese momento en adelante. Esa parte siempre ha sido verdad.

Me atreví a mirar a Caleb. Tenía las cejas fruncidas y la boca apretada, pero no podía saber si se trataba de una expresión de pena, de lástima o de ira.

—Y después, pasado un año del asesinato de papá, cuando Lanie y yo teníamos dieciséis años, nuestra madre se escapó y se unió a una secta. No habíamos vuelto a saber nada de ella hasta el otro día, cuando llamaron por teléfono a tía A. Nuestra madre ha muerto. El velatorio al que fui ayer fue el suyo, y será a su funeral al que vayas mañana. —Tragué saliva con fuerza—. Eso, si te quedas.

Caleb frunció el ceño.

—¿Por qué me dijiste que se había muerto tu tía?

—Porque hace años te conté que se había muerto mi madre. ¿Cómo te iba a explicar que no, que de verdad esta vez sí que estaba muerta?

—Pero ¿por qué me mentiste la primera vez? ¿Por qué me contaste que tu madre estaba muerta si no lo estaba?

—Pues, Caleb, porque se metió en una secta. Nos abandonó. Para cuando te conocí a ti, llevaba siete años sin saber nada de ella. Por lo que yo sabía, bien podía estar muerta. Pero no era solo por ella. También era por mí. Había dedicado mucho tiempo y mucho esfuerzo a distanciar mi vida anterior de mi vida nueva. Intenté olvidarme de mi familia.

—Jo, no estoy intentando restarle importancia a nada de lo que te pasara durante tu infancia, pero no entiendo en qué estabas pensando. ¿No te imaginabas que algún día me enteraría de la verdad?

—Sinceramente, no me estaba planteando lo que ocurriría en el futuro. Cuando te hablé de mi familia por primera vez aquella noche en Zanzíbar, no sabía que tendríamos un futuro juntos. Pensé que yo no era más que algo que te mantendría entretenido mientras estuvieras en África.

—¿Algo que me mantuviera «entretenido»? —repitió Caleb, con la boca torcida en un mueca de sorpresa horrorizada—. ¿De verdad es eso lo que piensas de mí?

—Caleb, eso era hace años. No es un reflejo de ti, es un reflejo de lo hastiada y cínica que me sentía entonces. Ya no soy esa persona, y eso te lo tengo que agradecer a ti. Eres lo mejor que me ha pasado nunca, y no exagero en absoluto cuando te lo digo. Te quiero, Caleb.

—No sé, Jo. Incluso aunque pudiera entender que mintieras sobre tus padres, y no estoy diciendo que lo haga, pero solo por discutir, incluso aunque lo entendiera, ¿por qué no me hablaste de tu hermana?

—Lanie es una drogadicta egoísta y traicionera. Intento olvidar su existencia.

Caleb, que adoraba a su propia hermana, parecía dolido por oírme hablar de la sangre de mi sangre de esa manera.

—Confía en mí, Caleb. Lanie es una historia para otro día.

—¿Y si nunca me hubiera enterado? ¿Ibas a ocultármelo para siempre?

—Nunca pensé que esto fuera a llegar tan lejos. Al principio, incluso mientras estaba enamorándome de ti, pensaba que sería temporal. —Levanté una mano para detener su protesta indignada—. Lo sé, estaba equivocada. Pero no puedes imaginarte por lo que he pasado. Cuando te conocí llevaba completamente perdida cinco años. No podía imaginar que pudiera tener una relación estable en mi vida nunca más. Y luego te fuiste, y me sentí justificada por pensarlo.

—Jo, se me acabó el contrato —objetó—. Tenía que volver a Nueva Zelanda. No te abandoné.

—Lo sé. Pero no entiendes lo mal que estaba yo entonces. No me fiaba de nadie. No sabía hacerlo. Y entonces me escribiste unos meses después y me invitaste a visitarte y empecé a pensar que a lo mejor podía fiarme de ti. A lo mejor tú eras distinto, a lo mejor esto era algo real. Estaba más feliz de lo que había estado en años, y me asustaba demasiado estropear las cosas como para contarte la verdad. Me prometí a mí misma que lo haría cuando fuera el momento, pero el momento nunca parecía ser el adecuado, y luego nos íbamos a mudar juntos a Nueva York y ya no te lo podía contar porque llevaba mintiéndote tantos años. —Fui a tomar las manos de Caleb, pero él las apartó de mí. Tragándome las lágrimas, proseguí—. Lo siento, Caleb. Lo siento muchísimo. Ya sé que pedir perdón probablemente sea poca cosa y llegue muy tarde, pero no sé qué más puedo hacer. Lo siento. Nunca debería haberte mentido. Eres lo único que significa algo para mí en el mundo entero, y si te perdiera me moriría.

Durante un momento largo y espantoso, Caleb me miró con unos ojos tan vacíos y fríos como el acero. Era una mirada de la que nunca imaginé capaz a ese empático rostro, y me puso enferma. Siempre había sabido que algún día Caleb se daría cuenta de que yo no era tan buena persona como él, y sin duda no tan buena persona como la que él se merecía, y ese día había llegado.

Pero entonces Caleb titubeó. Su columna seguía rígida, y su mandíbula apretada, pero su mirada se suavizó por un momento.

—No digas eso.

—Sería así —insistí, con la voz temblando de la emoción—. Sin ti me moriría.

Caleb hizo una mueca y sacudió levemente los hombros.

—No sé exactamente lo que esperas de mí, Jo. Si lo que me has contado sobre tu vida es verdad, es horrible, pero...

—Es la verdad —le prometí—. Y hay más, Caleb.

—¿Qué más? ¿Un hermano al que tenéis encadenado en el sótano?

—Un *podcast*. ¿Has oído hablar de *Reexaminado*?

Asintió despacio.

—No lo he escuchado directamente, pero he oído hablar de él. ¿Sobre crímenes reales?

—Sí. Y el asesinato que hay en el centro de la investigación, el que están «reexaminando», es el de mi padre.

Caleb frunció el ceño mirando el marco de foto que seguía teniendo en la mano, con la cara de mi padre mirándole con jovialidad.

—Eso no puede ser. Alguien me lo hubiera dicho si fuera sobre tu familia.

—Mi apellido en realidad no es Borden —admití—. Quiero decir, sí que lo es ahora. Fui al juzgado de San Francisco y rellené las instancias correspondientes, y tal. Pero de nacimiento soy Buhrman. Como Chuck Buhrman.

—Joder, Jo —dijo, lanzando el marco sobre la cama. Se pasó las manos por el pelo, con el dolor humedeciendo su mirada—. ¿Ni siquiera me has dicho tu verdadero nombre?

—Ya no soy esa persona —insistí, señalando la adolescente de la foto—. Caleb, tienes que creerme, por favor...

—Ya basta —dijo, poniéndose de pie y caminando hacia atrás—. No te conozco en absoluto. Me has mentido en todo. En todo.

—Te quiero —dije con voz ahogada—. Eso no es mentira.

—No —contestó, con la voz cargada de rechazo—. No es

justo. No puedes esperar de mí que sencillamente me encoja de hombros y que todo me parezca bien.

—Por favor... —comencé, pero Caleb se giró sobre sus talones y se marchó del dormitorio. Dio un portazo, y dentro de mí todo se rompió en pedazos.

Poppy Parnell
@poppy_parnell
Josie Buhrman sigue negándose a hablar conmigo. ¿Por qué? ¿Qué intenta ocultar? #reexaminado #chuckbuhrman
50 m

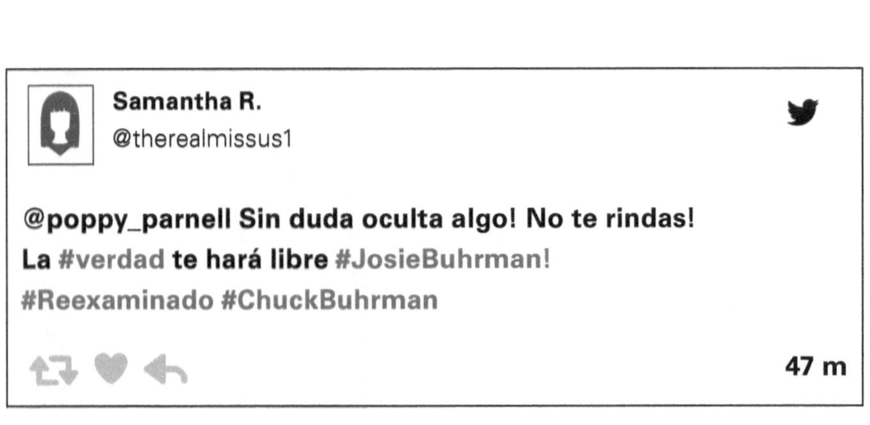
Samantha R.
@therealmissus1
@poppy_parnell Sin duda oculta algo! No te rindas! La #verdad te hará libre #JosieBuhrman! #Reexaminado #ChuckBuhrman
47 m

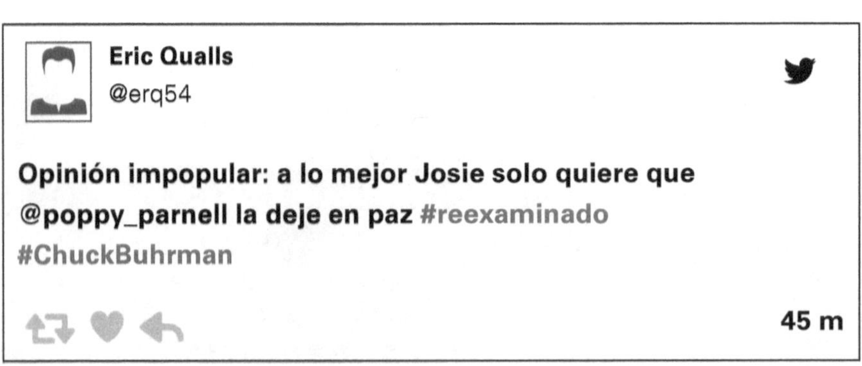
Eric Qualls
@erq54
Opinión impopular: a lo mejor Josie solo quiere que @poppy_parnell la deje en paz #reexaminado #ChuckBuhrman
45 m

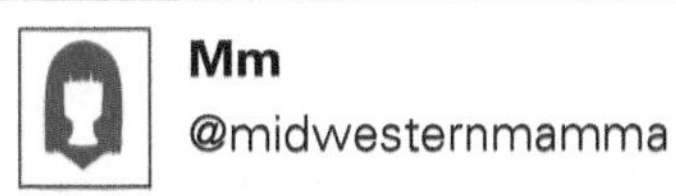

Mm
@midwesternmamma
@erq54 @poppy_parnell CÁLLATE. NO DEJES DE INTENTARLO. QUE ESA PUTA LARGUE. @JUSTICIAPARAWARRENCAVE
30 m

CAPÍTULO 12

La mañana que enterramos lo que quedaba de mi madre, el cielo estaba limpio y el aire era fresco. Era el tipo de día de principios de otoño que te da ganas de estar viva, en caso de que seas el tipo de persona que cree que el tiempo meteorológico puede fortalecer el alma, o si tuvieras alguna otra cosa que hacer que no fuera asistir a un funeral.

Avancé por la hierba del cementerio; el suelo bajo mis pies me resultaba inestable. El dolor me nublaba la visión, y ver la carpa montada sobre la tumba abierta, las sillas bien alineadas junto a las fauces abiertas de la tierra, detuvo mis pasos. ¿Cómo íbamos a entregar las cenizas de mi madre a la tierra y luego largarnos? ¿Cómo pudimos enterrar a mi padre y dejarle ahí? Me mordí el labio para impedir un grito, y la sangre me llenó la boca.

Sophie, la hija más joven de Peter, me dio unas suaves palmaditas en el brazo.

—¿Estás bien, Josie? ¿Necesitas un minuto?

Una mano grande y cálida aterrizó en mi cintura, y Caleb dijo:

—La tengo.

Dejándome caer con alivio, me giré con gratitud hacia su abrazo, apoyando la frente contra su esternón.

—Viniste —dije contra la tela lisa de su traje oscuro.

Caleb me besó la cabeza con ternura.

—Claro que vine.

El entierro fue más duro de lo que había anticipado. Ver cómo descendían los restos de mi madre y todas nuestras oportunidades perdidas era desgarrador, pero al final fue tía A la que casi acaba conmigo. Tía A, la mujer más valiente y más fuerte que conocía, sollozaba abiertamente, haciendo pucheros que de vez en cuando se oían por encima del silencio, haciendo que todos los demás miraran hacia otro lado. Agarraba a Ellen con una mano y con la otra se daba manotazos de impotencia en el pecho. Yo quería consolarla, pero no lo hice, porque parte de mí temía que su aflicción total fuese contagiosa.

Si las cosas hubieran sido de otra manera, quizás mi hermana gemela y yo nos hubiéramos consolado la una a la otra con recuerdos de la infancia y anécdotas entrañables sobre nuestra madre. Solo nosotras comprenderíamos nuestra pena compartida, y podríamos haber encontrado mutuo solaz. Hubiéramos sabido que, por mucho peor que se pusieran las cosas, siempre nos tendríamos la una a la otra.

Pero mientras el reverendo Glover decía generalidades incómodas sobre las perspectivas de vida en el más allá para la pagana de mi madre, Lanie y yo estábamos sentadas en los extremos opuestos de una hilera de sillas. Ella estaba pálida y parecía exhausta, con sombras amoratadas y hundidas debajo de los ojos. Mientras ella temblaba, su hija, que se parecía tanto a una versión en miniatura de mi hermana que yo me sobrecogí, le rodeaba la cintura con los brazos, para sostenerla. Lanie se aferraba a su hija, de sus ojos cerrados manaban lágrimas, y su boca se movía en un silencioso susurro que yo no podía descifrar.

Me preguntaba si Lanie recordaría lo último que le dijo a mi madre, la violencia a la que la sometió. Me preguntaba si pensaba en ello mientras miraba allí abajo, al hueco de su tumba, me preguntaba si a Lanie le preocuparía haber sido ella la que echó a nuestra madre de nuestro lado.

* * *

La noche antes de que mi madre nos dejara era un sábado cálido de principios de junio. Lanie y yo acabábamos de terminar nuestro segundo año en el instituto, y Warren Cave había sido sentenciado a cadena perpetua hacía un mes. Habíamos confiado en que el final del juicio elevaría los ánimos de mi madre, pero lo cierto es que se replegó aún más en sí misma. El juicio le había dado una razón para salir de la cama cada día, ducharse y vestirse; sin esa motivación, había dejado de lavarse con regularidad y apenas salía de su cuarto. La veíamos solo en sus raras visitas a la cocina, donde se servía unos pocos cereales en un cuenco, que luego se llevaba consigo de vuelta al piso de arriba para consumirlos a puerta cerrada. Si pegábamos la oreja a la puerta de su dormitorio, la oíamos o bien paseándose y murmurando entre dientes o bien tecleando en su portátil. Después de su cuenco nocturno de Kix se tragaba un sedante enorme que podría tumbar a un caballo y dormía doce horas seguidas. Apenas era vida, pero nos decíamos que no podía durar para siempre. Pensábamos que todo consistía en darle tiempo, y finalmente regresaría con nosotras.

Adam y yo quedamos en reunirnos con nuestros amigos en el cine para ver un *thriller* psicológico que todo el mundo estaba deseando ver. Se estaban apagando las luces cuando Adam y yo entramos, buscando a nuestros amigos. Justo cuando vislumbré la melena rubia y brillante de Ellen, una voz familiar se oyó desde la zona delantera de la sala.

—Dame gusanos de gominola, capullo.

Intercambié una mirada preocupada con Adam.

—Me ha sonado a Lanie.

—¿En el cine? ¿No tendría que estar destrozando mobiliario urbano en alguna parte, o colocándose?

La voz de Lanie resonó de nuevo en la cavernosa sala de cine, una octava más alta de lo normal.

—Te he dicho que quiero las putas gominolas.

—Me da que puede que ya esté colocada. —Fruncí el ceño—. Guárdame el sitio. Voy a bajar a ver cómo está.

—Josie, no vayas. Solo conseguirá que te sientas mal. No eres la guardiana de Lanie.

—¿No lo soy? —repliqué, elevando una ceja—. Es cosa de gemelas. No te preocupes; no me llevará más que un minuto. Tampoco voy a quedarme ahí enredada en una discusión por unas gominolas.

Adam dejó clara su desaprobación sacudiendo la cabeza, pero se sentó en su butaca con nuestros amigos. Me empezaron a sudar las palmas de las manos mientras corría a la zona delantera de la sala. Los enfrentamientos con Lanie seguían siendo una experiencia nueva e incómoda para mí, y me daba pavor discutir con ella delante de la gente. La peste a licor y a maría me llegó cuando aún estaba a metros de distancia, y se me encogió el estómago. Para cuando llegué a donde estaba mi hermana, tirada en la primera butaca con Ryder y cuatro tíos zarrapastrosos a los que no reconocí, me sentía enferma.

—¿Qué coño? —protestó Lanie al verme—. ¿Por qué me sigues?

—Guau, esa piba es idéntica a ti.

—Solo que —interrumpió Ryder, riendo como una hiena— Lanie no es una puta pija.

Pasando de Ryder, me dirigí a mi hermana.

—¿Eres consciente de que todo el mundo en este cine te está oyendo?

Ella sonrió burlonamente y chocó los cinco con el tío a su izquierda.

—¿Qué haces aquí, además? —le pregunté.

—Viendo una peli, hermanita. Es un puto país libre.

—Y ahora piérdete, zorra —gruñó uno de los tíos haciéndome una peineta doble—. Nos tapas la vista.

—¿Vas a dejar que me hable así? —le pregunté a mi hermana.

—Ya le has oído —dijo Lanie, estirando un gusano de gominola que tenía entre los dientes con la mano—. Piérdete.

En ese momento, me seguía sorprendiendo hasta qué punto mi

hermana se había convertido en una extraña y por un instante no pude hacer más que quedármela mirando.

—Que te pierdas, Josie —repitió.

—Vale —suspiré—, pero baja la voz, ¿de acuerdo? Me estás avergonzando.

La aguda risa de Lanie me acompañó por todo el camino hasta que llegué a mi asiento.

—Entiendo que esos vulgares chillidos de ahí delante pueden atribuirse a mi prima menos predilecta —dijo Ellen cuando me senté en mi butaca entre Adam y ella.

—No quiero hablar del tema —murmuré. Agradecí que empezara la película y poder esconderme en la oscuridad y olvidar mis propios problemas concentrándome en los que ocurrían en la pantalla.

La película era exactamente como me temía que fuera: tensa y violenta, y tuve que ver parte con los ojos tapados. Hubo una pelea particularmente sangrienta hacia el final en la que el villano intentaba matar a su mujer, pero ella luchaba con él, le arrebataba la pistola y le disparaba, arrancándole un pedazo de la cabeza. La sala contuvo el aliento a la vez y surgió un solo grito lacerante.

Lanie.

Para cuando el segundo chillido rasgó el aire, yo ya me había puesto en pie de un brinco. Salté sobre Adam y eché a correr hacia la parte delantera de la sala.

Lanie estaba instalada en un gemido constante, de baja frecuencia, y sus supuestos amigos la miraban boquiabiertos como si fuera una loca desconocida. Sus brazos me resultaron sorprendentemente frágiles cuando tiré de ellos, ordenándole que se pusiera en pie.

—Venga, Lanie. Vamos a sacarte de aquí.

Enganché un brazo por debajo de la axila de mi hermana y fui capaz de hacer palanca para ponerla de pie justo cuando se encendía una linterna en la zona trasera de la sala. Mientras el haz de luz botaba por un pasillo hacia nosotras, me fui apresuradamente por otro pasillo con mi hermana, que no paraba de gimotear.

Adam nos estaba esperando fuera del cine. Intenté pasarle a Lanie, pero ella se deslizó entre sus brazos como un tallarín y se quedó tirada en la moqueta.

—¿Qué le pasa?

—No lo sé —dije, arrodillándome para retirarle las palomitas del pelo, examinándola por si tuviera señales evidentes de golpes—. Creo que está teniendo una crisis nerviosa porque..., ya sabes. Pistolas. Quiero llevarla a casa. ¿Me puedes prestar tu coche?

—Sí, pero, Josie, ¿crees que eres capaz de apañártelas sola con ella? ¿No debería ir yo contigo?

—No quiero meterte en esto.

—Es un poco tarde para eso —dijo, resoplando, levantando a Lanie para que se pusiera de pie.

—Las llaves, Adam, por favor. Me gustaría sacarla de aquí sin que nos detuvieran.

—Que la detuviesen tal vez le sentaría bien —dijo, sacándose las llaves del bolsillo.

—No empieces —le advertí.

En el aparcamiento, apoyé a mi hermana contra un costado del coche de Adam mientras lo abría. Con un elástico gruñido se deslizó por la carrocería y cayó sobre el asqueroso asfalto, y la melena fue a dar en medio de un charco de aceite.

—Joder, Lanie, levántate.

El ruido que hizo a modo de respuesta fue breve y lastimero, y mi frustración se transformó en miedo. Bajo las luces demasiado brillantes del aparcamiento, tenía la cara amarillenta y sudorosa, y la boca como una herida roja y torcida. ¿Era este el aspecto de una sobredosis?

—Eh —le dije, agachándome a su lado—. ¿Tengo que llamar al 911?

Sus párpados temblaron y sacudió la cabeza.

—Entonces venga. Vámonos a casa.

Ella se sacudió.

—No.

—Sí —repliqué, arrastrándola para ponerla en pie—. Nos vamos a casa. Ya.

Ella se dejó caer como un peso muerto entre mis brazos, y me tropecé al intentar agarrarla, golpeándome dolorosamente la rodilla contra el suelo. En un súbito arranque de ira, abofeteé a mi hermana. Era la primera vez, desde que nos quitaron los pañales, que la golpeaba, y sus ojos se abrieron de golpe como los de una muñeca.

—¡Basta! —grité—. ¡Ya basta! Esto se tiene que acabar. Ahora.

Ella asintió, moviendo la cabeza como una marioneta.

—Tienes razón.

Desprevenida por el repentino cambio de actitud, vacilé.

—¿En serio?

Lanie asintió y se metió en el coche de Adam, sentándose en el asiento del copiloto. Se pasó todo el camino a casa mirando fijamente al frente con los ojos abiertos de par en par, sin pestañear. No paraba de murmurar entre dientes algo parecido a «hazle daño a la niña», pero cada vez que le preguntaba por lo que estaba diciendo, cerraba la boca.

Cuando aparqué junto a la acera frente a casa de tía A, Lanie ni siquiera esperó a que apagara el motor antes de escapar del coche. Maldiciendo, arranqué las llaves del contacto y salí tras ella. Ella corrió por el recibidor, casi tropezándose en la alfombra oriental y subió a todo correr las escaleras, de dos en dos, trepó por los últimos peldaños casi a cuatro patas cuando perdió pie.

Tía A salió de la cocina, limpiándose el jabón de las manos en el delantal, con expresión de alarma.

—¿Qué pasa?

A mitad de la escalera me detuve, pero antes de que pudiera decir nada emergió del dormitorio de mi madre un grito ahogado. Tía A se quedó pálida y echó a correr también escalera arriba, alcanzando la puerta al mismo tiempo que yo.

Encendí la luz y las dos contuvimos el aliento.

Lanie estaba de rodillas sobre la cama, con los vaqueros sucios manchando con la roña del aparcamiento la colcha amarillo pálido, sujetando una almohada sobre la cara de mi madre. Yo observé con horror cómo nuestra madre, que ya se había tomado el tranquilizante de después de cenar, movía los brazos de forma inútil mientras Lanie, con la cara torcida en un gesto grotesco y murmurado cosas ininteligibles, intentaba ahogarla.

—¡Lanie! —grité—. ¡Para!

Tía A no gastó energía usando palabras. Corriendo en auxilio de su hermana, agarró a Lanie por los hombros y la arrojó a la otra esquina de la habitación con lo que tuvo que ser una fuerza sobrehumana inducida por la adrenalina. Lanie golpeó el suelo como una muñeca de trapo, con las piernas y los brazos extendidos, pero apenas parpadeó antes de ponerse de nuevo en pie y arrancar a correr hacia la cama.

Instintivamente, le corté el paso.

—¡Para!

Frenó delante de mí, con la cara a solo centímetros de la mía. Me retiré de su lado por miedo. En la oscuridad de la sala de cine y del aparcamiento, tenía un aspecto relativamente normal. Tal vez un poco enferma, pero no notablemente distinta a como siempre. Pero bajo la bombilla de setenta y cinco vatios del dormitorio de nuestra madre, vi lo desencajada que estaba realmente: los ojos inyectados en sangre y fuera de sus órbitas, enseñando los dientes, el pelo salvaje y lleno de mierda, las pupilas totalmente dilatadas. Casi me daba miedo que me arrancara la mejilla de un mordisco, pero la agarré por los brazos igual, notando su piel caliente y húmeda al tacto.

—Para —supliqué—. ¿Qué estás haciendo?

Dijo algo entre dientes, pero tenía la voz áspera, como si se hubiera irritado la garganta, y tenía una extraña cadencia. No pude comprender lo que decía, pero sonaba como la misma frase que había estado repitiendo en el coche.

—¿Qué has dicho?

—Primero las perlas —dijo, o yo pensé que decía. Su voz aún sonaba distorsionada y la frase no tenía ningún sentido.

—¿Qué? Pero ¿qué significa eso?

Lanie empezó a reír, una carcajada aguda y maníaca, que era tan profundamente perturbadora que la solté. Vaciló solo un segundo antes de arrojarse de nuevo sobre la cama, aplastando la cara de mi madre con la almohada otra vez.

—¡Esto es culpa tuya! —gritó en dirección a la almohada, con las venas estalladas y escupiendo saliva en todas direcciones.

—¡Para! —gritó tía A, agarrando a Lanie para sacarla de encima de nuestra madre. Esta vez, Lanie estaba preparada para el ataque y devolvió el golpe, y sus uñas rotas arañaron a tía A en la cara, provocando un riachuelo de sangre que le recorrió la mejilla. Tía A dio un paso atrás, tocándose la herida.

—¿Qué estás haciendo? —grité, empujándola con todas mis fuerzas. No conseguí tirarla de la cama, pero si le hice perder el equilibrio, y tía A aprovechó para agarrar a Lanie por una pierna y arrastrarla, haciéndola caer de la cama al suelo.

Me apresuré a quitar la almohada de la cara de mi madre y ayudarla a incorporarse. Mamá no llevaba puesto más que el camisón y me conmocionó ver lo delgados que se le habían quedado los hombros y el pecho, y el aspecto traslúcido de su piel.

—¿Estás bien?—le pregunté.

Me miró sin hablar y luego bajó la mirada al suelo, donde tía A usaba brazos y piernas para mantener atrapada a Lanie. Se me hizo un vacío en el estómago mirando de un lado a mi madre, convertida en una sombra espectral, y a mi hermana, hecha una salvaje que nos intentaba agredir. ¿Qué les había pasado a estas dos mujeres a las que yo tanto quería?

—Lanie, para ya —ordenó tía A mientras mi hermana se retorcía y rechinaba los dientes debajo de su cuerpo—. Cuéntame lo que está pasando.

—Para ya —repitió ella, y las palabras sonaron débiles y agudas—. Alguien tiene que pararlo. Lo ha dicho ella —dijo, moviendo la cabeza como señalándome a mí. Antes de que pudiera responder, sacudió la cabeza en la otra dirección, posiblemente indicando a nuestra madre—. Y ella lo dijo.

—¿Qué? —preguntó tía A, arrugando la cara, presa de la confusión—. ¿Quién dijo qué cosa?

—Las perlas —murmuró, y acto seguido me señaló bruscamente con la cabeza, con los ojos repentinamente abiertos de par en par—. Esto es culpa tuya.

—Josie, ¿de qué está hablando? —preguntó tía A—. ¿Qué está pasando?

—Para ya —exclamó Lanie.

—No lo sé —dije desesperada, a punto de derramar lágrimas de frustración—. Me la encontré así. Bueno, no así exactamente, pero... Estábamos en el cine. No estábamos juntas, pero las dos estábamos viendo la misma película. Y se le fue la olla de repente.

—¿Qué perlas?

—No tengo ni idea.

Tía A asintió severamente y se quedó mirando a Lanie.

—Lanie, necesito que me digas la verdad. ¿Estás tomando drogas?

Lanie le escupió en la cara.

—Se acabó —gruñó tía A—. Josie, llama a la policía.

Miré a mi hermana, que no paraba de agitarse, con el rostro retorcido bajo una máscara casi irreconocible de locura. La tía A tenía razón. Adam tenía razón. Lanie estaba fuera de control y deberíamos entregarla a la policía. Pero era mi hermana. Mi hermana gemela. ¿Cómo iba a denunciar a mi hermana gemela ante la policía?

—Josie —ladró tía A—. Ahora.

—¡Llámales! —me provocó Lanie—. ¡Hazlo! ¡Llámales por el amor de Dios! ¿Qué coño eres, una puta gallina?

Algo se quebró dentro de mí.

Caí sobre mi hermana insultándola a gritos y arañándole la cara, agarrando a puñados mechones de su pelo negro como la tinta. La tía A nos separó deprisa, cogiéndome por los hombros y quitándome de encima con brusquedad. Sacudiéndose, Lanie se incorporó y se puso de rodillas.

Tía A corrió a la cama, preparándose para la siguiente acometida de Lanie. Pero Lanie cogió una bocanada de aire temblorosa y nos miró a mí, a tía A y a mamá de hito en hito.

—Esto es culpa tuya —escupió, y luego se puso de pie y se marchó.

Suspirando con alivio, tía A fue a atender a su hermana. Ya se había vuelto a dormir, y su cara estaba relajada y serena. Tía A le retiró con ternura un mechón de pelo de la mejilla y la besó en la frente.

Afuera se encendió un motor y luego oímos el crujir de la gravilla al sacar Lanie del garaje el coche que compartíamos.

Tía A levantó la mirada y me preguntó:

—¿Está en condiciones de conducir?

—No —respondí—. Pero no sé cómo pararla.

Para cuando Lanie regresó a casa a la mañana siguiente, con un nuevo colocón pero afortunadamente tranquila, nuestra madre se había marchado.

Llegar al entierro había sido duro, pero abandonar el cementerio fue casi imposible. No había nada que hacer una vez que la urna que contenía las cenizas de mi madre se había hundido en el suelo, nada podía deshacer los años de separación, las veces que había maldecido su nombre por habernos abandonado. Pero solo pensar en marcharme y dejarla allí en la tierra me provocaba temblores de culpa.

—Nos vamos a casa de mamá, cielo —me dijo Ellen suavemente, apretándome el hombro—. ¿Quieres venir con nosotros?

—Yo... —empecé a decir, pero no pude terminar, incapaz de expresar que no podía marcharme, todavía no.

—Yo me quedaré con ella —le dijo Caleb a Ellen. Se sentó a mi lado y me cogió la mano—. Tómate todo el tiempo que necesites.

Así que me senté en una silla, observando cómo los demás se iban yendo. Cuando Lanie se marchó, no miró atrás ni una sola vez, y tuve que preguntarme por lo que estaría sintiendo. Lanie siempre había sido la preferida de mi madre —algo que, de niña, yo siempre racionalicé pensando que mi padre me prefería a mí. Lanie era la que se presentaba voluntaria para ayudar a nuestra madre en el jardín, la que leía con ella *Cumbres borrascosas*; yo era la que escuchaba las miniconferencias de mi padre sobre presidentes estadounidenses y pasaba los fines de semana rebuscando en los mercadillos libros de texto descatalogados. En las noches de concursos de cultura general que mi padre organizaba con regularidad, yo formaba equipo con él, combinando sus conocimientos de historia con la geografía que yo empollaba en mis ratos libres, y nos enfrentábamos a mamá y Lanie, quienes dominaban las artes. Ahora solo quedábamos nosotras dos, Lanie y yo, prácticamente dos desconocidas, cuando en su día habíamos formado las dos mitades de un todo magnífico.

De Twitter, colgado el 25 de septiembre de 2015

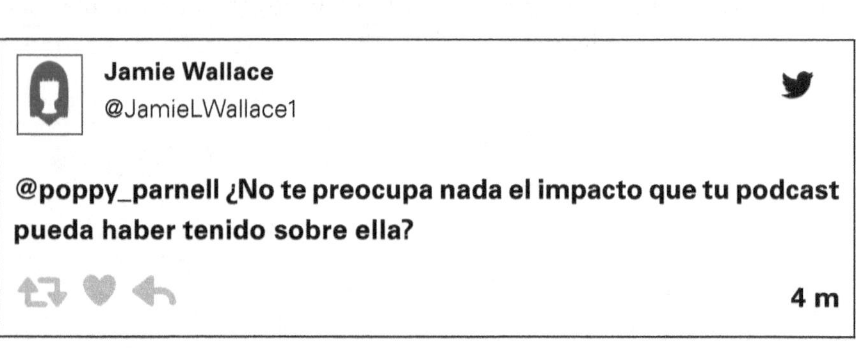

CAPÍTULO 13

Cuando Caleb y yo volvimos, la casa de tía A estaba a rebosar de sus amigos, que habían llegado con aperitivos del supermercado y botellas de vino. No sabía a qué amigos reconocía y a cuáles no había visto nunca, así que las conversaciones que mantuve fueron ligeras e impersonales. En un momento dado me convencí de que había visto a Poppy Parnell, pero cuando me dirigí hacia ella a grandes zancadas dispuesta a ordenarle que se marchara, me di cuenta de que solo era una de las colegas de tía A; así que le agradecí que hubiera venido y le rellené la copa de vino.

En la cocina me encontré con Ellen, colocando *crudités* de zanahoria en bandejas de plástico y abriendo botes de salsas.

—Ahí estás —me dijo, pasándome un bote de algo que decía ser salsa de verduras francesas—. Necesito ayuda. Abre esto.

Agradeciendo la distracción de una labor manual menor, empecé a luchar contra el abrefácil mientras me preguntaba:

—¿Qué tendrá esta salsa que sea francés?

—El nombre nada más. Te garantizo que los franceses no comen esta basura. Esto es del todo estadounidense.

—Los estadounidenses son muy culones —dije, haciendo mi parodia más cómica del acento francés—. Aunque una cosa te digo, he conocido algunos franceses que se pirran por la comida procesada.

—Pues claro, cariño. Tu sociedad se reducía exclusivamente a sucios mochileros.

—Eh, que yo también era una sucia mochilera —protesté, colocando la salsa, ya abierta, sobre la mesa.

—Y sin embargo te quiero. Hablando de sucios mochileros y personalidades extranjeras diversas, ¿me vas a contar lo que está pasando con Caleb?

—No —respondí, cogiendo una zanahoria de la bandeja y metiéndomela en la boca.

—Cuéntamelo de todas maneras —dijo ella, colocando galletitas saladas en forma de abanico sobre un plato—. Está aquí. ¿Le llamaste después de que me marchara del bar ayer?

—No, eso hubiera demostrado cierta madurez. —Mastiqué otra zanahoria y luego admití—: Caleb me sorprendió.

Ellen dejó en la mesa la caja de galletas y me miró boquiabierta.

—¿No sabías que iba a venir? No me puedo creer que me dejara convencer por Peter de pasar la noche en un hotel. ¡Me pierdo todo lo bueno!

Asentí con tristeza.

—Fue toda una sorpresa. Para ambos. Primero conoció a tu madre, que yo le había dicho que acababa de fallecer. Y luego conoció a mi hermana, a la que nunca había mencionado.

—Entiendo que pueda haberle resultado una sorpresa.

—Sí. Ah... Y Lanie fingió ser yo.

—Como suele hacer.

Una visión de mi hermana en aquella fiesta hacía tantos años me atravesó la memoria: ella luciendo mi jersey rosa, con el pelo revuelto y las mejillas arreboladas. Una chispa de furia se me encendió debajo del esternón, y solté:

—Bueno, debe de haber perdido práctica, porque a Caleb no le engañó.

—Por supuesto que no —se burló Ellen.

—No sería ninguna locura —comenté, ofendida por el tono despreciativo de Ellen—. Somos gemelas idénticas. Y tampoco es que no haya engañado nunca a nadie.

No se habían caído aún las palabras de mis labios cuando

recordé la expresión perpleja en la cara de Caleb, la incredulidad evidente en su voz en cuanto dijo «¿Jo?». Estaba claro que no se había creído que fuera yo. Caleb era capaz de distinguirnos sin siquiera saber que había alguien a quien distinguir. ¿Cómo podía ser posible? A no ser que...

—Oh —dije de repente al darme cuenta, sintiendo como si me dieran una patada rápida en el estómago—. Adam lo sabía.

Miré a Ellen buscando confirmación, pero ya no había duda alguna en mi mente. Adam había sabido que era mi hermana a la que cogió de la mano en la fiesta de Benny, mi hermana con la que se encerró en un dormitorio del piso de arriba, mi hermana con la mantuvo relaciones sexuales esa noche. Siempre lo supo.

—Ay, cielo —dijo Ellen, colocando una mano cariñosa sobre mi brazo—. Sí. Creí que eso lo sabías.

Después de aquello Adam me había inundado de *e-mails,* proclamando una y otra vez, en mayúsculas: *PENSABA QUE ERAS TÚ.* ¿De verdad me había creído eso alguna vez? Sin duda había deseado creerlo. Era más fácil creer que Adam pensaba que ella era yo; era más fácil identificar a un solo villano en la situación en vez de dos. Lanie llevaba años decepcionándome, mientras que Adam había sido mi salvavidas, mi roca. Saber que los dos me habían traicionado deliberadamente me hubiera destruido por completo. Creer que él había sido engañado por mi hermana, un ser del que era imposible fiarse, había sido un acto de autopreservación.

—Pero ¿por qué? —balbucí— ¿Por qué habría de... con Lanie?

—¿Por qué hacen las cosas los chavales de dieciocho años, Josie? Por hormonas. Por cerveza. Por idiotez. Son criaturas básicas y simples.

En ese momento, Lanie empujó la puerta de la cocina. «Hablando del rey de Roma», pensé desabridamente. Tenía un aspecto glamuroso, con un vestido bien cortado de cuello alto y discretas bailarinas. Yo llevaba un jersey negro de H&M que me había prestado Isabelle y un par de pantalones negros viejos que había encontrado en mi armario, y ninguna de las dos prendas era exactamente de mi talla. Me parecía enormemente injusto que ella pudiera aparentar tal compostura, dado el caos que había llevado a tantas vidas.

Ellen se dio cuenta de mi descontento desde debajo de sus pestañas y le entregó a Lanie la bandeja de aperitivos.

—Ten, lleva esto al salón.

—No —dijo Lanie, mirando fijamente la bandeja sin hacer amago de aceptarla—. No soy una criada.

—Solo te estoy pidiendo que ayudes —insistió Ellen, intentando darle el plato otra vez. Lanie dio un paso a un lado y la bandeja salió volando de las manos de Ellen. Cayó ruidosamente al suelo y las zanahorias salieron rodando en todas direcciones.

—Mil gracias —ladró Ellen, saliendo de la cocina a pisotones, dejándonos a mi hermana y a mí con la verdura por el suelo.

—Josie —empezó ella.

Me la quedé mirando, analizando su cara, con la esperanza de encontrar alguna pista que me desvelara su misterio: ¿cómo pudo acabar con Adam?, ¿por qué se revolvió contra mí?, ¿qué fue lo que realmente vio aquella noche?

Ella frunció el ceño.

—¿Por qué me miras así?

Suspiré.

—¿Qué quieres, Lanie?

—Quiero hablar. Sobre nosotras —añadió en seguida—, no sobre ese *podcast*.

—Ahora no, Lanie. Acabamos de enterrar a nuestra madre.

—Cosa que hace que sea aún más importante aclarar las cosas —dijo, levantando la barbilla con determinación.

—Te he dicho que ahora no.

Adam empujó la puerta, con una botella de vino vacía en la mano e hizo una pausa, mirando de Lanie a mí, intentando, a todas luces, decidir si era tan importante sacar otra botella.

—¿Todo bien por aquí?

—Sí —dijo Lanie con dulzura al mismo tiempo que yo contestaba:

—No.

Los ojos de Adam se clavaron en los míos y mis tripas dieron un vuelco. Mientras que en su día le había concedido crédito por haberme pedido perdón cuando mi hermana seguía callada y no se arrepentía, ahora estaba segura de que esas disculpas habían estado repletas de mentiras. Si hubiera sido un poco más escéptica, si hubiera puesto sus falsedades a la luz..., ¿entonces qué? ¿No me hubiera marchado? Si no me hubiera marchado no hubiera conocido nunca a Caleb, y no podía imaginarme mi vida sin él.

—Josie, ¿podemos...? —empezó él.

Si con mi hermana quería hablar poco, con Adam quería hablar aún menos en ese momento. Me giré con severidad hacia Lanie y le dije:

—Quince minutos. Tú y yo.

Lanie se detuvo en la entrada de nuestro dormitorio, con sus dedos de manicura perfecta trazando el dibujo de la madera del marco de la puerta. Si hubiera sido cualquier otro día, habría hecho una broma sobre el hecho de que también los vampiros emocionales son incapaces de cruzar umbrales, al igual que sus homólogos mitológicos. Pero en cambio, lo que hice fue sentarme en la silla de la mesa de estudio y observar a Lanie mientras ella curioseaba por la habitación.

—Caramba —dijo en voz baja—. Está exactamente igual.

Asentí rígidamente.

—¿Hace tiempo que no pasas por aquí?

—Por esta habitación no. —Sacudió la cabeza—. No había vuelto desde que me mudé.

—¿No tienes confianza con tía A? ¿Incluso viviendo en la ciudad?

—Venga ya, Josie —dijo Lanie con rencor—. ¿Qué te crees? Yo soy la que obliga a alejarse a todo el mundo: a nuestra madre, a ti. Tía A no quiere saber nada de mí.

—¿Eso te ha dicho? No le pega nada.

—Claro que nunca me ha dicho esas palabras exactas. Pero yo lo sé. Sé que la única razón por la que me tolera es por mi hija.

—Eso no es verdad, estoy segura —murmuré, bajando la mirada.

Cogí la maqueta del monumento a Washington y lo giré en mis manos, aferrándolo con los dedos para que el borde mellado donde solía estar la punta me pinchase la palma. Esperé mientras Lanie contemplaba los cuadros de las paredes y finalmente se sentaba en su vieja cama. Clavó la mirada en los pies un momento y, cuando por fin habló, no dijo lo que yo esperaba escuchar. Esperaba una excusa, una razón que explicara que las circunstancias acaecidas habían estado más allá de su control. Para ser sincera, esperaba una disculpa.

En cambio, lo que Lanie dijo fue:

—La llamé Ann. Por mamá. Su segundo nombre, ya sabes.

Quise silabear que por supuesto que conocía que el segundo nombre de nuestra madre era Ann, que Ann era el nombre que yo misma había seleccionado para mi propia hipotética hija futura con Adam, y que eso Adam lo sabía. Pero no había nada que ganar diciendo esas cosas, ni siquiera pensándolas, así que mantuve la boca cerrada y apreté el monumento más fuerte contra mi mano. Me lloraron los ojos.

—Últimamente he estado soñando con ella —dijo Lanie en voz baja.

Levanté la mirada.

—¿Con tu hija?

—Con mamá. He estado soñando con mamá.

—Ah. —Giré el monumento en mis manos, sin querer admitir que yo no había estado soñando con nuestra madre, temerosa de que demostrara que Lanie era mejor hija que yo.

—Pero los sueños... —Lanie no terminó la frase—. A veces parecen algo más que meros sueños. A veces siento que está intentando decirme algo. ¿Alguna vez has tenido sueños como esos?

—Sí —mentí.

—Y si no estoy soñando con ella, es que no estoy durmiendo. Francamente, no creo que haya dormido ni diez horas en total desde que se murió.

—Lanie —la interrumpí—. ¿Qué es esto? ¿Me has arrastrado hasta aquí para hablar de tu insomnio?

—Solo pensé que tal vez lo entenderías —me dijo, como si la hubiera regañado.

—Hay muchas cosas de las que tenemos que hablar. No podemos saltarnos todo eso y pasar directamente a nuestros horarios de sueño. Si vamos a hacer esto, vamos a tener que empezar con todo el caos que trajiste a mi vida.

—Al carajo con eso —dijo ella, con los ojos sombríos. Con una maldición en los labios y una mueca de disgusto en la cara, se parecía más a la hermana que yo recordaba del instituto que a la elegante esposa de Stepford que había ocupado su cuerpo. Parte de mí sentía alivio de que su tranquila fachada se rasgara una vez más; había cierto consuelo en la previsibilidad de que saliera a relucir su genio.

—Cada vez que veo a tía A, me cuenta lo perfecta que es tu vida. —Lanie frunció el ceño aún más profundamente y puso una voz estridente que me imaginé debía de ser su imitación de la de la tía A—: «¿Sabías que el novio de Josie es cooperante humanitario? ¿Sabías que Josie y su novio han comprado un apartamento de una habitación en Nueva York? ¿Sabías que Josie le ha vendido un libro a esa señora cómica tan graciosa del *Saturday Night Live*?».

—¿Kristen Wiig? Sí que se lo vendí —dije automáticamente. Pero me pillé a tiempo y le devolví la mueca de disgusto.

Lanie no tenía razón. Mi vida no era perfecta. Era buena con más frecuencia de lo que era mala, y algunos días estaba cerca de ser genial, pero no era perfecta. Tenía a Caleb, que era un hombre decente y honorable, un lugar que podía llamar mi hogar y suficiente dinero como para sentirme protegida, pero también tenía toda una vida de dolor y remordimiento. Sabía que no todo eso era culpa de Lanie; dijera lo que dijera, parte de la culpa recaía sobre los hombros del asesino de mi padre, fuera quien fuera, y otra parte recaía sobre los de mi difunta madre. Con todo, responsabilizaba a Lanie por la mayor parte del dolor que aún persistía.

Había tantas cosas que podría haberle dicho a Lanie, tantos ejemplos de cómo me había fallado, pero, lamentablemente, cuando abrí la boca, lo que salió fue:

—Te casaste con Adam.

—Sí —dijo, asintiendo en seguida—. Eso hice.

—Tú... ¿Cómo...? —tartamudeaba, incapaz de encontrar las palabras para expresar cómo me sentía—. No deberías haber hecho eso.

Ella amusgó un poco los ojos.

—Solo intentaba hacer lo correcto.

—¿Cómo podía eso ser lo correcto? —le pregunté, con un sollozo reprimido intentando partirme el pecho en dos. Me negaba a llorar delante de ella; me negaba a que viera cuánto me dolía aún su traición—. Es que no comprendo lo que pasó.

—¿De verdad quieres saberlo? —preguntó en voz baja.

«No», pensé, al tiempo que mi boca susurraba:

—Sí.

Los dedos de Lanie bailaron por la colcha, recorriendo lo que parecía un corazón. Se aclaró la garganta y, con una diminuta voz, dijo:

—Cuando Adam y yo nos acostamos...

—Cuando tú te aprovechaste de él —corregí automáticamente, aunque una sacudida me recorrió el cuerpo, recordándome que el relato de Adam no era cierto.

En sus ojos se despertó súbitamente la ira, y lanzó un puño contra la cama provocando un ruido sordo.

—Eso es una puta patraña —escupió—. ¿Eso fue lo que te dijo? Eso no es lo que pasó.

—¿Y entonces qué pasó?

—Adam me entró a mí.

Sin que nadie la hubiese llamado, la voz de Ellen me vino a la cabeza, con una frase del pasado: «Adam parece bastante perjudicado». Atrapada por el último examen final del calendario, estaba a punto de irme a casa en coche a pasar las vacaciones de verano varios días más tarde que el resto de la gente. Mi plan era irme el día siguiente a primera hora, pero el campus estaba desierto y decidí marcharme esa misma noche. Llamé a Adam cuando me estaba acercando, con ganas de verle, porque él se había ido a estudiar fuera del estado, y nuestros planes de escapada de primavera no habían salido, de modo que no le había visto desde vacaciones. Me decepcionó que no cogiera el teléfono. Lo siguiente que hice fue llamar a Ellen, que me respondió a gritos por encima del ruido de la música y las risas diciendo que los padres de Benny Weston estaban fuera de la ciudad y que él tenía un par de barriles.

—Vente directamente —me ordenó—. Está aquí todo el mundo.

—¿Está ahí Adam? No me ha cogido el teléfono.

—Probablemente porque está demasiado ocupado bebiéndoselo todo. ¿Quieres que le diga que estás de camino para que tenga la oportunidad de bajar la borrachera?

—No, dejemos que sea una sorpresa —respondí, imaginándome la alegría en la cara de Adam cuando viera que había llegado a casa antes de tiempo.

Fue un error devastador, pero entonces no lo supe: nunca había tenido a Adam por un gran bebedor, y no supuse que un año de universidad le hubiera cambiado tanto. Pensaba que Ellen estaba siendo Ellen, simplemente, es decir, juzgando a los demás en exceso.

—Tal vez quieras darte un poco de prisa entonces. Adam parece bastante pedo.

—Adam estaba borracho —le dije a Lanie con voz temblorosa.

—¿Y te crees que yo estaba sobria? Francamente, Josie, ¿por qué te crees que yo estaba en esa fiesta? Ryder acababa de enterarse de que la madre de Benny tenía un buen alijo de analgésicos, y le vaciamos el botiquín. Estaba tan colocada que no sabía ni cómo me llamaba.

Casi le suelto que así seguro que le resultó más fácil fingir que era yo, pero me tragué la respuesta. «Adam lo sabía». Lanie no necesitaba hacerse pasar por mí. Cerré los ojos, acordándome de cómo me abrí paso entre la masa de gente sudada que había en el salón de Benny justo a tiempo de ver a Adam bajar las escaleras, con Lanie a su lado. Adam tenía las mejillas enrojecidas, el pelo dorado despeinado, una sonrisa alelada. Tenía la camiseta del revés. Sus ojos vidriosos se posaron en mí y todo color desapareció de su rostro. Se pasó una mano por la cara, un gesto que en aquel momento interpreté como asombro, pero que, retrospectivamente, era culpa claramente. ¿Cómo se me pudo escapar?

Adam lo sabía. Fue un puñetazo en el estómago el darme cuenta de que la ira a la que me había aferrado durante tantos años —la idea de que mi hermana me había imitado a propósito para robarme a mi novio— no estaba bien dirigida. Adam no era ningún inocente en esto..., cosa que, por otra parte, tampoco absolvía a Lanie. Me debía una lealtad de sangre. Adam podría haberme traicionado, pero quien me había roto el corazón era Lanie.

—Eres mi hermana —le dije, con una voz que no era más que un susurro—. ¿Cómo pudiste hacerme eso?

—Hice muchas cosas entonces de las que no estoy orgullosa —dijo Lanie, con dureza en la voz—. Pero ¿tú qué?

—¿Yo qué? —pregunté, sorprendida—. Yo no hice nada malo.

—Te marchaste —escupió—. Sin decirme ni «adiós», ni «que tengas una buena vida», ni «que te jodan». Eras lo único que yo tenía, y te marchaste.

—Pues si tanto significaba para ti, a lo mejor podrías haber pensado un poco mejor lo que estabas haciendo —solté— en lugar de hacer cualquier cosa que te pidiera el cuerpo.

Pero Lanie no me estaba escuchando ya, tenía la cara arrugada de ira y lágrimas indignadas le caían por las mejillas.

—Ni siquiera me dijiste a dónde te ibas. Se lo contaste a Ellen. A Ellen. Ella no es tu hermana. Yo sí.

—¡Ellen no es la que se acostó con mi novio!

Lanie agarró una almohada de la cama y se la apretó contra la cara, chillando. Cuando la arrojó a un lado, tenía las mejillas moteadas de rojo y se le había corrido el rímel, pero parecía que su mal genio se había calmado.

—Yo te necesitaba —me dijo—. Maldita sea, Josie, te necesitaba de verdad.

—Y yo te necesitaba a ti —repliqué—. No quería pasar por todo lo de mamá y papá yo sola. Pero tú no querías saber nada de mí. Estabas demasiado ocupada colocándote con Ryder y Dios sabe quién más.

—Yo estaba hecha un desastre —dijo en voz baja—, pero se suponía que tú lo comprendías. Tú, mi hermana. Pero entonces te fuiste y me hice un desastre aún mayor, y la única persona que quedaba aquí para recoger los pedazos era Adam. Era el único que me comprendía.

—¿Qué quieres decir con que Adam te comprendía?

—Pues que le dejaste a él también. Eras la persona más importante en nuestras vidas. Y sí, a lo mejor lo jodimos todo, pero si nos hubieras querido la mitad de lo que nosotros te queríamos a ti, nos habrías perdonado. O al menos te hubieras quedado por aquí para oírnos pedirte perdón. Pero te marchaste sin más, y ninguno de los dos sabíamos qué hacer. Te echábamos de menos, y nadie más comprendía lo destrozados que nos sentíamos por haberte perdido. Nadie nos comprendía excepto el uno al otro.

—¿Y qué...? ¿Echarme a mí de menos era vuestra forma de calentaros?

Lanie sacudió la cabeza asqueada.

—No hagas bromas con esto. Ya sé que es difícil de entender, pero nos enamoramos. Al principio no, ¿sabes? Al principio fue... —No supo continuar y agitó la mano, un gesto displicente que me revolvió las tripas—. Pero me quedé embarazada. Fue un accidente.

Iba a abortar. Tenía concertada la cita y todo. Pero entonces empecé a pensar en ti y en lo que harías tú en caso de estar en mi situación. Tú no hubieras abortado. Tú te quedarías al bebé y te dedicarías a ser una buena madre. Así que llamé a Adam y le dije que estaba embarazada. Y... Y Adam me dijo que él, ya sabes, haría lo correcto y se casaría conmigo. —Lanie hizo una pausa y apretó los labios con ironía—. También me ofreció apoyarnos económicamente sin ningún otro compromiso. Creo que casi le da un ataque al corazón cuando le dije que aceptaba su propuesta de matrimonio.

—¿Y ahora? ¿Sois... felices?

—Esa es una pregunta sencilla con una respuesta complicada —me dijo, con una expresión torcida e ilegible. Se dejó caer de la cama y se hincó de rodillas delante de mí—. Sé que no merezco tu perdón.

Avergonzada, aparté la mirada.

—Lanie, levántate.

—Sé que no me lo merezco —repitió, agarrándome las manos con intensidad—. Pero te lo estoy pidiendo de todas maneras.

Mi instinto, pulido durante los diez largos años en los que había estado furiosa con ella, era soltarle que siempre había tomado por su cuenta cosas que no se merecía, que a lo mejor, si no se hubiera comportado siempre como si tuviera derecho a todo, no estaríamos en esta desastrosa situación. Pero echar un solo vistazo a su mirada me hizo parar. No era verdad, después de todo; Lanie no había sido siempre así. En su día había sido mi persona preferida del mundo entero, la persona en la que confiaba más que en ninguna otra. Una vez, en el pasado, había cambiado; era posible que volviera a cambiar. Tal vez no estuviera preparada para perdonar y olvidar, pero tal vez sí lo estaba finalmente para hablar.

—Me hiciste daño de verdad —le dije.

Un lagrimón se deslizó teatralmente por su mejilla.

—Lo sé.

—Se suponía que tú eras la única persona que nunca me traicionaría.

—Lo sé. Dios mío, Josie, lo sé. Llevo los últimos diez años diciéndome eso a mí misma. Cometí un error enorme, lo destrocé todo. No hay nada que pueda hacer que lo arregle.

Se balanceó sobre los talones, con más lágrimas temblando en los ojos. Deseé poder decir algo, deseaba poder perdonarla, o decirle que algún día la perdonaría. Pero no era capaz de obligarme a decir esas palabras, todavía no.

—Sé que nunca podré cambiar lo que hice, pero ¿crees que algún día estaremos bien otra vez?

Me encogí de hombros.

—Eres mi hermana.

En realidad, no era una respuesta; pero Lanie sonrió de todas formas.

CAPÍTULO 14

Esa noche, más tarde, cuando todos los amigos y compañeros de trabajo de tía A se habían ido a casa, después de que la propia tía A se marchara a la cama, y después de que Ellen y su familia me hubieran ayudado a recoger y se hubieran ido a su hotel, me encontré a solas en el salón con Caleb. Yo estaba sentada en el sofá, mirándole mientras él vacilaba en el umbral de la puerta, como si los pocos metros que nos separaban midieran diez veces más. No habíamos estado solos desde que me había traído del funeral a casa en coche, y no habíamos tenido una conversación de más de veinte palabras desde la noche anterior.

Cogió la chaqueta de su traje del respaldo de una butaca cercana y me miró.

—Jo...

—¿Cómo lo sabías? —le pregunté abruptamente. Me odié a mí misma inmediatamente por hacer esa pregunta. Tenía que arreglar mi relación con Caleb, calmar el dolor que había causado mis mentiras, no arrastrar a mi hermana hacia el asunto.

Ladeó la cabeza hacia mí, con confusión en sus ojos grises.

—¿Qué quieres decir?

—Ayer, cuando Lanie se quiso hacer pasar por mí. ¿Cómo sabías que ella no era yo?

—No sé. —Se encogió de hombros—. Lo supe sin más.

—Pero si ni siquiera sabías que existía.

—Ya, pero te conozco a ti. —Se dio cuenta de lo que estaba diciendo y apartó la mirada—. O por lo menos creía conocerte.

Sus palabras me quitaron el aliento, recordándome dolorosamente el daño tremendo que le había hecho al hombre al que amaba.

—Caleb... —empecé, pero de repente noté la garganta seca y fui a coger el vaso de agua medio vacío que había sobre la mesita de centro y me bebí su contenido.

Caleb frunció ligeramente el ceño.

—Creo que eso se lo ha dejado alguien del funeral.

Haciendo una mueca de repugnancia, volví a dejar el vaso en su sitio y crucé la habitación para ponerme en pie ante él. Tenía que contarle toda la desagradable verdad mientras aún tuviera valor. Sabía lo fácil que sería para mí omitir mi historia con Adam, acogerme de nuevo a los fáciles patrones de la mentira, pero también sabía lo mucho que nuestra relación ahora dependía de la honestidad. Si quería arreglar las cosas con Caleb —y quería, vaya si quería—, tenía que empezar a ser más sincera.

Respiré profundamente y le dije:

—Caleb, tengo que decirte una cosa.

Su rostro se endureció, y di un pequeño paso atrás.

—No es... —empecé, antes de callarme como una tonta. Era mejor acabar con ello cuanto antes—. Antes de que Adam fuera el marido de Lanie, fue mi novio.

Caleb elevó las oscuras cejas en señal de sorpresa, y deseé saber lo que estaba pensando. Dudaba que fuera esa la revelación que él esperaba.

—Adam y yo llevábamos tres años saliendo cuando Lanie se acostó con él —proseguí—. O él se acostó con ella. O se acostaron juntos. Ya no lo sé. El uno estaba borracho, la otra estaba colocada; no sé quién de los dos fue más culpable. No sé qué importancia tiene. Pero la defensa de Adam siempre fue que él pensaba que Lanie era yo.

—Y una mierda.

Esbocé una sonrisa.

—Esa es la descripción más sucinta de la situación que haya oído hasta la fecha.

Caleb alargó la mano y me colocó suavemente el pelo corto detrás de la oreja.

—Adam claramente es un maldito idiota.

—Lo es —confirmé en voz baja manteniéndome muy quieta, no fuera a ser que Caleb quisiera acercarse y besarme.

No lo hizo. En cambio, separó la mano de mi pelo y la dejó caer a su costado, en silencio. Me sentía al borde de las lágrimas, pero no me había ganado el derecho a llorar por las circunstancias; al fin y al cabo, yo misma las había provocado.

—Por eso nunca te hablé de Lanie. Me hizo tanto daño que no era capaz de soportar ni siquiera pensar en ella. Solo quería olvidar su existencia. No sabía cómo explicarte a ti nada de eso.

Caleb suspiró profundamente.

—Ojalá lo hubieras intentado.

Tragándome las lágrimas, asentí.

Caleb contempló la chaqueta que tenía en las manos y echó una ojeada a la puerta.

—Bueno —dije, sintiendo una opresión en el pecho—, supongo que te vas ya para tu hotel.

Entonces se echó hacia delante y me besó abruptamente y con fuerza, el tipo de beso que te deja sin aliento. Cuando se separó de mí, sentí los labios doloridos.

Sorteando a Caleb, cerré la puerta principal con llave y él me cogió de la mano y me condujo escaleras arriba. En la oscuridad aterciopelada de mi antigua habitación, me dejó en una de las camitas dobles y colocó su cuerpo sobre el mío. Cerré los ojos para tapar el sutil resplandor de las estrellas de plástico; no quería concentrarme en nada que no fuera Caleb, en lo familiar que me resultaba cómo me rascaba la cara su barba de pocos días y en el peso de sus manos cálidas y duras sobre las costillas.

—¿Estamos bien? —susurré.

La mano de Caleb se detuvo y él se echó ligeramente hacia atrás.

—No hagamos esta noche las grandes preguntas. No sé a dónde vamos desde aquí. Solo sé que te he echado de menos, y creo que tú me has echado de menos a mí. Han sido unas veinticuatro horas duras, y solo quiero tenerte entre mis brazos, ¿te parece bien?

Asentí apasionadamente y rodeé su cuello con mis brazos, acercándole más a mí. Mientras su boca, sus labios suaves con sabor a café se cerraban sobre los míos, cerré la mente voluntariamente y rendí mi cuerpo.

Me desperté sola. Sentí una desolación total, segura de que era inevitable que Caleb hubiera recuperado la sensatez y me hubiera dejado. Nuestro fin había estado a la vista desde el momento en que nos conocimos. Me había preparado para el final cien veces, pero a medida que iban pasando los años me había sentido cómoda, me había enamorado más, había dejado de creerme que realmente fuera a dejarme después de todo. Pensé en todas las cosas que debería haber hecho para ser una novia mejor, un ser humano mejor. Le llamaría, le encontraría y haría que me quisiera otra vez. Segura de esa determinación, palpé con los pies el suelo y los levanté del susto.

Los zapatos de Caleb estaban junto a la mesita de noche.

De repente no me afectaba ni la gravedad; no tenía peso, una sensación pura de alivio me mantenía flotando en el aire. No solo no me había dejado, ni siquiera había abandonado la casa.

Al abrir la puerta del dormitorio, escuché acordes de Pearl Jam y percibí el olor a café y el aroma rico y meloso de tortitas de mantequilla; todo ello confirmaba, más aún, que Caleb seguí allí, y eran señales positivas sobre su estado de ánimo.

Mientras bajaba las escaleras, sonó el timbre. Me ceñí la bata y abrí la puerta, esperando encontrar a un vecino contrito que venía a pedir disculpas por haberse perdido el funeral a través del lenguaje universal del guiso. Pero lo que hallé fue una gran caja de cartón, bien atada con cinta aislante y mellada en las esquinas y, más allá, un repartidor en retirada.

—¿Quién era? —preguntó tía A, bajando las escaleras mientras yo cargaba con la caja, más aparatosa que pesada, hasta el salón.

—UPS. Dejaron esto.

—¿Qué es?

—No estoy segura. Está a tu nombre, y la dirección de devolución es un apartado de correos de California. —Me quedé helada al decir la palabra «California». Eché una rápida mirada a tía A, que también parecía acusar el golpe—. ¿No conoces a nadie en California, verdad?

—Abre la caja —dijo inexpresiva—. Deja que te traiga unas tijeras.

Arranqué la cinta de la caja con las manos y abrí la tapa de golpe. Juntas, tía A y yo miramos dentro y vimos que había un gran revoltijo de telas de colores claros y olor a incienso, collares de cuentas y baratijas diversas. Su voz tembló al hablar.

—Nos han enviado las cosas de tu madre.

Metí la mano en la caja y pasé los dedos suavemente por unas cuentas, como si pudieran estallar al tacto, resistiendo apenas el impulso de enredarme en aquellas cuerdas de color, de envolverme en la esencia de mi madre e intentar inhalarla por última vez. ¿Le ayudaron estas cosas a encontrar la paz? ¿La llenaron de amor y de sensación de propósito, como la que una vez nosotras tuvimos?

«¿Por qué te fuiste, mamá? ¿Y por qué no nos dijiste adiós?».

Tía A y yo no habíamos llegado más allá de las cuentas cuando Caleb anunció que el desayuno estaba en la mesa, y convinimos en que sería una pena dejar que unas tortitas que olían tan deliciosamente se enfriaran. Tía A subió a buscar a Ellen (yo estaba segura de que no habría probado una tortitas desde principios de los años 2000), y cerré las solapas de la caja. Notaba una cierta sensación de alivio por verme obligada a abandonar la idea de abrirla, aunque fuera temporalmente. Había sido una semana brutal, emocionalmente devastadora, y no estaba segura de poder soportar el trauma añadido de enfrentarme a los efectos personales de mi madre.

Pero después de terminar de desayunar y de recoger la cocina, tía A volvió a la caja y me sentí obligada a seguirla. Tenía que imaginar que tía A sentía parte del mismo pavor ante la idea de abrirla, y no podía permitir que lo hiciera sola.

—Ojalá esto no hubiera llegado hoy —dijo, contemplándola.

—Lo mismo digo —dije, con un quiebro en la voz—. Después de todo... No tenemos que abrirla ahora mismo, ¿sabes?

—No va a volverse más fácil.

—No —suspiré—. Es cierto.

—Venga —dijo, arrodillándose junto a la caja y dando una palmadita en el suelo junto a ella—. Hagamos esto juntas.

Asentí y me dejé caer en una butaca. Tenía razón: revisar las pertenencias de mi madre siempre iba a partirme el corazón, y sabía que a las dos iba a venirnos bien el apoyo moral. Mientras tía A abría la caja, inspiré profundamente, intentando en vano atrapar una brizna del aroma único de mi madre: vainilla y lila y un toque herbáceo. Pero solo olía a cartón y al aroma húmedo de cosas viejas. Casi se me parte el corazón en dos.

Tía A sacó un collar largo de cuentas y lo alzó ante sí, viendo cómo las cuentas de cristal giraban y atrapaban la luz.

—Esto debía de quedarle bonito —dijo en voz baja.

Asentí, sin atreverme a hablar, sintiendo que un nudo de lágrimas me subía por la garganta. Metí una mano en la caja y extraje una pañoleta azul cielo. Froté la tela traslúcida entre los pulgares y contra mi cara, con la esperanza de sentir alguna conexión. No sentí nada. Nada en aquel trozo de tela me recordaba a mi madre. Por lo que yo sabía, hasta podía no haber sido suya. Nos podrían haber mandado objetos que pertenecieran a la madre muerta de cualquier otra persona. ¿Cómo íbamos siquiera a saberlo?

Inquieta, volví a meter la mano en la caja. Tenía que haber algo que me removiera, algo que sintiera como inequívocamente suyo.

Mis dedos dieron con algo de papel pero suave, algo que parecía un taco de papel muy usado, y lo saqué con cuidado. Contuve el aliento cuando lo reconocí: eran las tapas del ejemplar tan querido por mi madre de *Anna Karenina*. Ese libro había sido uno de sus favoritos, y Lanie y yo habíamos intentado leerlo —fracasando en el intento— en muchas ocasiones. Un frío invierno, atrapada en Berlín mientras intentaba ganar dinero para seguir viajando, encontré un ejemplar en la biblioteca del albergue y finalmente me acabé todo el tomo. Nada se me quedó con tanta fuerza como su famosa primera frase: *Todas las familias felices se parecen; las familias desgraciadas lo son cada una a su manera.*

Mientras tía A y yo repasábamos las tristes y modestas pertenencias de la existencia de mi madre, buscando en vano el resto del libro, me di cuenta de que esta era la singularidad de la familia infeliz: una madre que no había dejado atrás nada más que quemadores de incienso rotos y pañuelos ralos que apestaban a pachulí.

Mis dedos dieron con otra cosa que parecía un libro y lo saqué, esperando que fuera más *Anna Karenina*, o tal vez uno de sus diarios. Nuestra madre había sido una compulsiva redactora de diarios y, hasta donde me alcanzaba la memoria, había hecho la crónica de su vida en una serie de libretas. Guardaba tanto su contenido como su ubicación en extremo secreto; uno de sus diarios solo se veía en estado salvaje cuando lo tenía entre sus manos, acurrucada en una butaca junto a la ventana, descansando en el columpio del porche o, a veces, encerrada en la casita de juegos que había detrás de nuestra casa. Lanie a veces los descubría, pero nunca me decía dónde. En los oscuros meses posteriores a su marcha a California, deshice su habitación de arriba abajo buscándolos, con la esperanza de que contuvieran alguna explicación de por qué se había ido o a dónde se había marchado. Nunca los encontré.

Lo que extraje en ese momento fue un tocho, con unas tapas amarillo chillón rotas y manchadas y las páginas con las esquinas dobladas. Este libro, fuera lo que fuera, había sido muy amado. El estómago se me agrió al leer el título: *Guía Oficial del Colectivo*

Fuerza Vital: ideas y prácticas para todos los miembros. Casi arrojo el libro al suelo, pero me pudo la curiosidad. Esta podría ser la mejor oportunidad que tuviera para aprender más sobre la secta que había consumido a mi madre, para comprender por qué nos había abandonado por ellos y nunca había mirado atrás.

Apretando los dientes, abrí el libro. Tras la portada, la primera página estaba dominada por una foto de estudio de la fundadora del CFV Rhetta Quinn. Por el peinado sostenido con laca y el maquillaje ahumado de los ojos, sospeché que debía de ser una foto de sus tiempos como modelo. Resistí el impulso de maldecir su imagen y pasé la página.

Lo que creemos, decía, en letras en negrita al inicio de la página.

Creemos en el poder restaurador del sol. Creemos en la energía que nos insufla, y creemos que somos vehículos de esa energía. Creemos que es nuestro deber como humanos cultivar la energía que nos es concedida por el sol, el dador de energía y, por tanto, dador de vida.

No tenía paciencia para seguir leyendo más de aquel manifiesto jipilongo, no después de haber perdido a mi madre por ese culto inane, así que pasé la página. *Una breve biografía de nuestra fundadora, Rhetta Quinn*, acompañada por otra foto de estudio. Esta vez no pude evitar escupir algunas palabras escogidas.

—¿Josie? —me preguntó tía A, levantando la mirada de unas fotos—. ¿Qué tienes ahí?

—Esto —le dije, entregándoselo—. La guía oficial del Colectivo Fuerza Vital. Miras las dos fotazas de Rhetta Quinn antes incluso de haber pasado cinco páginas. Menuda ególatra.

Tía A frunció el ceño mientras pasaba las páginas. A las pocas hojas se detuvo, con dos puntos de color furioso en las mejillas.

—No puedo hacer esto —anunció, dejando caer el libro como si le quemara—. Lo siento. Ya sé que te dije..., pero necesito un descanso. Lo siento.

—No me pidas perdón —le dije, sintiéndome culpable por haberle dado el libro que tanto le había afectado—. ¿Estás bien?

Asintió bruscamente y se marchó hacia las escaleras. Su

partida repentina era tan poco habitual en mi tía, normalmente tan serena, que me pregunté qué habría encontrado tan ofensivo. ¿Estaba tan frustrada con Rhetta Quinn como yo, enfadada porque esta mujer estuviera partiendo familias en dos por lo que parecía ser un viaje de su propio ego?

Pero cuando recogí el libro de donde había caído, abierto por el capítulo 1, vi que esa no era la fuente de su dolor. El capítulo 1 se titulaba (de forma algo torpe) *Nosotros ahora somos tu familia. Y además, consejos útiles para disociarte de personas que no son miembros (incluyendo los de tu sangre).*

Pero lo peor era que la palabra «mejor» estaba escrita en el margen, con la característica caligrafía de mi madre. No tenía ni idea de lo que quería decir con eso, pero me lo podía imaginar y, dado el contexto, me hizo sentirme un poco revuelta.

Volví a meter las cosas de cualquier manera en la caja y decidí salir a correr para aclararme las ideas. Pero como me va la marcha, revisé el *hashtag #Reexaminado* mientras subía las escaleras para cambiarme. Según Twitter, se había subido un episodio nuevo del *podcast* esa mañana. Contra mi propio buen juicio, me lo descargué y lo puse en cola para escucharlo durante la carrera.

Extracto de la transcripción de *Reexaminado: El asesinato de Chuck Buhrman*. Episodio 4: *Todo sobre Erin*. 25 de septiembre de 2015

¿Quién fue Erin Buhrman? Esa es la pregunta que está en la mente de todo el mundo; así que he decidido dedicarle un episodio especial. Volveremos el lunes a nuestra programación habitual.

Erin Buhrman nació en Elm Park, Illinois, en 1966, con el nombre de Erin Ann Blake; hija de un granjero y de una estadounidense de primera generación de origen irlandés, fue la segunda de tres hermanos. Por lo que sé, Erin tuvo una infancia en general feliz... hasta enero de 1978. Fue entonces cuando Erin, de once años, estaba jugando con su hermanito de ocho, Dennis, cerca de un lago helado en la granja familiar. De alguna manera, Dennis atravesó el hielo y se ahogó. Según cuenta la leyenda del lugar, Erin fue tras él y casi muere de hipotermia.

Sarah Spicer, antigua compañera de clase de Erin, habló conmigo sobre cómo la muerte de Dennis afectó a Erin.

SARAH: Erin solía ser mi mejor amiga. Yo también era una niña criada en una granja, así que teníamos eso en común. Era muy dulce y muy payasa, siempre estaba dispuesta a contar un chiste o a gastar una broma. Pero todo cambió tras la muerte de Dennis. Era como si le hubieran chupado la vida. No creo que la volviera a ver sonreír. Sé que suena a exageración, pero no lo es. Se convirtió en una persona completamente distinta.

Tal vez Erin nunca se recuperase de la pérdida de su hermano, pero sí volvió a sonreír. Después de graduarse en el instituto, Erin se matriculó en la universidad de Elm Park. Y fue allí, claro, donde conoció a su futuro marido, Chuck Buhrman. Mientras que algunos puede que desaprobaran la relación (al fin y al cabo, Chuck era su profesor), las personas cercanas a Erin lo veían como algo positivo. Jason Kelly, el excuñado de Erin, recuerda sentirse contento por el impacto que Chuck tenía sobre la vida de Erin.

JASON: Chuck fue lo mejor que le pasó a Erin en su vida. Para cuando le conoció yo llevaba tres años o así saliendo con Amelia, y no creo que hubiera visto a Erin sonreír, sonreír de verdad, ni una sola vez en todo ese tiempo. Luego empezó a salir con Chuck y de repente estaba sonriendo y riendo y contando chistes. Chistes terribles; porque no sabía hacer bromas, pero lo intentaba.

También empezó a hacer repostería otra vez. A siempre hablaba de lo mucho que le gustaba a Erin hacer pasteles cuando eran pequeñas, y que cuando su hermano murió dejó de hacerlos. Poco después de que ella y Chuck se hicieran novios, les invitamos a ambos al cumpleaños de A. Erin trajo una tarta que había hecho. Era una tarta horrible, asquerosa de verdad. Había cometido no sé qué error grave en las medidas, pero estaba tan rematadamente orgullosa de sí misma por haber vuelto a hacer repostería que todos mostramos un entusiasmo enorme sobre lo rico que estaba. Entonces ella le dio un mordisco y se dio cuenta de que era prácticamente incomible, y todos contuvimos el aliento, sin saber cómo iba a reaccionar. Y se echó a reír hasta las lágrimas. Recuerdo lo feliz que A estaba esa noche, pensando que Erin había vuelto a su antiguo ser.

Erin y Chuck se casaron dos años después de conocerse, y sus hijas gemelas nacieron al año siguiente. Jason insinuó que hubo algunos periodos oscuros para Erin en los años posteriores, diciendo que sabía que a veces su mujer se preocupaba por el estado mental de su hermana, pero, en general, me contó que la vida en casa de los Buhrman era bastante feliz y tranquila.

Entonces, en el año 2000, los queridos padres de Erin y Amelia murieron en un accidente por culpa de un conductor borracho. Me han dicho que este acontecimiento sumió a Erin en una depresión. Se volvió reservada y sus cambios de humor se hicieron más agudos y persistentes.

JASON: A y yo nos estábamos separando entonces, así que la verdad es que yo no andaba mucho por ahí. Pero un amigo común me dijo que Erin se tomó el accidente muy mal. Por ejemplo, hubo gente que se organizó para que tanto A como Erin recibieran comidas a domicilio durante un tiempo, pero Erin se negó a aceptarlas. Supongo que dejaba las cestas en el porche y no las metía en casa. A veces salían las niñas y las recogían; a veces Chuck las metía en casa cuando llegaba, y él estaba llegando muy tarde, me imagino que sobre las nueve o las diez. No sonaba muy bien aquella situación.

Parece cruel e inimaginablemente injusto para una mujer cuyo hermanito murió delante de sus ojos y que perdió a ambos progenitores en la misma noche que después vea cómo le arrebatan también a su marido, pero, como sabemos, eso fue exactamente lo que ocurrió.

Y fue entonces cuando las cosas se estropearon de verdad.

Ya deprimida y con tendencia a episodios de reclusión, Erin se sumió en el abatimiento después de la muerte de su marido. Ella y sus hijas se trasladaron a la otra punta de la ciudad, a casa de su hermana Amelia. Se negó a abandonar la casa menos para asistir al juicio de Warren Cave, y mientras estuvo allí no se comunicó con nadie, negándose incluso a ofrecer a los reporteros la cortesía del «sin comentarios». Una vez que el juicio hubo concluido, Erin se retiró a la casa de su hermana, y nadie más allá de su familia inmediata volvió a verla en Elm Park.

Despreció incluso a los amigos. Beverly Dodds White, la amiga del instituto a quien Erin estaba visitando mientras su marido era asesinado a pocas manzanas, me explicó lo mucho que cambió Erin.

BERVERLY: Erin y yo fuimos íntimas en el instituto, pero perdimos el contacto una vez que se casó. Volvimos a conectar cuando regresé a Elm Park después de mi divorcio. Era octubre de 2002 e, incluso antes de terminar la mudanza, supe que iba a necesitar una cirugía de urgencia para quitarme las muelas del juicio. Me dijeron que tenía que pedir ayuda a alguna amistad, y yo no conocía a nadie en la ciudad más que a Erin. Me lancé y le pegué un telefonazo. Me sentí muy agradecida de que accediera a venir conmigo.

POPPY: ¿La encontró igual a como la recordaba?

BEVERLY: No había cambiado ni un poco. Seguía siendo muy callada. Claro que eso a mí no me importaba porque yo no podía hablar. En cualquier caso, qué mujer tan amable. Yo estaba hecha polvo después de la cirugía, fuera de combate por la medicación, dormida a ratos, pero Erin me cuidó fenomenal, trayéndome hielos y no sé qué más.

POPPY: ¿Dijo Erin algo que le hiciera pensar que ella o su marido se sentían amenazados? ¿Por Warren Cave o por quien fuera?

BEVERLY: No recuerdo que ella dijera nada en ese sentido, pero me temo que eso no significa mucho. Tengo recuerdos borrosos. Como te digo, estaba tomando mucha medicación para el dolor. El único recuerdo claro que tengo es despertarme por el sonido de alguien golpeando la puerta, y fue entonces cuando llegó la policía para decirle a Erin que su marido había muerto.

POPPY: ¿Y qué pasó después? ¿Alguna vez hablaron Erin y usted del asesinato de Chuck? ¿Tal vez ella mencionara algo sobre Melanie o sobre Warren Cave?

BEVERLY: Solo hablé con Erin una vez después de aquello. Unos días después, cuando me había recuperado, la llamé para ver si había algo que pudiera hacer por ella. Estaba completamente desquiciada. Sollozando, diciendo que era todo culpa suya, se te rompía el corazón, de verdad.

POPPY: ¿Dijo que todo había sido culpa suya?

BEVERLY: Se culpaba a sí misma, ¿sabe? Si no hubiera estado en mi casa esa noche, su marido no habría estado solo y tal vez no hubiera sido asesinado. Esa fue la última vez que hablé con ella. No volvió a devolverme una llamada nunca más. La muerte de su marido la terminó de destrozar.

La experiencia de Beverly no es única. Erin no devolvía las llamadas de nadie. Dejó de salir de casa. Era como si hubiera desaparecido.

Y luego, un día, desapareció de veras.

Pamela Boland, una compañera del colegio donde da clases Amelia, recuerda cómo se enteró de que Erin se había ido.

PAMELA: Era junio. El colegio había acabado por las vacaciones de verano, pero ese era el verano en que iban a reformar las aulas del ala norte y se esperaba que todos los profesores echaran una mano. Amelia no apareció una mañana, cosa que no era en absoluto propio de ella. Ni siquiera llamó a nadie para decir que no venía, y eso me preocupó. Amelia Kelly siempre ha sido una de las personas más responsables que conozco. Me imaginé que debía de estar realmente enferma, así que me pasé por su casa esa tarde para comprobar que estaba bien. Erin se había marchado. Amelia estaba completamente destrozada, diciendo que estaba segura de que su hermana se había autolesionado. Hice lo que pude para consolarla, pero ¿qué podía decir en realidad? Todo el mundo sabía que a su hermana le faltaba un tornillo. Entonces, unas semanas después, Amelia me contó que había recibido una carta de Erin diciendo que se había unido a una cosa que se llamaba Colectivo Fuerza Vital. Lo buscamos en internet y, bueno, ya sabes lo que es eso.

El infame Colectivo Fuerza Vital, una secta ubicada en el norte de California, promueve una vida más simple, empapada de sol. No se sabe gran cosa sobre la vida que Erin Buhrman (o la hermana Anahata, como era conocida dentro del CFV) llevó durante la última década. Amelia

Kelly no volvió a saber nada de su hermana. Los miembros del CFV rehúyen el mundo exterior, y lo mismo hizo la hermana Anahata.

Y entonces, como todos sabemos, a principios de esta misma semana, la trágica vida de Erin Buhrman llegó a su trágico final. Su cuerpo fue encontrado colgando de un árbol, en lo que parece ser un suicidio. Hasta donde yo sé, la suya es la primera vez en la que un miembro del CFV acaba con su propia vida. El suicidio va en contra de todo lo que representa el CFV, y su encargado de relaciones públicas está corriendo como pollo sin cabeza intentando disipar cualquier rumor de inquietud generalizada o depresión en sus filas. Este hombre, que se hace llamar hermano Earnest (es decir, se llama «Sincero», no «Ernest» como Hemingway), accedió a una conversación conmigo por teléfono para hablar del estado mental de Erin Buhrman en los días y semanas que condujeron a su prematuro fallecimiento. Me advirtió que no haría comentarios sobre las prácticas del CFV, ni sobre las auténticas ni sobre los rumores.

POPPY: ¿Sabe usted cómo se enteró Erin Buhrman de la existencia del Colectivo Fuerza Vital?

EARNEST: Como muchos de nuestros hermanos y hermanas, la hermana Anahata fue guiada hacia nosotros durante un periodo difícil de su vida. Decidió rechazar el estilo de vida convencional de Occidente y abrazar un enfoque más luminoso.

POPPY: ¿De modo que no sabe cómo les encontró? ¿Si fue por internet, por ejemplo?

EARNEST: El Colectivo Fuerza Vital mantiene, en efecto, presencia en internet.

POPPY: ¿Estaba usted por ahí cuando Erin —perdone, la hermana Anahata— ingresó en el Colectivo Fuerza Vital?

EARNEST: Sí, recuerdo bien su llegada. Muchos nuevos miembros experimentan una sensación de liberación una vez que se comprometen con nuestro modo de vida, pero el puro alivio de la hermana Anahata fue notable. Era uno de los seres más sensibles que he conocido nunca, y el mundo exterior había quebrado su espíritu. Cuando llegó, estaba en un estado lamentable.

POPPY: ¿Mencionó a su marido, Chuck Buhrman?

EARNEST: No lo nombró, pero era evidente que había sufrido una gran pérdida. Un aura tan rota como la suya casi nunca se produce sin un trauma intenso. Pero con el amor y el cuidado de nuestros hermanos y hermanas, la hermana Anahata dejó atrás el peso del mundo moderno. En el lapso de un año había hecho notables progresos y formaba una parte esencial de nuestra comunidad, cuidando de nuestros hijos, adoptando amantes, y ofreciéndonos a todos la gracia de su combinación única de luz y amabilidad. Todos nos hemos sentido destrozados por su muerte, y la echaremos terriblemente de menos.

POPPY: ¿Sabe si la hermana Anahata tenía acceso a internet?

EARNEST: Como he mencionado, mantenemos presencia en internet. Lo maneja nuestro Equipo Exterior, que es un pequeño grupo de personas, cuidadosamente seleccionadas, formado por solo aquellos que están resueltamente comprometidos con nuestro modo de vida. Los miembros del Equipo Exterior son los únicos con acceso oficial a internet, una política diseñada para proteger a nuestros miembros más sensibles de las omnipresentes tentaciones del mundo moderno. La hermana Anahata era uno de esos miembros sensibles y por lo tanto no habría accedido a internet de ninguna manera permitida. Dicho esto, nuestra comunidad tampoco es una cárcel y ella podría haberse metido en internet de haber querido.

POPPY: ¿Cree usted que la hermana Anahata estaba al tanto de este *podcast* y del renovado interés por el asesinato de su marido?

Soy muy consciente de que desde algunos rincones de internet se me acusa del suicidio de Erin Buhrman. Desde su trágica muerte hace cinco días, la posibilidad de que yo haya podido jugar algún papel en ella me persigue.

EARNEST: Estoy seguro de que sí. Poco antes de que la hermana Anahata nos abandonara, nuestra comunidad sufrió la infiltración de un grupo armado con cámaras y dispositivos de grabación. Prepararon una emboscada contra la hermana Anahata cuando salía de la meditación de la mañana. La meditación de la mañana está diseñada para ayudar a nuestros miembros a abrirse espiritualmente y, tras ella, se encontraría en un estado particularmente vulnerable al abuso. Después de este encuentro, la hermana Anahata volvió a tener ideas largamente olvidadas de autodestrucción.

Aunque podría haberse recuperado con el amor y el apoyo de sus hermanos y hermanas, al día siguiente una pandilla de adolescentes interrumpieron una ceremonia y empezaron a gritar venenosas frases de enemistad contra la hermana Anahata y otros miembros de nuestro colectivo allí presentes. A todos nos traumatizó la experiencia. Especialmente a la hermana Anahata. Aquí en el Colectivo Fuerza Vital hicimos todo lo que pudimos para ayudarla a atravesar ese oscuro periodo, pero, en última instancia, me temo que debo decir que no pudimos salvarla.

Tengo que ser honesta. Las palabras del hermano Earnest me inquietaron. Pero después de muchas muchas horas de reflexión, he llegado a la conclusión de que no creo que haya que culpar a este *podcast*. En absoluto.

«Pero Poppy», dirán ustedes, «¿qué hay de los grupos de desconocidos que allanaron las instalaciones del CFV para atormentarla? ¿Acaso no eran fans de tu *show*?».

Eso parece, y déjenme decirles, para que conste, que mientras que estoy infinitamente agradecida por la increíble participación de la audiencia que ha inspirado este *podcast,* nunca, jamás, quiero que ninguno de mis oyentes invada la privacidad de nadie conectado con este caso. Por favor, recuerden que no son personajes: esto es la vida real, y ellos son personas reales. Por favor, trátenlos con respeto.

Tal vez, si este *podcast* no existiera, nadie hubiera buscado a Erin Buhrman en las instalaciones del CFV. Pero también podrían haberlo hecho. No soy la única interesada en el asesinato de Chuck Buhrman; solo se da la circunstancia de que soy la que tiene la plataforma de mayor difusión. Conozco al menos veinte páginas web diferentes (páginas web regularmente actualizadas, déjenme añadir) dedicadas al caso, y hay teorías de la conspiración que aparecen con frecuencia en los muros de CrimeJunkie.net.

Y no olvidemos lo que mató realmente a Erin Buhrman. No fue un grupo de desconocidos. Fueron los fantasmas de su propio pasado. Tal vez encontrara consuelo a sus terribles recuerdos en el CFV, o puede que los escondiera en las profundidades de sí misma, pero esos recuerdos seguían siendo parte de ella. Todo el mundo que conoció a Erin Buhrman sabía que era una mujer con problemas. Incluso el hermano Earnest, cuya relación con Erin se limitó al tiempo que pasó con ella en una secta que predica el culto al sol, afirmó que dentro de ella había algo oscuro.

De tal manera, si bien lamento que mi *podcast* haya podido jugar algún papel en el acoso sufrido por una mujer vulnerable, puedo decir con seguridad que no tiene la culpa de la muerte de nadie.

CAPÍTULO 15

Me tropecé con la primera mención de mi difunto tío Dennis, y di un traspié contra una grieta en la acera al oír la voz de mi tío Jason. Para cuando Poppy Parnell empezó a entrevistar a Beverly Dodds White, estaba ya tan desorientada por estar oyendo a esa impostora buscadora de fama narrar la vida de mi madre que me tuve que sentar en el bordillo. Y allí me quedé durante los siguientes treinta minutos, escuchando con horrorizada curiosidad. Cada pocos minutos detenía el *podcast*, segura de que ya había tenido bastante, de que no podía más, pero lo escuché hasta su conclusión.

Incluso entonces seguí sentada, aturdida. Tal vez Poppy Parnell no se culpara a sí misma por la muerte de mi madre, pero debería hacerlo. Incluso aunque su teoría fuera cierta, incluso si Warren Cave estaba pasando su vida en prisión por un crimen que no había cometido y el asesino de mi padre estuviera libre..., bueno, eso sería una tragedia, pero había otras maneras de remediarlo. Había cauces legales que se podían seguir; no había nada que la obligara a convertir la muerte prematura de mi padre en un negocio. Podría haberme pasado allí toda la tarde, sumida en negros pensamientos sobre Poppy, pero el hombre de la casa en cuyo exterior estaba sentada salió a la acera con una botella de agua y me preguntó si me sentía bien. Decidí que era hora de regresar a casa de tía A.

—Menuda carrera te has pegado —comentó Caleb amistosamente cuando entré por la puerta.

Asentí inexpresivamente, todavía procesando lo que había escuchado.

—¿Estás bien, amor? —me preguntó, achinando los ojos mientras posaba el dorso de su mano contra mi frente—. Estás pálida.

Mi instinto era decirle a Caleb que estaba bien, pero recordé mi nueva resolución de ser completamente honesta con él. Justo cuando abría la boca para contarle todo lo relativo al *podcast*, la tía A entró en el recibidor. Me censuré rápidamente. No estaba segura de si tía A sabía que se había emitido un episodio improvisado dedicado a mi madre, y no quería ser yo la que le diera esa noticia.

—Estoy bien —dije, con el sabor amargo de la mentira en la lengua—. Creo que me he pasado un poco. Estoy algo mareada. Nada que no se arregle con una ducha calentita.

—Por eso es por lo que no creo en el *running* —dijo tía A dándose golpecitos en los michelines de su cintura.

—Nos sobrevivirás a todos, tía A —dije con falsa alegría—. Caleb, ¿subes a echarme una mano?

En el piso de arriba cerré la puerta y me tiré en la cama, luchando contra las lágrimas. Caleb se sentó a mi lado, hundiendo ligeramente el colchón bajo su peso. Mi cadera chocó levemente con la suya, y posé sin pensarlo mi cabeza contra la firmeza de su hombro. Él vaciló un momento más de lo que hubiera deseado, pero luego me cogió la cabeza con la mano, sosteniéndola en su sitio y retorciéndome suavemente el pelo.

—Quiero ser honesta contigo —dije, con la voz ahogada en su hombro—. Pero tengo miedo de cómo reaccionarás.

Su cuerpo se puso rígido; su mano se detuvo.

—Reaccionar ¿ante qué?

Con una inhalación de resolución firme, me incorporé para mirarle a los ojos. Detesté los temores que vi allí, detesté haberle dado razones para dudar de mí. Apacigüé el llameante dolor que sentía en el corazón y empecé a hablar.

—Poppy Parnell subió un episodio especial esta mañana. Ninguno de los episodios ha sido fácil de oír, como te podrás imaginar; ha tomado la cosa más horrible que me ha pasado jamás y la ha empaquetado para convertirla en entretenimiento. Pero este episodio ha sido el más duro con diferencia.

Caleb alargó la mano y apretó la mía. Fortalecida por su apoyo, proseguí.

—Era todo sobre mi madre: su infancia, su salud mental, la secta esa en la que se metió. Había tantas cosas que podría haber dicho sobre mi madre, y sin embargo se centró completamente en hacer que pareciera una loca. Fue un claro intento de esquivar su responsabilidad en el suicidio de mi madre. Poppy piensa que se puede librar probando que mamá siempre fue una demente.

Caleb se estremeció.

—Ay, Jo. Siento que hayas tenido que escuchar eso.

—Pero eso no fue lo que lo hizo tan duro. Lo duro es que tiene razón. En parte, al menos. Mamá... tenía problemas. Es una de las razones por las que nunca te hablé de ella. Hablar del tema era demasiado doloroso.

Caleb me acarició la mano trazando círculos con el pulgar para darme ánimos.

—¿Quieres hablar de ello ahora?

Tragué saliva y asentí.

—Sí que quiero. Si tú quieres escuchar.

—Claro que quiero escuchar —dijo en voz baja.

Así que le conté a Caleb todo lo que se me ocurrió sobre mi madre: desde los juegos de fantasía a los que jugaba con nosotras cuando tenía un buen día —y sobre su tipo de belleza etérea, de ninfa de los bosques— hasta sus días malos; esas épocas en las que se encerraba en su habitación o en nuestra casita de juegos en el jardín de atrás. Le conté lo que ocurrió en nuestro décimo tercer cumpleaños, cuando mamá preparó una tarta perfecta de tres pisos y la decoró con pequeños personajes de mazapán; le hablé de cuando mamá rompió todos los vasos del armario de las bebidas.

Terminé con un suspiro ahogado.

—¿Y si es hereditario?

—No vas a convertirte en tu madre, amor —dijo Caleb suavemente.

—Pero ¿y si ocurre? ¿Me abandonarás?

—Claro que no —respondió, atónito.

—Eso no puedes prometerlo —dije, sacudiendo la cabeza.

—Escucha, amor, no parto de la creencia de que seas perfecta. No lo eres. Me das patadas en sueños, me matas todas las plantas de interior, y como ama de casa eres pésima.

—Y tú eres un guarro, eres egoísta con el mando de la tele y tus gustos literarios dan vergüenza ajena —repliqué rápidamente—. Ah, y sé lo de los cigarrillos que tienes escondidos en el cajón de los calcetines.

—¿Conque sí, eh? —Frunció el ceño—. Lo que quería decir antes de que me interrumpieras es que yo te quiero, con todos tus defectos. Cuerda, no cuerda, a mí no me importa porque siempre te querré, pase lo que pase. —Hizo una pausa para ofrecerme una sonrisa torcida. —. Y espero que tú puedas quererme todavía, aunque acabes de pintarme como un fumador iletrado, guarro y egoísta.

—Pues claro que te quiero —respondí, con lágrimas que empezaban a deslizarse por mis mejillas—. Pero esos defectos menores que acabas de enumerar solo prueban que no tienes ni idea de lo que estoy hablando. Estoy hablando de un mal real, Caleb. No puedes prometerme que me seguirás queriendo. No tienes ni idea.

—Por si acaso lo has olvidado, acabo de enterarme de que me has mentido durante años. Y sigo aquí, profesándote mi amor. Creo que puedo afirmar que estoy metido en esto a largo plazo. Pase lo que pase. Cualquier cosa que suceda, nos enfrentaremos a ella juntos. Te quiero un montón, Jo.

Algo se quebró dentro de mí y lancé los brazos alrededor de su cuello, sollozando.

—Yo también te quiero. No sé qué habré hecho para merecerte, pero te prometo que me voy a pasar el resto de mi vida compensándote por esto.

—No me debes nada —dijo en voz baja, con la cara hundida en mi cuello—. Tú solo sé honesta conmigo de ahora en adelante. Es lo único que te pido.

Llegó la tarde y seguía sin saber nada de mi hermana, y empezaba a preguntarme si nuestra tentativa de reconciliación no habría sido nada más que un subproducto del dolor. Tal vez nada hubiera cambiado. El último episodio de *Reexaminado* me había dejado con el anhelo de hablar sobre mi madre con alguien que se acordara de ella, pero tenía reticencias sobre llamar a mi hermana, porque me asustaba no solo su famoso mal genio sino también las preguntas que el *podcast* había planteado. Casi me había convencido a mí misma de que toda nuestra reconciliación era pura casualidad cuando Lanie llamó para invitarnos a Caleb y a mí a cenar.

Me alegraba tener a Caleb al lado; una cosa era abrazar a mi hermana en la habitación que compartimos en su día, y otra muy distinta compartir toda una comida en su casa con su familia. Sería el periodo de tiempo más largo que estuviera en el mismo cuarto que Lanie desde antes de que se mudara de casa de tía A con diecisiete años. Caleb me cogió de la mano para subir los inmaculados escalones de la minimansión de Lanie y Adam junto al club de campo, y yo se la apreté con agradecimiento.

Mi hermana abrió la puerta con un delantal que me ordenaba *Besa a la Cocinera*, y no pude evitar quedarme mirándolo. Más extraño aun que la idea de que Lanie viviera en esta casa con sus ventanas panorámicas y césped perfectamente cortado era la visión de ella con un delantal cursi y un pedacito de ajo recién picado pegado a la mejilla. Esta persona que tenía de pie delante de mí, con su agradable sonrisa de carmín, no era la misma hermana que me había encerrado por fuera de nuestro dormitorio para poderse drogar, o la que se había caído por las escaleras de casa de Benny Weston;

ni siquiera estaba segura de que fuera la misma hermana con la que había crecido, aquella a la que le había susurrado en la oscuridad todos mis secretos.

—Gracias por venir —dijo Lanie, abrazándonos uno por uno.

—Gracias por invitarnos —dije, ofreciéndole una botella de vino tinto.

—Gracias —dijo, echándole una mirada rápida—. Pasad. Estoy terminando de preparar la cena y Adam ha salido corriendo a la tienda; nos olvidamos de los tomates para la ensalada.

Al entrar en el salón caí en la cuenta de que la decoración era prácticamente un calco de la de la casa de los padres de Adam. O bien la primera señora Ives había decorado la mayor parte, o bien la nueva señora Ives había seguido literalmente sus recomendaciones. Las paredes eran de un color visón apagado, los muebles combinaban entre ellos, y había almohadones de color colocados con cuidado por toda la sala. Ann estaba en medio de la habitación sentada en el suelo, rodeada de pequeños cubos coloridos de plástico desperdigados por la moqueta. Levantó la mirada cuando entramos y anunció:

—He ayudado a mamá con las medianoches.

—¡Qué bien! —dije con entusiasmo, sin saber muy bien cómo dirigirme a una niña de ocho años—. Seguro que has sido de gran ayuda.

Caleb, que no tenía ningún complejo de ese tipo a la hora de hablar con niños, la miró.

—Menuda colección de Lego que tienes ahí.

—Estoy trabajando en una ciudad —dijo. Señalando una pequeña amalgama de bloques, comenzó a explicarnos—: Este es el ayuntamiento. Esta es la escuela. Y esto va a ser el rascacielos.

—Ambicioso —dijo Caleb, doblando sus largas piernas para agacharse—. Me gusta. ¿Te importa que te ayude?

Ella asintió y empujó algunos bloques hacia él.

—Sé buena con el tío Caleb —le dijo Lanie a Ann mientras me conducía hacia la cocina. A mí me dijo—: Debe de haberle caído bien. Ni siquiera nos deja jugar con esos bloques ni a mí ni a Adam.

Miré atrás y vi a Caleb discutiendo con total seriedad los planes de construcción con Ann y sonreí.

—Caleb trabaja mucho con niños. Tienden a acercarse a él.

—Se le dan muy bien —dijo ella, dejando el vino en la encimera y cogiendo una jarra de té helado. Mientras me servía un vaso, prosiguió—: Será un buen padre.

—Mmm —murmuré yo, sin comprometerme. Nunca me había permitido el lujo de plantearme tener niños (ni de casarme, ni de ninguno de los demás accesorios del futuro), porque siempre había creído que Caleb estaba a un paso de dejarme. Ahora que no solo conocía la verdad sobre mi pasado, sino que había reafirmado su amor por mí, no había nada que me impidiese seguir ese camino, pero todavía no me sentía lo bastante cómoda con mi hermana como para revelarle ninguna de mis inseguridades.

Malinterpretando mi vacilación, Lanie se acercó y me tocó la mano diciendo:

—Y tú serás una buena madre.

Mi piel se calentó bajo su tacto, recordándome una época en la que el cuerpo de Lanie me había parecido una extensión del mío propio. Tenía el corazón dolido, y también dividido entre el dolor de antiguas traiciones y la esperanza de un futuro en el que volviésemos a estar unidas.

Pero no podía encontrar las palabras para decir esas cosas, así que me reí y le conté aquella vez que no sé por qué yo me había metido en un lío haciendo de maestra de ceremonias en una hora de cuentacuentos para niños en la librería, y de cómo los críos habían olfateado mi miedo y me habían dominado completamente como unos salvajes, y que toda la situación se había convertido en una guerra de galletas y ruidos de pedo hechos con el sobaco.

Justo cuando llegaba al final de mi anécdota Ann entró corriendo en la cocina, sosteniendo en las manos algún tipo de construcción de Lego. Después de que Lanie la elogiase y sostuviera el objeto (una ambulancia, según ella) en alto para que yo también la elogiara, Ann volvió al salón.

Me percaté de la sonrisa tierna en la cara de Lanie mientras la miraba irse. Era una expresión diferente a cualquiera que le hubiera visto antes a mi hermana.

—Es una niña estupenda —le dije.

—Gracias. —Lanie sonrió—. Pero ¿sabes a quién me recuerda? A ti.

—¿A mí? No. Es idéntica a ti.

Lanie se rio y me dio un suave manotazo.

—Y ya sabes quién se parece toda a mí. Pero me refiero a su personalidad. Mira esos Legos, por ejemplo. ¿Te acuerdas de cuando la abuela y el abuelo nos dieron ese juego de Lego en Navidad? A mí no me interesó lo más mínimo, pero tú construiste un montón de estructuras increíbles.

—Sí, y entonces fue cuando tú quisiste ponerte a jugar con él. —Sonreí.

—¿Y sabes lo que la pillé viendo ayer en la tele? Una especie de documental sobre Magallanes en el Canal Historia. Tú sabes que eso no pudo heredarlo de mí.

—Ni de Adam. —No pude evitar añadir—. La historia siempre le aburrió.

—Sí —asintió Lanie en voz baja—, pero es agradable, ¿sabes? Que tenga tanto de ti. Así echarte de menos no me dolía tanto.

—Lanie —balbucí, sin saber muy bien lo que quería decir.

—Pero —prosiguió rápidamente, resueltamente animosa— también me alegra por ella. Porque creo que significa que saldrá bien.

—Pues claro que va a salir bien —dije, sorprendida—. ¿Por qué ibas a pensar que no saldría bien?

—Por mí. —Se encogió de hombros—. Porque la mitad del tiempo la mando al colegio sin dinero para el almuerzo. Me olvido con regularidad de firmarle notas de permiso, y con la frecuencia con que hago la colada me sorprende incluso que tenga ropa que ponerse.

—Creo que no estás reconociendo tus propios méritos. Ser madre es mucho trabajo.

—Pero merece la pena —dijo, levantando de repente la mirada con los ojos muy abiertos y húmedos—. Realmente no comprendía en lo que me estaba metiendo cuando decidí tenerla. Y hubo un momento en el que pensé que quizás estaba cometiendo un error terrible. Iba a ser mucha responsabilidad, iba a cambiar mi vida completamente y encima, para rematarlo, iba a depender de mí absolutamente durante años. Pero luego nació y de repente todo cobró sentido. No sabía que podría sentir algo tan fuerte por nada; ni siquiera sabía que existía un amor como este. Es todo mi mundo, Josie.

—Me alegro —le dije, apretándole la mano—. Realmente has cambiado, Lanie. Estoy orgullosa de ti.

Giró su mano y enganchó el dedo anular en torno al mío, como hacíamos cuando éramos niñas. Sonrió con tristeza.

—Pero yo no he cambiado, en realidad. Sigo siendo el mismo desastre que he sido siempre. Solo he aprendido a esconderlo mejor. Tengo que hacerlo, o si no Adam me dejará y se llevará a Ann, y ella es todo lo que tengo.

—Adam no haría... —empecé a decir, pero entonces me di cuenta de que no tenía ni idea de lo que Adam haría o dejaría de hacer.

—Sí que lo haría. No por maldad, sino porque le preocupa que vaya a terminar como mamá. O peor.

Le dirigí una mirada incisiva, sintiendo una repentina suspicacia.

—¿Qué significa eso?

Antes de que Lanie pudiera responder, la puerta de atrás se abrió y entró Adam con una bolsa de la compra. Me dirigió una mirada, y una extraña expresión se adivinó en su cara, algo entre la preocupación y el alivio.

—Josie, ¿qué tal? —me dijo, con una sonrisa que no le llegaba del todo a los ojos—. Me alegro de verte.

Respondí con un «hola» distraído, preguntándome qué había querido decir exactamente Lanie con «O peor». ¿Había algo específico por lo que estuviera preocupada?

—Traje los tomates —le dijo Adam a Lanie, sacando unos tomates de rama de la bolsa y lavándolos en el fregadero.

—Gracias —dijo Lanie, cogiendo unos pocos y colocándolos sobre la tabla de cortar. Mientras escogía un cuchillo, me preguntó—: ¿Te gustan los tomates, verdad, Josie?

Asentí, un poco molesta porque mi propia hermana gemela no se acordara de si me gustan los tomates. Vale que hacía casi una década desde que no comíamos juntas, pero habíamos vivido juntas durante más de la mitad de nuestras vidas.

—Me encontré con Ted Leland en el supermercado —dijo Adam—. El amigo de mi padre, ¿te acuerdas? Fuimos a una fiesta de Navidad en su casa hace un par de años.

Lanie frunció el ceño, con la mano vacilando sobre un tomate. Le dirigí una mirada llena de intención, pero Adam siguió adelante, sin enterarse de nada.

—Bueno, el caso es que tiene un hijo que es un par de años mayor que nosotros y que vuelve ahora la ciudad. Los Leland le van a organizar una fiesta de bienvenida dentro de un par de semanas y nos han invitado.

—La mujer de Ted —dijo Lanie tensa, con los dedos cerrándose y abriéndose sobre el mango del cuchillo—. Da clases en la facultad, ¿verdad?

Adam asintió.

—Sí. Creo que sí.

—¿Y es guapa?

—Es agradable, supongo. —Adam me dirigió una mirada llena de confusión. No sabía por dónde iba Lanie, pero yo sí. El profesor Leland había sido compañero de nuestro padre, y ella era bastante guapa; me acordaba de haberla saludado varias veces en el campus. Poppy Parnell había informado de un rumor según el cual nuestro padre tenía aventuras con estudiantes... o posiblemente otros profesores. Yo lo había desdeñado como un simple cotilleo, pero, por la expresión de Lanie, veía que ella se sentía de otra manera. La única pregunta es si tenía alguna razón específica para sospechar del profesor Leland. Esperé a ver si dejaba ver sus cartas.

—Se llama Perla, ¿verdad? —preguntó Lanie con voz suave.

—Eso es —dijo Adam—. Buena memoria.

—Ojalá —replicó Lanie en voz muy baja, dejando que el cuchillo atravesase el tomate con un rápido «zas».

Lanie me mandó al comedor a por la ensaladera y mientras estaba de pie ante el aparador de la porcelana, contemplando todas las tacitas y los platillos a juego y las copas de cristal labrado, Adam entró en la habitación.

—¿Has venido a ayudarme a encontrar la ensaladera? —pregunté con ligereza.

Adam miró por encima del hombro y se acercó tanto a mí que me retiré.

—Lanie lleva dos días sin dormir —siseó.

Se me erizó la piel de alarma, y eché una mirada hacia la cocina, repasando mentalmente la lista de señales que había desarrollado cuando éramos adolescentes. ¿Pupilas? Normal. ¿Aliento? Neutral. ¿Comportamiento? Nada reseñable, incluso agradable, con la excepción de su obsesión con el profesor Leland, pero eso podía explicarse fácilmente. El *podcast* nos estaba volviendo locos a todos.

—¿Estás seguro? A mí me parece que está bastante bien.

—Supongo que no estoy seguro de que no haya dormido en absoluto —se corrigió Adam—. Pero no ha subido a la cama en dos días. Y cuando me he levantado para ver si estaba bien me la he encontrado en su estudio, pintando.

A pesar de la ansiedad evidente de Adam, sonreí.

—Siempre ha sido una buena artista.

Adam asintió deprisa.

—Lo sé. La he intentado convencer de que diera algunas clases en el centro social. Pero no se trata de eso, Josie. Se trata de que no está durmiendo, y estoy preocupado.

Me mordí el labio, recordando a mi padre diciéndome casi exactamente esas mismas palabras sobre mi madre. La primera vez que me las dijo, según recuerdo, yo debía de tener más o menos la misma edad que Ann ahora. Nuestra madre había empezado a pasar la aspiradora por el distribuidor del segundo piso a las seis de la mañana, despertándonos a Lanie y a mí, y nosotras nos habíamos quejado a papá.

—Sé amable con tu madre —me había aconsejado—. Está pasando por una especie de fase. No ha estado durmiendo, y estoy un poco preocupado por ella. Pero estoy seguro de que si todos nos esforzamos en ser extrabuenos con ella, podrá volver a dormir.

A lo largo de los años sufrió frecuentes ataques de insomnio, aunque era el tipo de insomnio en el que ni siquiera intentaba dormir. Bajábamos a desayunar y nos la encontrábamos en el mismo sitio en el que la habíamos dejado, con la ropa del día anterior, escribiendo en su diario o leyendo un libro. Así era como se había leído *Anna Karenina* tantas veces.

—¿Qué quieres que haga yo, Adam?

—No lo sé. Solo esperaba que tuvieras alguna idea. Esto lo hace a veces, ¿sabes? Se le va la pinza un poco durante unos días... Pero lleva tensa semanas, desde que empezó a emitirse ese *podcast*. —Cambió de postura y miró nerviosamente hacia la cocina—. Por algunas de las cosas que ha dicho Lanie, parece que tu madre podría haber desarrollado patrones similares. Me preguntaba...

—Ella no es mamá —le corté—. ¿Ha ido a consultar con alguien?

—Con varias personas. Estoy empezando a desesperarme.

La angustia en los ojos de Adam era evidente y, a pesar de las circunstancias, un pedacito pequeño de mi corazón se conmovió. Me alegraba que Lanie tuviera a alguien que la quisiese y la cuidase, incluso aunque ese alguien fuera Adam.

—No sé qué hacer —prosiguió—. Conmigo no quiere hablar.

Me dice que no hay nada de lo que hablar. Pero Josie, cuanto más dura ese *podcast*, más errático se vuelve su comportamiento.

—Tiene que terminarse pronto —razoné—. El *podcast* no puede durar para siempre.

—No sé cuánto tiempo más podremos esperar. Tenemos que proteger a tu hermana. Se está desmoronando, Josie.

La duda que me corroía se había formado al escuchar el *podcast*, y ahora me palpitaba en la mente. *Reexaminado* había sido duro para todos nosotros, pero si estaba afectando a Lanie tan severamente como decía Adam... ¿Estaba Lanie preocupada? ¿Sabía que Poppy Parnell había dado con algo?

—Adam —dije con cuidado—, cuando Lanie y yo nos peleamos la otra noche, fue por el *podcast*.

—¿Qué quieres decir? —preguntó con voz tensa.

—He empezado a pensar que puede que en la teoría de Poppy haya algo de verdad —dije, bajando la voz hasta que no fue más que un susurro—. ¿Crees que Lanie puede haber estado equivocada sobre Warren?

La culpa brilló en los ojos de Adam, y me di cuenta de que yo no era la única influida por el *podcast*.

—¿Adam? —insistí.

—No —dijo en voz baja—. Tú también no. La matará.

—Solo entre tú y yo...

—No existe un entre tú yo, Josie. Ya no.

—¿Qué está pasando aquí? —preguntó Lanie de repente.

Se me encendieron las mejillas al girarme hacia mi hermana, con excusas a medio formar tomando cuerpo en mi cabeza.

—Nada —dijo Adam con una facilidad que me sorprendió—. Solo estaba ayudando a Josie a encontrar la ensaladera.

Los ojos de Lanie se amusgaron con suspicacia, saltando de mí a Adam.

—¿No era capaz de encontrarla sola?

—Pues no. Esta hermana tuya está más ciega que un murciélago.

Lanie se me quedó mirando.

Fue entonces cuando me di cuenta de que en el suave interior del antebrazo izquierdo Lanie tenía una raja, de la que manaba un hilo de sangre oscura que le caía por la piel blanca.

—Oh, Dios mío —exclamé—, Lanie, ¿qué te ha pasado en el brazo?

Se miró la herida con expresión inescrutable.

—Se me debe de haber resbalado el cuchillo.

—Jesús, Lanie, qué mala pinta —dijo Adam—. Venga, vamos a ponerle un vendaje en seguida.

Ella asintió y le dejó llevarla fuera de la sala. Cogí la ensaladera de la estantería y les seguí, con un cosquilleo de inquietud.

Cenamos en el porche trasero, como Lanie había esperado poder hacer, y comimos ensalada y judías verdes y pollo asado, viendo cómo el sol su hundía detrás de las otras casas. Observé atentamente a mi hermana, incomodada por la manera que tenía de apretarse el dedo índice contra la venda y sonreír cuando se pensaba que nadie la estaba mirando. ¿Qué había pasado en esa cocina? ¿Se le había resbalado el cuchillo, como ella decía? ¿O se lo había hecho a propósito? ¿Era ese incidente la prueba de que se estaba desmoronando, como decía Adam?

A pesar de sus comienzos poco propicios, el desarrollo de la cena fue agradable. Ann nos entretuvo a todos recitando un poema que había escrito en clase, y Lanie se portó, en general, como una encantadora anfitriona. Adam empezó a explicarle el mercado inmobiliario de Elm Park a Caleb, que fue asintiendo amablemente y haciéndole preguntas relevantes para seguirle el rollo, aunque yo sabía que el negocio inmobiliario no le interesaba nada. En algún momento en mitad de todo esto, Lanie fue a coger la botella abierta de vino. Sin perder un instante, Adam la apartó de su alcance como quien no quiere la cosa. Su movimiento fue tan hábil que no creo que Caleb siquiera se percatara, pero yo sí. Miré a mi hermana y me di cuenta de que su copa de vino no solo estaba vacía sino que estaba limpia: no había tomado vino en toda la noche. Me esforcé en recordar si la había visto beber en casa de tía A después del funeral.

—¿Más pollo? —Lanie se giró hacia mí y lo preguntó con buen ánimo, sin que el resentimiento porque Adam estuviera controlando su ingesta de alcohol se hiciera evidente en su gesto.

Yo acepté y la felicité por la comida, y me contó que había aprendido el secreto de un pollo asado perfecto de un nuevo programa de cocina. La cabeza me daba vueltas como si hubiera entrado en alguna dimensión alternativa. No me decidía sobre lo que me resultaba más inquietante: el vendaje del brazo o el sincero resplandor en sus ojos mientras me explicaba los misterios de las temperaturas del horno.

Y entonces Caleb mencionó el *podcast*.

En su defensa diré que él sabía que yo quería preguntarle a Lanie cómo se sentía respecto del último episodio, y él no se había enterado de la preocupación de Adam sobre el estado mental de mi hermana. Debí haberle advertido. Pero había estado tan ocupada vigilando a Lanie, esperando que ella hiciera cualquier cosa que me pareciera fuera de lo normal, que se me olvidó decirle que había decidido no sacar el tema del *podcast*.

Así que, mientras se servía otro plato de judías verdes, preguntó alegremente:

—Lanie, ¿qué opinas de este «episodio especial» de *Reexaminado*? ¿Te dolió tanto el retrato que se hizo de tu madre como le dolió a Josie?

Adam se atragantó con el bocado de pollo; Lanie se quedó helada. Podía ver las nubes de tormenta agitándose en sus ojos, el ruido que hacía al encajar la mandíbula, que tan familiar me resultaba, y sentí cómo su calma estaba a punto de estallar. Desesperada, hice lo único que se me ocurrió: derramé el vaso de té helado.

Todo el mundo se puso en pie de un brinco, arrojando servilletas al charco. Pensé que la estratagema había funcionado hasta que Lanie se disculpó y se fue a rellenar la jarra de té y nunca volvió. Pasados cinco segundos, el recuerdo de su brazo ensangrentado me obligó a levantarme.

—Voy a ver si Lanie necesita ayuda —dije como quien no quiere la cosa, intentando contener el pánico que se acumulaba dentro de mí para no alarmar a Ann.

—Gracias —dijo Adam sin hacer ruido, solo moviendo los labios.

La cocina estaba vacía; la jarra de té helado estaba también vacía en la encimera. El estómago me dio un vuelco y me quedé paralizada, esforzándome por oír cualquier ruido que pudiera hacer mi hermana. Me dije a mí misma que estaba siendo ridícula; tal vez Lanie solo hubiera aprovechado la oportunidad para tomarse un descanso en el baño; pero las preocupaciones de Adam, el «accidente» con el cuchillo y el tormento que había vislumbrado en su cara cuando Caleb mencionó el *podcast*, me habían convencido de que algo iba mal.

Oí un frufrú de papel en la sala de estar y entré apresuradamente para encontrarme a Lanie sentada en el suelo con las piernas cruzadas delante de una gran estantería, mirando un gran libro abierto en el regazo.

—Eh —dije delicadamente—. ¿Qué estás mirando?

—El anuario de la universidad de Adam —respondió, sin levantar la mirada—. Hizo traslado de matrícula de la Universidad de Michigan a la de Elm Park después de que nos comprometiéramos, ¿sabes?

—No lo sabía —le dije, sentándome a su lado—. Qué bueno que hiciera eso.

Ella sacudió la cabeza.

—Yo creo que me lo reprocha. Creo que él piensa que le destrocé la vida.

—Lanie, eso no es verdad. Y, en cualquier caso, su vida no está destrozada. Da la impresión de que no os lo habéis montado nada mal.

Ella sonrió sin calidez y miró el anuario abierto. Seguí su mirada, preparándome para ver una imagen de Adam de joven, de aquella sonrisa despreocupada de la que me acordaba tan bien.

Pero Lanie no estaba mirando las fotos de los estudiantes. Tenía el libro abierto por la página de los retratos de los profesores. Desde el centro de la página nos sonreía el profesor Leland.

La extraña reacción de Lanie a la mención que Adam había hecho de los Leland volvió a reproducirse en mi cabeza. Cuidadosamente le pregunté:

—¿Qué hay en esta página?

Ella cerró el libro de golpe.

—Nada.

—¿Estás bien? —probé a preguntar.

—Pues claro —respondió, sin expresión alguna en el tono—. ¿Por qué no habría de estarlo?

Yo quería decirle que estaba preocupada por ella, pero no quería revelar que Adam me había dicho que no estaba pegando ojo. Así que le dije:

—Pareces afectada porque Caleb mencionara el *podcast*. Él se siente mal.

Ella apartó la mirada.

—¿Conoces el dicho ese de que nos casamos con nuestros propios padres?

—¿Te parece que Caleb es como nuestro padre? —le pregunté sorprendida.

—Creo que Adam es como papá.

Bajé los ojos hacia el anuario cerrado, y la idea de su fijación con las posibles amantes de mi padre empezó a tomar forma.

—¿Crees que Adam te está engañando?

Ella me miró serenamente a los ojos.

—No es que tenga un historial excelente en cuanto a fidelidad.

Me tragué el amargor que me subió por la garganta y le dije:

—Adam te quiere.

—Y papá quería a mamá —respondió obstinadamente. Yo solo sentí alivio porque no hubiera dicho «Adam te quiere a ti».

Antes de que pudiera responder, Ann entró en el salón.

—¿Mamá?

—¿Sí, cariño? —dijo Lanie, con la voz repentinamente dulce. La oscuridad se disipó de su rostro mientras sonreía a su hija. «Adam está equivocado», pensé con convencimiento. «Lanie no es en absoluto como mamá.» Nuestra madre nunca nos protegió de las negruras de su ánimo.

—Papá y el tío Caleb os están buscando a la tía Josie y a ti.

Seguimos a Ann de vuelta al porche, donde el resto de la comida se desarrolló sin incidentes. Pronto llegamos a las pastas, y una pequeña pandilla de niños del barrio vinieron a recoger a Ann para jugar a Fantasmas en el Cementerio.

—¡No te olvides del abrigo! —le gritó Lanie cuando ya salía corriendo escaleras abajo.

—Ha sido una cena estupenda —dije, poniéndome de pie para ayudar a Lanie a recoger los platos—. Muchísimas gracias.

—Siéntate, Josie —insistió Adam—. Esto lo podemos hacer nosotros.

Adam y Lanie desaparecieron hacia el interior de la casa, cada uno con un plato en cada mano, dejándonos a Caleb y a mí a solas en el porche. Caleb inspiró profundamente y contempló los árboles que separaban el patio del campo de golf, cuyas hojas justo empezaban a teñirse de dorado.

—¿Quién hubiera dicho que Illinois fuera tan bonito? —dijo.

—Yo te lo hubiera dicho —admití—. Pero se me había olvidado. Hacía diez años que no venía por aquí.

—Cualquiera podría acostumbrarse a esto. —Sonrió.

La calma de la velada se rompió en pedazos por el ruido de la cerámica contra el suelo. Con el corazón palpitante, me puse en pie de un brinco y eché a correr por la puerta trasera. Lanie estaba en el centro de la cocina, rodeada de pedacitos de platos que aún vibraban a su alrededor, y los restos de la cena de alguno de nosotros le manchaban los pies descalzos. Apretaba los puños, e incluso viéndola solo de espaldas supe en seguida que estaba temblando de ira.

—Maldito seas, Adam —chilló.

Adam tocó a su mujer en el brazo, diciéndole algo suave en voz baja. Eso fue un error. Lanie agarró la jarra de té helado de la encimera y se la arrojó. Él se agachó y el pesado recipiente de cristal se estrelló contra la pared que había a su espalda con un ruido sordo y luego se hizo añicos en el suelo.

—¡Lanie! —grité—. ¡Para!

Ella giró sobre sus talones para enfrentarse a mí, con una locura maníaca en los ojos que me era demasiado familiar de nuestra adolescencia, y se me heló la sangre.

PoppyParnel 
@amytee71

Hey, @poppy_parnell, pregunta en serio: si Melanie lo hizo por qué te llamó a ti? #Reexaminado.

27 m

Poppy Parnell ✓ 
@poppy_parnell

@amytee71 nunca he dicho que lo hiciera Melanie. Solo estoy presentado todos los puntos de vista.

25 m

Poppy Parnell ✓ 
@poppy_parnell

@amytee71 Pero por hacer de abogada del diablo, a lo mejor pensó que alejaría las sospechas contra ella al tiempo que potencialmente podía liberar a su hijo. 2 pájaros, 1 tiro.

24 m

 **mm**
@midwesternmamma

@poppy_parnell @amytee71 MELANIE CAVE SOLO QUIERE #JUSTICIAPARAWARRENCAVE

   19 m

 **mm**
@midwesternmamma

@poppy_parnell @amytee71 ES UNA MADRE AMOROSA CERRAD EL PICO MENTIROSAS

   18 m

 **CarolynS.**
@carrieofthecity

@poppy_parnell @amytee71 Hay alguien más que esté empezando a pensar que @midwesternmamma en realidad es Melanie Cave?

   15 m

CAPÍTULO 16

Esa noche me costó dormirme, la culpa y la preocupación me corrían por las venas. Después de que Lanie lanzase aquella jarra de té, le ofrecí que Ann pasara la noche con nosotros para que ella y Adam pudieran resolver lo que tan evidentemente se estaba cociendo entre ellos. Pero Lanie rechazó mi propuesta, insistiendo en que todo estaba bien, mientras los rasgos de su cara se suavizaban transformándose en esa máscara de esposa de Stepford que solía llevar. ¿Debí hacer algo al ver cómo Lanie arrojaba esa jarra? Años atrás había aprendido que la mejor manera de manejar los cambios de humor de mi hermana, al tiempo que mantenía bajo control mi propia salud mental, era ignorarlos; pero ahora había una niña de por medio. ¿Hasta qué punto me fiaba realmente de mi hermana? Nunca me lo perdonaría si algo le ocurriera a Ann. Desperté a Caleb dándole una sacudida a las dos de la madrugada, y le insistí para que fuéramos en coche a casa de Lanie para asegurarnos de que todo estaba bien.

Me miró pestañeando, con los ojos adormilados.

—¿Estás loca, Jo? Es de madrugada.

—Estoy preocupada. Le arrojó esa jarra a Adam de una manera que...

—Cálmate, amor —me dijo, acariciándome la mejilla—. Tu familia está sufriendo una presión inimaginable, incluida tu hermana. Así que le falta paciencia. Estoy seguro de que a estas horas está todo bien. La puedes llamar a primera hora de la mañana.

Se giró y casi inmediatamente se volvió a dormir, pero yo seguí dando vueltas a cada una de las partes de la velada, en busca de pistas. «Tenemos que proteger a tu hermana», me había dicho Adam. ¿Qué quería decir con eso exactamente? Sonaba casi como si supiera, o al menos sospechara, que Lanie había hecho algo mal.

Las propias palabras de Lanie regresaron a mí de repente: «¿Cómo iba a admitir eso yo ahora?».

Estaba cada vez más convencida de que mi hermana ocultaba algo.

La alarma de Caleb nos despertó con la canción de *Come as You Are* a las siete de la mañana. Hacía cinco meses Caleb había descubierto que podía programar su alarma con la canción que quisiera y llevábamos ese tiempo levantándonos todas las mañanas con la misma canción. (Este era, por cierto, uno de los pocos aspectos de la presencia de Caleb que, categóricamente, no eché de menos durante su estancia en África. Nirvana me gustaba tanto como a cualquiera, pero no a primerísima hora todas las mañanas).

Había conseguido quedarme dormida solo tres horas antes, y por tanto no estaba de humor para una alarma a esas horas. Poniéndome la almohada sobre la cabeza, me quejé:

—Demasiado pronto, tesoro.

—Perdona, amor —murmuró él, con la voz pastosa por el sueño, rodeándome la cintura con sus cálidos brazos y tirando de mi cuerpo hacia el suyo—. Tengo una reunión telefónica en media hora.

—¿Quién programa reuniones telefónicas en domingo?

—Mi jefe. Y como hace semanas que no voy a la oficina, no me atrevo a discutírselo. —Se apretó contra mi espalda—. Pero, en realidad, no tengo que levantarme hasta dentro de quince minutos.

—Espera, cielo —le dije mientras deslizaba una mano entre mis muslos—. Con tía A en la habitación de al lado, no.

—Puedo ser silencioso —me dijo al oído, empezando a mover la mano por debajo de la mía.

—No puedo. Vas a tener que aguantarte, y ya está.

Caleb dejó escapar un cómico gruñido.

—Lo que voy a tener que hacer es darme una ducha fría.

—A lo mejor, si tienes suerte, me doy esa ducha fría contigo.

—Me estás matando, amor —me dijo, sacudiendo la cabeza en tono de broma al salir de la cama.

«Solo un par de minutos más», pensé para mí dándome la vuelta y quedándome dormida otra vez.

Cuando volví a despertarme eran las diez y media, y estaba sola. Bajé las escaleras arrastrando los pies en busca de café y me encontré a tía A sentada a la mesa de la cocina, resolviendo un crucigrama con un vestido de flores y el pelo canoso en un cuidado recogido.

—Buenos días, querida —me saludó—. ¡Os lo debisteis pasar bien anoche con tu hermana para levantarte tan tarde!

—Oh —respondí, quedándome algo parada. Por la expresión animada y optimista de la cara de tía A vi que quería que le contara los detalles de la cena en casa de Lanie, pero el tipo de detalles que yo sabía que ella quería (los abrazos, los perdones de pecados del pasado) se habían visto ensombrecidos por los malos presagios que me habían tenido despierta toda la noche. En lugar de contarle la verdad y marchitar sus esperanzas, vacilé—. Qué majos Lanie y Adam por invitarnos a su casa. Y Ann es una monada, ¿verdad?

La cara de tía A se iluminó ante la mención de su sobrina nieta, y empezó a hablarme de un espectáculo de danza la primavera pasada en el que Ann (según tía A, de quien realmente no podía decirse que fuera una observadora imparcial) había sido la estrella.

—También me pareció que le caía muy bien a Caleb —le dije—. Oye, ¿y dónde está Caleb?

—Ha montado una oficina en mi cuarto de las labores —me explicó, haciendo un gesto en dirección al piso de arriba—. Pobre hombre, sonaba como que tenía un montón de trabajo del que ocuparse.

—Sí, siempre está superocupado cuando vuelve del extranjero —asentí—. ¿Ellen está por aquí? ¿Cuándo era la clase esa de pilates de la que me habló?

Tía A frunció el ceño.

—Tu prima está estropeando la belleza natural que Dios le dio.

—Ah —contesté, reprimiendo una sonrisa, acordándome de los planes que Ellen tenía esa mañana—. Lo del bótox.

La tarde anterior Ellen me había informado de que había quedado con Trina Thompson en que le hiciera unas mechas y le tratara las arrugas. A mí me había horrorizado saber que iba a dejar que Trina (famosa en el instituto por perder los nervios durante una disección en clase de biología) se acercase a su cara con una aguja.

—Es una esteticista titulada —me informó Ellen un poco molesta—. Además, a Gabby Aldridge le puso bótox y ya viste a Gabby el otro día. Tiene el mismo aspecto que en el instituto, cuando no mejor. Igual hasta podrías pedir cita tú misma.

Yo había cambiado de tema justo al tiempo que sus dedos empezaban a recorrerme las arrugas de la frente.

—¿Quieres venir a la iglesia conmigo? —me preguntó tía A—. Salgo en unos minutos, pero espero a que te duches si quieres venir.

—No, tú vete yendo —le dije, metiendo una rebanada de pan en la tostadora—. Tengo que desayunar y tomar café antes de poder empezar a pensar en ir a ninguna parte. Y además, necesito buscar vuelos para regresar a Nueva York.

—¿Ya te vas a ir? —preguntó en voz baja tía A.

—Lamentablemente, Caleb y yo tenemos que volver al trabajo. Él no puede trabajar indefinidamente desde el cuarto de labores. Pero los precios de último minuto están fuera de nuestro alcance, así que seguro que no nos iremos hasta dentro de unos días. —Evité mirar a la cara a tía A mientras hablaba, sabiendo ya, aun sin verla, que su sonrisa perenne se habría inclinado un poco hacia abajo, y que las marcadas arrugas de preocupación en torno a sus ojos se harían más profundas a medida que digiriese mi partida inminente. No podía soportar decepcionarla otra vez, como debí de hacer la primera vez que me fui. Pero teníamos que irnos. Yo tenía que saber que mi nuevo yo existía en alguna parte, a salvo y feliz y gozosamente separado del cataclismo del pasado.

Después de que se marchara la tía A, me fui al salón con mi tostada y mi café. La vieja casa entró de forma audible en estado de reposo: las paredes vibraban y gemían y las maderas del suelo que tenía justo encima de mi cabeza crujían. Temblé instintivamente, luego recordé que no era más que Caleb. La habitación que tenía encima era el cuarto de las labores de tía A, donde él estaba trabajando ahora..., así como el viejo dormitorio de mi madre. Recordaba estar sentada en este mismo sofá, oyendo sus pasos yendo de un lado a otro de la habitación sin parar. Luego paró. Y luego se marchó.

Encendí la televisión, subiendo el volumen a tope para acallar los fantasmas de la casa. Sonreí al ver el culebrón preferido de tía A, *The Bold and the Beautiful* en la cola de reproducción del grabador digital. Hacía casi una década que no veía esa serie, pero encontré consuelo en sus conocidos personajes. Tía A grababa el programa religiosamente, y yo había pasado muchas tardes con ella en el sofá, bebiendo tazas de chocolate caliente o té helado dulce, dependiendo de la temporada, inmersa en las enredadas aventuras de sus personajes.

Al darle a *play* oí el sonido de la gravilla en el camino de la entrada y pisadas en el porche delantero. Dejé el café para abrir la puerta, pero se abrió sin que llamaran. Levanté la mirada y vi la imagen de mi hermana reflejada en el espejo de la entrada. Estudié su cara: no parecía una mujer capaz de enviar a un hombre inocente a la cárcel. Pero claro, yo sabía perfectamente que Lanie solo miraba por ella.

—¿Josie? —me llamó.

—Aquí dentro —dije, cogiendo el mando para pausar la serie.

Entró en el salón con una sonrisa bailándole en la cara, como el equivalente emocional de la electricidad estática.

—Hey, ¿en qué andas?

Agité una mano en dirección a la tele.

—Viendo mis series.

Una sonrisa de alegría apareció en el rostro de Lanie; no parecía en absoluto una mujer que no estuviera en sus cabales como la que había visto anoche, ni la mujer a punto de desmoronarse que me había descrito Adam.

—No me lo puedo creer. ¿Tú también ves esto?

—Es la primera vez en años. Por lo que veo, Brooke y Ridge siguen juntos.

—Vuelven a estar juntos —me corrigió Lanie, sentándose conmigo en el sofá—. Ha habido un montón de aventuras amorosas entre medias. Ella hasta se casó con el hermano de él en un momento dado, te lo creas o no.

Miré a mi hermana de soslayo, sin saber si estaba siendo irónica a propósito.

—Escucha Josie —dijo—. Siento de veras lo que pasó anoche. Han sido un par de semanas duras. Poppy Parnell me ha estado persiguiendo como un perdiguero, y luego lo de mamá... Yo que sé, supongo que estoy un poco más nerviosa de lo normal.

Me obligué a asentir mientras escrutaba a mi hermana, preguntándome si estaría siendo del todo honesta o si habría algo más siniestro escondido detrás de sus ojos grandes y tristes.

—¿Qué es eso? —dijo Lanie de repente, señalando la caja de UPS que seguía en una esquina de la habitación.

—Las cosas de mamá del CFV. Nos las enviaron ayer.

Lanie se levantó en silencio y caminó hasta la caja, arrodillándose de manera casi reverencial ante ella. Con cuidado, abrió las solapas y metió una mano dentro.

—¡Mira! —exclamó, sacando una pila de fotografías. Tenía que haber treinta o cuarenta, en un cuidadoso montoncito atado con un lazo verde. Las sonrisas infantiles, enseñando las encías, de mi gemela y yo nos sonreían desde la primera de las fotos, y sentí que se me hinchaba el corazón. Sí que pensaba en nosotras cuando se marchó. Me coloqué al lado de Lanie y empezamos a sacar las fotos del montón una a una. Para cuando llegamos a la última, una instantánea de nosotras en edad preescolar «ayudando» a mi madre a hacer galletas, yo ya estaba bañada en lágrimas. Nos rodeaba con sus brazos, y sonreía pletórica de orgullo, y teníamos cobertura de tarta rosa en el pelo y en la punta de nuestras narices.

Lanie recorrió los rizos de mi madre con la punta de un dedo.

—No sabía que se había llevado estas fotos con ella.

—Yo tampoco. Creí que estaba intentando olvidarnos.

—Oh, Josie —dijo Lanie, levantando la mirada con expresión dolorida—. No podías pensar eso de verdad.

Describí brevemente mi reunión con la hermana Amamus en California, cuando me dijo, sin dejar lugar a dudas, que nuestra madre no quería verme.

—No sabemos cuáles eran sus razones —dijo Lanie—. Pero siempre nos quiso.

—A veces eso no es fácil de recordar.

—Ten —dijo Lanie, sacando una de las fotos y poniéndomela en la mano. Lanie y yo teníamos seis años, las sonrisas melladas y las mejillas quemadas por el sol, guiñando los ojos a contra luz, mientras nuestra madre se arrodillaba entre las dos, con los brazos rodeando a cada una de nosotras, con el pelo agitado por el viento y con el imponente monte Rushmore al fondo, fuera de foco—. ¿Te acuerdas de esa excursión?

Me esforcé por acordarme de ese viaje mientras contemplaba el rostro risueño y aparentemente despreocupado de mi madre. ¿Era feliz entonces? ¿O escondía bien su tristeza?

—¿Fueron estas las vacaciones en que nos mandó solas a la piscina y se metió en un lío con la dirección?

—No, te estas confundiendo con la vez que fuimos a Yellowstone y paramos en aquel motel de Kansas. Eso fue unos años después. El viaje al monte Rushmore fue aquel en el que papá se perdió y no éramos capaces de encontrar un sitio donde comer. ¿Te acuerdas? ¿Y nos dejaron zamparnos bolsa tras bolsa de patatas fritas en el asiento de atrás hasta que encontramos aquella cafetería abierta veinticuatro horas? ¿Y terminamos cenando huevos revueltos y batidos cerca de las diez de la noche?

Sonreí ante aquel viejo recuerdo que de repente se hacía nuevo: cansadas, malolientes, descalzas, sentadas en un cubículo de vinilo rojo, intercambiando sorbos de mi batido de fresa con el de chocolate de Lanie, señalando un mapa y hablando con la camarera de voz ahumada, intentando averiguar dónde nos habíamos desviado de la ruta.

Cogí el montón de fotos otra vez, esperando recuperar más recuerdos. Al echar un vistazo a la pila por segunda vez, una vaga sensación de inquietud me envolvió. Examiné muy de cerca la cara de mi madre en una foto de ella en el jardín con nosotras dos, intentando recordar exactamente la inclinación de sus labios al sonreír, el timbre de su risa. Mis ojos se posaron sobre una figura borrosa por encima del hombro de mi madre en la foto, y amusgué los ojos. Podía identificar el pelo rubio, el vestido rosado. Melanie Cave.

Colocando el pulgar sobre la cara desenfocada de Melanie, tragué saliva fuerte y le pregunté a Lanie:

—¿Tú sabías lo de Melanie Cave?

—¿Qué quieres decir? —preguntó Lanie con voz estrangulada.

Se me revolvió el estómago al oír su tono de voz. Sabía que Melanie había estado teniendo una aventura con mi padre, estaba segura de ello. Sabía que Melanie Cave tenía razones para matar a nuestro padre. Pero ¿por qué habría dicho que lo había hecho Warren?

Antes de que pudiera contestar, se oyeron fuertes golpes en la puerta principal.

Al abrirla me encontré a Poppy Parnell, con el puño levantado dispuesta a llamar otra vez. Sus grandes ojos de rana detrás de unas gafas de gruesa montura negra saltaron con avidez de Lanie a mí.

—Ah, qué bien —dijo a modo de saludo, prácticamente salivando—. Estáis aquí las dos.

—Márchate —le dije, empezando a cerrar la puerta.

Poppy metió el brazo para mantener la puerta abierta.

—Esta mañana pasé por tu casa —le dijo a Lanie.

—Lo sé —dijo Lanie, reuniéndose conmigo en el umbral—. No abrí la puerta porque no quería hablar contigo.

Poppy apuntó con un dedo amenazador a Lanie, un gesto que me resultó indignante por lo que tenía de familiar, y entró en nuestro descansillo sin esperar invitación.

—Cuando haces cosas así, me obligas a preguntarme por lo que ocultas.

—Esto es una residencia privada —dije yo—. No puedes entrar sin más, sin que nadie te invite.

Pasando de mí, Poppy dijo:

—Ya sé que las dos habéis rechazado participar en mi *podcast*, pero quería haceros un último ruego.

—No nos interesa —dije. Me sorprendió comprobar que yo estaba agarrando la mano de Lanie, y no estaba segura de habérsela cogido yo a ella o viceversa.

—Comprendo vuestra reticencia, pero desearía que lo reexaminaseis —dijo Poppy con vehemencia, sin caer, aparentemente, en su uso irónico de la palabra—. Ahora mismo, la única historia que puedo mostrar es la que me está contando la gente que solo conocía superficialmente a vuestro padre. La narración se beneficiaría mucho de la perspectiva de quienes le conocían íntimamente.

—A tu narrativa que la follen —dijo Lanie, apretándome los dedos más fuerte.

—Creo que ha habido un malentendido. Ya sé que están presentando mi *podcast* como si fuera parte de una campaña para liberar a Warren Cave, pero ese no es mi objetivo. Mi propósito es revisar el caso como observadora externa e imparcial. El asesinato de vuestro padre fue muy impactante, y es posible que las emociones interfiriesen en un procesamiento adecuado del caso. Lo único que quiero es que se conozca la verdad, y que vuestro padre sea vengado como es debido.

—Y una mierda —dije yo—. Es una buena coartada, pero no te creo ni por un segundo. Lo único que quieres hacer es sacar tajada de los rumores.

—Soy periodista, Josie. Mi negocio no son los rumores. A no ser que hayan sido confirmados, claro.

Lanie se estremeció a mi lado.

—¿Eso qué significa?

La sonrisa de Poppy se llenó amenazadoramente de falsa amabilidad.

—Significa que he oído unas cosas muy interesantes sobre ti, Lanie. Por ejemplo, he oído que tu marido fue novio de tu hermana en el instituto.

—Deja a Adam fuera de esto —siseó Lanie—. No tiene nada que ver con él.

—Tal vez no —dijo Poppy, elevando sus flacos hombros en un gesto irritantemente inocente—. Pero cuando la prueba principal que condena a un hombre a pasar el resto de su vida entre rejas es la palabra de una sola mujer, será mejor que la reputación de esa mujer sea condenadamente impecable, ¿no te parece? Pero si en cambio, es el tipo de mujer que le robaría el novio a su hermana gemela..., bueno, creo que ese sería el tipo de defecto de carácter que podría llevar a hacernos otra serie de preguntas.

—Eso es ridículo. Además, Lanie no me robó el novio —dije yo, sorprendida por lo fácilmente que me salía la mentira de la boca—. Yo decidí irme a viajar, y Lanie y Adam se juntaron después de que yo me fuera.

—Eso no fue lo que a mí me dijeron —dijo Poppy, con un tino que dejaba traslucir que no se creía mi mentira.

—Así que ahora nos estás acusando a las dos de mentir? Vamos, tienes que poder hacerlo un poco mejor.

—Por supuesto que puedo —dijo Poppy, y detrás de las gafas le centellearon los ojos—. Puede que queráis conectaros a mi *podcast* mañana. Es una bomba.

Se me erizó el vello de los brazos. Eché un vistazo a mi hermana, pero su expresión no revelaba nada.

—¿Más rumores? —preguntó Lanie con frialdad.

—Tendréis que escucharlo para averiguarlo —dijo Poppy, moviendo el índice—. No doy adelantos. A no ser, claro, que pueda grabar vuestras reacciones para el programa.

—De ninguna manera —se burló Lanie.

—Pensáoslo —insistió Poppy.

Podría haber dicho más, pero ese fue el momento en que Ellen entró tranquilamente por la puerta principal, con el pelo totalmente rubio y un aspecto muy hinchado, y un poquito de malas pulgas. Colocándose las manos en las caderas le preguntó a Poppy:

—¿Tú qué haces aquí?

—Diciéndole a tus primas que a mi *podcast* le vendría bien entrevistar a personas que conocieran realmente a su padre. —Poppy inclinó la cabeza hacia nosotras y le ofreció a Ellen una leve sonrisa—. No he tenido mucha suerte. Tal vez tú podrías hacerles ver los beneficios de participar, ¿o tal vez tú misma estés interesada?

—Estás de broma, ¿no? —dijo Ellen con total seriedad—. Sal de la casa de mi madre, gacetillera.

—Esta noche terminaré el episodio de mañana —dijo Poppy impertérrita, dándonos la espalda—. Es vuestra última oportunidad de escuchar la entrevista antes de que salga a la luz y de contar vuestra versión de lo que pasó aquella noche.

La mano de Lanie estaba resbaladiza dentro de la mía, pero cuando la miré a la cara, no tenía expresión alguna.

—Te tienes que marchar —dijo Ellen—. Mi marido es abogado. No me hagas llamarle.

—No hay necesidad de ponerse tan antipática —dijo Poppy,

con las finas cejas saltando tras sus gafas mientras parecía contemplar la posibilidad de hacer caso a nuestras demandas o, si había algo que ganar, en quedarse por aquí. Finalmente, asintió—. Muy bien, me marcho. Pero aquí dejo mi tarjeta... Por favor, por favor plantearos hablar conmigo. —Su mirada fría e imparcial se concentró en mí—. Juntas podríamos asegurarnos de que haya justicia para vuestro padre.

Poppy Parnell
@poppy_parnell
Dándole los últimos toques a un nuevo episodio bomba de #Reexaminado! Ganazas de compartirlo! Acercándonos a la verdad sobre el asesinato de #ChuckBuhrman
55 m

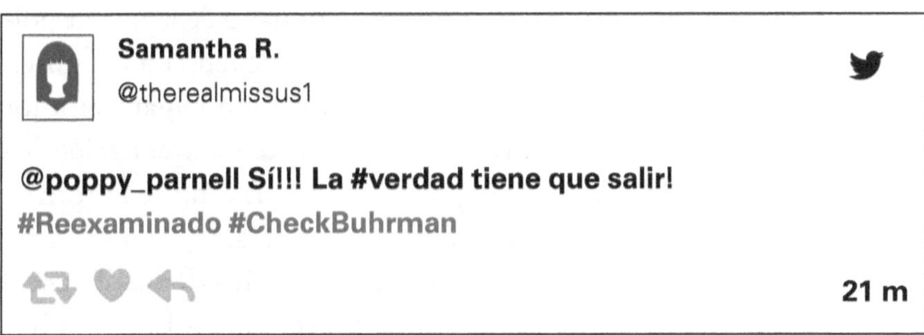
Samantha R.
@therealmissus1
@poppy_parnell Sí!!! La #verdad tiene que salir! #Reexaminado #CheckBuhrman
21 m

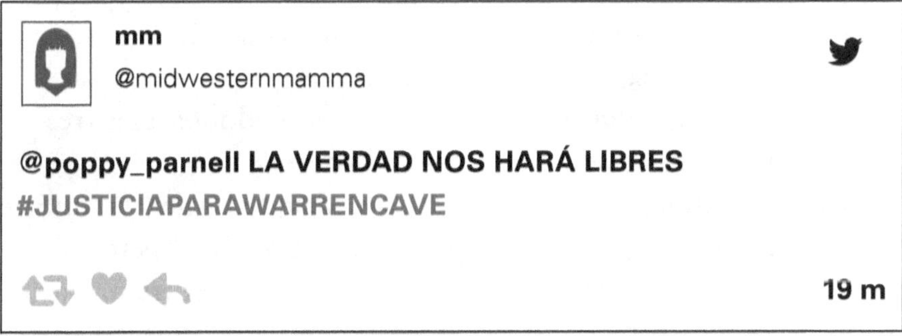
mm
@midwesternmamma
@poppy_parnell LA VERDAD NOS HARÁ LIBRES #JUSTICIAPARAWARRENCAVE
19 m

—A la mierda con la basura —dijo Ellen, cerrando con un portazo tras de Poppy—. No sé vosotras, pero a mí me vendría bien un trago.

—¿Día duro? —se burló Lanie, sacando su mano de la mía de golpe—. Qué agotador debe de ser que te inyecten veneno en la frente.

—Suerte tienes de que para hacer esto no me hagan falta los músculos de la frente —le contestó Ellen educadamente, haciéndole una peineta—. Tómate una copa con nosotras o no te la tomes.

—Yo no bebo —dijo Lanie de manera pétrea.

—Ah, es verdad —dijo Ellen chasqueando los dedos, haciendo como que se había acordado del dato de repente—. Eres una borracha en dique seco.

En los ojos de Lanie relampagueó una luz, y abrió la boca para decir algo, pero lanzó una mirada hacia mí y la cerró.

—Yo ya me iba, en cualquier caso.

—Deberías quedarte —le dije, sorprendiéndonos a las tres—. Seguro que hay té helado o algo así en la nevera.

Apenas balbucí el final de la frase. Puede que Lanie y yo hubiéramos dado algunos pasos para reparar nuestra relación, pero habían pasado diez largos años de dolor y resentimiento entre nosotras. Roma no se construyó en un día, y nuestra relación no se iba a arreglar en un par de tardes, especialmente no mientras Poppy Parnell planease preguntas sobre la muerte de nuestro padre.

—Lo haría, pero antes me clavaría atizadores de fuego en los ojos que tener que oír a la frívola de nuestra prima comentar los últimos avances en cirugía plástica.

—Uy, cómo me ofendes —dijo Ellen con sarcasmo.

Lanie me dirigió una mirada molesta con la que supuse que quería reprenderme por escoger a Ellen y no a ella una vez más. Yo desvié la mirada. Ellen era la que había estado ahí para mí cuando las cosas se pusieron realmente mal, la que me había cogido de la mano mientras yo lloraba por mi familia; Lanie no se había presentado.

Así que mientras mi hermana se marchaba por el porche delantero, seguí a Ellen hacia la cocina. Sacó una botella de Moscato espumoso de la nevera y sirvió el vino dulce en un par de copas de tallo largo.

—Cuéntame —dijo—. ¿Qué hacía aquí nuestra presentadora de *podcast* menos preferida?

—Pues lo que decía. Intentar que Lanie y yo habláramos. Dice que tiene no sé qué bomba para el próximo episodio, y nos dijo que solo nos lo contaría si le prometíamos comentarlo.

—Está a ver qué cae —dijo Ellen con desdén—. Todo lo que ha publicado hasta ahora han sido cotilleos reeditados.

Hice girar el vino en la copa.

—¿Escuchaste el tercer episodio? La verdad es que presentó una historia bastante sólida, defendiendo que quien mató a papá fue Melanie Cave, y no Warren. Especialmente después del numerito aquel que montó en el tanatorio.

—¿Eso es lo que crees? ¿Que Melanie Cave dejó que su hijo fuera a la cárcel por algo que hizo ella?

—Si es una asesina, ¿por qué no creer que sería capaz de dejar que alguien se comiera el marrón?

—¿El marrón? —repitió Ellen con una sonrisa burlona. —¿Desde cuándo eres un poli de la tele?

—Tiene sentido, Ellen —insistí—. Tenía móvil. Tenía oportunidad. Y está ese mensaje de voz... Lo único que no encaja es que

Lanie dijera que ella vio a Warren. —Me dejé caer contra la encimera—. No me puedo creer que esté dejando que esto se me meta tanto en la cabeza. Tuvo que ser Warren Cave. Si Warren no mató a papá, entonces, ¿por qué diría Lanie que fue él?

—No me odies por decir esto —dijo Ellen con cautela, sirviendo más vino a ambas—, pero ¿alguna vez te has planteado que tu hermana pudiera haber mentido?

—Pero ¿por qué? ¿Por qué mentiría para proteger a Melanie Cave?

Ellen me sostuvo la mirada, por una vez sin encontrar las palabras. Elevó el vino hacia su boca, y dejó caer las palabras en el interior de la copa.

—A lo mejor no la estaba protegiendo a ella.

Se me congeló la sangre en las venas.

—¿Qué estás diciendo?

Después de pasar la mañana en el salón de belleza, el rostro de Ellen presentaba una notable ausencia de expresión.

—¿Alguna vez te has preguntado si no sería Lanie la que mató a tu padre?

Dejé de sentir las extremidades; la copa de vino se me resbaló de las manos y se hizo añicos contra el suelo de la cocina.

—No —dije con énfasis—. Por el amor de Dios, Ellen, no. Era nuestro padre.

—Tienes razón —dijo Ellen, aunque por su voz no parecía en absoluto convencida—. Olvida lo que he dicho.

Pero una acusación así era imposible de olvidar, por supuesto.

Ellen se arrodilló para recoger los trozos de cristal, cambiando de tema hábilmente hacia cotilleos inofensivos que había oído en el salón de estética. Asentí embotada y reí a intervalos apropiados, bebiendo vino del grueso tazón que Ellen me había dado en vez de otra copa, pero no la estaba escuchando. Las palabras de Ellen me repiqueteaban molestamente en la cabeza, evocando imágenes de mi hermana intentando ahogar a mi madre, tirando por los suelos todos los muebles de mi habitación en un frenesí furioso, utilizando un cigarrillo para quemarse la cara en una foto familiar. Me recorrió un escalofrío.

—Buenas tardes, señoritas —dijo Caleb, bajando por las escaleras de atrás, interrumpiendo mis sombríos pensamiento y la historia que estuviera contando Ellen con su habitual chispa.

—¿Cómo va el trabajo? —le pregunté, ansiosa por encontrar una distracción.

—Bueno, al menos va —dijo, encogiéndose ligeramente de hombros. De repente soltó un grito de dolor y miró acusatoriamente al suelo. Se agachó y encontró un trozo de vidrio, que nos enseñó confuso—. ¿Qué es esto?

—Josie rompió una copa de vino — le explicó Ellen.

Caleb frunció un poco el ceño, mirando alternativamente a Ellen, a mí y a la botella que había sobre la encimera. Nos ofreció una sonrisa ladeada y dijo:

—Un poquito temprano para andar a cuatro patas, ¿no, chicas?

—En alguna parte ya son las cinco —sugerí.

—En este continente no.

—Esa es la señal para que me vaya —anunció Ellen, tapándose la boca con la mano mientras se le escapaba una risita y marchándose de la cocina.

Caleb se quedó mirando el hueco por el que se había ido mi prima con los ojos entrecerrados.

—¿No tiene Ellen una pinta un poco rara esta tarde?

—Dice que ya se le bajará.

—¿Y aquí ha pasado algo? ¿Oí que llamaban a la puerta?

La espantosa acusación de Ellen daba vueltas en mi cabeza, pero no era capaz de obligarme a darle voz. La idea misma era una locura. Puede que Lanie fuera muchas cosas, pero asesina no era una de ellas.

—Pasó Poppy Parnell por aquí —dije al fin.

Caleb pareció asqueado.

—Puta piraña.

—Sí —asentí, rebuscando en mi mente algún otro tema de conversación. No quería hablar de la gran bomba de Poppy, no quería plantearme qué podría ser, no quería tener que preocuparme porque Ellen pudiera tener razón—. Oye, ¿tienes un minuto para que miremos vuelos?

Caleb asintió.

—¿Estás segura de que ya estás lista para irnos a casa? ¿No crees que deberías quedarte por aquí por tu tía, para ayudarla a legitimar la herencia y todo eso?

—Mi madre pasó la última década de su vida viviendo en una comuna en la que compartían gallinas y parejas sexuales. Todos sus bienes están metidos en una caja de UPS en el salón. No hay herencia que legitimar.

—Ah —dijo Caleb, ofreciéndome una sonrisa rápida y desprovista de humor—. Claro. Deja que coja algo de comer y nos ponemos a ello, ¿vale?

Asentí.

—Voy arriba a por mi portátil.

Pero al pasar por el salón vi la pila de fotos de mamá y las cogí sin pensar. Sentada en la cama las contemplé, aguantándome las lágrimas ante las caras sonrientes de mamá, de Lanie, de mí. Al ver la sonrisa animada de Lanie (una sonrisa auténtica, que hacía años que no veía) las acusaciones de Ellen parecían aún más alocadas. Lanie había querido muchísimo a nuestro padre. Volví a repasar la pila, buscando pruebas de ello, pero la verdad es que no encontré ninguna foto de él. Una sensación de inquietud me inundó. Volví a repasar la pila. ¿A lo mejor las fotos de papá las guardaba en otro sitio? ¿A lo mejor seguían en la caja?

Dejando caer las fotos sobre la cama, me dirigí a la foto enmarcada que le había enseñado a Caleb, la que a partir de ese momento había colocado junto a la cama. En ella, nuestro padre tenía una de sus manazas sobre el hombro de Lanie, y ella sonreía abiertamente, con las mejillas encendidas de emoción, apoyándose con adoración contra él. Ellen estaba loca. De ninguna manera podría mi hermana haber matado a mi padre.

A la mañana siguiente me senté con las piernas cruzadas sobre la cama y le envié un *e-mail* a mi jefa para informarla de que regresaba a Nueva York la tarde siguiente y que podría estar de vuelta en el trabajo el miércoles. Mientras esperaba su respuesta, abrí Facebook y fui mirando las novedades. El estómago me dio un vuelco cuando vi que una conocida (una chica que había vivido en mi misma planta durante el único semestre que fui a la universidad, y sobre la que jamás había vuelto a pensar hasta ese instante) había compartido un *link* a la página web de *Reexaminado*: *¡¡¡Nuevo episodio!!!* Había escrito. *¡Que nadie me moleste durante los próximos 60 minutos!*

«Es una bomba», había dicho Poppy.

No quería escucharlo, pero me sentí impelida a hacerlo. La idea de que esta chica, esta chica que usaba tres exclamaciones y empleaba mal la «o» cuando quería poner un «0», pronto sabría algo sobre mi familia que yo todavía no sabía, me volvía un poco loca. Olvidando mi regreso a Nueva York, hice clic en la web de Poppy y empecé a bajarme el episodio.

—¿En qué andas? —preguntó alegremente Caleb, bostezando mientras venía de su improvisada oficina al otro lado del descansillo. Se quedó helado al ver la expresión de severa determinación que había en mi cara—. Jo, en serio, ¿en qué andas?

—Poppy Parnell acaba de colgar el episodio nuevo.

—¿Estás segura de que quieres escuchar esa basura? —preguntó Caleb, frunciendo el ceño con preocupación—. ¿Recuerdas el estrés que te produce?

—Pues claro que no quiero escucharlo —le espeté con brusquedad. Los dulces ojos de Caleb se abrieron con sorpresa, e inmediatamente me arrepentí—. Dios, Caleb, lo siento. No quería gritarte. Es solo... —El final de mi frase se perdió entre lágrimas de agotamiento y derrota.

—Venga, vamos —me dijo, dejándose caer en la cama junto a mí y envolviéndome en sus brazos—. No pasa nada. Veremos las cosas de otro modo mañana, cuando estemos en casa.

Yo quería creerle. Mientras apoyaba la cabeza contra su pecho, escuchando el tranquilizador redoble de su corazón, me obligué a mí misma a creerle. La noche siguiente estaría en mi propia cama, en mi casa de Brooklyn, y no dando vueltas en esta vieja camita, sabiendo que mi hermana dormía en esta misma ciudad.

Pero no importaba que las cosas se vieran de manera distinta desde Nueva York: las cosas seguirían igual. Mis padres seguirían muertos, mi hermana seguiría perdiendo la cabeza, y el *podcast* seguiría llenando portadas.

Con una negra sensación de determinación, me aparté del cálido abrazo de Caleb y me puse los auriculares.

Extracto de la transcripción de *Reexaminado: El asesinato de Chuck Buhrman*. Episodio 5: *Una cuestión de carácter*. 28 de septiembre de 2015

La reputación personal juega un papel fundamental en el caso contra Warren Cave. Fue fácil para la policía —y más tarde para el jurado— confiar en Lanie Buhrman, una muchacha de ojos tristes, convencionalmente atractiva, descendiente de un profesor de universidad bien considerado y de una hija del pueblo. Y era igualmente fácil para ellos sospechar de Warren Cave, que era deliberadamente subversivo en su aspecto, un consumidor de drogas reconocido, y que llegó más tarde a la ciudad.

Pero estas últimas semanas que he pasado en Elm Park me han llevado a preguntarme si estos aspectos de su vida no serán más que lugares comunes y prejuicios. Creo que la verdad que rodea a algunos de los protagonistas de esta historia es más complicada de lo que creemos saber.

Comenzaré por Lanie Buhrman. Antes de hacerlo, quiero decir que sé que algunos de ustedes me han acusado de «culpar a la víctima» cada vez que me atrevo a cuestionar el carácter de Lanie Buhrman. Primero, permítanme que les recuerde quiénes son las verdaderas víctimas de esta historia: Chuck Buhrman, cuya vida fue trágicamente segada antes de tiempo; y posiblemente Warren Cave, de cuya inocencia estoy cada vez más convencida. Lanie Buhrman no es una víctima, y desde luego yo no estoy culpándola de nada. No la estoy acusando de ningún hecho ni de ninguna conducta errónea. Solo arrojo luz sobre su carácter para que sus declaraciones puedan ser evaluadas adecuadamente.

Desafortunadamente, encontrar a alguien que conociera a Lanie en el periodo de tiempo inmediatamente anterior a la muerte de su padre es algo que se dice pronto, pero que se tarda en conseguir. Chuck y Erin educaron a sus hijas en casa, así que no hay profesores ni compañeros de clase a quienes preguntar. Chuck, Erin y los cuatro abuelos han fallecido. El resto de su familia se ha negado a participar en este *podcast*.

De hecho, la única persona que encontré dispuesta a hablarme de la adolescencia de Lanie Buhrman fue Jason Kelly el exmarido de Amelia. Él recuerda a Lanie como una niña alegre y juguetona. Sin embargo, sus recuerdos son limitados, puesto que Amelia y él se divorciaron dos años antes de la muerte de Chuck, y él admite no haber visto a la familia Buhrman desde el divorcio. El ánimo de una adolescente puede cambiar drásticamente en dos años.

Lo que está claro es que, en algún momento, Lanie Buhrman dejó de ser alegre y juguetona y se convirtió en una delincuente. Los registros policiales indican que la multaron en un puñado de ocasiones por delitos menores, como incumplir el toque de queda para menores, holgazanear en lugares públicos y posesión de alcohol. La arrestaron una vez por vandalismo y otra por posesión de una pequeña cantidad de marihuana, pero no se presentaron cargos contra ella en ninguna de esas ocasiones. Hablé con Harold Greenway, el director del instituto de Elm Park en la época de las gemelas Buhrman, y él recuerda a Lanie como una chica problemática.

GREENWAY: Intentamos hacernos a la idea, claro. Las hermanas Buhrman habían sido educadas en casa y acababan de perder a sus padres de forma trágica. Esperábamos que con ellas se produjera una especie de curva de aprendizaje, pero Lanie rompía nuestros límites. Hacía novillos con regularidad, no entregaba los trabajos, y hacía caso omiso de normas como la del código de vestimenta o la prohibición de consumir tabaco y sus derivados. Intentamos intervenir, le asignamos tutores, hablamos con su tutora legal..., pero nada parecía afectarle.

Los antiguos compañeros de clase de Lanie reafirmaron con la opinión del director: la gente la quería ayudar, pero ella rechazaba todo acercamiento. Hablé con Trina Thompson, una excompañera de clase de las gemelas Buhrman, y ella me describió el comportamiento de Lanie.

POPPY: ¿Cuándo conoció a las gemelas?

TRINA: En enero de 2003, cuando entraron en el instituto. Todo el
            mundo hablaba de ellas cuando llegaron, claro. El asesina-
            to de su padre era lo más escandaloso que había pasado en
            este pueblo desde aquella vez que prendieron fuego al res-
            taurante Family Tree. Todo el mundo había leído la prensa,
            y además, por otro lado, también era interesante recibir a
            dos estudiantes educadas en casa, y más siendo gemelas.

POPPY: ¿Era amiga de alguna de las dos?

TRINA: Yo no diría que fuera amiga de ninguna de las dos, pero me
            llevaba bien con Josie. Empezó a salir con un amigo mío, y
            nos movíamos en los mismos círculos. Era bastante maja,
            pero no era fácil llegar a conocerla.

POPPY: ¿Y Lanie?

TRINA: Lanie, para nada. Lanie Buhrman no tenía el menor interés
            en nadie que no fueran los perdedores más quemados del
            colegio. Al principio todo el mundo fue superagradable con
            ella, pero ella con nosotros siempre fue despectiva. Y lue-
            go se enganchó que no veas a las drogas y a lo que fuera.
            Me dijeron que solía robar en las taquillas de la gente mien-
            tras estaban en clase de gimnasia. Ah, y que formaba parte
            del grupo que destrozó el campo de fútbol la noche antes
            del partido de graduación del último curso.

Todas las personas con las que hablé tenían el mismo tipo de historias que contar sobre Lanie Buhrman. Una chica me dijo que le había es-
cupido en los pasillos; un chico me contó que Lanie le había robado los
medicamentos con receta de su madre durante una fiesta en su casa.
Podemos afirmar que Lanie Buhrman no tenía la mejor reputación.

Pero allá por 2002 Lanie Buhrman no era más que una niña de ojos
grandes, mientras que Warren Cave era el que tenía mala reputación.
Basándose solamente en las apariencias sería fácil pensar que el malo
era él. Yo pensé lo mismo cuando vi imágenes de Warren de principios
de los años 2000. Cuando empecé a hablar con su madre, asumí que

los recuerdos entrañables de su hijo eran cosa del pasado o solo pensamientos optimistas alejados de la realidad. Entonces conocí a Warren y descubrí a una persona educada y que se expresaba bien. Inicialmente pensé que no estaba más que poniendo buena cara para presentarse ante mí, pero los guardias de la prisión me contaron que Warren es considerado uno de los prisioneros con mejor comportamiento de todo su módulo.

Desde que llegué a Elm Park he encontrado a más personas dispuestas a poner la mano en el fuego por la personalidad de Warren Cave que por la de Lanie, incluso en los años 2000. A principios de esta semana, por ejemplo, estaba tomando café en una cafetería local cuando se me acercó una mujer que se presentó como Jeanette Ragnorak, la profesora de matemáticas de Warren Cave en el instituto. Me dijo que se alegraba de que yo estuviera investigando el caso porque ella estaba segura de que Warren no es culpable.

JEANETTE: Nunca me podrán convencer de que Warren Cave haya matado a nadie. Fue a mi clase de Álgebra II durante el año anterior a que esto pasara, y era mucho más blandito de lo que quería que la gente creyese. Está claro que vestía como si fuera la Parca, pero era tan duro como podría serlo un conejillo de Indias. Una tarde me di cuenta de que no estaba prestando atención en clase; estaba como pasando un papelito por el respaldo de la silla que tenía delante. Estuve a punto de regañarle, pero entonces caí en la cuenta de que estaba intentando salvar a una araña. Muchos otros estudiantes, especialmente los chicos, hubieran aplastado a la araña, pero Warren la fue empujando hasta tenerla en la mano y con suavidad la liberó en el alféizar de la ventana. Me acuerdo con tanta claridad porque me resultó inesperado. No parecía un alma cándida, alguien que haría algo así. Pero las apariencias pueden ser engañosas. Y fue lo primero en lo que pensé cuando después me enteré de que le habían detenido por asesinato. No le haría daño ni a una araña, pensé: de ninguna manera ha podido asesinar a un hombre a sangre fría.

La antigua profesora de matemáticas de Warren no fue la única persona que se me acercó para defender a Warren. Una mujer que se presentó como amiga del instituto de Melanie me contó que Warren solía hacer de canguro con su hijo.

MONICA WOOLEY: Es evidente que Warren tenía un aspecto un poco desagradable con ese pelo y esas ropas y, bueno, esa sonrisa displicente, pero era la única persona a la que mi hijo Danny toleraba. El gran secreto de Warren es que tenía un corazón de oro.

Varios ciudadanos más de Elm Park me contaron detalles que redimían a Warren, pero no querían salir en el *podcast*. Pero ya saben lo que dicen: el plural de «anécdota» no es «datos». Es todo lo que eran esas historias: anécdotas.

Sin embargo, es importante destacar que, mientras que la gente se me ha acercado para contarme cosas agradables sobre Warren, solo he escuchado lo contrario sobre Lanie Buhrman. Jeanette Ragnorak, para empezar, también tenía cosas escogidas que decir sobre Lanie.

JEANETTE: Tuve a Lanie Buhrman en clase dos años después de tener a Warren. Soy profesora de mates, así que estoy acostumbrada a que los niños odien mis clases, pero Lanie se pasaba de la raya. Si yo no interactuaba directamente con ella, Lanie tenía la cabeza apoyada en la mesa. En muchas ocasiones se levantaba y se marchaba sin más. Y, en todos los años en los que di clase, nunca he tenido que cobrarle a un estudiante por usar un libro de texto, pero Lanie Buhrman tachó páginas enteras con rotulador.

Escuché historias de muchas otras personas acerca de Lanie haciendo pellas, fumando en los baños y robando de la cafetería.

Pero, de nuevo, no eran más que anécdotas. Con todo, estas anécdotas son interesantes porque, tomadas en conjunto, dan contexto a las mentalidades de los protagonistas. Pero sin duda, la entrevista más interesante que he tenido esta semana fue acerca de algo más que contexto: fue sobre hechos.

Como sin duda recuerdan, Warren Cave no tenía coartada para la noche que fue asesinado Chuck Buhrman. Su historia siempre fue que se estaba colocando con jarabe para la tos en el cementerio local, y que luego se metió en una pelea con unos chavales en el parque. Estos chavales sin identificar podrían ser los únicos que atestiguasen que Warren se encontraba en otra parte en el momento exacto en que alguien estaba matando a Chuck Buhrman, pero, a lo largo de los últimos trece años, nadie ha sido capaz de identificarles. Incluso cuando el abogado de Warren hizo un llamamiento a estos individuos para que dieran la cara, nadie lo hizo.

Hasta la semana pasada.

Recibí una llamada de una mujer llamada Maggie Kallas. En octubre de 2002, Maggie era una estudiante de matrícula de honor en el instituto de Elm Park, y dice que estaba en el parque en la noche que asesinaron a Chuck Buhrman, y que vio allí a Warren.

MAGGIE: Warren Cave ha dicho la verdad sobre que le arrojaron al lago esa noche. Yo estaba allí.
POPPY: Cuénteme lo que pasó.
MAGGIE: Había un grupo de nosotros bebiendo en el parque. No era el tipo de cosa que solíamos hacer, tiene que entenderlo, pero era el otoño de nuestro último año, y nos sentíamos invencibles. Éramos cinco, creo. A lo mejor seis. Estaba yo, Keith y... Bueno, qué más da. Es difícil acordarse ahora. Estábamos todos bastante borrachos, y Warren Cave estaba montando en bici por el parque. Y tenía un aspecto ridículo. Quiero decir, llevaba ese rollo gótico y era un chaval muy flaco, con el pelo mal teñido, montando en bici, por el amor de Dios, y haciendo eses por todas partes. Y los tíos..., bueno, estaban muy pedo y empezaron a lanzarle cosas. Y eso le enfadó mucho y se pusieron a darse empujones y golpetazos,

y lo siguiente que pasó fue que Warren Cave acabó en el agua.

POPPY: Warren ha declarado que le metieron la cabeza debajo del agua hasta que perdió el conocimiento.

MAGGIE: Bueno, no sé si tanto. Como te digo, estábamos todos bebiendo, y las chicas nos quedamos atrás. Solo sé que en algún punto los chicos volvieron corriendo del lago y todos salimos huyendo.

POPPY: ¿Eran conscientes de que se había hecho un llamamiento pidiendo información sobre el paradero de Warren Cave aquella noche?

MAGGIE: Sí.

POPPY: ¿Por qué no dieron la cara?

MAGGIE: Teníamos miedo. Se supone que no se puede estar en el parque cuando se hace de noche, sabe, y desde luego se suponía que no podíamos estar allí bebiendo. Sabíamos que nos meteríamos en un lío si admitíamos cualquier cosa. Todos, a falta de una descripción mejor, éramos buenos chicos. Todos éramos miembros del consejo escolar y de los equipos deportivos, y nos daba miedo que algo así pudiera arruinarnos el futuro. Pensábamos que nunca nos admitirían en la universidad. Así que decidimos hacer piña y guardar silencio. Pero tienes que creerme: no pensábamos que fuera a tener impacto alguno. Suponíamos que, si Warren era inocente, eso se evidenciaría durante el juicio, independientemente de lo que dijéramos nosotros. Qué estúpidos fuimos. Estoy muy avergonzada. Me preocupaba arruinar mi propia vida, pero en lugar de eso lo que hicimos fue contribuir a arruinar la de otra persona.

POPPY: ¿Por qué decir la verdad ahora? Warren lleva más de doce años en la cárcel.

MAGGIE: Como he dicho, pensé que nuestro testimonio no iba a significar nada. No sabía exactamente en qué momento había sido asesinado el señor Buhrman, y pensé que Warren

Cave podría haber estado en los dos sitios. Esa chica le vio apretar el gatillo, ¿no? ¿Y sus huellas dactilares? Si le encontraron culpable en un tribunal con todas las de la ley, tenía que ser por alguna razón. Pero entonces empecé a escuchar tu *podcast* y me di cuenta de que era importante contar con todos los datos.

Maggie me dio largas cuando le pedí los nombres de las demás personas con las que había estado. Decía que quería que fueran ellos quienes decidiesen si dar la cara por su cuenta, pero sí que se le escapó en un momento dado el nombre de alguien llamado Keith. Busqué en los anuarios de esa época y pensé que se debía de referir a Keith Baron, un miembro del consejo escolar y atleta del equipo deportivo preparatorio para la universidad. Keith ahora trabaja en la industria tecnológica y vive en Silicon Valley, pero recuerda con cariño sus años en Illinois, y accedió a hablar conmigo por teléfono. Nuestra conversación empezó de forma agradable, charlando sobre Elm Park y sobre cómo ha cambiado a lo largo de los años. Pero cuando mencioné mi reciente conversación con Maggie, las cosas dieron un giro.

POPPY: Maggie Kallas me contó que estaba con usted y con otros más en el parque Lincoln la noche del 19 de octubre de 2002, y que vieron allí a Warren Cave.

KEITH: No, eso no fue así.

POPPY: ¿Está seguro? ¿Por qué no piensa un poquito más en ello?

KEITH: No necesito pensar en ello. Estoy segurísimo. No estaba en el parque esa noche y nunca vi a Warren Cave fuera del instituto.

POPPY: ¿Por qué cree, entonces, que Maggie me contaría que arrojasteis a Warren al lago?

KEITH: ¿Eso te ha dicho?

POPPY: Me dijo que usted y algunos más se metieron en una pelea con él en el parque y que terminó con Warren en el lago.

KEITH: Yo... ya he tenido suficiente.

POPPY: Esta es su oportunidad de dar la cara, Keith. Cuénteme lo
             que pasó en el parque esa noche.
KEITH: Vete al infierno.

En ese momento, Keith colgó y se negó a responder a ninguno de
mis intentos por comunicarme con él. Maggie rechazó nombrar a ningún
amigo más de los que estuvieron en el parque, y llamar en frío a los sospechosos probables no me llevó a ninguna parte. De modo que lanzo la
siguiente petición: si tiene cualquier información sobre lo que ocurrió en
el parque Lincoln esa noche, por favor, por favor, háganmela saber. Puede mantener el anonimato si quiere, pero por favor: la verdad quiere salir a la luz.

CAPÍTULO 18

Me recosté sobre la cama mirando tontamente al techo, no podía parar de escuchar la voz ronca de Maggie Kallas diciéndole a Poppy Parnell y a cualquiera que quisiera oírla, «Warren Cave decía la verdad cuando aseguró que lo habían tirado al lago aquella noche». La conclusión era inevitable: si Warren estaba diciendo la verdad, Lanie mentía.

Me asaltó un recuerdo repentino y me estremecí: las dos apretujadas en la oscuridad total del armario del dormitorio, apretándonos las manos con tanta fuerza que pensé que se nos iban a partir los huesos y Lanie susurrando acaloradamente: «Es culpa mía».

—Se me ocurre que podíamos ir a hacernos la manicura —anunció Ellen, abriendo la puerta de golpe—. Tenemos que acumular todas las actividades de unión entre primas que podamos antes de que volvamos las dos a casa.

Me senté despacio. En mi cabeza sonaban con fuerza las palabras incriminatorias de Lanie.

—Ay. —Ellen se sobresaltó al ver mi expresión—. ¿Qué pasa, Josie?

Sacudí la cabeza, para despejarme un poco, haciendo un esfuerzo por contarle a Ellen lo del *podcast*—. Poppy Parnell llevaba razón. Tenía un bombazo.

—¿El qué?

—Ha entrevistado a la mujer esta, Maggie Kallas...

—¿Maggie Kallas? —me interrumpió Ellen—. La conozco. Estaba en el último año cuando nosotras íbamos a segundo. ¿Qué tiene ella que ver con nada de esto?

—Corrobora el argumento de Warren de que estaba en el parque Lincoln aquella noche. Dice que lo vio. Dice que fueron sus amigos los que lo tiraron al lago.

—¿Y qué? —Ellen se encogió de hombros—. A no ser que asegure que lo vio exactamente en el mismo instante que mataban a tu padre, no veo dónde está el bombazo. Quiero decir, ya sabíamos que estaba en el parque, igualmente podía haber acabado en el lago.

—Ya... —respondí con voz temblorosa—. Pero la teoría de que se metió en el lago a propósito para destruir las pruebas no se mantiene si alguien lo empujó.

—Quizás...

—No, Ellen. Habría sido demasiada casualidad. —Respiré honda y sonoramente—. Además, escuchar a Maggie hablar de aquella noche me ha hecho recordar más cosas. Aquella noche me dormí pronto. No tenía ni idea de si Lanie estaba o no estaba en la cama. Y cuando volvió estaba temblando. Y sudando.

—Respira, Josie —me ordenó Ellen—. Y escucha lo que estás diciendo. Tu hermana acababa de presenciar el asesinato de su padre. Por supuesto que estaba horrorizada. A mí lo que me hubiera preocupado es que ni temblara ni sudara.

—Pero ayer tú dijiste... —Mi voz se fue apagando, incapaz de articular la peor parte, lo que Lanie había dicho en la oscuridad.

—Por favor —dijo Ellen, sacudiendo la mano como para borrar las conjeturas que había lanzado—. Estaba medio borracha y no paraba de decir chorradas.

—Entonces, tú piensas que Lanie vio a Warren disparar a mi padre y luego él se fue al parque donde lo vio Maggie.

—No lo sé —dijo Ellen con voz más suave—. Mira, tú sabes que yo a tu hermana no la puedo ni ver. Es una auténtica gilipollas y me indigna lo desagradecida que ha sido con mi madre.

Tampoco le perdonaré nunca lo que te hizo a ti. Pero no creo que sea esencialmente malvada, y desde luego no lo era en aquella época. Si Lanie dice que vio a Warren, yo la creo.

Asentí, pero todavía albergaba una sospecha en mi interior. Antes de la muerte de mi padre, Lanie no era la delincuente en la que luego se convirtió, pero tampoco era del todo honesta: leía a hurtadillas el diario de mi madre, escondía libros y robaba caramelos. Ninguna de estas pequeñas faltas llegaba al nivel de cometer perjurio, y obviamente ninguna se acercaba ni de lejos al parricidio, pero ayudaban, no obstante, a que mi hermana me provocara una profunda desconfianza.

Recordé nítidamente una escena de aquella tarde. Acabábamos de terminar el primer set de tenis y Lanie y yo nos sentamos jadeando en una esquina de la pista mientras nuestro padre corría alrededor de la valla para recuperar unas pelotas perdidas. El móvil de mi padre sonó en el interior de su bolsa de deporte y Lanie fue a cogerlo con la excusa de que podía ser mi madre. Cuando vio el nombre en el identificador de llamadas le cambió la cara.

—¿Quién es? —pregunté.

—Nadie —dijo ella, apagando el móvil y escondiéndolo en el fondo de la bolsa.

Cuando mi padre regresó corriendo a nuestro lado con las pelotas que se habían extraviado, Lanie le dedicó una sonrisa fría y desagradable. No mencionó la llamada de teléfono y por su comportamiento entendí que yo tampoco debía sacar el tema.

¿Era posible que fuera Melanie la que llamara? ¿Estaría Lanie al corriente de la aventura de mi padre? ¿Habría decidido tomarse la justicia por su mano?

La idea de que Lanie hubiera matado a mi padre era demasiado insoportable. Así que me precipité hacia una conclusión más agradable: Maggie Kallas mentía. No sabía por qué lo hacía —¿quizás alguien le estaba pagando?—, pero me daba igual. Si Maggie mentía, eso significaba que mi hermana decía la verdad. Casi lamenté no haber querido hacer declaraciones; quizás Poppy Parnell me hubiera dejado hablar directamente con Maggie.

Una búsqueda en internet dio como resultado varias mujeres llamadas Margaret Kallas que vivían en Omaha, Portland, Charleston, Phoenix y un sitio llamado Telephone, en Texas. Como no estaba segura de cuál de ellas sería, o incluso de si sería alguna de ellas, le pillé el móvil a Ellen y fui repasando su lista de amigos en Facebook. Como era de esperar, Maggie Kallas estaba entre sus contactos, y en un inesperado golpe de suerte, el móvil de Maggie estaba anotado en su perfil. Apunté su teléfono y devolví el móvil de Ellen a su lugar.

Más tarde, me escondí en el garaje y marqué el teléfono de Maggie. Contuve el aliento mientras sonaba y casi me atraganto cuando contestó.

—¿Maggie Kallas? —pregunté, aunque reconocí su voz por el *podcast*.

—Sí. ¿Quién llama?

—Soy Josie Buhrman —comencé.

—¿Cómo has conseguido este teléfono? —preguntó, al tiempo que desaparecía su tono cordial.

Aterrada por que pudiera colgar antes de que tuviera la oportunidad de enterarme de nada le espeté:

—¿Estás mintiendo cuando dices que viste a Warren Cave?

Todo lo que alcancé a oír fue un clic casi imperceptible cuando colgó el teléfono. Cuando intenté volver a llamar sonó una vez y luego saltó el contestador. Mientras llamaba una y otra vez sin obtener resultados, me preguntaba qué significaba aquello. ¿Me evitaba porque estaba mintiendo? ¿O solo porque le preocupaba que yo la acusara de hacerlo? ¿Cómo iba a saberlo si no quería hablar conmigo?

Con motivo de nuestra última noche en Elm Park, Caleb sugirió llevar a tía A, y por extensión a Ellen, a cenar fuera. Rechazamos el Ray's Bistro y nos decantamos por uno de esos restaurantes de moda que habían surgido en los últimos años en la zona del campus. Me daban risa estas nuevas incorporaciones. Recordaba cómo mi padre se quejaba dramáticamente de que no se podía encontrar comida decente en el campus. El restaurante al que fuimos concretamente era de esos que se jactan de ofrecer productos traídos directamente desde la granja. Se hacía llamar Las Tres Hermanas y exhibía murales de esas mismas tres hermanas (calabacín, maíz y judías) pintados por artistas locales. Con su carta de cócteles ricos en hierbas y sus vasos de agua hechos de botellas recicladas, hubiera pasado por uno más de nuestro vecindario en Brooklyn. Cuando lo comenté, tía A me sorprendió diciendo que le encantaría visitarnos. Nunca antes había mostrado interés en Nueva York —lo cual me venía muy bien, teniendo en cuenta las mentiras que le había contado a Caleb sobre ella—, y me alegró ver cómo él la animaba a venir: cogió un bolígrafo y una servilleta de papel cuadrada y empezó a anotar los lugares que podían interesarle.

Estábamos pasándolo tan bien los cuatro que para cuando nuestro camarero —un chico que tenía edad de universitario y barba de leñador— llegó con una carta de postres en letras de molde casi no recordaba haber oído hablar nunca de Poppy Parnell.

—¿Qué opináis, chicas? —preguntó Caleb con una sonrisita—. ¿Tomamos postre?

—Yo no —dijo Ellen, sonriendo con delicadeza mientras apartaba el menú.

—Bueno, yo por una vez podría darme un capricho —dijo tía A.

—¿Qué nos recomienda? —pregunté al camarero, bajando la vista y examinando el surtido.

Me quedé helada.

—Personalmente, mi favorito es el *blondie* de mantequilla tostada, acompañado de helado de vainilla espolvoreado de chocolate y canela —estaba diciendo el camarero, pero lo único que yo veía era la primera oferta del menú, algo llamado «Magdalena de

Chocolate de Mamá». Se me revolvió el estómago: una inexplicable sensación de *déjà vu* me hizo sentir desorientada.

—¿Jo, estás bien? —preguntó Caleb.

«Magdalena de Chocolate de Mamá».

¿Por qué me desconcertaba tanto aquel postre?

«Magdalena de Chocolate de Mamá. Magdalena de Chocolate de Mamá.»

Un fogonazo me vino a la mente, el mismo recuerdo al que le había estado dando vueltas desde que Adam me contó que Lanie se había puesto a hacer aquellas magdalenas en el horno. De repente se concretó y todo se aclaró. El estómago me dio un vuelco y me llevé la mano a la boca.

—La magdalena —continuó el camarero— es también muy especial.

«Esa magdalena era especial».

Me aparté de la mesa bruscamente, haciendo tintinear aquellos vasos de agua tan modernos y dejando boquiabiertos no solo a mi familia y a nuestro camarero sino al resto de los comensales. Salí corriendo hacia el baño mal iluminado, bendiciendo la suerte de que tuviera un solo urinario y de que no hubiera nadie, y me dispuse a vomitar mi plato de pescado de treinta dólares.

Recordé el día de las magdalenas.

El verano en que tenía quince años, tuve una gastroenteritis muy mala. Después de pasarme tres días enteros vomitando, una tarde me desperté de la siesta sintiéndome algo mejor y con un hambre voraz, pues no había comido nada en quince horas. Me obligué a salir de la cama y bajé penosamente las escaleras.

Había magdalenas sobre la mesa: tres en un plato decoradas con florecitas rosas; aparte, otra más grande con rosetas sobre una bandeja azul de porcelana. El glaseado de chocolate brillaba tentador. Estaba demasiado hambrienta para resistirme, agarré la magdalena más grande y le di un mordisco enorme.

Mientras masticaba, escuché cómo se abría la puerta de atrás y a mi madre y a Lanie entrando en casa. Me quedé paralizada. El hambre voraz se aplacó al tiempo que me invadía la culpa. Mi madre a menudo hacía pasteles, pero tenía poca paciencia para ponerse a decorar bizcochos a no ser que hubiera una razón especial. Lo más probable era que las magdalenas hubieran sido preparadas para algún evento de la universidad de mi padre, o alguna celebración que mi madre estuviera planeando. Pero llegados a ese punto no había manera de disimular las marcas de mis mordiscos, así que me conformé con eliminar las pruebas y me metí en la boca otro trozo enorme.

Mi madre entró en el comedor con un jarrón lleno de flores recién cortadas y al verme se paró en seco.

—¡Josie, estás levantada!

Asentí masticando con furia mientras escondía los restos de la magdalena detrás de la espalda.

Parpadeó. Miraba alternativamente hacia mí y hacia el plato vacío.

—¿Has cogido esa magdalena? —preguntó con una voz alta y aguda que delataba su mal humor.

Avergonzada, mostré el resto de la magdalena. Todavía masticando, masculló:

—Lo siento.

Dejó caer el jarrón al suelo y se abalanzó sobre mí. Con una mano tiraba de mi mandíbula y me hundía los dedos de la otra en la boca, sacando trozos masticados de magdalena y tirándolos al suelo.

—Esa magdalena era especial —rugió—. Era para tu padre, por nuestro aniversario. ¿Es que no te das cuenta? Niña estúpida y egoísta.

—¡Me estás haciendo daño! —grité retorciéndome y tratando de escapar de su alcance—. Lo siento. Para, por favor.

—Lo has estropeado todo —insistió, reincorporándose y oprimiéndome el cuello con el brazo; seguía metiéndome los dedos en la boca, sin dejarme respirar. Las lágrimas me inundaban el rostro mientras ella gritaba—. Esto tenía que ser especial y lo has estropeado. Lo has estropeado todo.

—¡Mamá! —gritó Lanie desde la puerta—. ¡Para!

La voz de mi hermana pareció devolverla a la realidad e inmediatamente me soltó. Me caí al suelo medio asfixiada y jadeando. Lanie salió corriendo para darme un vaso de agua, pero nuestra madre se limitó a recoger las flores que se habían desparramado cuando se cayó el jarrón. Al final aprendí la lección: debería haber vuelto a los alimentos sólidos de forma gradual, pues cuando regresé a mi habitación volví a sentirme mal. Tuvieron que pasar dos días hasta que pude probar otra cosa que no fuera puro líquido.

Mientras me limpiaba la boca en el baño de Las Tres Hermanas, clavé la vista en el espejo. El pelo oscuro y los ojos claros de mi madre me devolvieron la mirada. El parecido físico con mi madre era asombroso. ¿Qué más habíamos heredado de ella? Recordé a Lanie lanzando el jarrón con una mirada extraviada y salvaje. ¿Había algo más siniestro acechando bajo la superficie?

Unas horas más tarde, aquella misma noche, desperté sobresaltada por el zumbido de mi teléfono. Las 2:32 brillaban en el reloj de la radio. Caleb gruñó entre sueños. Me había recompuesto en el restaurante y, tras decirles a todos que me encontraba bien pese al recuerdo que seguía palpitando de forma insistente en mi cerebro, volvimos a casa en coche y nos fuimos directos a la cama.

—¿Hola? —contesté en un susurro.

—¿Josie? —La voz de Lanie sonaba apagada y lejana—. ¿Estás dormida?

Había olvidado lo vulnerable que podía parecer mi hermana en las horas previas al amanecer. Las dos de la mañana siempre había sido la hora bruja, cuando susurraba a través del espacio que separaba las dos camas lo mucho que echaba de menos a mi padre, a mi madre, el vínculo entre nosotras, nuestra vida. Las primeras de aquellas confesiones me hicieron concebir esperanzas, pensando que volvería a ser la hermana que había conocido y amado en el pasado. Pero luego, como siempre, llegaba la mañana y ella se blindaba tras una armadura de ropa oscura, un *eyeliner* aún más negro y una actitud negativa.

—Lanie, ¿qué pasa?

—Primero las perlas. ¿Te suena de algo?

Aquella frase inconexa y la forma en que arrastraba levemente las palabras me remitieron a aquellas antiguas llamadas y me hicieron sospechar que no estaba del todo sobria.

—¿Has bebido?

—No puedo dormir. Tengo la frase metida en la cabeza y no puedo recordar de dónde viene. «Primero las perlas». La relaciono con mamá, pero no logro recordar cuándo o dónde la pudo decir.

—Si es que la dijo.

—Claro. Si es que la dijo. —Lanie suspiró frustrada—. Siento que está ahí, pero se me escapa. Cada vez que estoy a punto de atraparla se desvanece. Odio cómo cada vez más se me confunden los recuerdos de mamá.

—¿Y los otros recuerdos? ¿También se te confunden? —le pregunté con el corazón en la boca.

—¿A qué te refieres?

Su desconcierto parecía sincero, pero aun así presioné un poco más.

—¿Estás segura de las cosas? ¿De cualquiera de las cosas que crees recordar?

Mi hermana se quedó callada, y por un momento pensé que había colgado.

—¿Lanie?

—¿Te acuerdas de aquella vez que mamá nos puso un examen de lengua? —preguntó—. En el que teníamos que analizar frases. Y tú me copiaste.

—Ah, no Lanie. Yo nunca te copié.

—Tuviste que copiarme. Yo siempre fui mejor que tú en lengua. ¿Cómo explicar si no que sacases tan buena nota?

—Vale, de acuerdo. Copié en un examen de lengua que nos

puso nuestra madre hace quince años. Fue la única vez que lo hice y me sentí fatal. ¿Y qué?

—Pues que yo te concedí el beneficio de la duda. Aunque sabía perfectamente que habías copiado. No te llevé la contraria cuando dijiste que no lo habías hecho. Y cuando mamá te acusó de copiar, te defendí.

—Eso no...

—Tienes que cuidar a la gente que quieres —siseó—. O la pierdes.

—¿Y eso qué se supone...? —comencé a decir, pero ya había colgado el teléfono.

Volví a llamarla enseguida, pero saltó directamente el buzón de voz. Con el miedo oprimiéndome en el pecho, estuve a punto a de llamar a Adam, pero luego me acordé de que Lanie había nacido para provocar este tipo de reacciones. Yo sencillamente estaba desentrenada para contestarle.

Foro de discusión www.reddit.com/r/podcastreexaminado, publicado el 29 de septiembre de 2015

↑
↓ **Episodio 5: La credibilidad de Lanie (yo.podcastreexaminado)**

↑
↓ Subido hace cuatro horas por jennyladelbarrio

Acabo de escuchar el episodio 5 y creo que me preocupa un poco la forma en que Poppy está usando los años de instituto de Lanie para evaluar su credibilidad. Esa gente dice que, tras la muerte de su padre, tenía problemas de comportamiento. ¿A vosotros no os hubiera pasado lo mismo?

↑
↓ usuariadeelmpark 10 puntos, hace 3 horas

Pero Josie no reaccionó así, estaba en el equipo de fútbol, era miembro del consejo escolar y salía con la gente más popular del instituto.

↑
↓ jennyladelbarrio 3 puntos, hace 3 horas

Bueno, la gente reacciona de distinta manera, ¿y qué? Sigo pensando que la reacción de Lanie estaba completamente dentro lo razonable.

CAPÍTULO 19

Caleb y yo compramos billetes para el vuelo de las 8:30 p.m. desde O'Hare, teníamos previsto salir de Elm Park sobre las cuatro, eso nos daría tiempo de sobra para conducir hasta Chicago, devolver el coche de alquiler y dirigirnos a la fila de la TSA. A las tres y media ya estaban hechas las maletas; Ellen me había cargado con un motón de revistas de moda (había marcado las que traían peinados que le gustaban para mí, con el fin de orientarme), y le había prometido a tía A que volveríamos por Navidad. Lo único que no había conseguido hacer era contactar con Lanie. La había estado llamando todo el día sin obtener respuesta y me estaba poniendo cada vez más nerviosa. Su llamada de madrugada me parecía un presagio. «Algo malo iba a suceder».

La décima vez que mencioné a Lanie en un lapso de unos minutos, Caleb me alargó las llaves del coche alquilado.

—¿Por qué no vas hasta allí?

—Gracias —le dije, besándolo en la mejilla—. Es buena idea. De todas formas, prefiero decirle adiós en persona.

Estaba tan absorta pensando en mi hermana que al abrir la puerta de la entrada casi me estrello contra su hija que se disponía a llamar al timbre.

—¡Ann! —le dije con sorpresa—. ¿Qué haces aquí?

—Me dijo mamá que debía venir a verte —dijo con una sonrisa radiante.

Se me revolvieron las tripas, me sentía incómoda. Recorrí con la mirada la calle de arriba abajo en busca de Lanie.

—¿Dónde está tu madre?

Con el mismo excepcional talento que tenía su madre para ignorar una pregunta me tendió un sobre.

—Mamá me ha pedido que te dé esto.

Mi nombre, garabateado a un lado del sobre, formaba una mancha de lápiz, y la solapa estaba sellada con trozos irregulares de cinta adhesiva. La palabra «peligro» resonó claramente en mis oídos mientras rasgaba el sobre con manos temblorosas y extraía una hoja arrancada de un cuaderno. El papel tenía marcas de una taza de café; la letra, en tinta verde, con la que estaban escritas las palabras me resultó dolorosamente familiar.

Josie Posie:

Comenzaba usando el apodo con el que me llamaba cuando éramos niñas.

No debí llamarte en plena noche. Lo siento. Olvidé que otras personas duermen. Yo ya no. No habrá paz para los malvados, y todo eso.

Sin embargo, la ventaja de no dormir es que tienes mucho tiempo para pensar. El mundo es terriblemente silencioso a las tres de la mañana y eso hace que sea más fácil escucharse a uno mismo. Y esto es lo que he comprendido: lo estropeé todo. ¿Recuerdas al rey Midas? ¿Ese gobernante mitológico que convertía en oro todo lo que tocaba? Yo soy como él pero al contrario. Todo lo que toco se convierte en basura y se echa a perder.

Lo único que aún no he conseguido arruinar es a mi hija, pero sé que si tengo suficiente tiempo también la estropearé a ella. Es inevitable. Se merece algo mejor que yo. Adam se merece algo mejor. Tú te mereces algo mejor. Tenías razón, siempre la tuviste: no soy de fiar, soy una traidora y un ser humano horrible. Mi esperanza es que cuando yo me haya ido, tú, Adam, Ann, todos vosotros, podáis superar el desastre en que convertí todo y recordar simplemente esto: siempre os quise. Sé que no arregla nada, y tampoco me absuelve, pero es la verdad. Os quiero a los tres. Igual que quería a papá y a mamá. Y el amor y la lealtad —junto con una buena dosis de mal juicio— son mi perdición.

Dios, Josie, estoy tan cansada.

Por siempre,
Tu hermana

—Oh, maldita sea.

Caleb, que había estado leyendo la carta por encima de mi hombro, se hizo en seguida cargo de mis sentimientos. Me di la vuelta y le miré perpleja. Lo único que acerté a decir fue:

—Yo nunca dije que fuera un ser humano horrible.

Me acarició rápidamente el hombro, se arrodilló para ponerse a la altura de Ann y fingió una sonrisa amable.

—A los buenos días, señorita. ¿Te ha traído tu mamá hasta aquí?

—He venido con el cartero. —Frunció ligeramente el ceño—. No me ha dejado repartir el correo.

—Con el cartero, ¿eh? —preguntó Caleb, lanzándome una mirada de preocupación—. ¿Y eso por qué?

Ann sonrió ajena a nuestro desasosiego.

—Es una aventura entre mamá y yo. Hoy no me ha obligado a ir al colegio, en vez de eso hemos ido a ver una peli, ¡y luego a patinar sobre hielo y al parque! Después nos tomamos unos *dónuts* y después mamá dijo que necesitaba escapar y que yo tenía que encontrar a alguien que me trajera hasta aquí. —Señaló el sobre que yo tenía en la mano—. Escribió la dirección ahí.

—¿Te dijo que buscases a cualquiera que te trajera aquí? —Se me quebró la voz, aterrada—. ¿A cualquiera?

Ann asintió.

—¿Va todo bien por ahí fuera? —preguntó la tía A entrando en el vestíbulo—. Anda, Ann. ¿No deberías estar todavía en el colegio?

—Mamá me ha dicho que hoy no tenía que ir.

Le pasé la nota a tía A con tristeza. Al leerla soltó un grito y se llevó las manos al corazón.

El rostro de Ann se ensombreció.

—¿Abuela?

—¿Qué ha hecho? —gritó la tía A.

—Estamos de aventura —insistió Ann tozudamente, pero me di cuenta de que nuestro aire de fatalidad comenzaba a apoderarse también de ella.

Asentí con la cabeza como una marioneta, pero sentía que el corazón no me acompañaba.

—Claro. ¿Quieres que el tío Caleb te dé un zumo de naranja?

—Me parece una magnífica idea, Jo —dijo Caleb, cogiéndola de la mano sin esperar respuesta y llevándola a la cocina.

—¿Dónde crees que está? —preguntó la tía A aún con expresión aturdida.

—No lo sé —respondí sombríamente—. Voy a hablar con Adam. Llámame si se te ocurre alguna idea de dónde puede estar.

—Buenas tardes —me saludó alegremente la recepcionista mientras yo entraba dando un portazo; una de dos: o no notó mi agitación o era demasiado profesional para reparar en ella—. Bienvenida a Viviendas Ives, casas de ensueño. ¿Cómo puedo ayudarla hoy?

Pasé disparada frente a ella y abrí de golpe una puerta cerrada con el letrero *ADAM IVES, JR.* Encontré a Adam recostado en la silla acolchada de su escritorio, mordisqueando pensativo un lápiz y haciendo un crucigrama.

—¿Josie...? —dijo, soltando el lápiz—. ¿Qué haces aquí?

Cerré de un portazo antes de que la recepcionista consiguiera llegar a la puerta y le estampé la nota de Lanie en la cara.

—Tu hija acaba de darme esto.

—¿Qué es? —dijo cogiéndola.

—¿Por qué no la lees y me lo cuentas tú?

Su semblante mudó por completo mientras leía la carta a trompicones.

—Joder.

Exhalé totalmente abatida. Había esperado que Adam se echara a reír, que me dijera que esa nota no significaba nada, que Lanie solo estaba haciendo el tonto. Quería que me dijera que ella estaba en casa, a salvo, durmiendo la mona. Había deseado que Adam tuviera una explicación.

Me dejé caer en una silla, frente a su escritorio.

—¿Es... crees que es una nota de suicidio?

—Puede ser —dijo en voz baja.

—Coño, Adam —dije dando un puñetazo sobre su mesa—. Tú eres el que lleva una semana diciéndome lo preocupado que te tenía. ¿Cómo has dejado que pasara esto?

—No sabía...

—¿Entonces esta noche estaba bien?

Se encogió de hombros con un suspiro.

—Esto es importante Adam —insistí—. ¿Cómo la viste esta mañana?

—Esta mañana no la vi. Pasé la noche aquí. —Señaló el sofá con un movimiento de cabeza. Las almohadas arrugadas seguían ahí, con la colcha de lana mal doblada sobre el reposabrazos. Solo entonces reparé en su barba de tres días y las arrugas de su camisa—. Lanie y yo tuvimos una pelea.

—¿Por qué os peleasteis?

Sacudió la cabeza.

—Ahora tú también te vas a enfadar conmigo.

—Adam, te juro por Dios que si algo le pasa mientras tú estás aquí haciéndome perder el tiempo, van a tardar varias semanas en encontrar tu cuerpo.

—El nuevo episodio de *Reexaminado...* —dijo frunciendo el ceño. —¿Lo escuchaste?

El estómago me dio un vuelco. Recordé mi propia reacción ante el *podcast*.

—Déjame adivinar..., la acusaste de perjurio.

Se revolvió en su asiento y bajó la vista.

—Creo que fui un poco más lejos.

«No lo digas», había dicho Adam cuando yo sugerí que Lanie podía haberse equivocado sobre Warren. «Eso la mataría».

—¿Qué hiciste? —susurré. Casi tenía miedo de la respuesta.

—¿Crees que...? —La voz de Adam su fue apagando. Levantó la vista hacia mí, con los ojos marrones húmedos muy abiertos—. Sé sincera, Josie. ¿Crees que Lanie pudo apretar aquel gatillo?

Escuchar a Adam pronunciar el mismo pensamiento inconcebible y desleal no reforzó la sospecha; al contrario, se me revolvió el estómago y comprendí que nos habíamos equivocado, todos nos habíamos equivocado. Teníamos que habernos equivocado. Lanie podía ser violenta e irracional, pero el único ser al que realmente había hecho daño era a sí misma.

—Dime que no se lo dijiste.

—¿Tú nunca lo has pensado? —me presionó Adam. Su voz sonaba al borde de la desesperación—. Si Warren Cave no le disparó ¿qué otra razón tenía para decir que lo hizo?

—Adam, estamos hablando de tu mujer. De la madre de tu hija. ¿De verdad crees que es capaz de matar?

Se mordió los carrillos antes de responder.

—Nunca he sabido hasta dónde era capaz de llegar...

—Da igual —dije poniéndome de pie—. Nuestra prioridad ahora es encontrarla. ¿Puedes tomarte el resto del día libre?

Adam asintió, una lágrima se abrió paso por su mejilla.

—Vamos.

Me sentía revuelta mientras seguía a Adam hacia su casa. Recordaba demasiadas citas que Lanie me había estropeado, demasiadas veces en las que Adam me había llevado a casa en coche, yo llorando porque alguien me había dicho que acababa de ver a mi hermana y «vaya si estaba borracha». La peor, claro, había sido aquella noche a principios de otoño, en 2003, solo unos meses después de que nuestra madre nos hubiera abandonado.

En el momento que Adam frenó para coger la curva supe que algo iba mal. Faltaba un minuto para la medianoche y la casa de tía A estaba iluminada como un árbol de Navidad, las luces brillaban en todos los pisos, la puerta de casa estaba entreabierta y a través de la ventana del comedor se vislumbraba el inconfundible destello de la televisión. Burbujas estaba aposentado sobre el columpio del porche delantero mientras se lamía cuidadosamente la pata.

Con el pecho encogido por el terror, esquivé el beso de buenas noches de Adam y salí del coche de un salto. Subí corriendo las escaleras del porche, el corazón me latía a un ritmo tan violento que pensé que se me saldría del pecho. Cogí en brazos a Burbujas, que protestó maullando con fuerza y me arañó con sus garras, y entré con el gato en casa mientras llamaba a gritos a mi familia. Nadie contestó. Estaba abriendo de par en par la puerta del sótano, absolutamente desesperada, cuando oí pasos que subían las escaleras del porche. Solté a Burbujas y corrí al comedor a encontrarme con ellos.

Solo encontré a dos personas.

—¿Qué está pasando? —pregunté—. Llego a casa y la casa está abierta de par en par. Me he llevado un buen susto.

Tía A dejó las llaves sobre la mesa de la entrada y suspiró nerviosa.

—Tu hermana ha intentado suicidarse.

Creo que el corazón se me detuvo un instante. Lo cierto es que dejé de respirar. Mi vida entera dependía del término «intentar».

—¿Intentado?

—Se tragó media botella de vodka y lo que quedaba de los valiums de tu madre antes de entrar en mi habitación y decirme que había cambiado de idea. Que, después de todo, no quería morir. —Tía A resopló y sacudió la cabeza en un fallido intento por esconder sus lágrimas—. Llegamos a tiempo, cariño. Va a estar bien.

Me subió un sollozo por la garganta.

—¿Por qué no me llamasteis?

—Lo siento, Josie. Nos pidió que no lo hiciéramos.

—¿Qué? ¿Por qué?

—Porque tu hermana es una puta loca —masculló Ellen antes de subir enfadada las escaleras.

Tía A frunció el ceño ante la reacción de Ellen.

—Lo siento —me dijo antes de subir ella también las escaleras y dejarme allí preguntándome por qué razón exactamente me pedía perdón.

Pasé esa noche enredada en una maraña de sueños cada vez más sangrientos. Desperté aliviada, pero la tranquilidad duró solo hasta que mis ojos se posaron en la cama vacía de Lanie y me di de bruces con la realidad. Tenía que verla. Bajé atropelladamente a la cocina exigiéndolo a gritos.

La taza de café tembló en manos de tía A.

—No estoy segura de que sea buena idea.

—Es mi hermana gemela —dije con los ojos empapados de lágrimas—. Ha intentado suicidarse. Tengo que verla.

—Josie...

—Solo me queda ella. Por favor, tía A, tengo que verla.

—Vale —dijo tía A, asintiendo con tristeza—. Yo sentiría lo mismo que tú si estuviera en tu situación. Pero cariño, tengo que advertirte: a lo mejor no se alegra de verte.

Cuando el ascensor me dejó en la tercera planta —la planta pediátrica—, estuve a punto de sufrir un ataque de nervios. El hospital olía a alcohol desinfectante y enfermedad. Y la tercera planta estaba invadida por niños fantasmales, pálidos y delgados como un suspiro. Me horrorizaba pensar que mi hermana estaba en un sitio así porque había pensado que estar muerta era mejor que estar viva. No entendía en qué había estado pensando. Puede que no tuviéramos una vida perfecta, pero nos teníamos la una a la otra. Eso tenía que tener algún valor.

—Hola —dije entrando en su habitación.

Lanie estaba apoyada contra una almohada, mirando por la

ventana; su imagen reflejada era extrañamente sombría. Sentí un escalofrío.

—¿Lanie? —intenté de nuevo—, ¿cómo te encuentras?

Volvió la cabeza para mirarme con tal rapidez que el pelo, asquerosamente graso, giró como una atracción de feria. Me lanzó una mirada cruda con los ojos enrojecidos, y susurró con voz ronca:

—¿Cómo crees que me encuentro?

Me balanceé apoyándome alternativamente en una y otra pierna y deseé haber seguido el consejo de tía A, o al menos haberle pedido que viniera conmigo.

—¿Te ha comida la lengua el gato? —se burló—. ¿O es que te quedas sin palabras cuando se habla de algo que no sea números de animadoras superdivertidos, tarea escolar superimportante y tu novio superespecial y superbuen chico?

La sangre me subió por las mejillas y lágrimas calientes surcaron mi rostro.

—Lanie, ¿qué te pasa?

—Anoche intenté suicidarme —dijo Lanie, con una voz absurdamente tranquila entrecerrando los ojos—. Me tomé una combinación letal de medicamentos y alcohol. Mientras tú estabas en tu dulce cita, supongo que tejiendo jerséis para gatitos sin hogar y salvando a las putas ballenas con el virgen de tu novio. Intenté sedarme hasta perder la vida. Eso es lo que pasó.

Contuve la respiración.

—¿Tiene eso algo que ver conmigo?

Se echó a reír bruscamente, una risa áspera que terminó con una tos asfixiante que hizo que se agarrara la garganta y se estremeciera de dolor. Parpadeó con ojos acuosos, recompuso el gesto y me miró con desprecio.

—Claro, tenías que pensar algo así... Tienes que intentar ser menos egocéntrica, Josie. La única persona con la que tiene que ver esto es conmigo. Solo te estoy señalando las diferencias entre tu noche y la mía. —Tragó saliva e hizo una mueca—. Pero ¿sabes qué?

Resulta que tenemos más en común de lo que pensaba. En serio. Tú
y yo, hermana, no somos más que un par de ratoncitos. Pensé que lo
del miedo era cosa tuya, pero me he dado cuenta de que, para lo realmente importante, soy tan asustadiza como tú. No fui capaz de hacerlo. Y ahora lárgate.

Foro de discusión en www.reddit.com/r/podcastreexaminado, publicado el 29 de septiembre, 2015

Más cotilleo sobre Lanie B (yo.podcastreexaminado)

Subido hace una hora por usuariadeelmpark1

Sé que algunas personas de este foro piensan que pasamos demasiado tiempo hablando de los evidentes problemas de Lanie, pero hay algo que creo que Poppy ha pasado por alto y que es importante. En 2003, Lanie intentó suicidarse por sobredosis. Siempre me he preguntado si intentó acabar con su vida porque se sentía culpable de acusar injustamente a Warren. O... directamente por haber matado a su padre.

demasiadopunkrockparaesto 3 puntos hace una hora

Me das asco. Lárgate con tus acusaciones infundadas a otro lado.

cafeínafría 18 puntos hace una hora

¡Hola, Lanie!

CAPÍTULO 20

«Tienes que cuidar a la gente que quieres». Había dicho. «O la pierdes».

No había cuidado de mi hermana. Aquella llamada de madrugada había sido un grito de auxilio y yo la había ignorado. Durante trece horas yo no había hecho nada, mientras mi hermana se derrumbaba aún más. Adam me había advertido de su fragilidad, y yo había dejado que el rencor de hacía una década me impidiese ayudarla.

—¿Estás bien? —preguntó Adam, mirándome mientras abría la puerta principal—. Se te ve un poco pálida.

Asentí y me senté abatida en las escaleras del porche.

—No creo que pueda entrar ahí, Adam. ¿Y si ella...? —Me quedé blanca. Apretaba los ojos con fuerza para apartar las imágenes del cuerpo inerte de mi hermana que, de repente, se me aparecían.

Adam suspiró y se sentó a mi lado.

—Llevas mucho tiempo fuera, Josie. Creo que has olvidado lo que es vivir con tu hermana.

—¿Me estás diciendo que esto te parece solo uno de sus trucos?

—No, claro que no, pero desaparecer no es algo completamente ajeno a su carácter. Hace un par de meses, volví a casa y me encontré a Ann sentada en el porche. Lanie no había ido a recogerla al colegio y ella había vuelto a casa andando. Lanie no me cogía el teléfono y nadie sabía dónde estaba. Apareció a las ocho, con los ojos completamente vidriosos, ¿y sabes dónde estaba? En la biblioteca, yo llevaba horas aterrorizado, llamando a los hospitales, convencido de que había ocurrido algo horrible, y ella se había pasado el día en allí, leyendo *Lo que el* puto *viento se llevó.* —Sacudió ligeramente la cabeza—. Sé que esto es diferente. Ha estado muy nerviosa durante semanas por lo del *podcast,* y luego está la carta. Lo único que digo es que no debemos asumir inmediatamente lo peor.

—Dios, espero que tengas razón.

—Mira —dijo Adam poniéndose en pie—. Voy a registrar la casa, ¿vale? Tú llama a tu tía a ver si Ann ha dicho algo más y luego nos reunimos.

Asentí y me tragué las lágrimas que me quemaban los ojos. No la había cuidado y lo único que podía esperar es que no fuera demasiado tarde.

Adam y yo pasamos horas rastreando el pueblo en busca de indicios sobre mi hermana. Hablamos con el empleado de la tienda de *dónuts* (que recordaba a Ann, pero no a Lanie). Exploramos el parque, el gimnasio y la biblioteca pública. Adam comprobó los gastos en la tarjeta de crédito de Lanie, y condujimos hasta la gasolinera donde la había usado. Enseñamos la foto de Lanie, con la esperanza de que alguien la recordara, de que le hubiera mencionado al empleado de la caja algo que pudiera indicar hacia dónde se dirigía... Nadie recordaba nada, Adam llamó a todo el que se le ocurría que se pudiera haber cruzado con Lanie, mientras yo repasaba los *hashtags* de *Reexaminado* en Twitter. Nada.

Eran casi las nueve cuando llegamos a casa de Adam exhaustos y bloqueados. Subimos lentamente las escaleras delanteras, me detuve con el pomo en la mano y el recuerdo repentino de Lanie abriendo la puerta con aquel delantal absurdo me cortó el aliento. Hacía solo unos días estaba allí de pie, sonriendo y abrazándome. ¿A dónde había ido?

—De verdad, pensaba que la encontraríamos —dijo Adam con voz hueca.

—Lo haremos —dije yo sin convicción.

—Quizás vuelva a casa.

El tono esperanzado de su voz me resultó doloroso. Yo había pasado los últimos doce años alimentando el mismo tipo de esperanza, pensando que algún día mi madre volvería a casa. Pero no me podía permitir mencionarle a Adam las similitudes. En lugar de eso, abrí la puerta de entrada.

Dentro encontramos a Ellen, sentada en el suelo del salón con las piernas cruzadas hojeando su agenda de teléfonos.

—Hola, Ellen. ¿Qué estás haciendo aquí?

—Repasando la agenda para ver si Lanie ha señalado algún número. —Al ver mi sorpresa frunció el ceño—. No me mires así. Puede que no me lleve bien con Lanie, pero eso no significa que quiera que se muera, por Dios.

—¡Has vuelto! —dijo Caleb entrando en el comedor—. ¿Alguna noticia?

Sacudí la cabeza derrotada.

—No. ¿Algo por aquí?

—Lo siento, amor —respondió Caleb. Volviéndose a Adam dijo—: Amelia está preparando a Ann para irse a la cama.

—Genial, gracias —asintió Adam—. ¿Creéis que está disgustada?

—Todavía no. Sigue pensando que todo es parte de un juego.

—Pobrecita —dijo Ellen, llevándose una mano al pecho.

—Hemos buscado a Lanie en todas partes —lamenté—. Nadie la ha visto. No lo entiendo. ¿Cómo ha podido desaparecer sin más?

—Tú madre también lo hizo —dijo Adam—. Estuvisteis semanas sin saber dónde estaba.

—Ah —dije, mientras una idea empezaba a tomar forma en mi cabeza—. Tienes razón, no se me había ocurrido. Quizás Lanie esté en California.

Ellen arrugó la nariz.

—¿Te refieres al CFV? Le pega tanto unirse a la secta esa del sol como alistarse en las Fuerzas Armadas.

—No unirse —contesté impaciente—. Pero ¿y si hubiera ido para conectar con el recuerdo de mamá? Ha estado pensando mucho en ella. Y es el único sitio donde no hemos buscado. Es lo único que tiene sentido.

—Pero no ha comprado ningún billete de avión —protestó Adam. ¿Recuerdas? Comprobé los movimientos de su tarjeta. Solo le han cargado gastos de gasolina.

—Pues igual está yendo en coche.

—¿Y solo ha llenado una vez el depósito?

—Bueno, a lo mejor todavía no ha necesitado llenarlo —repliqué desesperada—. Vamos, chicos. Es el último lugar donde puede estar. Sabéis que tengo razón. Mañana por la mañana cogeré un avión. Llegaré a California antes que ella.

—Jo, aunque sea allí donde esté, nunca la vas a encontrar —dijo Caleb amablemente—. Es como buscar una aguja en un pajar. Peor, una aguja en un montón de pajares. Ni siquiera sabemos dónde está el recinto del Colectivo Fuerza Vital.

—No —asentí lentamente—, pero sé de alguien que me lo puede decir. Hace cinco años, conocí en San Francisco a una acólita del Colectivo Fuerza Vital llamada hermana Amamus. Apuesto a que todavía tengo sus datos. Me dijo que no volviera a contactar con ella, pero al menos podrá decirnos si alguno de ellos ha tenido noticias de Lanie. O quizás pueda darle un mensaje...

Fui repasando la correspondencia que tenía archivada en el ordenador hasta encontrar el número de la hermana Amamus y marqué con rapidez. La llamada fue inmediatamente atendida por un mensaje de voz automático que me informó de que aquel número estaba fuera de servicio. Con el ceño fruncido redacté un mail al escritor que me había proporcionado el contacto de la hermana Amamus, contándole por encima lo desesperado de nuestra situación y suplicándole que nos diera alguna pista alternativa. Casi inmediatamente, recibí un mensaje automático anunciándome que esa dirección de *e-mail* ya no estaba en vigor.

Arrojé el teléfono contra el suelo, lanzando un juramento en voz alta. Al inclinarme para recogerlo, mis ojos se toparon con una libreta que estaba sobre una mesa auxiliar.

—¿Qué es esto? —pregunté señalándola.

—Estadísticas de beisbol —dijo Adam—. Me gusta llevar la cuenta de los resultados cuando veo los partidos.

—Lanie escribía un diario en una libreta como esa cuando éramos pequeñas. ¿Todavía tiene un diario?

Adam se encogió de hombros.

—No, que yo haya visto. ¿Dónde crees que puede guardarlo?

—Solía esconderlo debajo del colchón —recordé.

—Venga. Vamos a mirar.

Lo seguí escaleras arriba hasta su habitación y me detuve un momento frente a una puerta cerrada para escuchar la voz calmada y suave de tía A leyendo en voz alta para Ann. Recordé con claridad la expresión tierna de Lanie mientras hablaba de su hija el sábado por la noche y me resultó difícil conciliar esa imagen con el hecho de que ahora Lanie se hubiera ido. Era imposible que pensara que su hija estaría mejor sin ella.

Cuando llegamos al dormitorio, me sorprendió sentir una punzada en el pecho al ver la cama de matrimonio, pero me obligué a alejar de mi mente cualquier resto de rencor por la traición y a centrarme en la tarea que me traía entre manos. Aparté las sábanas color crema y rebusqué bajo el colchón, pero, para mi desilusión, mis inquietas manos no encontraron nada. Me volví hacia la mesilla de noche, abriendo de un tirón el cajón y explorando el contenido. Extraje novelas de amor, cremas de noche y un puñado de frascos de pastillas, pero ningún diario.

Sostuve un frasco de pastillas vacío frente a Adam con gesto acusador:

—¿Está tomando Valium?

Adam se encogió de hombros.

—Se lo han recetado.

—¿Te acuerdas de que intentó suicidarse una vez con esto, no? —le pregunté con voz agitada.

Adam palideció.

—Eso fue hace mucho tiempo, Josie —dijo sin convicción.

—Maldita sea, Adam. Y si... —Mi voz se fue apagando, no quería terminar la frase. Seguí hurgando en su armario y su cómoda sin encontrar nada y después me volví hacia Adam.

—¿Dónde más podemos mirar?

Adam me llevó a una habitación en el piso de abajo a la que se refirió como «el estudio de Lanie». Resultó ser el único espacio de aquella hermosa casa que se parecía a mi hermana. Una gran mesa de biblioteca servía de escritorio, y amontonada sobre ella, una pila de revistas de todo tipo —revistas de moda en papel cuché, revistas de *National Geographic*, revistas de cocina—, trozos de papel y restos de tela, cintas y algo esponjoso que se parecía a las entrañas de un animal de peluche. Un ordenador Mac descansaba en mitad de la habitación, junto a una taza de café vacía y un plato sobre el que había un bollo de canela rancio y a medio comer de fecha indeterminada. Un lienzo con una escena de granja a medio pintar estaba apoyado sobre la pared, y delante había una paleta abandonada con pintura reseca. Un cuadro terminado, que representaba las ruinas de una granja, que se parecía a la antigua casa del abuelo y la abuela, estaba apoyado en una silla. Me sorprendió la destreza que mostraba aquella obra terminada y se me hizo un nudo en la garganta.

—Perdón por el desorden —dijo Adam—. No deja entrar a la señora de la limpieza. Apenas me deja entrar a mí.

Aparté con el pie un jersey tirado en el suelo y descubrí un álbum de fotos abierto, en el que me sorprendí mirando la misma foto de mi familia que yo guardaba en mi mesilla de noche. Aquello me tocó la fibra sensible. Cogí el álbum y hojeé un par de páginas, deteniéndome al posar las manos en una foto que me resultaba familiar y al mismo tiempo algo extraña. La miré pensativa hasta que me di cuenta de dónde estaba el problema: era una foto de la familia en la granja, sentados sobre fardos de heno..., pero en la copia de Lanie, habían cortado la esquina en la que estaba mi padre.

—¿Es ese su teléfono? —dijo Caleb interrumpiendo mis pensamientos.

Seguí su mirada hacia el suelo, con el pánico agarrotado en la garganta. ¿Por qué no llevarse consigo el teléfono? A no ser que... Pensé en las pastillas de su habitación y lancé una mirada a Adam, cuyo rostro se había vuelto gris.

Caleb recogió el teléfono y golpeó la pantalla.

—Hay que meter la contraseña —dijo pasándoselo a Adam.

Adam sacudió la cabeza en señal de fracaso.

—No me sé su contraseña.

Alargué el brazo y cogí el teléfono, introduje el día de nuestro cumpleaños, la misma contraseña poco segura que tenía yo. El teléfono se desbloqueó y mostró una foto de Ann como imagen de fondo de la pantalla de inicio. Adam se llevó los nudillos a la boca y apartó la mirada. Yo comencé a navegar por su agenda con rapidez revisando la corta lista de contactos: *Adam, Ann colegio, Ann médico, Ann niñera, A tía, Ellen, Pilates... y Ryder Strong.*

—Bingo —dije—. Ryder Strong.

—Lanie y Ryder ya no son amigas —dijo Adam—. Ese número debe de ser de hace años.

—Estaba en el funeral —le recordé mientras marcaba el teléfono. Una de dos: o el teléfono no era tan viejo como pensaba Adam, o Ryder llevaba años sin cambiar de número porque a los tres tonos contestó. Su voz era ronca, pero sonaba atropellada y llena de esperanza.

—¿Lanie? Joder, me has asustado.

—No, Ryder. Soy su hermana, Josie.

—Ah —dijo con voz fría—. Estoy saliendo por la puerta.

—Espera, por favor —supliqué—. Estoy buscando a mi hermana.

Por toda respuesta escuché un leve clic cuando Ryder colgó el teléfono. Volví a marcar inmediatamente. Esta vez no obtuve respuesta. Maldije en voz alta, con los ojos empapados de lágrimas.

—¿Qué ha pasado? —preguntó Ellen, cogiéndome del brazo.

—Me ha colgado —refunfuñé. Escribí un mensaje de texto que esperaba que Ryder no pudiera ignorar, decía: *Lanie ha desaparecido y ha dejado una nota extraña. Creo que puede hacerse daño. Por favor, dime si sabes algo. Es un asunto de vida o muerte.*

Y después esperé, demasiado nerviosa para respirar.

En cuestión de segundos, el teléfono de Lanie vibró.

—¿Josie? —dijo Ryder con voz vacilante.

—Gracias —respiré—. ¿Sabes algo?

—Primero dime qué decía la nota.

—Parecía una nota de suicidio, Ryder. Y acabo de encontrar un frasco vacío de Valium en su habitación, así que no me hagas perder más tiempo y dime lo que sabes.

Vi que Ellen abría los ojos como platos ante la mención del Valium. Recordaba aquella terrible noche.

—Mierda —dijo Ryder en voz baja—. Mira, yo no sabía...

—Me da igual. ¿La has visto?

—Sí. La vi.

Respiré medio aliviada.

—¿Dónde? ¿Cuándo?

—Aquí. Apareció esta tarde. Me dijo que llevaba varios días sin dormir y me preguntó si podía quedarse aquí a dormir. Le dije que por supuesto y se quedó dormida en el sofá. Pensé que cuando se levantara querría un poco de café, así que salí corriendo a por un poco de leche. Cuando regresé, se había ido.

—¿A dónde fue?

—No sé. No lo dijo.

—Piensa, Ryder —la presioné, me negaba a creer que estando tan cerca aún no supiésemos nada—. Por favor, esto es realmente importante. Concéntrate. ¿Dijo algo más?

—Nada que quieras oír. Le pregunté por qué acudía a mí,

teniendo en cuenta que no me había llamado en meses. Me dijo que no tenía otro sitio a donde ir, que no podía volver con Adam y que no podía volver a casa de su tía porque tú estabas allí y no querías verla.

Me mordí el labio, recordando lo dura que había sido con ella aquella mañana.

—¿Dijo algo más?

—Nada importante. Dijo que estaba cansada y una tontería sobre que quería dormir para dejar de ser ella misma. —Ryder suspiró—. No sé, Josie. Sinceramente sonaba como si estuviera tramando algo.

Un escalofrío me recorrió la espalda al recordar cómo arrastraba levemente las palabras durante aquella llamada vespertina.

—¿Sabes qué fue lo que se tomó?

—Yo no vi que se tomara nada —aclaró Ryder—. Pero bueno, he estado con Lanie demasiadas veces cuando está colocada como para darme cuenta.

—Sí —reconocí con tristeza—. ¿Puedes contarnos algo más? ¿Cualquier cosa?

—La verdad es que no. Solo dijo que estaba cansada y que quería dormir. Ah, espera, y dijo que le gustaría ir atrás en el tiempo, a la época en que era valiente. Para acabar con esto, creo que dijo.

—¿Qué? —solté un grito ahogado, horrorizada.

—Sí, pero ya te he dicho que me pareció que estaba colocada. No creo que significara nada.

—Joder, Ryder. —Tomé aire—. Espero por nuestro bien que no.

Colgué y me hundí en la mesa de escritorio de Lanie, no conseguía llorar y eso hacía que me temblara el cuerpo.

—Cálmate, Josie —dijo Ellen con dulzura, posando una mano sobre mi hombro tembloroso—. ¿Qué dijo Ryder?

—Que Lanie ha estado ahí esta tarde. Dijo que llevaba días sin dormir. También dijo algo de volver al lugar donde había sido valiente. ¿Tiene algún sentido para vosotros?

Adam frunció el ceño.

—Nada en concreto. ¿Algo más?

«Para acabar con esto». Tragué saliva y miré hacia otro lado.

—Nada más.

—Así que aún no sabemos nada. —Adam suspiró con los hombros caídos.

—Sabemos que estuvo en casa de Ryder esta tarde —dije—. Ahí arriba tiene una buena colección de pastillas y Ryder dice que estaba medio ida. Igual deberíamos volver a llamar a los hospitales. Caleb, ¿puedes hacerlo tú? Y supongo que también hay posibilidad de que la detuvieran por conducir bajo los efectos de las drogas, así que, Ellen, igual podrías llamar a las comisarías. Adam llama a cualquiera que creas que pueda tener conexión con Lanie. Y yo... algo haré.

Tía A entró en la habitación.

—Josie, Adam, habéis vuelto... ¿Habéis encontrado alguna pista?

Con un nudo en el estómago, puse a tía A rápidamente al corriente de todo lo que me había contado Ryder.

—Oh, no —dijo la tía A, con los ojos repentinamente húmedos—. Ay, cariño, me puedo imaginar lo que estás pensando. Todavía recuerdo lo que sufrí con lo de tu madre, fue casi insoportable.

«Claro», pensé. «Nuestra madre».

El reloj del salpicadero marcaba las 11:00 p.m. cuando me detuve frente a las puertas del cementerio. Ya habían echado la llave y una señal me indicó que cerraban al anochecer. Sabía que el horario oficial no disuadiría a mi hermana, así que aparqué mi coche de alquiler un poco más lejos y trepé a toda velocidad por la verja. Inmediatamente tropecé con una lápida que había debajo, y busqué mi móvil para iluminar el sendero, pero descubrí que me lo había dejado en el coche. De repente me di cuenta de que estaba en un cementerio en mitad de la noche y sin quererlo me eché a temblar. Un viento suave agitó las hojas de un árbol cercano, provocando un funesto estertor.

Me tragué aquella sensación de inquietud y me adentré en la oscuridad, acongojada por el temor irracional a caerme dentro de una tumba abierta. En un momento dado pensé que había oído a alguien atravesando el césped seco. Un sonido siniestro, como si alguien arrastrara los pies. Me quedé paralizada. Podía ser el encargado del cementerio, que venía a arrestarme por allanamiento, o podía ser algún degenerado merodeando por el cementerio, como reconoció que le gustaba hacer a Warren Cave.

O podía ser mi hermana.

—¿Lanie? —llamé. Mi voz sonaba como un leve graznido—. Lanie, ¿eres tú?

No obtuve respuesta.

Contuve el aliento y esperé, pero ya no podía escuchar el ruido. El cementerio estaba totalmente en silencio.

Agitada, continué mi camino hacia el lugar que servía a mis padres de descanso final. La tumba de mi madre fue fácil de encontrar, la única parcela tapada con tierra fresca. Según iba caminando, sin rastro de Lanie, se me encogía el pecho. No habían dejado flores ni regalitos para adornar la tumba, no había pañuelos de papel manchados de rímel escondidos entre la hierba. No había estado allí o, en caso de que hubiera estado, ya se había ido. Me di la vuelta para marcharme, ansiosa por abandonar aquel espeluznante cementerio, pero algo me detuvo. Me arrodillé frente a las lápidas contiguas de mis padres y estiré el brazo para tocar sus nombres.

No sé qué esperaba, pero no sentí nada. Desilusionada, me puse de nuevo de cuclillas. En algún lugar a lo lejos comenzó de nuevo el ruido de pisadas. Me levanté de un brinco y no dejé de correr hasta llegar al coche.

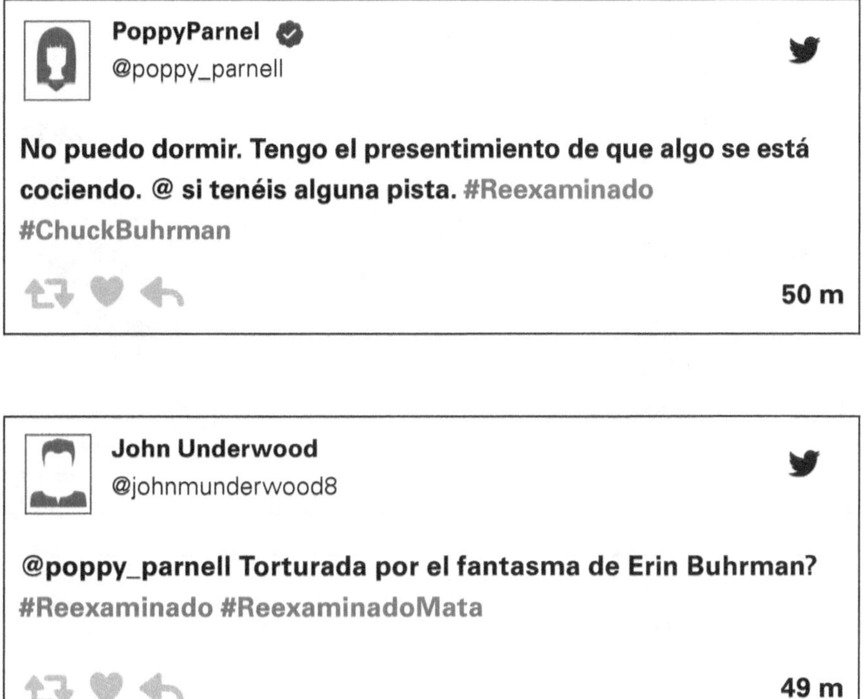
PoppyParnel
@poppy_parnell
No puedo dormir. Tengo el presentimiento de que algo se está cociendo. @ si tenéis alguna pista. #Reexaminado #ChuckBuhrman
50 m
John Underwood
@johnmunderwood8
@poppy_parnell Torturada por el fantasma de Erin Buhrman? #Reexaminado #ReexaminadoMata
49 m

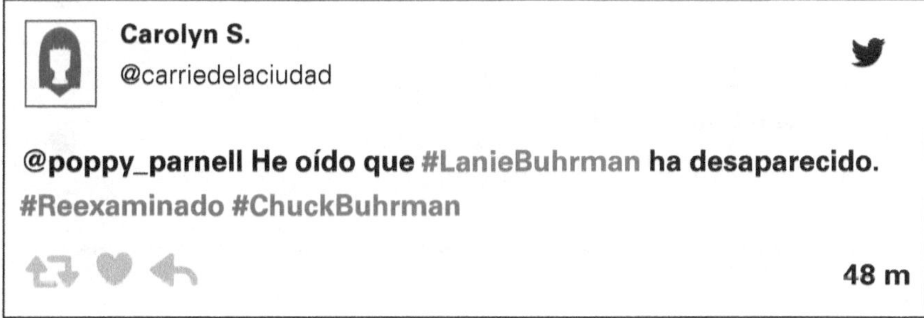
Carolyn S.
@carriedelaciudad
@poppy_parnell He oído que #LanieBuhrman ha desaparecido. #Reexaminado #ChuckBuhrman
48 m

 **Wendy Gillespie**
@wendyg_109

@carrieenlaicudad @poppy_parnell Mi hijo va al colegio con la hija de L. y hoy no fue al cole. No estoy segura de si significa algo.

47 m

 **Carolyn S.**
@carriefueradelaciudad

@wendyg_109 @poppy_parnell Significa algo seguro.

45 m

 **mm**
@midwerternmamma

@poppy_parnell #JUSTICIAPARAWARRENCAVE #Reexaminado #ChuckBuhrman

30 m

 **John Underwood**
@johnmunde8

@midwesternmamma no pierde ocasión de colar su mensaje, señora

10 m

CAPÍTULO 21

Cuando me vi de nuevo a salvo en el coche, empecé a llorar de frustración. Me sentía aturdida al recodar una y otra vez los acontecimientos de los últimos días, que se sucedían en mi mente en un bucle interminable. Tenía la irritante corazonada de que sabía algo —o debía saber algo—, pero escapaba a mi percepción.

Repasé mentalmente nuestra última conversación, concentrándome en cada palabra que yo pudiera recordar, examinándolas de arriba abajo en busca de pistas, y no conseguí nada. Ella había mencionado a mi madre un par de veces, pero si no estaba en el cementerio ni en California...

¿Estaba segura de que no se había marchado a California? Adam decía que no había usado sus tarjetas de crédito para comprar un vuelo, pero ¿y si tenía una tarjeta de crédito secreta? ¿Y si había pagado en metálico? Con una desesperada energía que me provocaba un temblor en las manos, busqué al azar el número de una compañía aérea. Era el primer paso de un plan muy poco práctico que consistía en llamar a todas las aerolíneas y describirles a mi hermana. Mientras escuchaba el mensaje automático, recordé a Caleb diciendo lo difícil que sería encontrar el Colectivo Fuerza Vital, aunque fuera a California.

«Sería como buscar una aguja en un pajar. Peor, una aguja en un montón de pajares».

Colgué el teléfono.

Los cuadros de Lanie. El heno que Adam le había visto en el pelo.

Sabía dónde estaba mi hermana.

Una señal luminosa de prohibido el paso colgaba de la puerta oxidada, pero esta ya estaba abierta. Me dio un vuelco al corazón, allí había alguien. Aunque a primera hora de la mañana el cielo estaba todavía totalmente oscuro, apagué las luces delanteras del coche y atravesé lentamente la puerta, lo que me permitió moverme sigilosamente por el camino sucio y lleno de baches. Podía escuchar el roce de las ligeras puntas de la maleza contra el chasis del coche mientras avanzaba despacio en la oscuridad, entornando los ojos para distinguir los bordes del camino cubierto de malas hierbas. Hubo un tiempo en que hubiera podido llegar a la granja hasta con los ojos cerrados, pero ahora me preocupaba saltarme una curva imprevisible y acabar enredada en la hierba pantanosa que rodeaba el lago, o salirme del camino y terminar en los sembrados. Me planteé encender de nuevo los faros, pero estaba demasiado cerca de encontrar a mi hermana como para dejar que un granjero con una pistola y un fuerte sentido de la propiedad privada me lo impidiera.

Y entonces, bajo el cielo sin luna, la granja se materializó. Con el corazón en la boca, detuve el coche mientras contemplaba lo que una vez fue un hogar tan pintoresco que podía haber sido un cuadro de Grant Wood. Ahora la pintura de la casa se descascarillaba a pedazos, y el antiguo blanco radiante se había descolorido en un gris sucio. A la balaustrada de madera que rodeaba el porche le faltaban barrotes, y los escalones que conducían hasta él se habían podrido y caído. La imagen estaba más cerca de una peli de terror que del lugar idílico de nuestros recuerdos familiares.

La granja estaba vacía y era evidente que llevaba así un tiempo. La verdad es que ya solo el hecho de que la casa siguiera en pie me resultó sorprendente. Las granjas familiares hacía tiempo que habían pasado de moda, y supuse que los nuevos dueños la habrían demolido para dar espacio a más terrenos productivos. Pero por alguna razón no lo habían hecho y la casa se alzaba ante mí abandonada y siniestra.

Apagué el contacto del coche y me dispuse a salir. Solo se oía el canto alocado de los grillos y ocasionalmente el inquietante ulular de un búho. Crucé hacia lo que quedaba del porche y me abrí paso entre las vigas podridas, donde en su día se levantaban las escaleras. La madera estaba blanda y húmeda, y podía sentir cómo se me iban hundiendo ligeramente los pies a cada paso. Contuve el aliento mientras me aproximaba con cuidado a la puerta principal. Agarré el pomo con ambas manos y lo giré. Casi esperaba que al abrirse la puerta se desatara un aroma a pan recién horneado y a las velas perfumadas de canela de la abuela, como había ocurrido en mi juventud. Agité inútilmente el pomo entre mis manos, inflexible.

Di un paso hacia atrás para observar la casa. Habían roto en pedazos una de las ventanas de la fachada y yo me metí cuidadosamente por el hueco, esquivando trozos de vidrio rotos.

Ahora estaba en la carcasa de lo que un día fue el comedor de mis abuelos. Sus cosas habían desaparecido hacía tiempo: el patriótico sofá a cuadros (con los colores de la bandera), la alfombra redonda hecha de retales, las fotos enmarcadas de la familia reunidas sobre el sencillo mobiliario estilo Shaker. Los muebles los habían sacado de allí y subastado, las fotos familiares y los objetos de recuerdo estaban a salvo, guardados en cajas de cartón, en el desván de tía A. Privada de sus pertenencias, la casa se sentía vacía. El llamativo papel de flores se aferraba aún a las paredes, e, incluso en la oscuridad, pude distinguir la huella fantasmal de una escena pastoral pintada al óleo que antaño colgaba sobre la chimenea. Ahora, donde antes había pequeños granjeros arando los campos mientras, a poca distancia, pastaba un modesto rebaño, alguien había escrito una máxima con espray en letras amarillas.

Contuve el aliento para ver si lograba escuchar algún sonido humano. Nada.

—¿Lanie?

No hubo respuesta. Ni siquiera el crujir de la tarima.

—¿Lanie? —insistí.

Pese al absoluto silencio no quise rendirme. Sentí un pálpito, una conocida sensación de apremio, que me decía que mi hermana me necesitaba. Salí del salón y fui hacia el comedor. Allí, el papel a rayas de la pared estaba cubierto de grafitis y la moqueta podrida hecha un vertedero de latas de cerveza aplastadas. Sin la gran mesa de comedor, la que el abuelo había montado con sus propias manos y que desde entonces estaba en casa de tía A, la habitación parecía mucho más pequeña de lo que recordaba. Fui hasta la cocina, y me detuve antes de abrir de golpe la puerta de la despensa. Pero no había más que estanterías vacías y un sonido furtivo de pisadas de ratón. Allí de pie sobre el linóleo descascarillado, cerré los ojos y recordé los tiempos en los que ayudaba a la abuela a mezclar los arándanos frescos con la masa de las tortitas y a exprimir limones para hacer limonada con mi hermana. Casi podía oler el azúcar, la fruta fresca, pero apenas fue un espejismo. Me disponía a subir las escaleras traseras hacia la segunda planta cuando me detuve a mirar por la ventana.

La luna se había asomado detrás de una nube, iluminando el tramo entre la granja y el granero, y a la tenue luz de la luna vi el utilitario deportivo de mi hermana, negro y reluciente. El vehículo estaba aparcado de cualquier modo delante del granero, con una de sus puertas totalmente abierta, asemejándose al bostezo de un animal dormido. La cerradura de la puerta trasera se atascó y, con las prisas por salir, casi la rompo. Eché a correr hacia el granero, el corazón me palpitaba tan fuerte que me parecía oírlo anunciando mi presencia.

En el umbral me detuvo la oscuridad absoluta, inmensa, del granero, y me quedé allí de pie; parpadeando sin ver, activé la linterna de mi iPhone y recorrí el granero con el débil rayo de luz descubriendo poco más que borrosos haces de polvo y los vagos contornos de equipos de cultivo abandonados.

—Lanie, ¿estás ahí? —llamé.

No obtuve respuesta, pero la sensación de que mi hermana estaba allí era demasiado fuerte como para pasarla por alto. Me quedé inmóvil esforzándome por oír algo.

Y entonces ocurrió. El sonido de unos pies arrastrándose; débil, apenas audible.

Entré en el granero y volví a gritar el nombre de mi hermana.

—Lanie, sé que estás aquí.

Todo lo que obtuve por respuesta fue un silencio tan ensordecedor que llegué a preguntarme si no habría imaginado haber oído algo.

—No me iré hasta que salgas —dije.

Algo crujió encima de mí, y alcé bruscamente la cabeza, escudriñando la oscuridad. Mis ojos se iban adaptando poco a poco a la falta de luz y lo único que acerté a ver fue el sutil movimiento de un aleteo junto al techo. En la buhardilla. Apunté hacia el cielo con mi iPhone, pero el débil rayo se fue extinguiendo mucho antes de llegar a la buhardilla. En la oscuridad escuché un sonido suave, como un tarareo, y sobresaltada reconocí la melodía de la nana *Fray Santiago*.

—Lanie —rogué—. Venga. Sé que estás aquí.

Un rayo de luz surgió de arriba. Mi hermana se asomó al borde de la buhardilla, con una linterna bajo la barbilla. La luz proyectaba largas sombras sobre su pálido rostro, transformándola en una imitación macabra de sí misma.

—Estoy aquí.

—¿Qué haces ahí arriba? —grité, aunque no estaba segura de si quería saberlo.

—¿Recuerdas aquella vez que tú y yo estábamos jugando aquí arriba y un murciélago se abalanzó sobre nosotras?

Asentí. Lanie y yo teníamos ocho años, esa edad intermedia en la que todavía quieres jugar a las fantasías, pero que estas empiezan a ser demasiado arriesgadas para nuestro propio bien. Habíamos cargado las mochilas de muñecas y tazas de té de plástico rosas y habíamos trepado la empinada escalera hacia la buhardilla del granero, con la intención de organizar un té sobre los fardos de heno. Nunca me había sentido cómoda con las alturas, por lo que siempre había tenido miedo de la buhardilla, incluso antes de que el murciélago cayera sobre nosotras. Me rozó la cabeza sacudiendo el aire con sus correosas alas y se me erizó la piel de la nuca. Aterrada, grité y me agaché agarrándome la cabeza con las manos. No recordaba que mi hermana hubiera gritado. Como bien recordaba Lanie, ella siempre había sido la valiente.

—Sí —contesté—, papá dijo que quería unirse al té.

—¿Recuerdas que el abuelo subió hasta aquí con una escoba para salvarnos? ¿Y la movía de un lado a otro? ¿Y la abuela estaba allí de pie, en la planta baja del granero dando voces, diciéndole al abuelo que tuviera cuidado, que se iba a caer y se iba a romper el cuello?

—Me acuerdo.

—¿Nunca te ha parecido extraño que los humanos nos preocupemos tanto por nuestra propia muerte? El abuelo no se cayó ni se partió el cuello. No murió esa tarde, pero sí murió cinco años después. ¿Crees que esos cinco años supusieron una diferencia tan grande en el esquema general de las cosas? Unas cuantas cosechas más, unas cuantas navidades. Un ataque al corazón y ¡bam! Un tipo borracho le roba la existencia.

—Cinco años es mucho tiempo, Lanie. Y la vida es un bien preciado.

—¿De verdad lo es? ¿Y si no haces nada con tu vida que merezca la pena? ¿Y si en lugar de convertir este mundo en algo mejor o hacer algo, aunque solo sea remotamente meritorio, eres en realidad culpable de haber destruido la felicidad de otras personas?

—Lanie, ¿por qué no bajas? Si nos vamos a poner en plan existencialista, me sentiría mucho más cómoda contigo en suelo firme.

Arrojó la linterna a un lado, y su rostro se sumergió de nuevo en la oscuridad.

—Lo siento, hermana. No voy a bajar. Así no.

—Pues entonces, subo yo —dije. Podía escuchar el bombeo de la sangre en mis oídos—. ¿De acuerdo?

—Tú misma.

La escalera me pareció menos sólida de lo que recordaba, y me esforcé por reprimir un arrebato de miedo. El hecho de sentir que, al contrario que en los tablones blandos y podridos del porche, aquí la madera estaba mejor conservada, me proporcionó un vago consuelo. A medida que ascendía por la escalera agradecí la oscuridad que me impedía ver el suelo. Y cuando conseguí alzarme hasta la buhardilla, solo experimenté un mínimo alivio. Restos olvidados de heno viejo susurraban bajo mis pies. No me veía capaz de acercarme al borde donde estaba Lanie. Cuando éramos niñas, le encantaba ponerse de pie en el filo y contemplar el bullicioso granero bajo sus pies, como una reina vigilando su reino. Nunca pude ponerme a su lado, me daba demasiado miedo. Siempre me resultó injusto. Éramos gemelas. ¿Por qué la habilidad de soportar las alturas no había conseguido incrustarse en mis genes? Con el tiempo me daría cuenta de que no se trataba solo de las alturas; mi hermana no tenía miedo a nada.

—¿Qué haces aquí? —pregunté.

—¿Qué haces tú aquí? —repitió.

—Buscarte —dije. Quería dar un paso hacia ella, pero mis pies se negaban a moverse.

—Se suponía que no debías hacerlo —dijo, levantando un pie y dejándolo suspendido en el vacío. Se me hizo un nudo en la garganta—. ¿Ann no te dio mi carta?

—Sí, me la dio. ¿Puedes, por favor, dejar de hacer eso con el pie?

Los ojos de Lanie se cruzaron con los míos y se inclinó levemente, desafiante. Aunque decía que no quería que la encontrara, parte de mí se preguntaba si me había estado esperando. Ella sabía que iría en su búsqueda. Quizás deseaba que la salvase. Lo había hecho tantas veces, que quizás lo esperaba.

—Lanie —supliqué—. No lo hagas.

Suspiró y volvió a poner el pie en su sitio.

—No sé qué hacer, Josie. Lo he estropeado todo de tal manera...

En otra ocasión, en un pasado no demasiado lejano, le habría dado la razón. Lanie era el equivalente emocional a una excavadora: nada ni nadie estaba a salvo con ella. Había abusado constantemente de mi tía A, que tanto había sufrido, había provocado que nuestra sensible y atormentada madre acabara en brazos de una secta y había destruido mi relación con Adam, privándome con ello de toda estabilidad. Durante casi un tercio de mi vida había culpado a mi hermana de todo, pero solo ahora empezaba a entender lo injusta que había sido. Adam no había tenido un rol totalmente pasivo en su traición, mi madre hacía tiempo que nos había abandonado emocionalmente, mucho antes de que Lanie le pusiera aquella almohada sobre la cara, y el tiempo que había pasado fuera había sido probablemente bueno para mí. Lo único de lo que se podía culpar a Lanie era de haberse destrozado a sí misma.

Así que alargué la mano hacia mi hermana y le dije:

—Eso no es verdad. Vamos. Volvamos a casa.

—No puedo volver a casa. —Dirigió la linterna hacia el final de la buhardilla, hacia el duro suelo que yo sabía que existía bajo el refugio de la oscuridad—. Lo siento.

—Piensa en tu hija, Lanie. Necesita a su madre.

El rostro de Lanie se crispó.

—Estará mejor sin mí.

—Eso es absolutamente falso —dije, reuniendo todo mi valor y dando un temerario paso hacia ella con el brazo extendido.

Lanie se giró hacia mí con un movimiento tan rápido que hizo que se tambaleara. Me detuve en seco, aterrada, mientras mi hermana recuperaba el equilibrio.

—Es verdad. Una niña necesita una madre a la que admirar. Alguien a quien pueda emular. Necesita un modelo de conducta. Yo no lo soy. No puedo ser esa persona. Lo he intentado, Dios sabe que lo he intentado, pero no puedo hacerlo. Soy un desastre, una infeliz y una amargada, y lo único que puedo provocar es dolor y sufrimiento.

—No, Lanie. Quizás ahora estés triste, pero no siempre será así. Créeme. Hay gente que te quiere y se preocupa por ti, gente que te ayudará. Me tienes a mí.

Alargué el brazo para alcanzar la mano de mi hermana y esta vez no la apartó.

—Siento haber destrozado tu vida —dijo con suavidad.

—Mi vida está perfectamente —le contesté, apretándole la mano con fuerza—. No has destrozado nada.

—Lo he destrozado todo.

—Para. Eso no es verdad.

Apartó la mano alejándola de mí y apagó la linterna, retrocediendo hacia las sombras.

—Tú no sabes todo lo que he hecho.

«¿Crees que Lanie pudo haber apretado el gatillo?». Las palabras de Adam acudieron a mi cabeza, vibrantes, sangrantes. «Si Warren Cave no le disparó, ¿qué otra razón podía haber para acusarlo?».

Me tragué el miedo y le dije:

—Pues cuéntamelo.

No obtuve respuesta. Recorrí con la mano la oscuridad total en busca de mi hermana. La llamita de un mechero estalló de repente y me aparté sobresaltada.

—Apaga eso. Piensa en el heno. Esto es una trampa de fuego.

Ignoró mi advertencia y dio una sonora calada al cigarrillo. La llama de un color rojo cereza brilló en la oscuridad.

—Lanie —insistí—. Salgamos por favor de este granero.

No dijo nada, la única prueba de que estaba allí eran las subidas y bajadas de su cigarrillo. Entonces, exhalando el humo dijo con voz apenas perceptible:

—No creo que fuera Warren Cave.

—¿Qué? —pregunté, segura de que había oído mal el balbuceo de sus palabras—. ¿Qué has dicho?

—No creo que fuera Warren Cave —repitió con más claridad—. No creo que fuera él el que mató a nuestro padre.

Se me heló la sangre en las venas. «Si Warren Cave no le disparó...».

—Espera —dije interrumpiendo mi reflexión—. ¿No lo crees? ¿Significa eso que no lo sabes?

—No —susurró—. No lo sé. Antes estaba segura, pero ahora todo es un lío. No creo que fuera él.

—¿Quién fue? —pregunté, sin atreverme apenas a respirar.

Se encogió levemente de hombros.

Solté el aire. Sentí que se me descongelaba la sangre y volvía a recorrerme lentamente el cuerpo. Esto no iba a ser una confesión. Esto era una confusión.

—Lanie —dije con cuidado—, dime la verdad. ¿Te has tomado algo?

Ella se sorbió la nariz y tiró el cigarrillo. El brillo de la llama desapareció bajo la negrura de su pie.

—No tiene nada que ver con eso, Josie.

—¿Cuándo fue la última vez que dormiste?

—No me crees —dijo, y su voz sonó escéptica en la oscuridad—. Por fin te estoy diciendo la verdad y no me crees.

—Te creo —dije, asustada ante la posibilidad de volver a perderla—. Te creo cuando dices que ya no estás segura. Pero también creo que estás tremendamente cansada y quizás no del todo sobria. Vámonos a casa, podemos volver a hablar cuando hayas dormido un poco. Te lo prometo.

—Todavía no puedo dormir, ¿no lo entiendes? Todo es un lío. —Pude oír como apretaba los dientes—. Por un lado, tengo el recuerdo claro de ver a Warren Cave atravesar la puerta trasera. Recuerdo su abrigo largo y negro, su pelo teñido de negro. Recuerdo haberle visto empuñar una pistola contra la espalda de papá, y recuerdo haberle oído decir: «Todo esto es culpa tuya». Y recuerdo verle apretar el gatillo.

De pronto, se me encendió una luz. Abrí la boca para pedirle a Lanie que repitiera lo que había dicho, pero ella había seguido con su discurso.

—Pero a veces el recuerdo no es tan claro. A veces pienso que dijo otra cosa, algo... algo sobre una perla. A veces recuerdo su pelo, pero no su cara. Y otras veces el recuerdo es más claro, pero claro de una forma que sé que no puede ser real. Como por ejemplo... a veces puedo ver su mano sobre la pistola tan claramente como en una fotografía. Pero también veo un destello de oro en la mano.

—Warren podía llevar un anillo —dije—. Eso no tiene por qué significar nada.

—Salvo que —dijo Lanie despacio mientras se rascaba el pecho con las uñas dejando un surco de pequeños arañazos en la piel— podía ver el anillo porque estaba frente a mí. Y yo estaba de pie a su izquierda. Llevaba el anillo en la mano izquierda. Era una alianza de matrimonio.

Parpadeé.

—¿Una alianza? ¿Te refieres a una alianza como la que podía llevar Melanie?

—¿Sabes si Melanie es zurda? —preguntó—. La mano en la que llevaba el anillo era la que sujetaba la pistola. —Se detuvo para tragar saliva—. Y Warren es diestro.

—¿Cómo lo sabes?

—¿Recuerdas que estuvo casi todo el juicio con la cabeza inclinada sobre su libreta garabateando cosas? Estuve observándolo tanto tiempo durante ese juicio que estoy segura. Escribía con la mano derecha.

«Todo esto es culpa tuya».

—Sabes... —comenzó a decir Lanie.

«Todo esto es culpa tuya y vas a pagar por ello».

—Todo esto es culpa tuya —le interrumpí—. ¿Fue eso lo que oíste? ¿Estás segura?

—Tan segura como puedo estarlo.

—Pero no es algo nuevo, ¿no? ¿Que pienses eso?

Lanie sacudió la cabeza confusa.

—No, siempre pensé que eso era lo que había oído.

—Melanie Cave —dije con seguridad—. Dejó un mensaje en el buzón de voz de papá el día que lo mataron. Decía: «Todo esto es culpa tuya».

—¿Estás segura? —preguntó, y en sus ojos brilló algo así como un destello de esperanza.

Asentí.

—Sí, estoy segura. Poppy lo puso durante uno de los *podcasts*.

—Melanie Cave —dijo en voz baja. Exhaló lo que parecía un suspiro aliviado y encendió la linterna cegándome de repente—. Así que después de todo era Melanie Cave.

↑↓ Los mensajes de voz de Melanie (yo.podcastreexaminado)

↑ Subido hace 8 horas por jennyladelbarrio
↓ ¿Podemos hablar de los mensajes de voz que Melanie Cave le dejó a Chuck Buhrman?
¿«Pagarás por ello»? Parece una auténtica condena, ¿no? ¿Por qué nadie sacó este tema en el juicio?

↑ miranda_309 72 puntos hace 7 horas
↓ Porque Melanie era la que pagaba a la abogada de la defensa.

↑ pesadaatractiva 30 puntos hace 6 horas
↓ ¡Menuda defensa!
Fuente: estudiante de segundo año de derecho

↑ miranda_309 49 puntos hace 6 horas
↓ Qué mona eres.
Fuente: abogado en ejercicio.

↑ pesadaatractiva 12 puntos hace 6 horas
↓ ¿Estás insinuando que la abogada de Warren violó el código deontológico? ¿Y que lo hizo a propósito?

↑ jennyladelbarrio 81 puntos hace 4 horas
↓ CHICOS, MELANIE CAVE. Vamos, centraos en el tema.

CAPÍTULO 22

Convencí a Lanie para que viajara en el asiento del copiloto de mi coche alquilado, prometiéndole que volveríamos más tarde a por su vehículo. En el viaje de vuelta al pueblo estuvo tan callada que pensé que se habría quedado dormida, pero cuando me volví hacia ella, vi que estaba mirando por la ventana los terrenos llanos y vacíos a la luz de la luna. Su rostro era como una máscara, no acusaba emoción alguna. Me pregunté qué estaría pensando, si estaba volviendo a reproducir aquella noche terrible en su imaginación, y ahora reconocía al criminal como Melanie Cave.

—No quiero volver a casa todavía —dijo Lanie cuando atravesábamos la entrada de la ciudad—. Llévame a casa de tía A.

—¿Estás segura? Adam está muy preocupado por ti.

—Le llamaré para decirle que estoy bien.

—Lanie...

—Son las dos de la mañana, Josie. Si llego a estas horas a casa, Ann se va a preocupar. Además, no quiero que me vea así. No hasta que haya dormido, o por lo menos que me haya duchado.

—Eres su madre, Lanie —le recordé con ternura—. Te quiere tal y como eres.

—Lo sé —dijo mirando aún por la ventana—. Pero de todas formas no quiero que se preocupe por mí como nosotras nos preocupábamos por mamá.

* * *

La casa de tía A estaba a oscuras y en silencio. No había más sonido que el constante tictac del reloj del pasillo. Burbujas era el único habitante de la casa que estaba despierto y nos saludó trazando círculos alrededor de nuestros tobillos, restregándose insistentemente contra nuestras pantorrillas hasta que consiguió que Lanie lo cogiera en brazos.

—¿Quieres que te prepare el sofá cama del cuarto de costura? —me ofrecí.

Lanie sacudió la cabeza.

—No estoy cansada.

La miré con recelo, evaluando sus ojeras y su mandíbula tensa.

—¿Cuándo fue la última vez que dormiste?

—Vale —admitió—. Intentaré dormir, pero no te prometo nada. No te preocupes por el sofá cama. Me tumbaré en el sofá.

—Puedo quedarme aquí abajo contigo —le propuse. No me gustaba la idea de dejar a Lanie sola tan cerca de la puerta.

—Por mi parte, no hay riesgo de huida, Josie —dijo suavemente—. Estaré bien. Vete arriba y duerme en tu cama. Tienes pinta de necesitar un buen descanso, y yo probablemente voy a acabar viendo la tele.

—¿Estás segura?

—Segura —dijo besándome en la mejilla—. Ahora vete a la cama.

Ya en el piso de arriba, me metí sigilosamente en la cama junto a Caleb. Aunque estaba prácticamente dormido, murmuró algo incomprensible y me pasó el brazo por encima, acomodando mi cuerpo contra el suyo. Con el corazón de Caleb latiéndome en la espalda y la reconfortante idea de que Lanie estaba a salvo en casa, mi cuerpo finalmente comenzó a relajarse, y sentí que me sumergía de cabeza en el sueño más profundo que había tenido en semanas.

—Josie.

Parpadeé en la oscuridad, no estaba segura de si había oído mi nombre en sueños, y tampoco estaba segura de si estaba despierta.

—Josie —susurró mi hermana—. ¿Estás dormida?

—Mmm —murmuré, despertándome—. ¿Lanie?

—Levántate —me susurró, agarrándome la mano—. Tengo que enseñarte algo.

Su voz sonaba tan apremiante que hizo que se me encendieran las alarmas. Me deshice cuidadosamente del abrazo de Caleb y seguí a Lanie escaleras abajo. El reloj del pasillo dio las cuatro justo cuando entraba con ella en la sala de estar. La caja con las pertenencias de mi madre que habíamos recibido por mensajería estaba a un lado completamente abierta. Había sacado collares, bufandas, fotografías, y otros objetos y los había ido amontonando en pequeñas pilas dispuestas en círculo sobre el suelo.

—Se suponía que estabas durmiendo —le recordé a mi hermana.

—Te dije que no estaba cansada —dijo—. Así que empecé a revisar las cosas de mamá.

—Es evidente.

—¿Has visto esto? —preguntó Lanie, cogiendo apresuradamente algo amarillo brillante del suelo. Me lo tendió. El manual oficial del Colectivo Fuerza Vital.

—Sí —dije frunciendo el ceño, y recordando la nota de mi madre. *Mejor.* ¿Qué había querido decir? ¿Que habernos abandonado fue lo mejor que hizo? ¿O que abandonarnos era mejor para nosotras?

—¿Lo has leído? —me preguntó, alzando la voz—. ¿Y nadie se molestó en contármelo? ¿No se te ocurrió que igual me gustaría saberlo?

—Eh, cálmate. No sabía que te interesara el manual. Perdona.

Lanie se detuvo, observándome con curiosidad.

—¿Hasta dónde has leído?

Me encogí de hombros.

—Solo hasta el primer capítulo. Tía A se puso muy nerviosa, así que lo dejamos.

—Hay algo que creo que deberías ver —dijo sombríamente—. Empieza por el final.

Se me puso la piel de gallina al coger el manual e ir hojeándolo hasta llegar a las últimas páginas. Lo que vi me sorprendió tanto que di un grito. Al final del manual había unas páginas en blanco, con el título *Espacio para notas*, y estaban escritas con la letra de mi madre. La escritura era abigarrada, temblorosa e iba de abajo arriba, pero reconocí su particular grafía, las señales que ponía sobre las «kas» y las «haches».

—¿Qué es esto?

—Creo que es su diario de cuando estaba en el CFV. O algo así.

Con manos temblorosas, le di la vuelta y traté de escrutar las palabras. La mayor parte estaba escrita con bolígrafo azul, algunas palabras estaban tan emborradas que era imposible reconocerlas y en otras la letra era tan pequeña que no se podía distinguir. Pero incluso las que se podían leer eran difíciles de entender. Podía haber sido un diario, pero podían también ser apuntes de CFV. Era difícil de saber.

Estás aquí, decía la primera línea. *Al final del arcoíris. Dorado es el sol. El sol es la vida. Brillante sol seguridad serenidad cordura.*

Me dio un vuelco al estómago. Durante muchos años había deseado saber más de nuestra misteriosa madre, pero ahora que la posibilidad de echar un vistazo a la vida que pasó en la secta estaba literalmente en mis manos, no sabía si tendría agallas. Quería recordar a mi madre como la mujer amable y cariñosa que había sido, no como la persona incoherente que había garabateado estas notas. Ella tampoco hubiera querido que la recordara así, pensé.

—No creo que debamos leer esto —dije cerrando el manual—. ¿Recuerdas lo reservada que era con sus diarios? No le gustaría que leyéramos sus pensamientos íntimos.

—Ya no le va a importar —dijo Lanie suavemente.

Negué con la cabeza, incapaz de explicarle la verdad a Lanie. No quería saber.

—Josie, esta es nuestra única oportunidad de saber cómo era después de que nos dejara. Tenemos que leerlo. Se lo debemos. —Me quitó el manual y empezó a leer en voz alta—: «Sácalo. Comienza por el principio. Empieza aquí. Estás aquí. Estás aquí. Aquí. Donde quiera que vayas, allí estás».

—Esto no nos va a decir nada —protesté—. ¿La estás escuchando?

—Vamos —insistió Lanie, haciendo que me sentara a su lado y colocando el libro abierto sobre las rodillas de ambas—. Vamos a seguir. A lo mejor algo de esto tiene sentido.

El instinto de Lanie resultó ser correcto: a medida que íbamos pasando las páginas, ambas leyendo en silencio, la escritura de mi madre ya no era tan temblorosa, sus frases eran más completas. A medida que sus pensamientos se iban aclarando, me di cuenta de que no se trataba de un diario, en el sentido de que no iba relatando los acontecimientos del día a día. En vez de eso, parecía registrar los acontecimientos más importantes de su vida, los malos y los buenos, y no necesariamente en orden cronológico: el matrimonio con mi padre (*la chica más feliz del mundo*) y la muerte de mi tío Dennis (*fue todo culpa mía, culpa mía, culpa mía*).

Y entonces tropecé con una frase que decía: *Y allí estaban las magdalenas. Me quedé en shock. Si J. no hubiera... Después de eso estuve una semana sin dormir. Idiota, descuidada. Pero aprendí la lección. No tiene sentido hacer las cosas a medias.*

Me dio un vuelco al estómago. ¿Qué pasaba con las magdalenas? Fui saltando de línea en línea, pero no encontré ninguna otra referencia en la página. ¿Les había puesto algo? Pero ¿qué? ¿Y por qué?... ¿Había tratado de... envenenarme? De repente, recordé sobresaltada: aquella magdalena no era para mí.

Era para nuestro padre.

Me volví hacia Lanie, sin saber cómo verbalizar las locas teorías que planeaban por mi cabeza, y vi que su rostro se había quedado completamente pálido. ¿Se acordaba también ella del incidente con las magdalena?

—¿Lanie? ¿Qué pasa?

—Esto —dijo en voz baja, posando el dedo en otra parte de la página.

—Perla Leland —leí en voz alta—. ¿Qué está...? ¿Está diciendo que papá tuvo una aventura con la profesora Leland?

Lanie asintió, cerrando los ojos con fuerza.

—Creo que sí.

Mientras veía a mi hermana mecerse de un lado a otro, con los brazos fuertemente apretados sobre los ojos cerrados, me di cuenta de que lo que le preocupaba era algo peor a que nuestro padre hubiera tenido más de una aventura.

—Hay algo más, ¿verdad? —le pregunté rozándole el hombro.

—Sí —susurró—. La noche que mataron a papá...

—¿Me estás diciendo que Perla Leland mató a nuestro padre? —dije con voz entrecortada.

Lanie negó con la cabeza.

—Creo... creo que fue mamá.

Fue como si unos platillos resonaran en la cabeza, de repente la boca me sabía a metal. Un centenar de pequeñas explosiones detonaron en mi mente y la metralla al caer formó algo que parecía tener sentido. Pero aun así, me resistí.

—No —dije con firmeza, ignorando el hecho de que yo había estado a punto de expresar un temor parecido.

—Escucha —dijo Lanie, hablando deprisa con voz débil—. La noche que mataron a papá, oí algo antes de llegar a la cocina. Decían algo así como: «Primero Perla y ahora...».

—¿Estás segura? —pregunté—. ¿Por qué es la primera vez que lo mencionas?

—Porque no estaba segura de haberlo oído. No estaba claro y no podía entender qué significaba. La verdad es que a veces pensaba que me lo estaba inventando. Quiero decir, no tenía sentido que Warren dijera aquello, ¿no? Y yo estaba segura de que había sido Warren.

—¿Y por qué estás segura ahora?

Lanie tragó saliva.

—Porque empiezo a recordar. No solo eso. También otras cosas. Como lo que vi.

—¿Melanie Cave? —dije débilmente—. Viste a Melanie Cave,
¿recuerdas?

—Lo siento, Josie —dijo, tenía los ojos muy abiertos y lloro-
sos—. Pero fue mamá. Y creo que puedo probarlo con la pistola.

Negué tercamente con la cabeza.

—Nunca encontraron el arma.

—No —admitió—, pero estoy segura de que la persona que
disparó sujetaba el arma con la mano izquierda. Mamá era zurda.

—Lanie...

—Y creo que sé dónde está. —Contemplé el rostro sombrío de
Lanie y después bajé la vista hacia las palabras garabateadas al final
del manual. *Y estaban las magdalenas.* Incluso aunque no me fiara de
las palabras de Lanie, algo pasaba con aquellas magdalenas. Si reconocía haberlas envenenado... Recordé la pila de fotos que se había
llevado con ella al Colectivo Fuerza Vital, y la evidente ausencia de
imágenes de mi padre entre ellas. ¿Realmente estaba tan furiosa
como para intentar matarlo?

Y si lo había intentado una vez..., ¿habría tenido el arrojo de
haberlo intentarlo de nuevo?

CAPÍTULO 23

Eran las cinco y media cuando Lanie y yo llegamos a Cyan Court. Era, como había sido siempre, una callecita circular tranquila de una urbanización limpia y ordenada. Llevaba más de diez años sin ver la casa donde había transcurrido mi infancia, y al contemplarla me quedé sin aliento. Una parte de mí siempre había supuesto que la casa no se libraría nunca de la marca imborrable de la tragedia que había tenido lugar en su interior. Pensaba que la encontraría envuelta en una perpetua nube de oscuridad, o que habría caído en el abandono, y que el asesinato de mi padre sería permanentemente visible para cualquier intruso.

Y sin embargo allí estaba, con un aspecto absolutamente vulgar. La casa estaba tal y como la dejamos, una construcción blanca de estilo colonial holandés con alegres molduras azules, y macetas en las ventanas con restos de petunias de diferentes colores. Habían pintado el porche y enderezado el columpio, pero el gran olmo del patio delantero seguía igual.

De pie en la acera, donde todavía estaban las iniciales que habíamos trazado sobre el cemento húmedo, nuestras sospechas parecían absurdas. Si nuestra madre había matado a nuestro padre, tendríamos que encontrar allí alguna evidencia. La pequeña y ordenada comunidad no podía haber ocultado semejante secreto; la tierra habría temblado bajo sus pies, y habría sucumbido bajo su peso.

Lanie y yo caminamos lentamente de la mano hacia el patio trasero. Era difícil orientarse a través del nuevo diseño del jardín en la oscuridad previa al amanecer. Tropecé con una manguera que estaba desplegada, caí sobre un rosal y sus pequeñas espinas me arañaron los tobillos. Al llegar a la puerta de nuestra antigua casa de muñecas me quedé paralizada; la nostalgia y un mal presentimiento me impedían avanzar. Lanie pasó disparada a mi lado, abriendo la puertecita de par en par y entrando decidida.

La seguí vacilante, mi sensación de pánico era tan grande que casi esperaba encontrarme las paredes embadurnadas de sangre. Y sin embargo, el interior de la casa de muñecas tenía un aspecto luminoso y alegre. Las paredes, que originalmente estaban pintadas de verde musgo como nuestro salón, ahora eran de un amarillo brillante, y habían colgado cortinas de flores de las ventanitas en miniatura. En la esquina había una mesa rosa de plástico y sentados a la mesa con tacitas de té rosas había un oso panda de peluche y una muñeca con un solo ojo. Entre los dos muñecos había una caja de pastelillos Fig Newton.

Lanie echó una rápida ojeada a su alrededor y luego se dirigió al fregadero.

Sobre él había una foto del príncipe Guillermo y la princesa Catalina con un marco de plástico barato y Lanie lo arrojó sobre la mesa. Intentó meter los dedos entre el borde del fregadero y la pared gruñendo de esfuerzo.

—Ayúdame —masculló entre dientes—. Creo que lo han sellado o algo.

—¿Se puede saber qué estás haciendo?

—¿Recuerdas el escondite detrás del fregadero? —preguntó con gesto sombrío.

Aturdida, me acerqué a su lado, haciendo un esfuerzo por no pensar en lo que estábamos haciendo. Aquella casa de muñecas guardaba tantos recuerdos felices que no podía imaginar que escondiera secretos tan terribles. Hundí las uñas en la goma sellada, arañando la pared con la punta de los dedos hasta que finalmente conseguí agarrar el borde del fregadero.

Lanie dejó escapar un grito de victoria, contó hasta tres y las dos juntas tiramos con todas nuestras fuerzas. El fregadero al principio se resistió, pero finalmente conseguimos arrancarlo de una sacudida. Nos tambaleamos hacia atrás, sorprendidas de nuestra propia fuerza y dejamos caer el fregadero al suelo. En el lugar que antes ocupaba no había nada, solo un agujero pequeño y oscuro. Estaba tan aterrorizada que me costaba mover las extremidades, pero logré sacar el móvil y encender la linterna. Apunté hacia el agujero con el rayito de luz e iluminé un montón de libros, una pila de envoltorios brillantes de caramelo y algo oscuro con un brillo cegador y amenazante. Me dio tal vuelco al estómago que casi me desmayo.

Lanie tenía razón. Ella sabía dónde estaba la pistola. Y eso significaba que...

Recuperé la cordura justo a tiempo de detener a Lanie que alargaba el brazo para cogerla.

—¡No la toques!

—¡Alto! —gritó alguien a nuestra espalda.

Nos dimos la vuelta al mismo tiempo. Fuera había un hombre en pantalones de *footing* y un jersey de los Chicago Bears blandiendo un bate y mirándonos con furia.

—He llamado a la policía —anunció—, así que haríais bien en largaros.

—En realidad —dijo Lanie, lanzando una sonrisa triste hacia la pistola escondida—, creo que vamos a quedarnos por aquí. Hay algo que tengo que decirles.

Pasamos el día estupefactos, sin poder articular palabra. Me flagelaba sin descanso por haber dejado que Lanie se fuera con aquellos policías taciturnos que nos habíamos encontrado en Cyan Court. Eran jóvenes, de la edad de la audiencia que escuchaba a Poppy, y la sonrisa de superioridad que esbozaron al escuchar el nombre de Lanie hizo que se me revolviera el estómago. Estaba claro que no pensaban que Lanie solo hubiera encontrado la pistola. Pensaban que la había puesto allí.

Cuando sugirieron, con un tono que era más una orden que una sugerencia, que Lanie los acompañara a comisaría para tomarle declaración tendría que haber insistido en llevarla yo. Tendría que haber exigido que pidiera un abogado.

Pero estaba demasiado anonadada tras haberme enterado de que a mi padre lo había matado mi madre como para comportarme de un modo racional, y me fui sola en mi coche a la casa de tía A. Después de explicarles con voz entrecortada a los demás lo que Lanie había recordado (un recuerdo que fue recibido con un silencio consternado), me pasé el día llamando sin parar a comisaría; unas veces solicitaba educadamente información sobre mi hermana y otras preguntaba con sarcasmo cuánto tiempo iban a tardar en tomarle declaración. Finalmente me dijeron que dejara de dar la lata y me insinuaron que si hacía una llamada más lo considerarían acoso, así que me dediqué a caminar de un lado a otro por la casa. Ignoré las llamadas de mi jefe en respuesta a mi mensaje en su contestador de voz en el que, sin dar muchos detalles, le explicaba que al final no volvería a Nueva York ese día; y las llamadas de Clara, a la que obviamente mi jefe le había pedido que me llamara. Solo podía pensar en mi hermana.

Por muy enfadada que estuviera, no podía culpar a los agentes por pensar que Lanie había escondido el revólver allí. Después de todo, ella había sido la que finalmente lo encontró. Y no hacía tanto tiempo yo había albergado pensamientos similares, y era mi propia hermana.

De la misma manera que aquella mujer era mi propia madre.

Se me subió la bilis a la boca, me la tragué y me estremecí cuando el ácido me ardió en la garganta. Alargué la mano para coger un vaso de agua de la mesa de café y divisé el manual de CFV reposando a su lado con aire inocente. Lo cogí despacio y repasé por encima las palabras de mi madre, con la vaga esperanza de encontrarles otro sentido, de que la falta de sueño nos hubiera puesto a las dos paranoicas y nos hubiera hecho delirar. Pero allí estaban. La alusión a Perla Leland; la mención de las magdalenas.

Arrojé el manual al otro extremo de la habitación, golpeó la pared con un ruido sordo y más leve de lo que yo hubiera deseado y cayó al suelo. Los brazos y las piernas me temblaban de rabia. Quería más destrucción. Sus pertenencias no podían quedarse allí intactas, como si hubiera sido una mujer normal. No lo había sido... Había sido una asesina. Mi propia madre. Con un grito de angustia que hizo que Burbujas huyera de la habitación, me volví hacia donde estaba el resto de las pertenencias de mi madre, todavía amontonadas sobre el suelo, donde Lanie las había dejado. Rompí collares de cuentas y rasgué fulares, aplasté un quemador de incienso con el pie y arrojé los trozos contra la pared. No detuve el alboroto hasta que Caleb entró corriendo en la habitación y me sujetó los brazos contra el cuerpo, susurrándome palabras tranquilizadoras, hasta que me dejé caer sobre él, y ya no me quedó otra cosa más que lágrimas y una insoportable tristeza que amenazaba con devorarme viva si se lo permitía.

—¿No crees que a estas alturas ya deberíamos saber algo? —exclamó tía A preocupada, mientras empujaba con un palillo chino un rollo de pollo empanado que dejó sobre el plato una colorida estela brillante de salsa. Había pedido suficiente comida china a domicilio como para alimentar a un pequeño regimiento; cajas de pollo agridulce, ternera con brócoli, cerdo con sésamo, pollo General Tso, *lo mein* de verdura, un montón de tarrinas de sopa y pilas de rollos de huevo, *wontons* fritos, y *rangoon* de cangrejo sin cangrejo. Ninguno de nosotros tenía hambre, pero, aun así, nos habíamos reunido taciturnos alrededor de la mesa, acumulando comida que sabíamos que no comeríamos. Solo Ann, ajena a la gravedad de la situación comió más de un bocado. Burbujas birló un *rangoon* de cangrejo y lo engulló con avidez en una esquina.

—Estas cosas llevan su tiempo —dijo Ellen—. Pero está en

buenas manos. Alec Greene es uno de los mejores abogados penalistas del estado.

Desarmé una galleta de la fortuna, rompiéndola en trocitos regulares. No compartía el optimismo de Ellen. Habían pasado doce horas desde que Lanie había ingresado en la comisaría, seis desde que Adam había dicho que Lanie no seguía ahí voluntariamente ni de coña, y una desde que Alec Greene, el abogado que había recomendado Peter, había llegado a Elm Park para entrevistarse con Adam en su casa. Hasta donde yo sabía ni Adam ni Alec habían llegado aún a comisaría. No había noticias y en este caso eso no significaba buenas noticias.

—Ni siquiera tendría que tener un abogado defensor, ¿no? —preguntó la tía A arrugando aún más la frente—. ¿No implica eso que ha hecho algo malo?

—Nadie debe someterse a un interrogatorio policial sin un abogado —dijo Ellen con tono autoritario—. Especialmente si acaba de indicar dónde estaba un arma homicida que llevaba trece años perdida.

Desdoblé la nota de papel que estaba escondida dentro de la galleta: *La verdad te hará libre*. Me molestaban los lemas disfrazados de profecías y, dada las circunstancias, este parecía particularmente desagradable. Lo hice trizas y lo enterré en mi porción de arroz que seguía intacta. Bajo la mesa, Caleb me pellizcó la rodilla.

—Esto es una pesadilla —murmuró tía A, y al decirlo le tembló la barbilla—. Justo cuando pensé que habíamos tocado fondo, que las cosas no podían ir peor, nos caemos de bruces otra vez en algo que es todavía más horrible. Lo que ha dicho Lanie que hizo Erin...

Tía A se detuvo, con la respiración entrecortada, y yo apoyé la mano en su hombro suave. Quería decirle que las cosas iban a ir bien, tranquilizarla como ella había hecho tantas veces conmigo cuando yo era joven, lo deseaba más que nada en el mundo. Pero no podía asegurarle en absoluto que las cosas fueran a ir bien; apenas conseguía imaginarme un escenario donde eso fuera posible. Lo único que podía hacer, lo único que cualquiera de nosotros podía hacer, era desearlo.

—¿Cómo puede ser verdad? —preguntó tía A, y la voz se le quebró al intentar contener las lágrimas y me agarró la mano con desesperación—. Siempre me preocupó que tu madre pudiera hacerse daño, pero nunca imaginé que pudiera hacerle daño a otra persona, especialmente a tu padre. Lo quería tanto.

—Obviamente no tanto —dijo Ellen con tono pesimista—. Dispararle a alguien en la nuca normalmente no es el mejor modo de demostrar afecto.

—Ellen Maureen —le espetó tía A—. Por el amor de Dios, muestra un poco de respeto.

Ellen apartó la vista, escarmentada.

—Y con esto último —dijo Caleb, apartando de golpe la silla—. Voy a empezar a limpiar la mesa.

Me levanté para ayudarlo, pero él me dio un empujoncito amable para que me volviera a sentar y comenzó a apilar nuestros platos de papel prácticamente intactos. Mientras los transportaba hacia la cocina y emprendía la vuelta para recoger las cajas de comida a domicilio todavía llenas, Ellen se disculpó con su madre en voz baja y Ann le pasó a Burbujas otro *rangoon* de cangrejo. Cualquier otro día, tía A podría haber reñido a su sobrinanieta por darle comida frita a su anciano gato. Pero aquella noche en la que Lanie estaba en comisaría, su futuro era una incógnita, y la sombra de la acusación pendía sobre nosotros, se limitó a hacer una mueca.

—¿Cuándo vuelve mamá? —preguntó Ann de repente.

—Pronto —dijo tía A, y su voz se quebró por la mentira.

El rostro de Ellen se crispó de dolor al ver cómo su madre se tragaba las lágrimas, luchando por conservar una fachada despreocupada frente a Ann. Le apretó la mano con cariño, se volvió hacia Ann con falsa alegría y le propuso subir a jugar al «salón de belleza». Recordé cómo mi hermana siempre desdeñaba los intentos de Ellen de cambiar su imagen, y no pude evitar preguntarme qué le parecería que Ellen le ofreciera a su hija de ocho años esmaltes de uñas y máscara de pestañas, pero Ann accedió entusiasmada. Mientras la niña corría hacia la escalera, tía A asintió agradecida y Ellen respondió a su madre con un beso en la frente.

Mientras Ellen y Ann subían por las escaleras, tía A se volvió hacia mí, dejando escapar por fin las lágrimas, y preguntó:

—Puede que Lanie se equivoque en esto, ¿no? Es más que posible, en realidad. Es probable, ¿no crees? Estaba tan segura de que era Warren Cave. Si ya se equivocó una vez, ¿no parece lógico que se confunda de nuevo?

—No lo sé —murmuré, abrazándola sin querer comprometerme. Quería decirle que tenía razón, por supuesto, que Lanie, obviamente estaba confundida, que todos estos años consumiendo drogas le habían agujereado el cerebro y habían hecho que su memoria no fuera fiable. Por supuesto que nuestra madre, su hermana, no había cometido el horrible crimen del que mi hermana la acusaba. Por supuesto que Lanie se equivocaba. Pero yo había leído las palabras que mi madre había escrito al dorso del manual, y había visto la expresión en los ojos de mi hermana. Ahí no había habido ninguna confusión, solo una revelación horrible. Lanie no se equivocaba, ya no.

—No puede ser cierto —gimió la tía A con terquedad, más para ella que para mí.

—Escucha —dije cogiendo su cálida mano entre las mías y apretándola con fuerza—. Han sido un par de días muy duros. No, qué coño, han sido un par de semanas. Estamos todos agotados, tenemos las emociones en carne viva. Ahora ninguno de nosotros puede pensar con claridad. Vamos a intentar sacárnoslo un rato de la cabeza, ¿vale? Pronto Lanie volverá a casa y podremos de hablar con ella nosotros mismos.

—Tienes razón —tía A sollozó y me apretó a su vez las manos—. Tengo los nervios de punta. Voy a subir a tumbarme. Por favor, avísame si sabes algo de Lanie.

Asentí.

Se detuvo, sujetó el pomo de la puerta y me miró de nuevo.

—Eres una mujer fuerte, Josie. Estoy orgullosa de ti.

Dejé caer la cabeza mientras se alejaba. Yo no estaba orgullosa de mí misma. Me avergonzaba por no haberme dado cuenta de niña de la tensión que debía de existir en casa, y me arrepentía de los años que había pasado batallando con mi hermana. ¿Y si hubiera vuelto a casa antes? ¿Podríamos haber pensado con claridad entre las dos y haber descubierto la verdad? Si lo hubiéramos hecho quizás hubiésemos encontrado el modo de acercarnos con cuidado a nuestra madre y evitar que se ahorcara. Quizás habríamos podido evitar que un hombre inocente pasara años en prisión. Me estremecí al pensar que estaba detenida, y volví a reprocharme haberla dejado ir sola con los policías. No debía haberla perdido de vista y no debería haberme quedado tantas horas sin hacer nada, primero confiando en la policía y luego en Adam y el abogado. ¿Dónde estaban Adam y el abogado? ¿No deberíamos tener noticias ya? Le envié a Adam un mensaje rápido en el que le pedía que me actualizara la situación, aunque fuera con una frase.

De repente tocaron a la puerta. El corazón me dio un vuelco. «Lanie».

Mirándolo ahora, tendría que haber sabido que no podía ser ella. Lanie nunca tocaba. Pero estaba demasiado nerviosa para pensar con claridad, corrí por la sala de estar sobre las secuelas de mi furia anterior y abrí la puerta de par en par.

Poppy Parnell estaba de pie en el porche delantero con su pelo rubio rojizo profesionalmente despeinado, y ni rastro de sus gafas. Sus labios pintados esbozaron una sonrisa depredadora, el corazón me dio un vuelco incluso antes de ver al cámara detrás de ella.

—Josie —dijo, derramando babas del mismo entusiasmo.

—¡Fuera! —rugí, tratando de cerrarle la puerta en la cara.

—No tan deprisa —dijo bloqueando la puerta—. Tengo algo que creo que te puede interesar.

—Llega un poco tarde —dije con amargura—. ¿No ha visto cómo ondeaba nuestra bandera blanca? Tenía razón. Warren Cave no mató a nuestro padre.

Volvió la cabeza para mirar al cámara.

—¿Has grabado eso?

—¿De qué va todo esto? —pregunté—. ¿Vas a añadir vídeos a tu página web? ¿Y ahora qué? Ya tienes lo que querías. ¿No crees que ya basta?

—No del todo —dijo con una risita—. Y créeme, esto te interesa.

Conteniendo a duras penas su sonrisa triunfante sujetó ante mí un grueso libro. Le faltaba la cubierta y las hojas estaban pegadas con cinta de embalar, pero lo reconocí inmediatamente: era el ejemplar de mi madre de *Anna Karenina*.

—¿De dónde has sacado eso? —pregunté con voz temblorosa.

—Tengo una amiga en el CFV. —Poppy sonrió con suficiencia—. Lo encontró en el cuarto de tu madre y pensó que tú y tu hermana deberíais tenerlo.

—El CFV nos envió las cosas de mi madre.

—¿Qué quieres que te diga? Quería asegurarse de que te llegaba. Me lo envió con la esperanza de que pudiera dártelo en persona. —Poppy sonrió generosa y me alargó el libro—. Y aquí está.

Sabía que era una trampa, pero me veía incapaz de evitarla. Le arrebaté el libro de las manos.

—Espero que no te importe, pero no he podido evitar hojearlo. *Anna Karenina* es uno de mis libros favoritos. —Se volvió para hacerle un gesto al cámara con la cabeza, y luego se volvió hacia mí, las mejillas casi le temblaban de emoción—. Mira la página 880.

—No —dije. El corazón me latía tan rápido que casi me mareo. No sabía qué tramaba Poppy, pero antes muerta que convertirme en su marioneta.

La expresión de Poppy cambió repentinamente y me arrancó el libro de las manos. Pasó las páginas bruscamente, rasgando algunas por las prisas y luego me alargó el libro abierto con brusquedad. Con las mejillas rojas de emoción, señaló la página con el dedo.

—Mira.

Me resistí cuanto pude. Mirándola a ella con terquedad en

lugar de seguir sus órdenes, pero finalmente una curiosidad malsana se apoderó de mí y bajé la vista. El corazón se me paró de golpe. En los bordes de las páginas había palabras garabateadas, la letra era indudablemente la de mi madre.

Queridas niñas:

Estas dos palabras eran suficientes para hacer que me viniera abajo. Se me nubló la visión y casi se me cae el libro, tuve que inclinarme para sujetarme en el pomo de la puerta, respiré hondo y seguí leyendo.

Escribo esto sabiendo que no os volveré a ver. Hay tantas cosas que quiero deciros, pero no tengo las palabras para hacerlo, así que os tendréis que conformar con esto: os quiero. Más de lo que nunca he querido a nadie y por eso os tengo que dejar. También quise a vuestro padre y eso nos mató a los dos. Os ruego que no guardéis una mala opinión de ninguno de nosotros. Vuestro padre cometió errores, pero no eran errores irreparables y no debí tratarlos como tales. Pensé que mi infelicidad era solo culpa suya, pero eso era solo verdad en parte. ¿No estoy siendo lo suficientemente clara? Lo siento. Yo maté a vuestro padre. Estaba fuera de mí. Quizás penséis que lo sigo estando, pero os prometo que nunca he estado tan segura de algo en toda mi vida. Estabais mejor sin mí, y estaréis mejor conmigo muerta. Cuidad la una de la otra.
Os quiere,
Mamá

Cuando terminé me temblaban tanto las piernas que casi no me mantenía en pie. Pensábamos que no nos había dejado una nota de despedida, pero sí lo había hecho. Más que eso. Nos había dejado una confesión. Me imaginé a mi delgada madre, sentada en una habitación oscura de la comuna, inclinada sobre el libro raído, derramando su corazón culpable sobre sus márgenes, y tuve que tragarme un torrente de lágrimas. Ansié tener el poder de viajar atrás en el tiempo al momento en que todo se estropeó, de evitar que mi padre se desviara o al menos de obligarles a enfrentarse el uno al otro y airear sus agravios antes de que mutaran y se convirtieran en celos letales.

—Dinos cómo te sientes, Josie —dijo Poppy con una sonrisa casi lasciva.

—Rata asquerosa —susurré—. Largo de aquí.

El cámara salió de detrás de Poppy para hacer un *zoom* de mi cara.

—Largo de aquí —dije inclinándome hacia delante, tapando la lente de la cámara con la mano y empujándola hacia abajo.

—¿Jo? —dijo Caleb entrando a toda prisa en el recibidor al mismo tiempo que yo le cerraba la puerta en las narices a Poppy y su séquito de un solo hombre—. ¿Qué pasa ahí fuera?

Estallé en sollozos y me derrumbé sobre su hombro.

Después de retener a mi hermana sin cargos durante más de doce horas, y tras ver el ejemplar de *Anna Karenina*, a la policía le llevó solo quince minutos dejarla en libertad. Hasta a mí, que había irrumpido en la comisaría diciendo cosas medio incoherentes a causa de la rabia —hacia Poppy Parnell, hacia mi madre, hacia mi hermana, hacia todo el mundo— me sorprendió lo rápido que se resolvieron las cosas. Después de arrojar el libro en manos de un policía con cara de póker y explicarle lo que era y cómo había llegado a mis manos, me condujeron a una habitación sin ventanas que no sabía si era una sala de interrogatorio o una sala de espera, y el policía que me había acompañado hasta allí se esfumó antes de que yo recuperara la presencia de ánimo necesaria como para preguntarle. Me senté en una silla de plástico ergonómica bajo un zumbido de luces fluorescentes, mordiéndome los padrastros con saña e ignorando las llamadas de tía A y de Caleb, que pensaban que no debería haber ido sola a la comisaría. Esperaba estar sentada ahí una hora o más, y casi deseaba no haber soltado el libro y así tendría algo con lo que entretenerme, pero no pasó mucho tiempo hasta que otro agente llegó a la habitación escoltando a mi hermana.

No pude evitar contener el aliento al ver el aspecto que tenía: bajo aquellas luces tan duras parecía una muerta viviente. Tenía el pelo grasiento completamente pegado al cuero cabelludo, la tez cetrina y la piel bajo los ojos hundida y color púrpura. Se le había formado un derrame en el ojo izquierdo, y el iris flotaba en un mar rojo brillante.

—Yo no me iría de la ciudad hasta que comprueben su letra —le advirtió el agente a Lanie bruscamente. Me lanzó una mirada severa—. Usted tampoco.

—Ni se me ocurriría —contestó Lanie en tono burlón mientras él se alejaba con las esposas colgadas del cinturón.

—Tienes un aspecto horrible —le dije.

—Créeme, por dentro me siento aún peor. —Hizo una mueca—. Salgamos de aquí.

Seguí a Lanie por los pasillos estrechos de la comisaría y salimos por la puerta delantera. Caminaba velozmente, resuelta, no podía culparla por intentar escapar. Fuera, el sol estaba terminando su recorrido tras el horizonte, proyectando largas sombras en el aparcamiento vacío. Rápidamente miré a mi alrededor, segura de que Poppy Parnell y su nuevo cámara estaban agazapados, esperando para tendernos una emboscada, pero no los vi por ningún lado. Suspiré aliviada, agradecida por estas pequeñas misericordias.

En el coche alquilado de Caleb, metí la llave para arrancar, pero vacilé. Me volví hacia mi hermana, pequeña y desaliñada en el asiento del copiloto. Lanie miraba hacia delante con los ojos desesperados cubiertos en sangre y la mandíbula apretada.

—¿Estás bien?

Ella se rio con una risa que era más bien un gruñido y que sonaba a cualquier cosa menos a diversión.

—No he estado tan jodida en toda mi vida. Que ya es decir.

Tragué saliva.

—Pero no te han detenido, ¿no?

—Claro. No puedes detener a alguien por un crimen por el que ya han condenado a otra persona. —Hizo una pausa y resopló desdeñosamente—. O eso al menos es lo que me han dicho.

—No pueden creer que tú hayas tenido nada que ver con el asesinato de papá. Especialmente ahora que tienen la nota de mamá.

—Gracias por traerla. Y por venir a buscarme. —Hizo una pausa y se mordió el labio inferior—. Supongo que Adam no ha venido porque está enfadado conmigo, ¿no?

—Adam no ha venido porque no le dije que venía —reconocí—. No pensaba con claridad cuando me fui de casa. Está en la tuya, reunido con tu abogado.

—¿Tengo un abogado?

—Uno de los mejores según Ellen.

Lanie suspiró y miró por la ventana.

—Supongo que necesito uno.

—Tal vez no. Adam lo llamó antes de que Poppy apareciera con la nota de mamá. Eso lo cambia todo, ¿no?

Se encogió de hombros.

—Quizás no crean que maté a mi propio padre, que por lo visto ha sido su teoría durante casi todo el día. Pero creo que hará falta algo más para convencerlos de que no mentí sobre Warren.

Ahora me tocaba a mí encogerme de hombros y ella me miró con brusquedad.

—Tú sabes que no mentí a propósito sobre ese tema, ¿verdad?

—Claro —dije sin mucha convicción.

Lanie notó mi tono de duda, y torció la boca con expresión dolida.

—No puedo creer que pienses que yo haría algo así.

Un antiguo resentimiento creció en mi interior, una sensación de amargura que me era familiar y que surgía porque mi hermana una vez más se hacía la víctima ante una reacción que era perfectamente razonable por mi parte, teniendo en cuenta su patrón de mal comportamiento y le grité:

—Vamos Lanie, no te comportes como si fuera completamente impropio de ti mentir.

—A ti no te miento —replicó con los ojos brillantes, completamente abiertos—. A ti nunca te he mentido.

—Pero no siempre me dices la verdad, ¿no? Después de todos estos años y nunca me dijiste que había sido mamá.

—¡Porque no lo sabía! —gritó. Su repentino arrebato pareció sorprendernos a las dos. Respiró profundamente, se miró las manos y se arrancó una uña rota—. La vi, ahora estoy segura de que la vi, pero no podía entenderlo, no podía procesarlo. Y de alguna manera me convencí a mí misma de que había sido Warren Cave.

—No sé, Lanie —suspiré—. Quiero creerte. Pero no sé cómo fue posible que ocurriera como dices. Tenías que saberlo. Aunque no quisieras aceptarlo.

—No lo sabía —dijo con decisión—. Lo juro. A veces tenía aquellos *flashes* sobre esa noche, y pensaba que tal vez no había sido Warren Cave, pero de verdad, Josie, nunca pensé que significaran nada. Pensé que eran solo pesadillas. Un psiquiatra al que estuve yendo me decía que era síndrome postraumático, otro pensaba que era ansiedad. He visto a muchos médicos y me han recetado mucha medicación, y ninguno, ninguno, insinuó nunca que pudiera fallarme la memoria.

—Vale, pues olvídate de los médicos. ¿Y tú? ¿Nunca pensaste que podías estar equivocada? ¿Nunca? ¿Ni siquiera aquel verano que intentaste asfixiar a mamá con una almohada? ¿Puedes mirarme a los ojos y decirme que no tenía nada que ver con lo que aseguras que no sabías?

Lanie se encogió de hombros y miró hacia otro lado.

—No lo sé, ¿de acuerdo? Quizás sí, quizás no. Estaba bastante alterada. Cualquier cosa que pensara esa noche podía ser tanto una paranoia inducida por las drogas como un recuerdo real. —Se clavó los dedos sucios en la palma de la mano e hizo un gesto de dolor—. ¿Crees que por eso se marchó? ¿Porque pensó que yo lo sabía?

—No lo creo —dije con suavidad. Parecía estar genéticamente programada para sofocar la angustia de mi hermana cuando me enfrentaba a ella, independientemente de lo poco que la creyera—. Por lo menos en la nota no se desprendía nada eso. ¿Le sacaste alguna vez el tema al menos?

—No —dijo sacudiendo la cabeza con fuerza—. No podría haberlo hecho. No lo sabía. Además, Josie, ¿te acuerdas cómo estaba mamá por aquel entonces? Aunque hubiera recordado algo, ¿de verdad piensas que habría podido comentarlo con ella?

Una imagen de mi madre con el rostro pálido, la mirada perdida y los ojos blanquecinos invadió mi mente y se me encogió el estómago. Lanie podía haber sido la gemela que tuvo la mala suerte de presenciar el crimen, pero ¿no debería haberlo sabido yo también? ¿Había habido pistas que yo había pasado por alto, un comportamiento revelador por parte de mi madre al que yo no había hecho caso? Volví a pensar en aquella terrible noche de octubre, recordando el sonido del portazo, cómo Lanie se quedó totalmente pálida al mirar por la ventana, la prisa con la que se metió en el armario.

—¿Lanie? —dije de repente—. ¿Recuerdas lo que me dijiste la noche en que papá murió? ¿Cuándo estábamos en el armario a oscuras? Me dijiste: «Todo es culpa mía». ¿Qué quisiste decir?

Su mirada se oscureció.

—Yo sabía que papá se estaba acostando con Melanie.

—¿Lo sabías?

—Sí, eché un vistazo a escondidas al diario de mamá. Escribió sobre ello—. Lanie se arañó el interior del brazo con las uñas, retorciéndose. —Pero no entendí la importancia de todo aquello hasta que ya fue demasiado tarde. Tendría que haber dicho algo, que haber hecho algo... Si lo hubiera hecho quizás ahora las cosas serían diferentes. Podríamos haberlo evitado. *Yo* podría haberlo evitado. Y cuando vi a Warren —o alguien que yo pensé que era

Warren— entrando por la puerta de atrás, supe que era porque yo no había dicho lo que sabía, no había salvado a nuestras familias. Y después me quedé paralizada. No pude detenerlo, ni siquiera entonces. Fue culpa mía.

Apretaba la mandíbula con tanta fuerza que podía oír cómo le rechinaban los dientes, y me di cuenta, por primera vez, de hasta qué punto mi hermana había sufrido y lo culpable que se había sentido desde la noche que asesinaron a nuestro padre. Iba más allá de haber sido testigo de su muerte, incluso de haber visto a nuestra madre apretar el gatillo, era el tormento implacable de creer inconscientemente que podría haber hecho algo para evitarlo, que era responsable de la pérdida de nuestros padres. Busqué su mano por encima del salpicadero. Sabía que la profundidad de su desgracia no justificaba todo lo que había hecho durante tantos años, pero algo explicaba.

—No fue culpa tuya.

—Ahora lo sé —dijo apretándome la mano con tanta fuerza que se me solaparon los huesos y me estremecí de dolor.

No pude evitar añadir:

—Muchas cosas sí fueron culpa tuya. Pero esta no fue una de ellas.

Ella sonrió con remordimiento y me aflojó la mano.

—¿Crees que podemos empezar de nuevo?

—¿Tú y yo?

—Todos nosotros. Tú, yo, Adam, tía A, Ellen. Mi hija. Warren Cave. ¿Crees que podemos olvidar este pasado horrible y empezar de nuevo?

—No estoy segura de que las cosas funcionen así. Podemos superarlo, pero no creo que podamos empezar de nuevo.

Tragó saliva y movió indecisa la mano enganchando nuestros dedos anulares.

—Pero ¿crees que podremos seguir adelante?

Bajé la mirada hacia nuestras manos, juntas en aquella señal tan antigua. Habían cambiado tanto las cosas desde que la inventamos...

tanta muerte, traición y distanciamiento. No sabía si era posible volver a ser el tipo de hermanas que tienen una señal de saludo privada, el tipo de hermanas que se susurran secretos en la oscuridad.

Pero tampoco estaba segura de que no lo fuera.

—Bueno —dije, enlazando nuestros dedos con más fuerza—, podemos intentarlo.

Extracto de la transcripción de *Reexaminado: El asesinato de Chuck Buhrman*. Episodio 6: *Resolución*. 5 de octubre de 2015

Bienvenido a la última entrega de *Reexaminado: El asesinato de Chuck Buhrman*. Quiero dedicar un minuto para dar las gracias a todos los que hicieron este proyecto posible. Desde nuestros buenos amigos de la Werner Entertainment Company a mi ayudante. Les agradezco su apoyo. Sin embargo, sobre todo, quiero darle las gracias a mi audiencia. Durante el corto espacio de tiempo que ha durado este programa, he sido superada una y otra vez por las agudas contribuciones de personas como ustedes. Agradezco cada tuit, cada *e-mail* y cada llamada que me han dirigido, y créanme cuando les digo que este programa no habría podido hacerse sin ustedes.

Cuando empecé a investigar las circunstancias que rodearon la muerte de Chuck Buhrman, no sabía con qué me iba a encontrar. No podía siquiera adivinar si había algo de verdad en las palabras de Melanie Cave cuando afirmaba que su hijo había sido condenado por un crimen que no había cometido; o si se trataba solo de una madre con el corazón roto que se negaba a aceptar la cruda realidad sobre su hijo. No estaba segura, en todo caso, de si podría ayudarla. Con lo máximo que me atrevía a soñar era con descubrir alguna evidencia que propiciara un nuevo juicio.

En lugar de eso ahora sabemos exactamente lo que pasó con Chuck Buhrman, y que Warren no tuvo nada que ver con ello.

Tengo aquí conmigo a Stephen Goldberg, el dueño actual del antiguo hogar de los Buhrman en Cyan Court. Stephen, ¿puedes, por favor, contarle a mi audiencia qué pasó el miércoles por la mañana?

STEPHEN: Sobre las 5:30 a.m. salía de casa para ir a hacer *footing*, tal como acostumbro, cuando escuché unos sonidos raros que venían de la casa de muñecas.

POPPY: Permítame que le interrumpa para describir la casa de muñecas. Es una sola habitación de unos nueve metros cuadrados, pero el exterior está diseñado para que parezca una versión en miniatura de la casa familiar. El pequeño espacio interior incluye una cocina de juguete con una falsa nevera, un fogón y un fregadero. Tengo entendido que el suegro de Chuck Buhrman lo construyó para sus nietas.

STEPHEN: A nuestras hijas les encanta esa casa de muñecas. El caso es que oí los ruidos, y pensé que podía ser un animal o un vagabundo. Pero resultó que eran esas chicas, las Buhrman. Una de ellas había arrancado completamente el fregadero de la pared. Siempre había estado un poco suelto, así que lo sellé cuando nos mudamos. Lo hice con prisas, no tuve tiempo de hacerlo bien... Si no, quizás hubiera encontrado la pistola antes...

Así es. Encontraron la pistola perdida de Chuck en la pared de la casita de muñecas del patio trasero junto a un poncho de plástico manchado de sangre.

Y lo que es aún más sorprendente, tras el hallazgo del arma, Lanie se retractó de su testimonio contra Warren Cave. Ahora dice que no vio a Warren disparar a su padre.

Aunque parezca increíble, todavía hay más: Lanie le dijo a la policía que en realidad fue su madre, Erin Buhrman quien apretó el gatillo. A Chuck Buhrman lo mató su mujer.

«Pero Poppy», dirán ustedes «te has pasado cuatro semanas diciendo que no deberíamos creer una sola palabra de lo que dice Lanie. ¿Y ahora quieres que creamos que Erin mató a su marido fiándonos solo de la palabra de Lanie?».

No, por supuesto que no. Sé que todos ustedes son demasiado listos para creer eso. Pero he aquí la razón por la que creo que Erin Buhrman es culpable: los exámenes de balística demostraron que la pistola de Chuck era el arma del crimen, y la policía encontró exactamente dos tipos de huellas dactilares en el arma: una pertenecía a Chuck, y la otra a Erin. Erin aseguró que nunca sostuvo, que ni siquiera había visto esa arma. ¿Así que qué hacían ahí sus huellas?

Más importante aún si cabe, se encontró una estremecedora nota de suicidio escrita en los márgenes de uno de los libros de Erin. Una de mis fuentes en CFV me envió el libro, sin la menor idea de lo importante que era, y descubrí la nota... en la que Erin confiesa haber matado a su marido. El Departamento de Policía de Elm Park todavía está esperando la autentificación oficial de la nota, pero tengo cierta experiencia en grafología, y estoy convencida de que la nota es auténtica.

Desgraciadamente, no responde a todas las preguntas que podemos tener. Da a entender que Erin mató a su marido porque estaba celosa de su aventura con Melanie, pero no lo dice directamente. ¿Fue ese realmente el motivo? ¿Fue un asesinato premeditado? ¿Se metió en el Colectivo Fuerza Vital como penitencia por lo que había hecho o para esconderse de la ley? Ahora que Erin Buhrman está muerta puede que nunca sepamos la respuesta a algunas de las preguntas.

Esperaba que Lanie me concediera una entrevista para comentar este sorprendente giro de los acontecimientos. No he tenido tanta suerte. Sin embargo, lo que sí he conseguido obtener es una copia de su declaración oficial a la policía. De acuerdo con su nueva declaración, aquella fatídica noche de octubre de 2002, bajó a por un vaso de agua. Al acercarse a la cocina, una figura de pelo oscuro, vestida de negro, entró por la puerta trasera de la cocina y disparó a su padre. Asegura haber creído que esta figura era Warren Cave.

¿Pudo Lanie honestamente confundir a Erin con Warren? ¿O mintió a propósito para proteger a su madre?

Me he reunido con una psicóloga, la doctora Eileen Whitehall-Lynch para comentar qué factores pueden estar interviniendo aquí. Por favor, tengan en cuenta que la doctora no ha hablado directamente con Lanie Ives; se limita a conjeturar sobre lo que podría ser un escenario verosímil.

POPPY: Gracias por su tiempo Dra. Whitehall-Lynch. En su opinión, ¿pudo Lanie confundir a su madre, a su propia madre, con un vecino de diecisiete años?

DRA. WHITEHALL-LYNCH: La mente humana es curiosa. Hace lo que puede por protegernos. Lanie acababa de ser testigo del brutal asesinato de su padre a manos de su madre. Es tan terrible que nos cuesta incluso imaginarlo. Su mente traumatizada estaba intentando procesar lo que había visto. Un criminal muy delgado y de pelo oscuro que se parece a su madre, pero lógicamente no puede ser su madre. Tiene que ser el vecino flaco de pelo oscuro. Una vez que el cerebro de Lanie estableció esta conexión sospecho que usó información que ya existía para validar su creencia. Las declaraciones que Lanie hizo a la policía en 2002, indican que Warren le había resultado un tipo incómodo desde que su familia se mudó a la casa de al lado. Su cerebro sencillamente era incapaz de procesar la verdad, así que la sustituyó por otra imagen con más sentido.

Y ahora la pregunta que estoy segura de que se están haciendo la mayoría de ustedes. ¿Qué pasa con Warren Cave? ¿Está ya de camino a casa?

Casi. Las ruedas de la justicia se están moviendo, aunque lentamente, y sé de buena tinta que Warren pronto estará en libertad. Seguramente recuerden que en un episodio anterior de este *podcast*, Melanie Cave aseguró que ni ella ni Warren pretendían exigir sanciones legales contra Lanie. Ambos mantienen su palabra. Warren perdió doce años de su vida, pero me dice que Dios querría que perdonara.

WARREN: «Porque si perdonáis a los hombres sus ofensas, os perdonará también a vosotros vuestro Padre celestial; mas si no perdonáis a los hombres sus ofensas, tampoco vuestro Padre os perdonará vuestras ofensas». Mateo 6:14-15.

Melanie me dice que está siguiendo los pasos de su hijo.

MELANIE: Nunca tuve ninguna duda de que Lanie mentía sobre lo que vio aquella noche. Me siento tan aliviada de que por fin lo haya admitido, y de que esta pesadilla tan larga esté a punto de terminar... Aunque mi lado más mezquino y vengativo quisiera ver a Lanie en prisión, pagando por haberme privado de mi hijo durante más de una década, Warren y yo elegimos el camino del perdón. Mejor centrarse en la alegría de su inminente liberación. Ya he empezado a planear su cena de bienvenida a casa.

Mi trabajo aquí ha terminado. Gracias por escucharme, y sobre todo, gracias por formar parte de esto. Si les ha encantado el programa, por favor asegúrense de hacerles saber a mis jefes de Werner Entertainment que les gustaría volver a saber de mí.

Hasta aquí Poppy Parnell. Gracias otra vez por escuchar *Reexaminado*. Ha sido un viaje increíble..., pero aún no ha acabado. Acompáñennos esta primavera en la cadena ID con *Reexaminado* con Poppy Parnell. ¡Investigando otros casos que no deben olvidarse!

AGRADECIMIENTOS

Un millón de gracias a todas las personas que han dedicado su tiempo y energía a hacer que este libro se hiciera realidad: mi agente superlativa, Lisa Grubka, que me ha provisto de su inestimable ayuda en cada etapa de este proceso; a mi brillante editora Lauren McKennam que comprendió a estos personajes desde el primer momento y cuyos comentarios y sugerencias perspicaces me ayudaron a darles la historia que merecían; a todo el mundo en Fletcher & Company que defendieron este libro (Gráinne Fox, Melissa Chinchillo y Erin McFadden); a todos los de Gallery Books que han jugado un papel en el proceso de edición y publicación (Louise Burke, Jennifer Bergstrom, Elana Cohen, Marla Daniels, Chelsea Cohen, Akasha Archer, Liz Psaltis, Diana Velasquez, Melanie Mitzman, Mackenzie Hickey y Kristin Dwyer); a Catherine Richards de Pan Macmillan, cuyos comentarios reflexivos y entusiasmo tanto me ayudaron; y Michelle Weiner, Michelle Kroes y Olivia Blaustein de CAA. También he contraído una deuda de gratitud con Mollie Glick, que apoyó este proyecto en una etapa temprana, y que me presentó a Lisa. Me siento realmente humilde al haber trabajado con gente de tanto talento, y agradezco todo lo que cada una de vosotras ha hecho más de lo que puedo expresar.

También estoy profundamente agradecida a mis amigos, a mi familia, y a mis muchos seres queridos que me han apoyado y animado por el camino: mi marido, Marc Hedrich, que me dio el coraje de perseguir mis sueños y que ha sido un pilar de fortaleza durante el tumultuoso proceso de escritura; mi madre, Mary Barber, que siempre ha sido una de mis grandes animadoras y que cree en mí incluso cuando yo no lo hago; mi hermano, David Barber, que con paciencia y consideración respondió a todas mis preguntas sobre la ley penal de Illinois y que me introdujo a *Serial*, el *podcast* que despertó la inspiración para este libro; a mi difunto padre, Richard Barber, que alimentó mi creatividad desde bien pequeña y de quien heredé el gen de contar historias; y a todos mis amigos que no me dijeron que estaba loca por abandonar Derecho para escribir (o que al menos tuvieron la decencia de no decírmelo a la cara). Os quiero a todos.

Finalmente, un grito de reconocimiento especial para el personal del V-Bar de Sullivan Street en Nueva York; los Starbucks de Piedmont y de 41st en Oakland; Philz Coffee en Washington D. C.; y el bar del Marriott de Varsovia, donde me aprovisionaron de café o de vino mientras escribía, maldecía y reescribía largos párrafos de este libro. Gracias por no echarme a patadas.